E. S. Schmidt

Rho

PLAN 9
Science-Fiction

Schmidt, E. S.: Rho, Hamburg, Plan9 Verlag 2022

1. Auflage 2022
ISBN: 978-3-948700-39-3

Dieses Buch ist auch als eBook erhältlich und kann über den Handel oder den Verlag bezogen werden.
ePub: ISBN 978-3-948700-40-9
PDF-eBook: ISBN 978-3-948700-41-6

Lektorat: Martina Campbell, Reinheim
Korrektorat: Antonia Jack, Hamburg
Satz: metiTec Satzsystem, me-ti GmbH Berlin
Umschlaggestaltung: Christl Glatz, © Agentur Guter Punkt, München
Umschlagmotiv: ©olegbreslavtsev/iStock/Getty Images Plus; 1215254582 (Horizont); ©Cha_DZ/iStock/Getty Images Plus; 515447460 (Dünen); ©Bene_A/iStock/Getty Images Plus; 635909448 (Menschen); ©liuzishan/AdobeStock; 352777428 (Termitenstadt); ©BertrandB/iStock/Getty Images Plus; 145842361 (Lichter); ©Grandfailure/iStock/Getty Images Plus; 655272104 (Himmel)

Bibliografische Information der Deutschen Nationalbibliothek: Die Deutsche Nationalbibliothek verzeichnet diese Publikation in der Deutschen Nationalbibliografie; detaillierte bibliografische Daten sind im Internet über https://dnb.d-nb.de abrufbar.

Der Plan9 Verlag ist ein Imprint der Bedey und Thoms Media GmbH, Hermannstal 119k, 22119 Hamburg
https://www.bedey-thoms-verlag.de

---

https://www.plan9-verlag.de
Gedruckt in Deutschland

RHO

»Das Bett ist frei«, sagte Moira, als sie ins Wohnzimmer kam. Der Wandscreen hämmerte irgendeinen Partysong und zeigte zuckende Körper in Stroboskoplicht. »Screen, Lautstärke runter!« Der Lärm reduzierte sich um ein paar Dezibel.

Nuri saß am Tisch, vor sich verstreute Gurkenchips, und schälte etwas aus einer Plastikhülle. Eine Flasche JuiceUp hatte Ringe auf der Tischplatte hinterlassen. Nuris Jacke lag über dem Sessel und ihre Schuhe mitten im Raum. Moira kickte sie zumindest neben die Tür.

Manchmal kam sie sich vor wie Nuris Mutter, dabei war sie bloß acht Jahre älter als das Partygirl mit der violetten Igelfrisur. In solchen Momenten bereute sie es, bei MediCare gekündigt zu haben. Statt als respektable Ärztin in einem Corporate Village zu residieren, musste sie sich jetzt mit den Mieten in der City von New Boston herumschlagen, und das bedeutete: Wohngemeinschaft.

Nuri warf die Verpackung in Richtung Verwerter, dessen Klappe natürlich offenstand, und verfehlte ihn. Moira bückte sich, und bevor sie die Verpackung in den Schacht fallen ließ, warf sie einen Blick auf das Etikett. Schmuckanhänger Babyschnuller. Ein Klassiker unter den Symbol-Geschenken. Sie schloss die Klappe. »Du willst es ihm also sagen?«

Nuri drehte das neonfarbene Teil zwischen den Fingern. »Ich denke, er hat ein Recht darauf.«

»Er wird dir bloß reinreden. Außerdem wolltest du es nach der Geburt doch ohnehin freigeben.«

»Im Moment denke ich jeden Tag was anderes. Vielleicht hilft es, wenn ich es mit ihm bespreche.«

Moira schnaubte. »In der alten Welt haben die Frauen dafür gekämpft, selbst über ihren Uterus entscheiden zu dürfen. Und du willst dieses Recht jetzt wieder abgeben?«

Nuri stand abrupt auf, die Faust um den Anhänger geschlossen. »Wir leben aber nicht mehr in der alten Welt, sondern auf Deuteragäa. Und immerhin ist er der Vater.«

»Ganz prima. Am Ende bietest du ihm noch an, dem Kind seinen Nachnamen zu geben.«

»So ein Quatsch. Bülent ist doch kein Macho!« Nuri ging ins Schlafzimmer, aber in der Tür drehte sie sich noch einmal um. »Eine Beziehung bedeutet eben, nicht nur an sich selbst zu denken. Aber was weißt du schon davon?«

»Nimm deine Jacke mit!«, rief Moira hinter ihr her, aber da hatte sich die Tür schon geschlossen. Offenbar hielt sich Nuri jetzt für eine Beziehungsexpertin, bloß weil sie schon über sechs Monate mit dem gleichen Mann zusammen war. Was trieb Menschen nur dazu, unbedingt eine Familie gründen zu wollen? Warum halste man sich freiwillig die Verantwortung für das Glück anderer Leute auf? Eines Partners und dann noch eines Kindes? Die meisten konnten ja noch nicht einmal für das eigene Glück sorgen. Hoffentlich waren diese Stimmungsschwankungen bald vorbei. Bis zur wievielten Woche hielten die noch gleich an?

Die Zukunft sah schwarz aus. Wenn Nuri nicht abtrieb oder das Kind freigab, würden sie sich die Wohnung mit einem schreienden Baby teilen müssen. Vielleicht zog Nuri ja auch zu Bülent, und dann müsste Moira sich einen neuen Mitbewohner suchen. Oder noch schlimmer, Bülent zog bei ihnen ein. Das Bett war zwar zu klein für ein Paar, aber er konnte ja in die Rote Phase wechseln. Dann wäre Schluss mit dem frühen Zubettgehen und dem gemütlichen Lesen zwischen den Kissen. Dann würde das Bett rund um die Uhr belegt sein. Keine Ausweichmöglichkeit mehr zwischen den acht Stunden, die jedem Bewohner zustanden.

Missmutig hielt Moira die Hand gegen den Wandscreen und der Sensor erkannte den zwischen Daumen und Zeigefinger eingepflanzten Chip. Der Screen schaltete zu den City-News, gleichzeitig drehten sich am Fenster die Jalousien und ließen mehr Licht herein. Ein Jingle wies Moira auf eine Nachricht hin, und sie verdrehte die Augen. Ihre Mutter, die sie mit dem indischen Mammee ansprach, hatte mal wieder eine lange Filmnachricht geschickt. Seit der Scheidung von Dad hatte Mammee sich mehr und mehr in die indische Community zurückgezogen und schickte nun immer wieder ausufernde Updates über das Leben von Leuten, die Moira bloß vom Namen her kannte. Heute hatte sie wirklich keine Zeit, sich das alles anzuhören. Stattdessen überflog sie das aktuelle Ranking der E-Sport-Mannschaften, während sie sich einen Zopf flocht. Praktisch für die Reise. Das dicke, schwarze Haar war ein Erbe ihrer indischen Vorfahren und nach ihrer Hautfarbe zu urteilen, waren darunter mehr Unberührbare als Brahmanen gewesen, worauf Moira durchaus stolz war. Es bedeutete, dass sie sich durchgebissen hatten. Sie warf sich den Zopf auf den Rücken. »Meldungen starten.«

Während sie ihre Frühstücksflocken in eine Schüssel rieseln ließ, erfuhr sie, dass DJ Hanna ihrem dritten Ehemann den Laufpass gegeben hatte, während die beiden anderen Mitglieder dieser Vierer-Ehe im Ski-Urlaub waren. Nic Ganby beschuldigte die Regisseurin seines letzten Filmes eines sexuellen Übergriffs, und die Kommission schrieb einen Wettbewerb für das Logo zur Hundert-Jahr-Feier der Besiedelung aus. Waren es tatsächlich nur noch zwei Jahre bis dahin? Sie sollte sich langsam überlegen, welches medizinische Thema sich für eine Reportage zu diesem Anlass eignete. Vielleicht eine geschichtliche Doku. Medizin auf Deuteragäa – in hundert Jahren von der Farkin-Sepsis zum therapeutischen Chatbot. Ach, viel zu generisch. Bestimmt arbeitete schon irgendjemand an dem Thema.

Vielleicht sollte sie sich lieber auf ein allgemeines biologisches Thema verlegen. Aber welches? Nachdenklich goss sie den Fruchtsaft über ihr Müsli. Wie mochte das gewesen sein, damals, vor hundert Jahren?

Die Entdeckung von Deuteragäa hatte auf der Erde Begeisterung ausgelöst. Ein Exoplanet von annähernd Erdgröße, in nur neununddreißig Jahren Flugzeit zu erreichen, und mit einer Sauerstoffatmosphäre! Leider hatte sich die Hoffnung auf eine andere intelligente Spezies nicht erfüllt. Oder vielleicht war das auch ein Glück, denn auf diese Weise konnte man schalten und walten, gestalten und ausbeuten, ohne Rücksicht zu nehmen. So, wie die Menschen es schon immer getan hatten.

»Ton aus.« Moira setzte sich auf den Schemel, der noch von Nuri angewärmt war, und während sie ihr Frühstück löffelte, folgte sie den schriftlichen Headlines am unteren Bildschirmrand. Hier liefen die Corporate News, für die sich die wenigsten interessierten, weshalb es dafür keine Filmbeiträge gab.

Vielleicht aber war es auch umgekehrt: Weil es keine Filmbeiträge gab, verminderte sich das Interesse. Eine Strategie der Konzerne, um die Aufmerksamkeit zu senken, insbesondere wenn sie etwas aus gesetzlichen Gründen veröffentlichen mussten.

Viel Neues gab es allerdings nicht. S-Trans kündigte ein Nachfolgemodell des P36 an. Dabei liefen die alten Scooter einwandfrei. Trotzdem würde vermutlich in einem halben Jahr keiner mehr auf den Straßen zu sehen sein. Auch gut. Die Scooter würden wenigstens wieder nach neuem Plastik riechen, und nicht nach dieser Mischung aus Hasch, Kotze und billigem Reinigungsmittel.

Dann kam eine kurze Meldung, nur vier Worte lang: *Mantis Angriff in Breinen.*

»Stopp«, sagte Moira. Bildschirm und Laufband froren ein. »Headlines! Nach links!« Die Buchstaben der Angriffsmeldung leuchteten. »Drilldown.«

Das frisch holo-tätowierte Hinterteil der Influencerin Ashira verschwand und machte einem kleingeschriebenen Fließtext Platz, der ohne Absätze auskam. »Vergrößern!«

Der Bildschirm gehorchte und Moira überflog die Meldung. Ein Dorf am Rand der Wüste war von nicht einmal hundert Mantis angegriffen worden. Glücklicherweise waren Mitarbeiter der MinerVa Inc., die in der Nähe eine Kupfermine betrieb, rechtzeitig vor Ort gewesen und hatten die meisten Bewohner evakuieren können.

Immer waren es Mitarbeiter von MinerVa, die frühzeitig von den Angriffen erfuhren und zur Rettung eilten. Als Deuteragäas größter Rohstofflieferant hatte MinerVa eine Menge von Minen, Bohrtürmen und Stationen überall auf dem Planeten verteilt. Das erklärte es wohl.

Nur achtzehn Tote waren zu beklagen, welche die Mantis vermutlich in Einzelteilen fortgetragen hatten, um ihre Brut damit zu füttern. Noch immer war unklar, was diese Angriffe der Wüstentiere auslöste. Inzwischen ging das seit fast zehn Jahren so, und die Angriffe auf die kleinen Wüstensiedlungen schafften es nicht einmal mehr in die Filmberichte der Nachrichtensender. Irgendwie misstraute Moira den offiziellen Erklärungen, dass die Mantis die Menschen als Beutetiere betrachteten. Warum hatten sie sie dann acht Jahrzehnte lang in Ruhe gelassen? Und überhaupt, warum räucherte man ihre Bauten in der Wüste nicht einfach aus? Zumindest jene, die so nah an der Dämmerungszone lagen, dass sie die äußeren Dörfer gefährdeten?

Ein Summton und das Pop-up auf dem Screen erinnerten Moira daran, dass es Zeit wurde aufzubrechen. Sie räumte ihre Schüssel in den Washer, ließ Chips und JuiceUp stehen und rollte ihren Koffer aus der Ecke, wo sie ihn vor dem Schlafengehen postiert hatte. »Screen aus, Lift rufen.«

Die Wohnungstür öffnete sich direkt in den Aufzug, der sie unten auf die Straße entließ. Sie hätte sich einen Scooter rufen können, aber trotz Koffer lief sie lieber die zehn Minuten bis zur nächsten Hauptstraße, wo es einen Ladeplatz gab. Wie alle Alleen in New Boston war auch diese so ausgerichtet, dass sie direkt auf die Sonne zulief. Die rote Scheibe stand wie immer am Ende der Häuserflucht, eine Handbreit über dem Horizont. Einen Tag-Nacht-Rhythmus gab es nicht auf Deuteragäa, das in gebundener Rotation seiner Sonne immer die gleiche Seite zuwandte.

Moira reihte sich an ihrem üblichen Kaffeestand in die Schlange ein und genoss während des Wartens das Licht und die Wärme auf ihrem Gesicht. Sie verbrachte wirklich zu viel Zeit in geschlossenen Räumen, und viel zu selten würdigte sie den Anblick der Hauptstraße mit ihrer Allee aus türkis belaubten Arobabäumen. Eigentlich liebte sie die City mit ihrem prallen Leben und ihrer bunten Vielfalt. Hier war alles so viel echter, so viel ehrlicher als in den Gated Communitys der Konzerne, die es in jeder Stadt gab. Man nannte sie Villages, obwohl es natürlich keine Dörfer waren, sondern einfach durch Mauern abgegrenzte Stadtteile. Und genau wie der Name hielt das Leben dort meistens nicht, was die schöne Fassade versprach.

»Viel vor heute?«, fragte Debbie, während sie geschäftig Moiras Kaffee mixte.

»Eine Reportage über Organtransplantationen.«

»Klingt interessant. Vielleicht sollte ich mir deinen Kanal doch mal abonnieren.«

»Tu das«, sagte Moira, obwohl der wissenschaftliche Fachkanal Debbie im besten Falle langweilen würde.

Es standen noch fünf Einsitzer in den Ladestationen, und Moira spähte prüfend durch die Scheiben, um den am wenigsten versifften ausfindig zu machen. Einer mit schreiend bunter Bahi-A-Werbung schien ein guter Kandidat zu sein. Moira hielt ihre Hand vor den Scanner und die Tür entriegelte. Eine freundlich-unpersönliche Frauenstimme begrüßte sie. »*Willkommen, Doktor Chakrabarti. Wohin darf ich Sie bringen?*«

»Zum Hafen, Halle B.«

Der Scooter wiederholte den Zielort und nannte den Preis. Nachdem Moira bestätigt hatte, surrte das Elektrofahrzeug los. »*Ladezustand bei dreiundzwanzig Prozent*«, informierte sie der Scooter. »*Sie werden das Fahrzeug auf der Loomotra Avenue wechseln müssen.*«

»In Ordnung. Reservieren.«

»*Bestätige: Reserviere Wechselfahrzeug für Rot 7:25, Loomotra Avenue. Erreichung des Endziels ›Hafen Halle B‹ voraussichtlich um Blau 0:05.*«

Moira sah auf ihren Screen am Handgelenk, der im Ruhemodus das dreifarbige Zifferblatt der Uhr zeigte – gelb, rot und blau für die drei achtstündigen Arbeitsphasen. Selbst nach fast hundert Jahren auf einem Planeten ohne Tag und Nacht, hatten sich die Menschen nicht vom 24-Stunden-Rhythmus ihrer alten Heimat verabschiedet.» Können wir schneller fahren?«

»*Überschreiten der Geschwindigkeitsbeschränkung auf dieser Strecke verfügbar für dreiundsiebzig Credits.*«

»Erwerben«, sagte Moira. Sie erhielt ohnehin regelmäßig Mahnmeldungen ihrer Bank, weil sie die Sparquote überschritt. Also konnte sie jetzt ruhig ein paar Credits auf den Kopf hauen und damit Strafzinsen vermeiden.

»*Verstanden. Geschwindigkeit wird überschritten, neues Wechselfahrzeug reserviert. Erreichung des Endziels ›Hafen Halle B‹ voraussichtlich um Rot 7:42.*«

Das klang schon besser. Moira lehnte sich zurück und wischte über den Screen an ihrem Handgelenk, um ihn zu aktivieren. Aus dem Lautsprecher des Scooters ertönte ein Jingle. *»Auf Ihrer linken Seite sehen Sie nun das Restaurant Chez Piere mit einem wunderbaren Blick über …«*

Moira stöhnte. »Werbung stumm schalten.«

»Das Stummschalten der Werbemitteilungen erhöht die Kosten der Fahrt um siebenundzwanzig-komma-drei Credits.«

»Erwerben.« Moira hatte im Moment keinen Sinn für solche Banalitäten und wollte ungestört ihren Gedanken nachhängen. Morgen würde sie Peter wiedersehen. Nach vier Monaten das erste Mal. Seit seinem Weggang hatten sie kaum miteinander gesprochen, und wenn, dann nur beruflich. Das war sicheres Terrain, ohne versteckte Vorwürfe oder verborgene Sehnsüchte. Ob das auch so bleiben würde, wenn sie erst einmal vor ihm stand, da war sich Moira auf einmal nicht mehr ganz so sicher.

Aber das war kein privater Besuch. Sie reiste für einen Bericht über seine neuen OP-Methoden an. Zumindest hatte sie das behauptet. Dass es ihr eigentlich um ganz andere Informationen ging, dass ihre Recherche Fragen zu den Organen aufgeworfen hatte, die er verpflanzte, würde sie ihm erst sagen, wenn sie beide im OP standen und er ihr nicht mehr ausweichen konnte.

Er war nämlich verdammt gut im Ausweichen. Eine siebenstündige Tube-Fahrt weit war er ihr ausgewichen, bis runter nach Green Sands. Okay, sie hatte die Beziehung selbst beendet. Was hatte er erwartet, als er plötzlich anfing von Kindern zu reden und einem gemeinsamen Leben in einem Village-Appartement? All dieses »uns« und »wir« hatte ihr die Luft zum Atmen genommen. Sie hatte Abstand gebraucht. Aber hatte er deswegen gleich eine neue Stellung so weit auf der Tagseite annehmen müssen, direkt am Wüstenrand? Er hatte gesagt, es sei eine großartige Karrierechance, und die Menschen im Morgen hätten schließlich auch ein Recht auf medizinische Versorgung. Ja klar. Manchmal dachte sie, dass er sie damit hatte bestrafen wollen. Oder vielleicht sich selbst. Warum mussten Menschen nur so kompliziert sein?

***

Keith hatte natürlich einen Schlüssel, aber er wusste nicht einmal mehr, wo er ihn abgespeichert hatte. Diese Villa hatte schon lange aufgehört, ein Zuhause zu sein. Seit damals, als Phil es für immer verlassen hatte.

Auf sein Läuten hin öffnete ein Hausmädchen und knickste. »Willkommen, Mister Kendrick.«

War das dieselbe wie beim letzten Mal? Keith war sich nicht sicher. Trotzdem sagte er: »Danke, Silvia.« In diesem Haus hießen Hausmädchen Silvia. Das stand so in ihrem Arbeitsvertrag. »Ist er im Garten?«

»Nein, Mister Kendrick erwartet Sie auf der Dachterrasse.«

Wie alle Räume war auch die Eingangshalle lichtdurchflutet. Die großen Fenster und das Dach waren natürlich aus Spiegelglas, um den Papparazzi-Drohnen keine Einblicke zu gewähren. In der Ecke standen ein paar Kisten. Ein fremder Anblick in der durchgestylten, immer ordentlichen Villa.

Keith hob einen Deckel an und zog den erstbesten Gegenstand heraus. Ein kitschig verschnörkelter E-Bilderrahmen. Er hatte früher auf der Kommode in Mutters Schlafzimmer gestanden.

»Ihr Vater hat einige Dinge aussortiert. Das geht an die City-Shelter, sobald alle Geräte gewiped wurden.«

Probehalber betätigte Keith den Schalter an der Rückseite. Tatsächlich hatte der Rahmen noch Strom, stieg wahllos irgendwo in der Endlosschleife von Filmsequenzen ein. Zwei Jungen – Phil und er selbst – fein gemacht für irgendeine Veranstaltung. Oper? Firmenfeier? Phil, der die Augen verdrehte. Statt eines Smokings hatte er unbedingt die rote Jacke tragen wollen. Er hatte immer etwas Besonderes sein wollen.

Keith schaltete das Gerät aus und steckte es zurück in die Kiste. Dabei fiel sein Blick auf eine durchsichtige Schachtel mit Schachfiguren. Schach. Vater hatte zwischen seinen Söhnen alles zu einem Wettkampf gemacht. Schulnoten, Sport, Benimmregeln. Schach war einer davon, und er wurde stets in Vaters Arbeitszimmer ausgetragen. Verbissen hatte Keith gegen Phil gekämpft, hatte unter Vaters Augen Niederlage um Niederlage kassiert, bis zu jenem denkwürdigen Tag. Phil war elf gewesen, er selbst gerade einmal acht, und trotzdem hatte er den älteren Bruder in die Falle gelockt. Oh, sie war perfekt aufgebaut. Phil bemerkte sie nicht, bis sie zuschnappte. Als sie ihm klar wurde, starrte er mit offenem Mund auf das Brett. Er wollte aufgeben, die Niederlage eingestehen, aber Vater stand vom Schreibtisch auf und verlangte, dass bis zum Ende gespielt wurde. »Ein Kendrick gibt nicht auf. Und wenn dir verlieren zu wehtut, dann musst du eben gewinnen.« Und Keith sorgte dafür, dass es wehtat, kostete seinen Sieg aus, räumte unter Vaters Blicken eine Figur nach der anderen ab und trieb den schwarzen König erbarmungslos über das Spielfeld. So stolz, so selbstzufrieden sonnte er sich in Vaters Anerkennung. Er bemerkte nicht, was es Phil antat. Vielleicht wollte er es nicht bemerken. Bis Phil den weißen König packte und ihn mit solcher Wucht auf das Brett schlug, dass er zerbrach.

Keith öffnete die Schachtel. Tatsächlich, da war der weiße König. Das Kreuz auf der Spitze saß schief. Vater hatte die Figur geklebt und im Arbeitszimmer wie einen Pokal aufs Regal gestellt. Phil hatte danach nie wieder Schach gespielt. Wenn er jetzt daran dachte – vielleicht war das der Anfang gewesen. Danach hatte Phil sich verändert.

»Kann ich Ihnen etwas zu trinken hochbringen?«, fragte Sylvia.

Keith blickte auf. »Einen Gin Tonic, danke.« Den weißen König steckte er in die Hosentasche.

Wenn man auf die Terrasse trat, war der erste Eindruck der Eiffelturm, dessen Spitze malerisch in die rote Glutscheibe der Sonne hineinragte. Natürlich war dieser Turm um einiges größer als das Original auf der Erde.

Unter Keith und bis zur French Bay dehnte sich das MinerVa-Village von Parisneuve aus. Saubere, weiße Häuser, durchgeplante Straßen, Grünflächen, Freizeitanlagen, die Firmen-Uni, Shopping-Malls. Seit Anbeginn der Zeit hatte der Mensch die Welt seinen Bedürfnissen angepasst, und endlich war es ihm gelungen, eine ideale Welt zu erschaffen. Sicherheit, Bequemlichkeit, aber auch Herausforderungen und jede Möglichkeit, sich zu entfalten, alles war im idealen Maß vorhanden, alles verfügbar.

Doch diese Welt reichte nur bis zu der weißen Mauer links von ihm. Dahinter lauerte die City, von vielen schönfärbend ›Altstadt‹ genannt. Für Keith war es der Moloch. Das Drecksloch, in dem sich der Abschaum der Gesellschaft sammelte. Die Loser, die Drogenabhängigen, diejenigen, die nicht wussten, was sie wollten. Unzufrieden mit allem, ohne Richtung und Ziel, die alles und jeden um sich herum vergifteten.

Was willst du eigentlich, Phil? Willst du diese Familie zerstören? Willst du, dass Mom einen Nervenzusammenbruch hat?

Ich weiß nicht, was ich will, verdammt! Ich weiß es nicht! Wenn ich es wüsste, wäre ich der glücklichste Mensch auf der Welt.

Das mit Mom hatte Phil tatsächlich hinbekommen. In irgendeinem Slum in der City von Parisneuve hatte Phil sich mit einer Überdosis selbst erledigt, und weil er seinen Bürgerchip gelöscht hatte, musste ihn jemand identifizieren. Als der Pathologe Phil das Tuch vom Gesicht zog, brach Mutter zusammen.

Keith hatte seinen Bruder in dem ausgemergelten, schmutzigen Körper kaum wiedererkannt. Mutter schon. Kaum ein halbes Jahr später hatte sie sich selbst das Leben genommen.

Keith atmete tief ein. Es waren immer die gleichen Erinnerungen, die dieser Ort auslöste. Er wandte sich ab von dem Ausblick über Parisneuve, den manche Menschen als grandios bezeichnet hätten. Vater fand ihn bloß angemessen.

Kendrick Senior repräsentierte die MinerVa Inc. seit dreißig Jahren im Konzernrat. Jetzt saß er in einem Liegestuhl, neben sich eine Sauerstoffflasche, von der ein dünner Schlauch zu seiner Nase verlief. Er las. Einen Konzernbericht oder ein Fachblatt. Über diesen Screen war noch nie ein Roman oder auch nur ein Film geflimmert. Noch so ein fundamentaler Dissens zwischen ihm und Phil.

»Wie geht es dir, Dad?«

Jetzt erst blickte der Senior hoch. Die Bewegung verursachte ein Zischen des Atemschlauchs. »Wenn es dich interessiert«, er holte rasselnd Luft, »lass ich dir von Dr. Paul den Befund schicken.« Ungeduldig wies er auf einen bereitstehenden Stuhl.

Keith setzte sich. »Du klingst nicht gut.« Die OP brachte immer Erleichterung. Offiziell wurde ihm die Lunge ausgepumpt. Hinterher war Vater für zwei, drei Jahre wieder ganz der Alte. Niemand bei MinerVa hatte den CEO jemals so gesehen, wie er jetzt hier saß, keuchend und mit einem Sauerstoffschlauch unter der Nase. »Können die die OP nicht vorziehen?«

Der Senior winkte unwillig ab. »Die Aktionärsversammlung.«

Natürlich. Um nichts in der Welt hätte Vater die verpasst, auch wenn er nur virtuell dabei sein konnte. Aber nach der

OP würde er eine Weile nicht einsatzfähig sein. Darum hatte er sie auf den Tag nach der Aktionärsversammlung gelegt.

»Wie oft, denkst du, können sie das noch durchziehen?«

»Unwichtig. Du hast von Breinen gehört?«

»Natürlich.« Der zweite Angriff in diesem Monat. Das war eine ziemliche Steigerung der Frequenz.

»Du musst nach Noshades.« Wieder ein mühsamer Atemzug. »Wie umgehen die Mantis ... unser System?«

Solche Gespräche mit Noshades würde Vater niemals einem Videocall anvertrauen, da war er geradezu paranoid. Trotzdem war das ein Novum. »Du schickst mich allein nach Noshades?«

»Dr. Paul verbietet mir das Reisen, und damit«, Vater hob den Schlauch, »habe ich kaum den notwendigen Nachdruck.«

Keith lächelte. Das würde Helen Nakamura gar nicht gefallen. Bei der letzten Sitzung des Boards hatte sie festgestellt, dass MinerVa weder ein Familienclan noch eine Erbmonarchie sei. Das würde sich allerdings noch zeigen. Er schob die Finger in die Hosentasche und spürte die glatte Rundung des weißen Königs. Konkurrenz machte ihn nur stärker.

Noshades war nicht nur das Lieblingsprojekt des CEO. Diese abgelegene Niederlassung in der Wüste entwickelte sich mehr und mehr zu einer der profitabelsten Abteilungen des Konzerns – und genau deswegen war sie auch eine der geheimsten. Nicht einmal die anderen Executive Officers wussten genaueres darüber. Der Leiter von Noshades unterstand direkt und ausschließlich Kendrick Senior, und der teilte seine Informationen nur mit seinem Sohn.

Vater nickte. »Außerdem musst du Trakev zügeln. Er darf die Einheiten nicht in Siedlungen schicken.«

»Unsere Einheiten sind die einzigen, die mit den Mantis umgehen können.«

»Eigenschutz ist Sache der Siedlungen.«

»Keine der privaten Sicherheitsfirmen kann mit unserem Equipment aufwarten.«

Vater schlug auf die Armlehne. »Dann sollen sie uns bezahlen!«

Ein Kaff wie Breinen würde dafür kaum die erforderlichen Mittel aufbringen können. Die konzernfreien Siedlungen waren ständig in Geldnöten.

Vater musterte ihn scharf. »Haben wir uns verstanden?«

»Klar, Dad. Ich kümmere mich darum.«

***

Moira hatte sich für die Tube entschieden. Mit mehreren Hundert km/h durch eine Vakuum-Röhre geschossen zu werden klang zwar nicht wesentlich sicherer als ein Flug, aber in Zeiten von fliegenden Riesen-Insekten war man tief unter der Erde doch besser aufgehoben als am Himmel. Zumindest, wenn man nahe der Tagseite landen wollte. Niemand konnte sagen, wann die Mantis schwärmten. Auf Deuteragäa gab es keine Jahreszeiten.

Sie hob ihren Koffer in die Gepäckhalterung, setzte sich und schaute missmutig auf den Screen in der Lehne des Vordersitzes. Man hatte die Wahl, für die Screennutzung zu zahlen, oder die Werbung über sich ergehen zu lassen, die auch noch völlig asynchron zum Screen am Nachbarsitz verlief. Schrecklich.

Ihr Armbandscreen summte. Kein Anruf, sondern bloß eine Movie-Message von der strahlenden Nuri.

»Bülent zieht bei uns ein und belegt die Rote Phase. Das ist doch okay für dich? Ich bin so glücklich!« Herzchen schwebten ins Bild und zerplatzten zu Glitzersternchen.

Na großartig. Ein voll belegtes Bett und dazu noch ein schreiendes Baby. Vielleicht sollte sie die Wohnung gleich ganz dem glücklichen Paar überlassen und sich etwas anderes suchen. Sie musste ja nicht in New-Boston bleiben. Als Journalistin war sie ohnehin viel unterwegs und konnte praktisch von überall arbeiten.

Zum Beispiel von Green Sands aus. Wo Peter wohnte.

Ach verdammt, es war ein Fehler gewesen, sich im Scooter alte Fotos anzuschauen. Ein paar gemeinsame Tage, die alten Zeiten ein wenig aufleben lassen war okay, aber eine gemeinsame Zukunft hatten sie sicherlich nicht.

Sie seufzte und legte ihre Hand nun doch auf den Screen. Es war besser, noch einmal ihre Recherchen durchzugehen.

Es hatte unscheinbar angefangen: Mit dem Rückgang der MediCare-Umsätze in verschiedenen Bereichen, etwa der Dialyse. Seltsam genug, denn Dialyse-Patienten stellten ihre Behandlung nicht einfach ein, und Nierenleiden waren eine der neuen Zivilisationskrankheiten.

Bei der Suche nach den Gründen war Moira auf eine erstaunlich gestiegene Anzahl von Nierentransplantationen gestoßen. Und nicht nur Nieren waren häufiger gespendet worden. Auch Leber, Herz, Lunge, im Grunde alle wichtigen Organe – und auch einige weniger wichtige.

Unwahrscheinlich, dass es plötzlich so viel mehr Organspender gab. Moiras Verdacht war Bahi-A Inc. Der gesunkene Fleischpreis sprach dafür, dass der Lebensmittelkonzern die alte Technik, Muskelgewebe in Nährlösung wachsen zu lassen, endlich kosteneffizient gemacht hatte. Bahi-A wollte damit wohl in den medizinischen Bereich expandieren. Blieb die Frage, warum Bahi-A ein Geheimnis daraus machte, statt offensiv damit zu werben. Waren die künstlichen Organe etwa noch nicht ausgereift? Wurden hier Patienten ohne ihr Wissen als Versuchsobjekte missbraucht? Oder war die Herkunft der Proteingerüste fraglich, die unabdingbar waren, um ein so kompliziertes Organ wie eine Niere wachsen zu lassen? Vielleicht konnte Peter Licht in die Sache bringen. Er musste doch wissen, woher die Organe kamen, die er verpflanzte.

Mit Hilfe des Screens vergingen die sieben Stunden Fahrt erstaunlich schnell, und im Hafen von Green Sands ließ Moira sich im Strom der Menschen zu den Ausgängen treiben. Es ging auf die Phase Gelb zu, und wer jetzt nicht bald auf seinem Arbeitsplatz war, bekam Probleme. Nachholen ließ sich die verlorene Zeit ja nicht, wenn die Kollegen der Phase Rot ihrerseits pünktlich eintrafen und die Werkbänke beanspruchten. Als Corporate Citizen war man eben ein Zahnrad im Getriebe, das sich perfekt in das Räderwerk einpassen musste. Flexibilität war Luxus – ein Vorteil der Arbeit als freie Journalistin.

Allerdings endete er an der Wohnungstür. Die drei Phasen definierten die Arbeitsschichten. Über die Schlafphasen musste man sich mit seinen Mitbewohnern einigen. Wurde das Bett jeweils eine Stunde vor Phasenbeginn gewechselt? Anderthalb Stunden? Zwei? Wer das Bett mit zwei anderen, also rund um die Uhr teilte, bekam selten mehr als sieben Stunden Schlaf. Entsetzlich. Wenn Bülent tatsächlich bei ihnen einzog, würde sie das auf die Dauer nur mit intravenösem Koffein durchstehen.

Sie folgte den Menschen durch eine Automatiktür nach draußen – und lief gegen eine Wand aus Hitze. Auch das Licht in Green Sands war völlig anders als in New Boston. Nicht nur intensiver, sondern auch gelber, obwohl die Sonne von Deuteragäa ein roter Zwerg war. Auf der Abendseite des Himmels war nicht ein einziger Stern zu sehen. Erstaunlich, was sieben Stunden Fahrt durch eine Vakuum-Röhre ausmachten.

Auch in Green Sands betrieb S-Trans die Scooter. Moira nahm einen davon, und er entließ sie vor einem Gebäude, das eindeutig noch aus der Erstbebauung stammte. Unter dem bröckelnden Putz lugte grünsandiger Beton hervor.

Es gab natürlich ein Hotel im Corporate Village in Green Sands, und Peter hatte ihr angeboten, sie als offiziellen Medi-

Care-Gast dort einbuchen zu lassen. Doch Moira hatte sich für eine kleine Pension in der Stadt entschieden. Sie lag nahe am Zentralkrankenhaus, das als mächtiger Klotz zwei Blocks in Richtung Abend aufragte. Dorthin würde sie morgen sogar laufen können.

Sie zog ihren Rollkoffer aus der drückenden Wärme der Wüstenstadt in einen kaum gekühlten Eingangsbereich. Hinter dem Empfangstresen saß ein junger Mann in einem Korbsessel und las ein Buch. Ein richtiges Buch, Tinte auf Papier gedruckt. Er schaute auf, legte das Buch zur Seite, und als er aufstand, knisterte der Korbsessel anheimelnd.

»Ms. Chakrabarti?«

»Sie können gern Moira sagen.«

»Ich bin Taehjung. Willkommen im Hotel Alice.« Er berührte den Screen auf dem Tresen und dessen Licht flammte auf.

Moira schmunzelte. »Ich dachte, Sie sind Screen-Allergiker.«

»Wie?« Er blickte hoch. »Ach so.« Er warf einen Seitenblick auf das Buch. »Ich vergesse nur immer, meinen aufzuladen. Außerdem mag ich den Geruch.«

»Papier hat einen Geruch?«

»Alte Bücher schon. Nach Staub, Holz und Druckerschwärze.«

Irgendwie fand sie das sympathisch.

»Ich habe schon alles vorbereitet.« Er drehte ihr den Screen zu. Moira prüfte die Angaben. Name, Adresse, Bürgernummer und Betrag. Dann fiel ihr Blick auf den Daumenscanner. Ziemlich altmodisch, eine vollgültige Unterschrift für einen simplen Bezahlvorgang zu verlangen, aber das passte zum Ambiente. Sie legte den Daumen auf das Feld, bis der Screen anzeigte, dass er alle Daten hatte: den Daumenabdruck und die Information aus dem in ihrer Hand implementierten Chip.

»Die Rechnung wird Ihnen elektronisch zugeschickt.« Taehjung zog einen Duplicator unter dem Tresen hervor. »Dann würde ich jetzt den Schlüssel aufladen. Sie haben Zimmer sieben.«

»Ich dachte ja, ich bekomme so einen.« Sie zeigte auf das Bord hinter ihm, wo an goldenen Haken Schlüssel mit klobigen Anhängern hingen.

Er lächelte. »Die sind nur noch Deko, eine Erinnerung an meine Urgroßmutter.«

»Ich nehme an, sie war Alice?«

»Ja, genau.« Er tippte An- und Abreisedatum ein und schob ihr den Duplicator hin, damit sie ihre Hand darauf legen konnte. »Der Schlüssel löscht sich automatisch um Rot vier an Ihrem Abreisetag. Bis dahin das Zimmer bitte räumen.« Er lächelte entschuldigend. »Leider haben wir keinen Aufzug, aber ich kann Ihren Koffer gern hochtragen.«

»Das schaffe ich schon, danke.«

Die Treppenstufen waren aus Holz und knarzten. In jedem Stock gab es vier Zimmer, ihres lag im zweiten. Sie legte die Hand auf die Klinke und ein grünes Licht zeigte die Entriegelung an.

Es roch nach altem Holz und frischer Wäsche. Gegen die Sonne waren die Außenjalousien herabgelassen. Das Dämmerlicht und kleine, liebevolle Details machten das Zimmer heimelig. Eine echte Blume in einer Vase auf dem Tisch, zwei bunt gesprenkelte Gläser neben der Wasserflasche, ein Aquarell an der Wand. Kein Standard-Druck, ein richtiges Aquarell. Vermutlich das Hobby eines Familienmitgliedes.

Mit einem Lächeln dachte sie daran, wie viel unpersönlicher ein Village-Hotel gewesen wäre. Viel mehr Luxus, aber zweckmäßig, unaufdringlich und glatt. Dort hätte das Zimmer nach der voreingestellten Duftvariante gerochen. *Bevorzugen Sie Pinetree, Oceanbreeze oder Meadow? – Ich hätte gerne Holz und Wäsche, dankeschön.*

Sie räumte ihre Sachen ins Bad, stellte die Zahnbürste auf das Ladegerät, dann fiel ihr die Kondompackung in die Hand.

Seit der Trennung von Peter war sie nicht mehr zum Termin für die Spritze gegangen. Falls sie beide also morgen die Erinnerung an alte Zeiten aufleben lassen wollten, würde die Verhütung in seiner Verantwortung liegen. Sie nahm ein Kondom mit ins Zimmer und schob es in ihre Handtasche. Sicher ist sicher. Auf dem Bett lag der Koffer aufgeklappt, darin der schwarze Balconette-BH samt Höschen, an dem noch das Preisschild hing. Sie seufzte. Was tat sie hier eigentlich? Wusste sie, was sie wollte?

Ja. Sie wollte wissen, woher die Organe kamen, die Peter seinen Patienten einpflanzte. Aber hatte sie tatsächlich vor, Sex zu verwenden, um es zu erfahren? Nein, der Sex war nur … eine private Hoffnung. Eine Erinnerung. Er hatte rein gar nichts mit ihrer Recherche zu tun.

Andererseits, wenn er half …

Sie sah zum Spiegel neben dem Schrank und zwinkerte sich zu. Warum nicht das Angenehme mit dem Nützlichen verbinden?

***

Keith stand am Fenster der Kommandozentrale von Noshades und blickte hinaus in die gleißende Wüste. Die Sonne stand so hoch am Himmel, dass sie geradezu bedrohlich wirkte. Tausende von Kilometern weiter östlich, auf der Mitte der Tagseite, schmolz ihre permanente, unbarmherzige Hitze den Wüstensand zu Glas.

Drei Stockwerke unter ihm exerzierten Männer im Licht dieser Sonne. Das Gebrüll des Drill Sergeants klang trotz der geschlossenen Fenster zu ihm herauf, der aufgewirbelte Sand wurde in Fahnen bis vor die Scheiben getragen. Fast glaubte er, auch den Schweiß der Männer riechen zu können, die dort unten in einheitlichen Formationen ihr Training absolvierten. Gleichförmig die Bewegungen, einheitlich die austrainierten

Körper, sogar die Schweißflecken auf den sandroten Hemden hatten dieselben Umrisse.

Was sie hier aufgebaut hatten, erfüllte ihn immer wieder mit Stolz. Die Wertschöpfung für MinerVa Inc. war enorm, und selbst die Entsorgung warf noch Profit ab.

Aber das erklärte wohl nicht dieses Gefühl, das an Keith zog, immer wenn sein Blick über die gleichmäßigen Reihen der weiß getünchten Baracken schweifte, über die ordentlich geharkten Wege und die Trupps kahlgeschorener Männer, die in Zweierreihen auf ihnen entlang liefen. Er verstand nicht völlig, was er bei diesem Anblick empfand und warum. Es fühlte sich an wie … Frieden.

Hinter ihm öffnete sich die Tür und Keith wandte sich um. Zuerst kam Wang in den Konferenzraum, der Verwaltungschef dieses Stützpunktes, verantwortlich für dessen Wirtschaftlichkeit. Ihm folgte ein Mann mit militärischer Haltung und einer beeindruckenden Narbe quer über dem linken Auge. Ein alter Haudegen, der selbst zu diesem Meeting Wüsten-Tarnhose und ein schlichtes Shirt trug, das sich über beeindruckenden Muskeln spannte. Keith streckte die Hand aus und ging auf den Mann zu. »Colonel Trakev.«

Das vernarbte Auge blickte ebenso wach wie das andere, die Iris war aber braun und nicht blau wie die des rechten. Ein Spenderorgan. Noch ein Erfolg für MinerVa Inc., den die Kendricks sich auf die Fahnen schreiben konnten.

Trakev salutierte zuerst, bevor er zum zivilen Gruß die Hand reichte. »Eine Ehre, Sie wieder einmal hier zu haben, Sir.«

Seine Hand war knochenhart, sein Händedruck fast schmerzhaft. Keith machte sich einen Sport daraus, den Druck zu erwidern. Erst dann reichte er auch Wang die Hand, und als dieser bei dem Griff zusammenzuckte, grinste Keith in sich hinein.

Wang war ein Schreibtischhengst und nur hier, weil er sich bewähren musste. Jemand wie er meldete sich nicht freiwillig auf einen Arbeitsplatz, der so weit auf der Tagseite lag. Im Gegensatz zu Trakev. Kerle wie er suchten in der Wüste das Extreme, die Herausforderung. Und er hatte sie zweifellos gefunden.

»Sie wissen, warum ich hier bin«, begann Keith, kaum dass sie sich gesetzt hatten.

»Es geht um den Angriff auf Breinen«, sagte Trakev.

Wang schlug derweil die mitgebrachte Mappe auf und fingerte nervös an dem Screen darin herum. »Das Frühwarnsystem hat tadellos funktioniert. Wir konnten fast alle Einwohner rechtzeitig in Sicherheit bringen.«

»›Fast‹ und ›tadellos‹ im gleichen Satz, Wang? Halten Sie mich für einen Idioten? Ich will Gründe und Konsequenzen hören.«

Wang hatte inzwischen eine Übersicht aufgerufen und schob sie auf die beiden großen Wandscreens am Kopfende des Raumes. Sie zeigten jetzt beide das gleiche Bild. »Hier sehen Sie das Netz der installierten Detektoren im Gebiet der …«

»Ich kenne unser Frühwarnsystem«, unterbrach ihn Keith. »Ich will wissen, was schiefgelaufen ist.«

»Natürlich, Sir.« Wieder fummelte Wang auf seinem Gerät herum, und auf den Wandscreens erschienen unzählige rote Linien, die sich überlagerten und zu Flüssen und Strömen vereinigten. »Das sind die in den vergangenen sechzig Phasen erfassten Flugbewegungen der Mantis. Und hier«, ein abweichendes Bild erschien auf dem linken Screen, »die der sechzig Phasen davor.«

Das war interessant. Keith beugte sich vor und studierte die beiden Grafiken. »Es sieht aus, als würden sie die Detektoren inzwischen meiden.«

»Mehr als das. Sie scheinen sie bewusst zu nutzen, um uns in die Irre zu führen.« Eine Linie wurde hervorgehoben. »Der Schwarm, der Breinen überfallen hat, hat sich zuerst in nördliche Richtung bewegt, um dann kehrt zu machen und über nicht überwachtes Gebiet nach Breinen zu gelangen.«

»Und warum zum Teufel ist dieses Gebiet nicht überwacht?«

»Es handelt sich um felsiges Gelände, voller Canyons und Schluchten. Unmöglich, dort jeden Bereich abzudecken.«

Jetzt mischte sich Trakev ein. »Als wüssten sie das. Immer wieder schlagen Schwärme in kleinen Siedlungen zu, als wollten sie das System austesten.«

Keith sah ihn skeptisch an. »Es sind Insekten, Trakev. Große Heuschrecken.«

»Haben Sie diesen Heuschrecken schonmal gegenübergestanden, Sir?«

In der Konzernzentrale gab es ein paar Statuen, von Künstlern geschaffene Interpretationen, und wie jeder spürte auch Keith bei ihrem Anblick ein gewisses Unbehagen. Das war nur natürlich bei Insekten, die einem bis zur Hüfte reichten, mit aufgerichtetem Vordersegment und hochgereckten Deckflügeln sogar bis zur Brust. Die unbeweglichen Gesichtszüge aus Chitin, die sechs starren Augen, die kraftvollen Mandibeln, die einen menschlichen Arm mit nur einem Biss durchtrennen konnten, all das machte die Mantis nicht gerade zu Sympathieträgern.

»Ich bestreite nicht, dass der Anblick furchteinflößend ist, aber das ändert nichts daran, dass es bloß Tiere sind.«

»Und was sind wir anderes als Säugetiere?«

Keith lehnte sich zurück. »Wie viel Hirn passt schon in so einen flachgeklopften Chitinschädel? Vielleicht ist es Schwarmintelligenz.«

»Unklar. Wir beschäftigen uns noch nicht lange mit ihnen.«

Das war allerdings richtig. Die Menschheit siedelte seit knapp hundert Jahren auf Deuteragäa, und sie hatte bisher alle Hände voll zu tun, die wichtigsten Eigentümlichkeiten und größten Gefahren dieser neuen Umgebung einzudämmen, die Grundversorgung für eine wachsende Anzahl an Bewohnern sicherzustellen und, nicht zu vergessen, eine völlig neue Gesellschaft aufzubauen. Seit Ausbruch der »Troubles« auf der Erde hatte es – außer an Flüchtlingen – keinerlei Nachschub mehr von dort gegeben, weder an Rohstoffen noch an Technologie. Niemand hier hatte die Zeit gehabt, sich um staatenbildende Insekten zu kümmern, die weit draußen auf der Tagseite lebten und die Menschen in Ruhe ließen. Niemand außer MinerVa Inc.

Keith zeigte auf den Bildschirm. »Wir haben dieses System installiert, um die Siedlungen frühzeitig warnen zu können. Wir können unsere Einheiten nicht immer vor Ort schicken. Sie wissen, dass das ein Risiko ist.«

Wang sah betreten auf den Schreibtisch, aber Trakev lehnte sich zurück. »Mit Verlaub, Sir, außer uns kann es niemand.«

»Darum müssen wir solche Schwärme aufhalten, bevor sie bewohntes Gebiet erreichen. Wir sollten einige Exemplare einfangen. Den Feind analysieren. Schwachstellen finden. Trauen Sie sich das zu?«

»Das Einfangen schon, Sir.«

»Um den Rest kann Wang sich kümmern.« Er nickte dem Verwaltungsleiter zu. »Stellen Sie mir eine Liste von Forschungseinrichtungen zusammen, die das übernehmen können.«

Wang machte ein nachdenkliches Gesicht. »Mantis überleben bloß ein paar Phasen in Gefangenschaft.«

»Wir können jederzeit neue fangen. Suchen Sie also am besten was in der Nähe.«

»Ich mache mich sofort dran, Mister Kendrick.«

Keith sah wieder Trakev an. »Wir können die Einheiten nicht ständig mit der Zivilbevölkerung in Kontakt bringen. Die Medien werden schon aufmerksam.«

»Die Männer tragen Helme, Sir. Und bisher haben wir alles unter Kontrolle.«

»Trotzdem. Keine Evakuierungen mehr ohne Freigabe von oben. Das heißt: von mir.«

»Verstanden, Sir.«

***

»Wir haben eine Kabine, falls dir das lieber ist.« Peter nickte zur Trennwand hinüber, während er ihr das in dünnes Plastik eingeschweißte OP-Set hinhielt.

»Als ob du mich noch nie nackt gesehen hättest.« Moira legte das Päckchen vor sich auf die Holzbank und knöpfte die Bluse auf.

»Ist zumindest eine Weile her.«

Fast schon komisch, wie er beim Umziehen gegen die Wand starrte. So würde er ihren schwarzen Balconette kaum würdigen können. Vermutlich hatte sie den völlig umsonst gekauft.

Für Peter gab es keine halben Sachen, und eine Trennung war eben eine Trennung. Überhaupt war er ziemlich altmodisch. Damals hatte er ihr sogar vorgeschlagen, zusammen in ein Zweier-Appartement zu ziehen, also Wohnung *und* Phase zu teilen, wie ihre Großeltern. Irgendwelche Landeier machten das wohl heute noch so.

Im Grunde war ihr damals zum ersten Mal aufgefallen, dass sie eigentlich gar nicht zusammenpassten. Seine Träume und Pläne legten alles fest, errichteten eine Mauer um sie beide, um ihr gemeinsames Leben. Aber das andere, eine Beziehung ohne ein genaues Bild für die Zukunft und einen Plan für den Weg dorthin, das hatte wiederum er nicht ertragen.

Sie riss das Plastik auf. Das Päckchen enthielt das bekannte Ensemble aus Hose und Hemd, Mundschutz, Haarkappe und sogar Einweg-Schuhe.

»Bist du das Leben als freie Journalistin nicht langsam leid?«, fragte Peter unvermittelt.

Sie streifte den Rock ab. »Wieso?«

»Ich halte es für eine Talentverschwendung. MediCare hat immer Verwendung für eine gute Chirurgin, und vielleicht willst du wieder mal die Vorzüge eines Corporate Village genießen.«

In einem Village würde sie sich sogar ein Zimmer leisten können, das sie nicht phasen-teilen musste. Alle großen Konzerne unterhielten diese Gated Communities für ihre Arbeitnehmer.

Sie zog das Oberteil über. »Fühlst du dich nicht manchmal zu sehr überwacht? Dass sich das System vielleicht fragt, warum du das Village während Gelb verlässt, obwohl das gar nicht deine Arbeitsphase ist?«

Peter zuckte mit den Schultern. »Wenn sie daraufhin das Freizeitangebot verbessern, warum nicht? Bist du soweit?«

Sie waren jetzt beide in labberiges Grün mit übergroßem MediCare-Emblem gekleidet und bereit für die Desinfektionsschleuse.

»Moment noch.« Sie stellte ihren Screen am Handgelenk auf Netzfrei, damit das Funksignal die empfindlichen Geräte im OP nicht störte. Auch die Kamerabrille stellte sie um, würde die Aufnahme auf einen Chip speichern, statt sie direkt in den Data-Ocean zu übertragen. Sie setzte die Brille auf und senkte den Mundbügel. Jetzt sah sie Peter durch zwei Screens direkt vor ihren Augen. Rechts unten blinkte der rote Aufnahmepunkt. Sie zoomte auf Peters verlegenes Grinsen.

»Wir sind heute auf Einladung von Doktor Peter Sanchez im MediCare Krankenhaus in Green Sands.«

»Doktor Sanchez? Du machst mich fertig.«

»Könntest du bitte ernst bleiben? H&S ist ein seriöser Kanal.«

»Hab ich dir jetzt die Aufnahme versaut?«

»Das wird alles eh noch geschnitten. Wenn du nett bist, retuschiere ich sogar den Pickel an deinem Kinn.«

»Das wäre sehr zuvorkommend.« Er räusperte sich und versuchte, seriös auszusehen, während sie ihr Intro wiederholte und dann fortfuhr.

»Doktor Sanchez wird in wenigen Minuten eine Nierentransplantation nach der neuen von ihm mitentwickelten, minimalinvasiven Methode vornehmen. H&S, Ihr Kanal für Medizin und Wissenschaft, berichtet für Sie direkt aus dem Operationssaal. Danke, dass wir hier sein dürfen, Doktor Sanchez.«

»Aber gerne doch.« Er machte eine auffordernde Geste und ging ihr voran zur Schleuse. Moira schaltete die Bildaufnahme aus, und die Brillengläser wurden durchsichtig. Das schien Peter zu erleichtern. Im OP und selbst in einem Hörsaal konnte er unglaublichen Charme versprühen, aber eine Kamera machte ihn befangen.

»War das nicht eine etwas steife Einleitung?«, fragte er.

»Ist ein Wissenschaftskanal, die mögen das so.«

Als sie beide durch die Schleuse waren, war die Zeit reif. Möglichst unbefangen fragte Moira: »Eure Abteilung hat gut zu tun, soweit ich gehört habe.«

»Was soll ich sagen?« Peter zuckte mit den Schultern. »Bei dem Lebensstil heute geben Niere und Leber als erstes auf.«

»Kann ich mir vorstellen. Ich habe da so eine Mitbewohnerin ...« Allerdings hatte Nuri Alkohol und Tabletten tatsächlich auf null reduziert, seit sie von der Schwangerschaft wusste. Womöglich war ihre Gereiztheit bloß eine Entzugserscheinung. Oder das war einfach die wahre Nuri, ohne die künstlichen Glücklichmacher.

»Aber«, sagte Moira, »die Nachfrage nach Transplantationen gab es auch früher. Woher bezieht ihr die Organe?«

»Du weißt, das sind Firmendaten.«

Da war es, das Zauberwort. Firmendaten. Es bezeichnete eine absolute Grenze. Firmendaten waren das neue Numinosum, das heilige Tabu ihrer Gesellschaft. Es gab Leute, die sogar das Wort Firmendaten nur flüsternd aussprachen.

»Komm schon«, sagte Moira. »Noch vor ein paar Jahren war das ein riesiges Problem, und plötzlich habt ihr genug Nieren, um drei OPs in einem Monat durchzuführen?«

Peter blieb stehen. »Woher weißt du das?«

Er dementierte es nicht. Hätte auch nicht viel genützt, denn sie hatte mit den Patienten gesprochen. »Ich bin Journalistin, schon vergessen?«

»Ich habe keine Ahnung, woher die Organe kommen. Ich baue sie bloß ein.« Er wandte sich um und ging weiter. Moira hingegen stand immer noch da.

»Du weißt schon, dass deine Ohren rot werden, wenn du lügst?«

Mit einem Seufzen blieb er stehen. »Wie du weißt, erhalten auch Angestellte Firmendaten nur auf einer strikten Need-to-know-Basis.«

»Aber es gibt Gerüchte.« Sie schloss zu ihm auf. »Von wem bekommt ihr die Organe? Bahi-A?«

»Also weißt du es schon.«

Trotzdem blieben Zweifel. Falls Bahi-A tatsächlich Steaks ohne Rinder herstellen konnte, wieso vermarkteten sie diese dann nicht entsprechend? Und noch etwas störte Moira. »Für ein Schnitzel oder eine Leber kann ich mir das ja vorstellen.« Das waren homogene Organstücke, deren Funktion im Wesentlichen von der Art der Zellen abhing, unabhängig von deren genauer Anordnung. »Aber eine Niere? Oder gar ein Herz? Komplett mit Kammern, Klappen und passenden Anschlüssen?«

Er warf einen Blick auf ihre Kamerabrille, wie um sich zu vergewissern, dass die Aufnahmefunktion noch immer ausgeschaltet war. Moira lächelte beruhigend. Wenn die Gläser durchsichtig waren, wurde nicht gefilmt, das war bei allen vom Konzernrat genehmigten Kamerabrillen der Fall. Was

Moira ihm nicht sagte war, dass sie die Audioaufnahme weiterlaufen ließ.

Schließlich seufzte er. »Ich weiß wirklich nichts Definitives. Aber ich vermute, dass hinter Bahi-A jemand anderes steht.«

»Und wer?«

Wieder zögerte er. Als er zu einer Antwort ansetzte, trat eine Frau in den Gang heraus. »Hier steckst du! Der Patient ist schon da und wird gerade vorbereitet.«

»Entschuldige, Mbali. Ich komme.«

Moira fluchte lautlos und folgte Peter in den OP.

***

Keith hatte von seinem Jet aus noch eine Video-Konferenz mit Neu-Mumbai abgewickelt. Als der Screen dunkel wurde, waren sie noch immer nicht in der Luft. Er drückte den Knopf, der ihn mit dem Cockpit verband. »Gibt es ein Problem?«

»Ja, Sir. Wir erhalten keine Starterlaubnis.«

»Warum nicht?«

»Ich bekommen keine Informationen, Sir. Vielleicht können Sie was ausrichten.«

Er wählte Wang an, aber auf dem Screen erschien nur das Bild von dessen Sekretär. »Sir?«

»Wo ist Wang?«

Dem jungen Mann war sichtlich unwohl in seiner Haut. »Mister Wang ist leider gerade nicht …«

»Dann holen Sie mir jemand anderen an den Schirm, der mir sagen kann, warum ich noch nicht in der Luft bin. Oder Sie können heute Abend Bewerbungen schreiben.«

»Natürlich, Sir. Sofort, Sir.« Der Sekretär begann mit hektischer Tätigkeit, während Keith ungeduldig auf das lackierte Wurzelholz der Vertäfelung trommelte. Erdimport, natürlich.

»Sir«, meldete sich der Sekretär erneut. »Ich verbinde Sie mit Colonel Trakev.«

»Aber ein bisschen plötzlich.«

Das Bild sprang zu dem Colonel, von dem im Wesentlichen das kantige Kinn zu sehen war. Vermutlich sprach er in seinen Armband-Screen. »Sir?«

»Ich will wissen, warum wir keine Starterlaubnis bekommen.«

»Der Luftraum ist blockiert, Sir.«

»Blockiert? Von wem?«

»Mantis, Sir.«

Keith zögerte nur einen Herzschlag lang. »Schicken Sie mir einen Wagen, ich komme wieder rein. Und dann will ich Einzelheiten hören.«

Die fünf Schritte vom Wagen zum Eingang des klimatisierten Haupthauses der Niederlassung waren wie der Gang durch einen Backofen. Im Foyer erwartete ihn Wang.

»Ich entschuldige mich für diese …«

»Wo ist Trakev?«

»Er ist im Einsatz, Mister Kendrick, aber wir haben eine Liveschaltung in den Konferenzraum hier im Erdgeschoss.«

Auch dort gab es zwei Screens, und beide zeigten den gleichen Film. Offenbar das, was Trakev durch seine Helmkamera sah. Das Bild hüpfte, während er auf die wartenden Helikopter zurannte. Aus den Lautsprechern drang sein Brüllen: »Staffeln sechs und sieben in die 'Kopter, los, los!«

Männer in schwarzen Uniformen und Helmen rannten vorbei.

Keith zeigte auf den Screen. »Warum tragen sie keine Wüstentarnung?«

»Die schwarze ist die Kampfmontur. Mit FRT.«

Sehr gut. Dann würden sie auch die neuen Modelle gleich testen können. »Wie kann ich mit ihm sprechen?«

»Die blaue Taste vor Ihnen.«

Keith drückte sie. »Trakev, Hören Sie mich? Kendrick hier.«

»Ich höre Sie, Sir.«

»Was ist passiert?«

»Ein großer Schwarm, Sir, an die siebentausend Tiere.«

»Und was ist ihr Ziel?«

»Green Sands, Sir.«

Keith sah zu Wang hinüber, der bleich auf den Schirm starrte. Green Sands war keine kleine Wüstensiedlung. Es war eine Stadt, in der mindestens drei Konzerne Villages unterhielten.

Wieder drückte er den Knopf. »Können wir sie rechtzeitig abfangen?«

»Unklar, Sir. Die Scanner haben sie sehr spät entdeckt.«

»Wie kann das sein?«

»Wir vermuten, dass sie gelaufen sind und erst in Zielnähe aufgestiegen.«

Diese Biester waren tatsächlich erstaunlich raffiniert.

»Sir?«, fragte Trakev. »Was ist Ihre Anweisung, falls sie Green Sands erreichen? Es gibt dort ein MinerVa-Village.« Dann brüllte er: »Staffeln acht und neun, kommt in die Hufe, Mädels! Sonst kommt ihr zu spät zum Ball!«

Keith sah zu Wang hinüber. »Wie groß ist Green Sands? Viele Villages?«

»Nur zwei.« Wang wandte die Augen nicht vom Screen. »MinerVa, und eins, das von MediCare und Bahi-A gemeinschaftlich genutzt wird.«

»Dann kann die Stadt so groß nicht sein.«

»Achtzig Prozent der Bevölkerung lebt in der City.« Wang warf ihm einen kurzen Blick zu. »Hier draußen haben die Villages nicht die gleiche Bedeutung wie im Kernland der Dämmerungszone.«

Natürlich nicht. Am Wüstenrand sammelten sich die Weltfremden, diejenigen, die sich nicht einfügen konnten, die dem Druck nicht gewachsen waren, die Verlierer. City-Material. Wie Phil.

»Kontaktieren Sie sofort MediCare und Bahi-A. Handeln Sie einen Preis für den Schutz ihrer Villages aus.«

Wang nickte. »Auch für das Krankenhaus? Es ist eine MediCare-Einrichtung.«

»Auch dafür.«

Wang nickte und ging, Keith drückte wieder auf den Knopf. »Trakev, konzentrieren Sie den Einsatz auf den Schutz der Villages und des Krankenhauses!«

»Verstanden, Sir.«

»Und ich will im Anschluss eine Evaluierung, wie sich die neue FRT-Panzerung macht.« Er lehnte sich zurück und beobachtete, wie der Heli abhob.

Er verstand noch immer nicht, warum Vater so zurückhaltend war. Sah er denn nicht die unglaubliche Möglichkeit, die sich hier bot? Endlich ergab sich die Chance, die Gesellschaft auf Deuteragäa in so etwas wie ein echtes Staatswesen zu führen.

Nicht wie auf der Erde, natürlich. Sein Urgroßvater hatte sich dort noch den sogenannten Politikern anbiedern müssen. Lobbyarbeit hatte man das genannt. Dabei hatte auch damals schon jedes Kind gewusst, dass die eigentliche Macht von den Konzernen ausging, von den großen Wirtschaftslenkern und Visionären, den eigentlichen Leistungsträgern. Auf Deuteragäa hatte man den Irrweg Politik vermieden, schon deswegen, weil die ersten Expeditionen und die Besiedelung natürlich durch Großkonzerne finanziert worden war. Wer zahlt, bestimmt.

Auf Deuteragäa wurden nur die Cities von Bürgergewerkschaften regiert und finanzierten sich aus den Steuergeldern ihrer Bewohner und der klein- und mittelständischen Unternehmen. Entsprechend sah es dort aus: schmutzig und chaotisch, voll dunkler Clubs, Drogen und Glücksspiel. Prostitution auf offener Straße. Ein Sumpf, in dem auch Phil versunken war.

Phil hatte sich nicht nur dem ständigen Wettstreit entzogen. Er hatte sich allem entzogen, das für vernünftige Menschen wertvoll war. Er hatte ihr Haus, ihre ganze Familie in einen Ort des Wahnsinns verwandelt. In einen Ort, an dem nachts die Polizei klingelte – ohne Blaulicht, weil man den vollgedröhnten Sohn des großen Mannes diskret abliefern wollte.

Keith atmete tief ein. So vieles würde er ändern. Alles, was er dazu brauchte, hatte er auf Noshades – oder er würde es bald haben, sobald Tau einsatzbereit und Phi ausgereift war – und dann würde er sich nicht scheuen, diese Aufgabe anzugehen. Gleichgültig, was Vater dazu sagte.

***

Sobald sie den Vorraum zum OP betraten, straffte sich Peter. Jetzt war er ganz Arzt. Moira schaltete das Video an und zog den Mundschutz über, während Peter sich in der Ecke die Hände schrubbte und die Handschuhe überziehen ließ. Der Patient, ein dicklicher Mann um die vierzig, war noch wach.

»Sind Sie die Reporterin?«

Moira trat an den Tisch. »Genau, Mister Giniakis, mein Name ist Moira Chakrabarti. Vielen Dank, dass Sie Ihr Einverständnis für die Aufnahmen gegeben haben.«

Er grinste. »Meine fünf Minuten Ruhm, nicht wahr?«

»Ihr Gesicht wird leider gar nicht zu sehen sein.«

»Das ist auch nicht das Fotogenste an mir.« Er klatschte mit beiden Händen fröhlich auf seinen haarigen Bauch, der dabei in wellenartige Bewegung geriet. Moira musste grinsen.

»Stillhalten«, forderte die Schwester trocken und spritzte das Sedativum in den Schlauch. »Und jetzt zählen Sie mal.«

Er kam bis vier.

Dann wurde alles sehr routiniert und Moira trat an die Wand zurück, um nicht im Weg zu stehen. Erstaunlich, wie vertraut das alles sofort wieder war. Der Geruch nach Desinfektionsmittel, das Piepsen der Geräte, die ruhigen, knappen Anweisungen. So vertraut, dass sie unwillkürlich unter den OP-Masken nach bekannten Gesichtern suchte. Einer der Assistenten zwinkerte ihr zu, aber erst, als er eine grün gefärbte Locke unter seiner Haube hervorzupfte, erkannte Moira ihn. Richtig. Mikael hatte sich zusammen mit seinem Chef versetzen lassen. Ein guter Karriereschritt, aber sie hatte auch schon immer den Verdacht gehabt, dass Mikael in den smarten Chirurgen verschossen war. Nun, inzwischen war der Weg ja frei. Sie nickte ihm zu.

»Keine Flirtereien im OP«, sagte Peter trocken. »Mikael, Konzentration bitte. Ich setze jetzt den ersten Schnitt für das Laparoskop.«

Der Kühlbehälter mit der neuen Niere stand schon bereit. Er war tatsächlich nicht in den Farben von Bahi-A gehalten. Der Lebensmittelkonzern hatte ein kräftiges Rot zu seinem Kennzeichen gemacht, dieser Behälter aber war wollweiß mit einem strahlend blauen Deckel. Er trug keinerlei Emblem. Das war merkwürdig. Warum schrieb eine Firma ihren Namen nicht auf ihre Produkte? Auf Produkte, die Leben retteten? Welche bessere Werbung könnte es geben?

Nun, da alle fünf Beteiligten ihre Plätze eingenommen hatten, trat Moira wieder näher. »Doktor Sanchez, würden Sie uns bitte genau erklären, was Sie hier tun?«

»Gern. Wie Ihre Zuschauer sicher wissen, basiert minimalinvasive Chirurgie auf der Grundidee, dass wir den Patienten nicht wie ein Buch aufklappen müssen, um an die Niere zu gelangen.«

In seiner launigen Art kommentierte Peter jeden seiner Handgriffe und Moira sah durch die beidseitigen Kameras das Geschehen in übernatürlich deutlichem 3D, das sie nach Belieben heranzoomen konnte. Debbie vom Kaffeestand würde diese Bilder nicht genießen, aber für sie – und die Abonnenten des Kanals H&S – war es hochinteressant. Natürlich war die Laparoskopie, also das Einführen einer Kamera in den Bauchraum, keine neue Methode. So hatten Ärzte schon auf der Erde operiert. Aber der Austausch eines ganzen Organes auf diese Weise war eben doch eine filigrane Fisselarbeit.

»Das Geheimnis liegt darin, wie man die Schnitte setzt«, erklärte Peter, »und an der Roboterassistenz, deren Software ich selbst mitentwickelt habe. Mbeni?«

»Bin schon dabei.« Ein mechanischer Arm senkte sich von oben auf den OP-Tisch herab.

Plötzlich flackerten alle Lampen. Auch der Bildschirm, der das Innere der Bauchhöhle des Patienten zeigte, fiel kurz aus und erholte sich flimmernd. Alle blickten sich besorgt um.

»Passiert sowas öfter?«, fragte Moira.

»Eigentlich nicht.« Peter konzentrierte sich wieder auf den Patienten, doch nach kurzer Zeit flackerte das Licht erneut. Enerviert blickte er auf. »Mikael, schau doch mal, was da los ist. Moira, übernimmst du die Beatmungskontrolle?«

»Natürlich.« Sie nahm Mikaels Platz ein, von wo aus sie ein waches Auge auf die Herz-Lungen-Maschine hatte.

Peter nickte ihr zu und an seinen Augen erkannte sie, dass er unter der Maske lächelte. »Womöglich wird deine langweilige Medizin-Reportage doch noch spannend.«

Wieder flackerte das Licht, und diesmal erschien es Moira, als habe sie so etwas wie eine Detonation gehört. Sie hielt den Handbeatmungsbeutel schon in der Hand, doch die Maschine hatte eine eigene Stromsicherung und den kurzen Ausfall gut weggesteckt. Himmel, was war da draußen bloß los? Moira blickte sich um, aber in dem fensterlosen Raum gab es keinerlei Antworten.

Mbeni schaute auf. »Sollen wir abbrechen?«

»Und den Mann ohne Niere nach Hause schicken? Wir sind schon zu weit. Alles klar auf deiner Seite?«

Mbeni nickte. »Ich bin soweit.«

»Dann hinein damit.«

Peters Anweisungen waren jetzt knapp und spärlich. Jeder im Team wusste, was er zu tun hatte. Es schien Moira, als arbeiteten alle schneller. Dann dröhnte tatsächlich eine Explosion und ließ die Instrumente auf den metallenen Tabletts klirren. Wieder sah Moira sich um. Warum kam niemand und sagte ihnen, was los war?

»Stirn!«, sagte Peter.

Moira tupfte ihm den Schweiß von den Brauen.

Plötzlich stand Mikael in der Tür. »Mantis«, keuchte er. »Sie greifen Green Sands an. Das Krankenhaus wird evakuiert.«

Mantis? Eine Stadt von der Größe Green Sands? Unmöglich.

Ein erneuter Einschlag ließ den OP-Tisch beben und Peter musste Mbenis Aufmerksamkeit mit einem scharfen Befehl zurück auf den Patienten zwingen. »Reiß dich zusammen. Wir können den Patienten nicht einfach ein paar Stunden auf Eis legen. Mikael, auf deinen Posten.«

»Nein, Chef.« Mikaels Stimme war schrill vor Panik. »Das sind tausende. Der Himmel ist schwarz von ihnen.«

»Mikael!«

Doch der junge Mann war schon weg und eine der Schwestern schloss sich ihm an. Im ersten Moment wollte Moira ihnen folgen, sich in Sicherheit bringen, oder zumindest herausfinden, was los war, doch dann fluchte Peter und Moira kämpfte den Impuls nieder. Ruhe bewahren. Auf die Aufgabe konzentrieren. Sie klappte die Kamerabrille zusammen und steckte sie in die Kitteltasche, wollte es zumindest, aber musste es noch einmal versuchen, weil ihre Finger zu sehr zitterten. »Ich übernehme.«

»Danke.«

Die Explosionen gingen weiter, aber offenbar hatte das Krankenhaus jetzt auf die Notversorgung umgestellt und es gab keine Stromfluktuationen mehr. Moira assistierte und bemühte sich, jeden Gedanken nur auf Mister Giniakis und ihre Aufgabe zu richten. Tatsächlich verblassten die Geräusche des Angriffes, bis sie schließlich nicht einmal mehr den Lärm der Explosionen wahrnahm. Ihre Selbstdisziplin war ein Schutz vor der Angst, mehr feige Flucht als mutiger Einsatz, doch immerhin wirkte es.

Schließlich nickte Peter Mbeni zu. »Du kannst jetzt vernähen.« Und zu Moira sagte er: »Stell die Grundversorgung zusammen. Ich nehme an, dass wir ihn transportieren müssen.«

Das Personal hatte sich weiter verringert. Außer Moira waren nur noch Peter und Mbeni im Operationssaal. Mbeni schloss die Wunde und Peter unterstützte sie mit einem gelegentlichen Handgriff. Wie sinnlos das alles war. Mister Giniakis war nicht transportfähig. Er würde sterben. Ob er verheiratet war? Ob er Kinder hatte?

Mit einem Knall sprang die Tür auf und Moira fuhr zusammen. Ein Mann mit Helm und in Kampfmontur betrat den Raum, eine Schusswaffe im Anschlag. *Soldat,* dachte Moira unwillkürlich. Aber der Mann trug auf der Brust nicht das Emblem einer Sicherheitsfirma, sondern den gefiederten Helm der MinerVa Inc.. Doch das war sicherlich kein Minenarbeiter. In dieser Montur und mit dem schwarzen Helm, der sein Gesicht verdeckte, wirkte der Mann wie aus einem Combat-Game entsprungen.

»Dies ist ein steriler Raum!«, fuhr Peter den Mann an. »Raus mit Ihnen!«

Der Mann, eben noch in vorsichtig-lauernder Stellung, nahm Haltung an. »Sir! Wir haben Befehl, dieses Gebäude zu evakuieren, Sir!«

Warum bloß brachte man Soldaten bei, ausschließlich brüllend zu kommunizieren? Peter wies auf Giniakis, der inzwischen vollständig vernäht war, und brüllte ebenfalls. »Wir brauchen einen Krankentransport!«

»Nottransporter stehen auf dem Dach bereit, Sir! Folgen Sie mir!«

Zusammen hoben sie den Patienten auf die Rolltrage, zurrten ihn fest und schoben ihn durch die Gänge des Krankenhauses, durch das Menschen in wildem Durcheinander strömten. An den Abzweigungen und Treppenhäusern dirigierten gesichtslos behelmte Soldaten die Menschenströme.

Über allem lag ein seltsamer Ton, ein tiefes Brummen, das alles zu durchdringen schien und tief in ihrem Inneren vibrierte. Am ersten Fenster, das sie passierten, blieb Moira stehen.

Green Sands stand in Flammen. Hier, außerhalb der schützenden Wände des OPs, war der Lärm erschreckend. Detonationen grollten in der Ferne, viel näher peitschten Gewehrsalven, Menschen schrien. Waren die Mantis tatsächlich schon so nah? Sie hatte diesen Insekten, die groß wie Doggen sein sollten, noch nie gegenübergestanden. Was konnte sie nur tun? Nichts. Gar nichts. Nur weglaufen, aber wohin? Diese Dinger konnten fliegen!

»Wie viel Zeit haben wir?«

Statt einer Antwort wies der Soldat aus dem Fenster. Nicht auf die Stadt hinunter, sondern hinauf in den violetten Himmel. »Gar keine.«

Es sah aus wie eine Gewitterwolke, aber es war ein Schwarm. Die synchronen Bewegungen hunderter Tiere ließ sie wie einen einzigen, gewaltigen Organismus wirken. Einen Moment starrte Moira auf das Schauspiel, hielt sich fest an dieser Schönheit, die den Schrecken für einen winzigen Augenblick verdrängen konnte.

»Kommen Sie, Ma'am.«

Der Soldat ging, aber Moira blieb. Als würde der Schrecken nicht weitergehen, wenn sie selbst einfach nicht weiterging. Als könne sie die Mantis durch ihr Beobachten bannen.

Beobachten. Sie war Reporterin. Das war es, was sie tun konnte.

Ihre Finger zitterten immer noch, als sie die Kamerabrille wieder hervorholte, doch jetzt war da dieses Gefühl der Entschlossenheit. Auf ihrem Handscreen wählte sie Judith an, während sie gleichzeitig die Brille aufsetzte. Auf Judith war Verlass, innerhalb von Minuten erschien ihr überschminktes Gesicht mit dem einseitigen Monokel-Screen, den Judith wohl ununterbrochen trug. Mit einer gezierten Geste schob sie sich eine strahlend blaue Haarlocke hinter das Ohr.

»Schätzchen, was gibt's?«

»Geh in meine Lagoon. Ich bin in Green Sands, und wir werden von Mantis angegriffen. Ich streame meine Beobachtungen live.«

»Ach du heiliger Hüpfer! Ich seh's! Die Sender werden sich drum reißen. Ich hol dir den besten Preis raus, versprochen, aber geh bloß keine Risiken ein, hörst du?«

»Mach ich nicht. Bis dann!«

»Küsschen, mein Schatz! Und pass auf dich auf!«

Judith gehörte zu den besten Medienbrokern der Branche und Moira schätzte sich glücklich, zu ihren Klienten zu gehören. Sie klappte den Audiobügel vor ihre Lippen. »Das ist die Wolke der Mantis, die in diesem Moment über Green Sands schwärmt.« Noch zitterte ihre Stimme, aber mit jedem Wort wurde sie fester. »Das Zentralkrankenhaus wird evakuiert, und ich befinde mich mitten im Strom der Flüchtlinge.« Sie folgte den Menschen, doch nicht, wie sie erwartet hatte, hinunter, sondern hinauf aufs Dach. Dort standen Transportflieger bereit, die Patienten und medizinisches Personal aufnahmen. Moira kommentierte das Geschehen mehr oder weniger sinnvoll. Das Bombardement hatte nachgelassen, und als Moira den Blick hob, sah sie kleine, wendige Jets die Wolken der Feinde attackieren. Doch die Mantis reagierten, wie Schwärme es eben taten, öffneten ihre Reihen und ließen die Feuersalven der menschlichen Angreifer ins Leere laufen. Fasziniert von dem Anblick blieb Moira stehen. Die Bewegung der Insektenmassen wäre wunderschön gewesen, wäre sie nicht so tödlich. Der Schwarm schloss sich um einen der Jets. Wenig später trudelte er aus der graubraunen Wolke den schwarzen Rauchschwaden entgegen, die sich aus der Stadt erhoben. Es zerschellte zwischen den Häusern und ein Feuerball erhob sich über die Dächer. Daher also kamen die Detonationen.

Sie kommentierte weiter die gefilmten Bilder. »Es ist nicht klar, ob die Insekten die Schwachpunkte der menschlichen Schiffe kennen, oder ob sie schlicht von den Triebwerken eingesogen werden und wichtige Teile verstopfen.« So oder so, es war effektiv. Eben wurde wieder ein Schiff auseinandergerissen und ging als glühender Regen über der Stadt nieder. Wie bei einem Feuerwerk. Nur dass bei jeder dieser Explosionen Menschen starben.

Auf dem Dach herrschte Chaos. Die Soldaten bemühten sich vergeblich, Ordnung in die panischen Massen in Kitteln und Schlafanzügen zu bringen, die zu den Transportern drängten.

»Kommen Sie!«

Der Soldat winkte sie zu sich – oder war es ein anderer? Es war nicht zu erkennen, welcher dieser behelmten Männer sie aus dem OP geholt hatte. Aber es war auch egal. Direkt vor einem Helikopter war ein Soldat dabei, Mister Giniakis vom OP-Tisch zu schnallen, und Peter hob wütend die Hände.

»Was machen Sie da? Der Mann wurde eben operiert! Sie können ihn nicht einfach in einer Ecke zusammenrollen wie einen Schlafsack!«

Der Soldat wandte ihm das schwarze Visier zu. »Nicht genug Platz, Sir!«

Er winkte Moira heran, doch sie schüttelte den Kopf. »Ich nehme den nächsten Transport! Peter, kümmere dich um ihn!«

Doch der Soldat brüllte über den Lärm des ersten abhebenden Transporters hinweg: »Medizinisches Personal wird nicht zurückgelassen!«

Menschen schrien in Angst und Verzweiflung hinter den Helis her. Dann stürmten sie auf die verbliebenen Transporter ein. Moira wurde von den Füßen gerissen und hätte sie nicht eine kräftige Hand im Sturz aufgefangen, wäre sie womöglich ernsthaft verletzt worden. Für einen Moment blickte sie in ihr eigenes Gesicht, das sich in einem schwarzen Visier spiegelte. Dann hob der Soldat eine automatische Pistole und feuerte eine Salve in die Luft. Die Menschen kreischten auf, die Bewegung der Masse geriet ins Stocken.

»Vorwärts!«

Moira fühlte sich auf den Transporter zugeschoben, doch sie schüttelte die Hand auf ihrer Schulter unwillig ab und drehte sich um. »Ich bin nicht hier, um Patienten im Stich zu lassen!«

Und plötzlich geschah alles auf einmal. Auf dem Visier des Soldaten wuchs eine schwarze Feuerwolke heran. Menschen schrien. Moira wurde am Kragen gepackt und herumgerissen, dann wurde alles schwarz.

***

Ein schwerer Druck auf ihrem Brustkorb, der Gestank von verbranntem Plastik und Gummi, ein beständiges Donnern und Dröhnen.

Explosion. Es hatte eine Explosion gegeben. Sie hatte sie im Visier des Soldaten gesehen.

Sie öffnete die Augen. Die Kamerabrille war fort, aber irgendetwas über ihr versperrte ihr die Sicht. Das ließ hoffen, dass der Druck auf ihrer Brust keine medizinischen Ursachen hatte. War sie verletzt? Da war ein beißender Schmerz in ihrem Bein. Er hatte sich zuvor wie ein lauerndes Tier unter die Wahrnehmung geduckt. Jetzt drängte er vehement in ihr Bewusstsein.

Sie versuchte sich zu bewegen, doch sie war wie am Boden festgezurrt. Nur die Finger ihrer rechten Hand waren beweglich. Jetzt drückte sie den Arm energischer nach oben, und es gelang ihr, ihn anzuwinkeln. Sie stemmte sich gegen das Gewicht über ihr, und es rutschte langsam zur Seite. Ein menschlicher Körper. Dann hörte sie einen Ruf.

»Hier drüben!«

Der Körper über ihr wurde fortgezogen. Wieder ein schwarzer Helm.

»Haben Sie Schmerzen?«, fragte der Helm. Ein medizinischer Scanner wurde über ihren Körper geführt.

Moira nickte. »Linkes Bein.« Beißender Rauch wehte herüber und ein Hustenanfall schüttelte sie. Sie stemmte die Hände gegen den Beton des Daches.

»Liegen bleiben!«, befahl der Soldat, doch sie musste selbst sehen, wie schlimm es um sie stand.

Ein Loch hatte sich in den Kunststoff ihres Hosenbeines geschmolzen. Der Soldat riss das Gewebe auf und legte rohes Fleisch frei.

»Verbrennungen zweiten Grades.« Er klappte den Scanner zu.

Der Anblick der Wunde löste einen panischen Adrenalinstoß in Moiras Körper aus, doch ihr medizinischer Verstand analysierte: schmerzhaft, aber nicht lebensgefährlich. Der Soldat behandelte die Wunde mit einem Spray, das eine antibakterielle Schutzschicht bildete.

Eine elektronisch verzerrt Stimme sagte etwas, zu leise, um Worte zu verstehen. Sie sah den Soldaten fragend an, aber der sagte nur: »Verstanden.« Offenbar kommunizierten die Männer von Helm zu Helm. Dann wurde ihr bewusst, wie es um sie herum aussah.

Körper. Das Dach des Krankenhauses war mit Toten übersäht. In der Nähe des ausgebrannten Transporters lagen viele von ihnen, aus der geöffneten Tür ragten die verbogenen Stangen einer Rolltrage. Mister Giniakis! Und Peter! Waren sie tot? Das durfte nicht sein! Das konnte nicht sein! Sie selbst hatte schließlich bloß eine Schramme am Bein.

Es wurden noch immer Menschen vom Dach geführt, und Moira wandte sich, um zu sehen, ob Peter unter ihnen war. Da fiel ihr Blick auf den Körper, der eben noch über ihr gelegen hatte.

Ein Soldat. Ein Metallstück ragte aus seinem Rücken, das Feuer hatte seine Uniform angeschmolzen. Der Mann musste sich über sie geworfen haben, als es geschehen war. Ohne ihn wäre sie tot – stattdessen war er es. Er hatte ihr Leben mit dem seinen beschützt.

»Wie war sein Name?«, fragte sie leise, während der andere Soldat das Pflaster-Spray wegsteckte.

»Wer, Ma'am?«

Sie nickte zu dem Toten hin. »Ich möchte seiner Familie danken für das, was er für mich getan hat.«

»Er hat seine Pflicht getan.« Das war eine Floskel, und es klang auch so.

»Trotzdem«, sagte Moira.

Der Mann zögerte kurz, dann schüttelte er den Kopf. »Er hat keine Familie, Ma'am.«

»Sie kannten ihn?«

»Ja, Ma'am.«

Mit routinierten Bewegungen riss der Soldat eine Plastikverpackung auf. Eine Nadel stach in Moiras Bein und mit einem leisen Keuchen entleerte sich ein Schmerzmittel in ihre Blutbahn. Schüsse ratterten in der Nähe und der Soldat richtete sich auf, um einen wachsamen Blick schweifen zu lassen.

Moira wälzte den Toten herum. Die Kamerabrille kam unter ihm zum Vorschein, und sie steckte sie ein. Vermutlich war sie kaputt, aber die letzten Stunden mit Peter waren noch auf dem Chip. Dann öffnete sie das Visier des Toten. Sie wollte zumindest das Gesicht des Mannes sehen, dem sie ihr Leben verdankte. Er war jung, vielleicht zwanzig. In der Blüte seiner Jahre, wie man so sagte. Einem Impuls folgend schloss sie dem jungen Mann die Augen.

»Wir müssen fort von hier. Können Sie …« Der Soldat stockte, als er sah, was sie tat. Er beugte sich hinunter und schloss rasch das Visier des Toten. Dann setzte er seinen angefangenen Satz fort. »Können Sie gehen, Ma'am?«

Seine Stimme klang routiniert und unbeteiligt. Natürlich. So hatte auch Moira oft genug geklungen, wenn die Arbeit es erforderte. Sie musste sich zusammenreißen. Sie wusste, dass sie es konnte. Sie nickte und hob die Hand, damit er ihr helfen konnte. Seine Kraft war erstaunlich. Er hob sie hoch und stellte sie auf ihre Füße. Um sie herum trugen oder führten Soldaten andere Überlebende vom Dach. Es waren nicht viele. Er griff nach ihrer Hand und scannte den Chip. Er hatte keinen Screen dabei, aber irgendwie erfuhr er trotzdem das Ergebnis. Vielleicht wurde es ihm auf die Innenseite seines Visiers übertragen.

»Sie gehören nicht zum medizinischen Personal.«

»Nicht mehr.«

»Aber Sie tragen die Kleidung.«

»Ich bin ja auch Ärztin.« Sie setzte probehalber das verletzte Bein auf. Es war schmerzhaft aber nicht unerträglich. Dennoch würde sie sich bemühen, es wenig zu belasten. Sie sah zu ihm hoch. »Es wird leichter gehen, wenn Sie mich stützen.«

Einen Moment wirkte er unschlüssig, und mit einem plötzlichen Frösteln erinnerte sie sich an einen Satz, den jemand kurz vor der Explosion gesagt hatte: »Medizinisches Personal wird nicht zurückgelassen.« Journalisten womöglich schon.

Wieder tönte die verzerrte Stimme aus seinem Helm, und einige Schritte weiter wandte sich ein anderer schwarzer Helm ihnen zu. Ihr Soldat nickte. »Verstanden.« Er legte ihr den Arm um die Schultern. Sie dachte, er wolle sie stützen, aber er nahm sie kurzerhand auf die Arme. Vermutlich ging das tatsächlich schneller. Über verkohlte Leichen hinweg trug er sie vom Dach.

Auf der Treppe ließ er sie dann selbst laufen, doch unten auf der Straße sah es nicht viel besser aus. Verbogene Eisenteile, brennendes Plastik, Glassplitter überall auf den Straßen. Menschen flüchteten in diese oder jene Richtung, es schien keine Einigkeit darüber zu bestehen, wo man sicher war.

Der Soldat hingegen besaß offenbar eine genaue Vorstellung davon, denn er schob Moira energisch voran. Obwohl er sie stützte, musste Moira sich darauf konzentrieren, nicht über herumliegenden Schrott zu stolpern. Die dünnen OP-Schuhe waren eindeutig nicht für eine aufgerissene Straße gedacht. Moira stellte sich unwillkürlich vor, was geschehen würde, falls sie in eine der aufragenden Metallspitzen trat. Es hatte nicht immer Vorteile, Ärztin zu sein.

Unvermittelt blieb der Soldat stehen, wandte sich einer Gasse zu. Erst auf den zweiten Blick erkannte sie das Motorrad, das im Schatten stand.

»Ist das nicht ein bisschen ungeschützt?«, fragte Moira, als er darauf zuging, doch sie folgte ihm. Er schwang sich auf die Maschine und machte sich an der Zündung zu schaffen.

»Die Ausfallstraßen werden verstopft sein, Ma'am.«

Damit mochte er recht haben. So ein Motorrad war wendiger, schmaler – trotzdem hätte sie lieber festes Metall um sich gehabt.

Der Motor sprang an.

»Ma'am?«

Er winkte und sie stieg hinter ihm auf. Auch das fühlte sich sofort wieder vertraut an, obwohl es länger zurück lag, als ihre Zeiten im OP. Die Erinnerung an Moongirl und Light überschwemmte sie mit schmerzlicher Intensität. Sie war seitdem nie wieder Motorrad gefahren. Wenn sie so daran dachte – ein bisschen Kiffen wäre jetzt gerade vermutlich hilfreich.

»Halten Sie sich fest!«

Sie legte die Arme an seine Hüften, doch er ergriff ihre Handgelenke und zog Moira fest an seinen Rücken. Dann drehte er ihre Hände so, dass sie ihre eigenen Handgelenke umfasste. Moira legte die Wange an seinen Rücken. Seine Uniform bestand aus einem Kunststoff, der wie Leder wirkte, aber die Wahrheit an einem Riss an der Schulter offenbarte. Der Soldat gab Gas und Moira wurde nach hinten gezogen, spannte die Muskeln an, um an seinem Rücken zu bleiben, schob die Hüften noch näher an ihn heran, weil es das leichter machte.

Wieder dieses tiefe Brummen. Und ein Klopfen, als würden Holzstöcke gegen die Hauswände schlagen. Das fremdartige Geräusch ließ Moira nach oben schauen.

Es war kein Holz – es war Chitin. Gepanzerte Gliedmaßen, die über verputzte Häuserwände klapperten. Es war Moira schleierhaft, wie sich diese riesigen Leiber an den steilen Wänden halten konnten. Die Masse der riesigen Insekten quoll über die Dächer und floss die Wände hinab. Das Bild verwischte, als der Soldat das Gaspedal durchtrat.

Moira wollte die Augen schließen. Sie würden nicht überleben – warum dabei zusehen, wie das Unvermeidliche sie einholte? Doch die Angst erlaubte ihr diese Flucht nicht. Ihre weit aufgerissen Augen nahmen unerbittlich wahr, wie Fensterscheiben unter Insektenbeinen zerbarsten, und sich die Flut der Tiere in das Innere der Häuser ergoss. Und über allem dieses Brummen, das ganz offenbar die Mantis erzeugten, wie auch immer sie das taten. Das Motorrad ruckte unter ihr, heulte auf, schlug Haken um fliehende Menschen und Trümmer. Zähflüssig verteilten sich die Mantis über die Wände, die ersten erreichten schon die Straßendecke, überfluteten geparkte Autos, knickten mit dem schieren Gewicht ihrer Masse Straßenschilder um. Gleich würde es vorbei sein.

Er nahm eine Kurve so scharf, dass Moira beinahe vom Sitz geschleudert worden wäre, doch ihre Hände hatten sich inzwischen verkrampft und lösten sich nicht einmal durch den scharfen Ruck voneinander. Dann ratterten sie eine Treppe hinunter und Moiras Kopf schlug rhythmisch gegen den Rücken des Soldaten. Der Motorenlärm wurde jetzt von plakatierten Wänden zurückgeworfen – sie waren in eine der Metro-Stationen hinuntergefahren.

»Festhalten!«, rief er, und dann flogen sie durch die Luft, landeten auf Schienen, und wieder wurde Moira durchgeschüttelt, während er über die Schwellen in den Tunnel hineinfuhr.

Sie waren nicht die Einzigen, die den Angreifern unterirdisch zu entkommen versuchten. Auch auf den Schienen musste der Soldat Flüchtlingen ausweichen, und er verlangsamte das Tempo entsprechend.

»Wo bringen Sie mich hin?«, schrie Moira und dachte, dass er sie durch den Lärm und den Helm vermutlich gar nicht hören konnte.

»Zum südlichen Landeplatz.«

Seine Worte klangen nicht besonders angestrengt. Vermutlich besaß der Helm neben dem Außenlautsprecher auch ein Mikrofon. Vielleicht wurden auch der Stadtplan und der unterirdische Verlauf der Schienen auf die Innenseite des Visiers projiziert. Das lag nahe bei der Zielstrebigkeit, mit der der Mann vorging.

Sie lösten sich jetzt von der Masse der Flüchtlinge und fuhren in einen schienenlosen Tunnel. Vermutlich ein Wartungsschacht, der sanft nach oben führte. Er endete an einer roten Metalltür, vor welcher der Soldat das Motorrad zum Stehen brachte. Er zog eine Handfeuerwaffe aus dem Halfter an seinem Oberschenkel und feuerte einen gezielten Schuss auf das Schloss ab. Rötliches Sonnenlicht schien durch das Loch. Er griff nach Moiras Fingern und löste sie mit sanfter Gewalt von sich. Dann stieg er ab, öffnete die Tür einen Spalt und spähte vorsichtig nach draußen. Er schien zufrieden mit dem, was er sah, denn er ließ die Tür ganz aufschwingen und stieg wieder vor ihr auf die Maschine.

»Festhalten!«

Gehorsam lehnte sie sich erneut an seinen Rücken und diesmal fand sie den richtigen Griff von allein.

Sie ließen das Zentrum der Stadt hinter sich und waren nun ganz allein. Auf der Straße standen verlassene Autos, zusammengekeilt vor den rauchenden Trümmern eines Kampfjets. Die Häuser darum boten einen erschreckenden Anblick. Die eingestürzten Wände hatten gähnende Öffnungen hinterlassen. Hier und dort tanzten Flammen, an anderen Stellen floss Wasser aus abgetrennten Leitungen über den Beton. Dazwischen das Stillleben der Räume. Ein grünes Sofa neben einer Stehlampe, ein Stück weiter die Kacheln eines Badezimmers.

Hier und dort lagen reglose Körper, aber vermutlich befanden sich noch viel mehr unter den Trümmern. Der Soldat fuhr einen langsamen Slalom, bis er in einer Seitenstraße den freien Fußweg nutzen konnte. Er hatte recht behalten – in einem Auto wären sie lange nicht so weit gekommen.

Moira hörte auf nachzudenken und überließ sich ganz seiner Führung. Sie war ungeheuer erschöpft, als wollte ihr Geist sich zurückziehen vor den Schrecken, die sie hatte durchleben müssen. Jetzt konnte sie auch die Augen schließen. Ihr Kopf lag schwer an seinem Rücken und der Lärm des Motors sank zu einem beruhigenden Brummen herab.

Irgendwann sagte er: »Wir sind da, Ma'am.«

Moira spähte um den Soldaten herum. Zwei Mannschaftshelikopter auf einer Art Marktplatz, dazwischen Soldaten aber auch Zivilisten. Zumeist medizinisches Personal in grüner oder weißer Kluft, ähnlich der ihren. Moira stieg ab und sah sich um. Es schienen sich auch andere Berufsgruppen hier gesammelt zu haben, die man offenbar für evakuierungswürdig hielt. Viele wischten verzweifelt auf ihren Screens herum, und auch Moira berührte den ihren, aber wie erwartet war das Netz völlig überlastet, vielleicht sogar zusammengebrochen. Sie sah sich nach Peter um, entdeckte stattdessen aber einen grünen Haarschopf.

»Mikael! Alles in Ordnung?«

Der Pfleger nickte mechanisch und Moira erkannte den Schock in seinen Augen. Vermutlich sah sie ähnlich aus. Sie würde lange brauchen, um zu verarbeiten, was sie heute hatte durchstehen müssen – vielleicht ein Leben lang.

»Hast du Peter irgendwo gesehen?«

Mikael verneinte. »Aber die Soldaten können dir mehr sagen. Es gibt bereits Listen der Überlebenden.«

Moira schaute sich nach ihrem Begleiter um und konnte ihn zuerst nicht entdecken zwischen all den schwarzen Helmen, doch dann erkannte sie ihn an dem Riss in seiner Uniform, der ihr die ganze Zeit vor Augen gewesen war, während sie hinter ihm auf dem Motorrad gesessen hatte. Offenbar erstattete er gerade Bericht.

Moira trat zu der kleinen Gruppe von Soldaten. Die Männer hatten die Außenlautsprecher ihrer Helme abgeschaltet. Ihre Worte klangen nur als dumpfe Laute aus den Helmen, während sie über Funk miteinander sprachen. Schließlich wandte sich ihr Begleiter zu ihr um.

»Ma'am?«

»Ich suche nach einem Kollegen. Peter Sanchez.«

»Einen Moment, Ma'am.« Er hob die Hand an den Helm, als würde er etwas regulieren. Da war ein schwacher Lichtschein unter dem Visier – also tatsächlich ein Display. Er ließ die Hand sinken. »Peter Sanchez hat den Angriff nicht überlebt, Ma'am.«

Die brutale Nüchternheit seiner Worte war wie ein Schlag in den Magen. »Das kann nicht sein. Er stand nur ein paar Meter von mir entfernt.«

»Sein Tod ist bestätigt, Ma'am.«

Ihre Sicht verschwamm, ihre Knie wurden weich.

»Ma'am?« Er griff zu, half ihr, sich auf den Boden zu setzen. Einen Moment stand er unschlüssig vor ihr, während sie sich Tränen aus den Augen wischte.

Mikael kam heran. »Hast du ihn gefunden?«

»Er ist tot«, sagte sie, und dann brach sie in Tränen aus. »Peter ist tot.« Das konnte einfach nicht sein. Er würde nie mehr im Kadenz die Klavierspielerin anflirten, nie wieder den OP auf Trapp bringen, nie wieder ... Er würde den Bericht über seine neue OP-Methode niemals sehen. Sie tastete nach der Kamerabrille. Sie war noch da, dank Klettverschluss der Taschen. Sie enthielt die letzten Bilder von Peter, sein verlegenes Lächeln, seine überlegene Ruhe in der Krise. Moira würde ihm damit ein Denkmal setzen.

Mikael ließ sich neben ihr nieder und legte den Arm um ihre Schultern. »Ich fürchte, es hat heute viele Tote gegeben.«

Moira nickte und mangels Alternative schnäuzte sie sich in den OP-Kittel, dann lehnte sie den Kopf an seine Schulter. Eine Weile saßen sie so dort, in Trauer vereint, bis jemand rief: »In die 'Kopter!«

Vermutlich waren sie noch nicht außer Gefahr. In die Menschen kam Bewegung. Ihr Soldat reichte ihr die Hand, half ihr auf und führte sie zum Helikopter. Irgendwie schien er sich für sie verantwortlich zu fühlen.

Über den Lärm der anlaufenden Motoren hinweg schrie Moira: »Wie heißen Sie?«

»Was?«

»Wie ist Ihr Name?«

Er zögerte. »Rho«, antwortete er schließlich und hob Sie in die Maschine.

***

Die Rotoren waren noch lauter, als Moira es von den Helikoptern der Notärzte kannte. Jeder Transporter hatte drei davon und trotzdem erhoben sich die Maschinen nur schwerfällig in die Luft. Vermutlich waren sie hoffnungslos überladen.

Sie stiegen schwankend auf und Moira klammerte sich an den Sitz, auf den man sie geschnallt hatte. Die Zivilisten waren entlang der Seiten aufgereiht, von den Soldaten standen viele ungesichert in der Mitte des Helikopters und hielten sich an Schlaufen fest. Die Tür war noch immer offen und zeigte einen kleinen Ausschnitt der Stadt. Er wirkte völlig unversehrt. Vielleicht war der Angriff doch begrenzter gewesen, als sie befürchtet hatte.

Sie holte die Kamerabrille wieder aus der Tasche, und entgegen ihrer Befürchtungen funktionierte sie noch. Es zog sich nur ein feiner Strich durch das Bild, aber das würde sie retuschieren können. Oder vielleicht beließ sie es auch so, als Zeichen besonderer Authentizität.

Ein Soldat mit einem roten Helm, vermutlich ein Offizier, gestikulierte in ihre Richtung. »Entschuldigung, Ma'am. Kein Streamen erlaubt. Im 'Kopter befinden Sie sich auf dem Gebiet der MinerVa Inc.«

Sie nickte. »Ich filme auf die Speicherkarte.«

»Sie müssen sich alles vor der Veröffentlichung freigeben lassen. Auch für einen privaten Blog.«

»Werde ich.«

»Sir!«

Ein Soldat zeigte in den Himmel und Moiras Magen krampfte, als sie die bewegte Wolke dort sah. Sie mühte sich, die Übelkeit unter Kontrolle zu halten und drehte sich zu Rho um, der schräg vor ihr stand. »Können wir über sie drüber fliegen?«

»Nein, Ma'am. Sie können einen 'Kopter erreichen, wenn sie es darauf anlegen.«

Moira schaute wieder zur Tür, hinter der nun der Horizont wegsackte. Ihr wurde klar, dass sie eine Kurve flogen, weg von den Mantis. Es dauerte nicht lange, bis der Horizont zurückkehrte und die Ebene der Kaikari-Wüste grün unter ihnen schimmerte. Die Farbe rührte von oxidiertem Kupfer im Sand her.

»Wir fliegen in die Wüste?«, fragte Moira. »Die Mantis kommen doch aus der Wüste.«

»Der Angriff kam aus der südlichen Wüste. Ma'am. Wir fliegen nach Norden.«

»Und wohin genau?«

»Zum Stützpunkt Noshades.«

»Warum nicht tiefer in die Dämmerungszone? Weg von den Mantis?«

»Befehle, Ma'am.«

Befehle. Dagegen ließ sich nicht argumentieren, zumindest nicht mit einem Soldaten. Er war bloß ein Befehlsempfänger. Im Grunde hatte sie genau deshalb bei MediCare gekündigt. Wegen diesem permanenten Gefühl, nichts als ein Befehlsempfänger zu sein.

Plötzlich entstand Unruhe unter den Soldaten. Moira bekam ein paar Wortfetzen mit. Sie erhöhte die Aufnahme-Lautstärke der Kamerabrille und tatsächlich verstärkte das die Außengeräusche, die in den kleinen Bügellautsprecher neben ihrem Ohr übertragen wurden. Es verstärkte leider alle Geräusche gleichermaßen, auch das Knattern der Rotoren. Dennoch konnte sie die Worte einigermaßen verstehen.

»… steigen auf, als hätten sie auf uns gewartet. Oberste Priorität hat das Leben der Bios!«

Sie hatte das Gefühl, dass der Helikopter an Höhe gewann.

Rho wandte sich ihr zu. »Diese Brille«, rief er durch den Rotorenlärm. »Kann sie splittern?«

Sie schüttelte den Kopf. »Sportgeeignet!« Die Brille würde die Augen sogar schützen. Jetzt war Moira froh, dass sie die paar hundert Credits mehr ausgegeben hatte.

»Sie sollten sie aufbehalten und sichern.«

»Wieso? Was passiert jetzt?«

»Tandemsprung.«

»Mit dem Fallschirm?« Ihre Stimme quiekte.

»Ja, Ma'am. Es sei denn, Sie sind selbst Springer.«

»Nein. Habe ich noch nie gemacht.« Mit einem mulmigen Gefühl im Magen zog sie die Sicherungsbänder aus den Brillenbügeln und klickte am Hinterkopf die Verschlüsse ineinander. Währenddessen wurden Fallschirme herumgereicht.

»Los, los, los!« brüllte der Offizier.

Rho hatte den Schirm schon auf dem Rücken und zog einen Brustgurt straff. Andere Gurte hingen noch ungenutzt vom Geschirr. »Stellen Sie sich vor mich, mit dem Rücken zu mir!«

Sie löste den Sicherheitsgurt mit zitternden Fingern, richtete sich unsicher auf dem schwankenden Boden auf, suchte Halt an der Wand. Rho packte sie an den Schultern und drehte sie um. Die Panzerung seiner Jacke drückte hart gegen ihren Rücken, während in ihrem Kopf immer wieder das Wort das Wort *springen* hämmerte. Sie würden aus einem Helikopter springen. Gurte wurden zwischen ihren Beinen durchgezogen, andere über die Schultern. Ein anderer Soldat half. Klick, klick, alles ging sehr effizient vonstatten. Ein paar Meter vor ihr wurde Mikael eingegurtet. Er sah genauso aus, wie sie sich fühlte. Seine weit aufgerissenen Augen wirkten wie Seen in dem bleichen, ausdruckslosen Gesicht. Er hatte schon früher gelegentlich hyperventiliert. »Ausatmen!«, rief sie ihm zu.

Die meisten Paare hatten den Heli schon verlassen, nur noch sie und Mikael waren übrig. Moira wurde nun auch auf die Öffnung zugeschoben, durch die sie ein kalter Luftzug anwehte. Oh Shiva! Warum hatte sie nicht auf seinen Rücken geschnallt werden können? Sie versuchte instinktiv, sich am Türrahmen festzuhalten, aber Rho drückte ihre Arme nach unten und rief: »Ready, set, go!«

Bei »go« waren sie schon draußen und Moira schrie vor Angst. Sie fiel, und der Wind der Rotoren drückte sie auch noch nach unten. Sie stürzte haltlos der Erde entgegen! In ihrem Bauch zog sich alles zusammen, bis runter in den Beckenboden. Dann plötzlich Wind von unten. Ein ungeheurer Winddruck, der lautstark an ihr vorbeirauschte, ihre Wangen und Haare nach hinten drückte und … einen Widerstand vor ihrer Brust bildete wie ein Kissen.

Es fühlte sich gar nicht mehr an, als würde sie fallen. Eher so, als ob sie auf diesem Wind *liegen* würde. Als Kind hatte sie sich gegen den ungeheuren Windzug gelehnt, der bei Screaming Hollow beständig durch die Schlucht fegte. Dies hier war so ähnlich – nur noch viel lauter. Sie öffnete die Augen, was vermutlich nur möglich war, weil die Brille sie vor dem Winddruck schützte.

Ein grandioser Blick über die Wüste. Nahm die Brille noch auf? Ja, der rote Punkt blinkte. Links von ihnen segelten andere Fallschirme zu Boden und von dort – Moira schoss erneut der Schreck in die Glieder. Da stiegen Mantis auf! Einige hatten den Helikopter bereits erreicht und attackierten ihn, andere konzentrierten sich auf die hilflos durch die Luft fallenden Menschen.

Als hätten sie auf uns gewartet. Ein Hinterhalt. War das denkbar?

Ein heftiger Ruck presste ihren Körper schmerzhaft in die Gurte, Rho hatte den Fallschirm geöffnet, der nun über ihnen knatterte. Der Wind ließ nach, war aber noch immer stark. Ihre Beine pendelten jetzt nach unten, und von dort kamen ihnen Mantis entgegen. Vier Stück.

»Ohren zuhalten!«, rief Rho hinter ihr.

Sie gehorchte. Er hielt eine Pistole an ihr vorbei, zielte mit ausgestrecktem Arm auf die entgegenkommenden Tiere. Doch er schoss nicht. Er wartete, ließ sie herankommen. Schon konnte Moira die gemusterten Stirnplatten und sogar die Augen darunter erkennen, von denen drei auf jeder Seite saßen. Dann der erste Schuss, die Waffe ruckte heftig in seiner Hand. Eine der Mantis trudelte zu Boden. Kaltblütig richtete er den Arm neu aus, schoss, verfehlte, zielte ruhig und schoss noch einmal. Wieder ein Treffer. Die verbliebenen beiden Tiere drehten ab.

»Sind wir sie los?«

»Nein, Ma'am.«

Moira sah sich hektisch nach allen Seiten um und begriff, was er meinte. Die Tiere kamen in einem Bogen über ihnen zurück, wollten offenbar die Seile des Fallschirmes durchtrennen oder das Segel selbst zerstören. Begriffen sie etwa, dass dieses Ding die Menschen in der Luft hielt? Oder war das Zerstören der Flügel einfach ein übliches Vorgehen bei artinternen Kämpfen, das sie hier modifiziert anwandten?

Wieder schoss Rho, diesmal nach oben, und erwischte die dritte Mantis. Wo war die vierte? Panisch wandte Moira den Kopf nach allen Seiten und sah sie aus den Augenwinkeln. »Hinter Ihnen!« Die Mantis rammte gegen Rhos Rücken und ließ sie beide in den Seilen schwanken. Ein Trommeln, als würde die Mantis gegen Rhos Helm schlagen. Moira schrie, krümmte sich, schützte ihren Kopf mit beiden Armen, während an ihrem Rücken der Kampf tobte. Noch zweimal bellte die Waffe, und sie spürte den Ruck jedes Mal.

Dann kommandierte er: »Beine hoch! Nach vorne!«

Sie hatte gar nicht bemerkt, wie nah sie dem Boden bereits waren. Sie gehorchte, streckte die Beine nach vorn aus, sah den Boden immer näherkommen, und landete schließlich hart auf ihrem Hosenboden im steinigen Sand.

Im unglaublich heißen Sand! Die OP-Hose hielt nicht viel von der Hitze ab. Aber was machte das schon. Sie hatten überlebt! Kaum, waren die Gurte gelöst, sprang sie auf, ein fiebriger Jubel in allen Gliedern. Sie hatten es geschafft! Sie waren aus einem Helikopter gesprungen und sicher gelandet. Wow, sie war ja wohl gerade voll auf Adrenalin.

Rho hingegen war die Ruhe selbst. Auch er legte die Gurte ab, musterte dabei aber weiter wachsam die Umgebung. Sie tat es ihm nach – keine Mantis zu sehen. Sein Kampfanzug schien ihn vor den brutalen Hieben geschützt zu haben. Das Material war nur an wenigen Stellen zerrissen. Der Helm jedoch war gespalten und das Visier fiel einfach ab, als er den Kopf drehte. Sie schauderte bei dem Gedanken, wie sein Kopf ohne diesen Schutz jetzt aussehen würde.

»Sie sollten den Helm ausziehen. Er ist gerissen.«

»Der Helm ist Vorschrift, Ma'am.«

Doch als er ihn prüfend berührte, brach er endgültig auseinander. Ein typischer, rasierter Soldatenschädel kam zum Vorschein, der seitlich blutete. Rho ließ die nutzlosen Stücke fallen und wandte sich ab, als sei es ihm unangenehm, dass sie sein Gesicht sehen konnte.

Sein Gesicht! Ein Schreck durchfuhr sie. Der Mann, der ihr das Leben gerettet hatte, war jünger gewesen, aber es waren die gleichen Züge, die gleichen Augen, der gleiche Mund.

Leise sagte sie: »Das auf dem Dach … das war Ihr Bruder, nicht wahr?«

Der Soldat zögerte, dann nickte er knapp. »Ja, Ma'am.«

Wie stoisch er diese Worte aussprach.

»Das tut mir … furchtbar leid«, sagte sie.

Er sah sie mit einem seltsamen Blick an. »Er war Soldat«, gab er zurück, als wäre das ein Trost oder eine Erklärung.

Ob sie sich nahegestanden hatten? Sicherlich. Sie waren nicht nur Brüder gewesen, sondern hatten Seite an Seite gegen die Mantis gekämpft.

Er verzog den Mund und bewegte die rechte Schulter.

»Sind Sie verletzt?«, fragte sie.

»Nicht ernsthaft, Ma'am.« Er musterte den Horizont.

Sie folgte seinem Blick und bemerkte eine Rauchsäule. »Was ist das?«

»Der 'Kopter, Ma'am.«

»Abgestürzt.«

»Ja, Ma'am.«

»Denken Sie, dass es dort andere Überlebende gibt?«

»Nein, Ma'am. Aber vielleicht Wasser. Außerdem ist es die Richtung nach Noshades.«

Natürlich, weil der Helikopter in diese Richtung unterwegs gewesen war, als er abstürzte. Die Rauchsäule war so etwas wie eine Landmarke in dieser ausgedörrten Ebene. Womöglich würden sich die Überlebenden dort sammeln.

Sie beendete die Aufnahme und steckte die Brille weg. Ihr Screen zeigte kein Netz an, natürlich nicht. Sie waren mitten in der Wüste. Kein vernünftiges Kommunikationsunternehmen würde diesen Ort abdecken. Außer vielleicht MinerVa, deren Arbeiter in der Wüste operierten. »Haben Sie Empfang, Rho?«

Er schüttelte den Kopf. »Kein Meldegänger in der Nähe, Ma'am.«

Vermutlich meinte er damit mobile, technische Vorrichtungen, welche die Kommunikation im Nirgendwo bedarfsweise sicherstellten. »Und im Helikopter? Gibt es da einen Verstärker oder sowas? Ein Funkgerät, das Ihre Leute erreicht?«

»Möglich, Ma'am.« Er bückte sich nach der weißen Fallschirmseide.

Ein Schweißtropfen lief ihre Schläfe hinunter und sie wischte ihn fort. Die Sonne stand entsetzlich hoch am Himmel. Sie war auch gar nicht mehr rot. Das alles wirkte furchtbar falsch, als wäre sie gar nicht mehr auf demselben Planeten.

»Was schätzen Sie, Rho, wie heiß es ist?«

Er zerriss die Seide. »Zweiundvierzig Celsius, Ma'am.«

»Das ist aber ziemlich exakt.«

»Es ist die übliche Temperatur für diesen Längengrad und diese Monatszeit.«

Trotz der gebundenen Rotation gab es so etwas wie klimatische Schwankungen auf Deuteragäa. Da die Umlaufbahn nicht exakt rund sondern leicht elliptisch war, entstand eine regelmäßige Schwankung. Dieser »Wobble-Effekt«, der astronomisch gesehen ein Deuteragäa-Jahr abbildete, dauerte etwas länger als einen irdischen Monat. Moira konnte also froh sein, dass sie sich gerade in der Winterhälfte des Monats befanden. Jetzt war sie dankbar für die lockere OP-Kleidung. Ihr schwarzes Haar war nicht gerade ein Vorteil, das spürte sie jetzt schon. Auch Rho würde es in seiner schwarzen Uniform sicherlich nicht lange aushalten.

Tatsächlich zog er die Jacke aus. Er wandte ihr den Rücken zu, und der Anblick, wie sich sein sandrotes Hemd in das Tal zwischen seinen Schulterblättern schmiegte, konnte Moira ein wenig aufmuntern. Allerdings sah sie jetzt auch, dass der Schnitt nicht nur in seiner Jacke war. Blut hatte sich in den Hemdstoff gesogen. Nicht so viel, dass es besorgniserregend wirkte, aber sicher schmerzhaft

»Sie sind verletzt. Soll ich mir das einmal anschauen?«

Im ersten Moment wirkte er verwirrt. »Nicht nötig, Ma'am.«

»Ich bin wirklich Ärztin.«

»Ja, Ma'am.«

Sie seufzte und ließ es auf sich beruhen. »Was haben Sie mit dem Fallschirm vor?«

Er reichte ihr ein großes Stück von dem Stoff und dazu einen schmalen Streifen. »Legen Sie es sich über den Kopf und binden Sie es über der Stirn fest.« Er machte es vor.

»Ah. Wie ein Beduinenumhang.«

Darauf antwortete er nicht. Vermutlich wusste er nicht, was Beduinen waren, womit er sicherlich zur Mehrheit gehörte. Nur wenige teilten Moiras spleeniges Interesse für die alte Erde.

Wie zweckmäßig diese Kleidung war, merkte Moira sofort. Der weiße, glänzende Stoff reflektierte das Sonnenlicht, das ihre schwarzen Haare so bereitwillig absorbiert hatten, und das Stirnband hinderte den Schweiß daran, in ihre Augen zu fließen.

Er wusste offenbar genau, was er tat. Das war beruhigend. Auch die Art, wie er auf jede ihrer Fragen sofort und fundiert antwortete, ließ sie Vertrauen fassen. Nur bei persönlichen Dingen schien er immer etwas länger nachdenken zu müssen. Sogar als sie fragte: »Ist Rho eigentlich Ihr Vor- oder Nachname?«, brauchte er einen Moment, um sich zu entscheiden.

»Nachname.«

»Ich bin Moira Chakrabarti, aber Sie können mich gern Moira nennen.«

»Ja, Ma'am.«

»Sie können mich natürlich auch weiterhin Ma'am nennen.«

»Ja, Ma'am.«

Sinn für Humor hatte er offenbar keinen.

Sie marschierten los und Moira merkte bald, dass ihre OP-Schuhe für die Wüste nicht geeignet waren. Wie lange würden sie wohl gehen müssen, um den Helikopter zu erreichen? Nun, Rho – sie entschied sich gegen Mister Rho – schien es für machbar zu halten, aber er war ja auch ein durchtrainierter Soldat. Sie hingegen hatte seit einem halben Jahr ihre Mitgliedschaft im Fitness-Club ungenutzt gelassen. Hoffentlich erfüllte sich seine Vermutung, dass sie im Helikopter Wasser finden würden. Schon jetzt war sie ausgedörrt und achtete darauf, beim Atmen den Mund geschlossen zu halten.

Sie war noch nie so weit auf die Tagseite von Deuteragäa vorgedrungen. Ihr ganzes Leben, Kindheit, Ausbildung, Karriere, hatte sich in der Dämmerungszone abgespielt. Natürlich, hier und dort mal ein Urlaub in Tokyo Bay oder in Mji-Mpya, doch sie hatte sich an die zivilisierten Gegenden gehalten. Sie hatte nie verstanden, wenn Freunde von der Schönheit der Wüste schwärmten, und auch jetzt konnte sie der trostlosen Weite, dem Anblick der verstreuten Felsen und der reflektierenden, harten Sonnenflechten darauf nichts abgewinnen. Feiner Sand erfüllte die Luft, knirschte zwischen den Zähnen, brannte in den Augen und scheuerte an den

Säumen ihrer Unterwäsche. Und dann diese Hitze, die ihr immer neuen Schweiß über die verklebte Salzkruste des alten trieb. Ganz ehrlich, die Wüste gewann nicht bei näherer Betrachtung.

Zumindest bestand in der flachen Landschaft wenig Gefahr, sich aus den Augen zu verlieren. Rho, dessen Vorsprung sich beständig vergrößerte, blieb gelegentlich stehen, um sie aufschließen zu lassen, gönnte ihr aber keine Rast. Es ging flach geradeaus, und sie mussten nicht etwa Berge besteigen. Auch der Boden war gut zum Laufen – eine von Hitze und Trockenheit fest zusammengebackene Fläche, kein rieselnder Sand, in den man einsank wie am Strand. Nur der gelegentliche Stein bohrte sich schmerzhaft in die dünne Sohle der OP-Schuhe. Moira setzte ihre Schritte daher sehr bewusst.

So vergingen zwei Stunden. In der Hitze fühlte es sich an wie vier, aber Moiras Screen, der die Uhrzeit auch ohne Netz anzeigte, bestand darauf, dass es nur zwei waren.

Rho war wieder einmal stehen geblieben – eine einsame Gestalt in der entsetzlichen Leere. Die Hand schützend gegen die Sonne gehoben musterte er die schwarze Rauchfahne, die ihr Ziel war. Moira hätte nicht sagen können, ob sie sich diesem Ziel überhaupt schon wesentlich genähert hatten. Er wandte sich um, schaute ihr entgegen. Als Moira herangekommen war, reichte er ihr wortlos eine flache, metallene Flasche.

Er hatte Wasser! Warum hatte er das nicht schon viel früher gesagt? Vermutlich, weil die kleine Flasche ein Nottropfen war, der sie beide kaum weit bringen würde.

Moira wischte das Mundstück ab, bevor sie trank. Das Wasser war warm und schmeckte abgestanden. Trotzdem hätte sie die Flasche gern in einem Zug ausgetrunken. Sie nahm aber nur einen Schluck und bewegte das Wasser sorgfältig in ihrem Mund hin und her, bevor sie es schluckte. Sie gönnte sich noch einen zweiten Schluck, bevor sie den Verschluss zuschraubte und die Flasche zurückgab. »Wie lange noch?«

»Viertelstunde.« Er klickte die Flasche in die Halterung am Gürtel ein und setzte sich wieder in Bewegung.

Moira warf einen Blick auf ihren Screen. Eine Viertelstunde. Daran konnte sie sich festhalten. Das war zu schaffen.

Sie fragte sich nicht, was sie tun würden, wenn sie die Quelle der schwarzen Rauchfahne erreichten. Eine Viertelstunde. Er würde eine Antwort haben.

Als Rho das nächste Mal stehen blieb, um auf sie zu warten, waren exakt vierzehn Minuten vergangen, doch vom Helikopter war weit und breit nichts zu sehen. Nur die spärlicher werdende Rauchfahne zog sich noch immer in den Himmel. Sie wirkte näher, aber wie nah sie tatsächlich war, konnte Moira in dieser endlosen Leere nicht abschätzen.

Falls er ihr mit seiner präzisen Antwort ein Gefühl von Sicherheit hatte geben wollen, war es ihm gelungen. Doch nun verflüchtigte sich dieses Gefühl wie der Rauch der abgestürzten Maschine, und die Schritte, mit denen sie zu ihm aufschloss, erschienen mühsamer.

»Vorsicht, Ma'am.«

Er zeigte vor sich auf den Boden, und jetzt sah sie es auch. Eine Abbruchkante, die selbst aus wenigen Schritten Entfernung kaum zu erkennen war. Aufgrund irgendeines tektonischen Phänomens hatte sich die Ebene um etwa drei Meter abgesenkt. Als sie vorsichtig nähertrat, wurde ihr Blick von den rauchenden Trümmern des Helikopters unter ihr angezogen.

Der Korpus war erstaunlich intakt. Wie eine verbeulte Getränkedose lag er auf der Seite und reflektierte das Licht der orangeroten Sonne. Einige der Rotorblätter hingen abgeknickt in der Verankerung, eins war abgetrennt und steckte abseits in dem Abhang, auf dem sie standen. Bruchstücke und Ladung lagen in weitem Umkreis verteilt, dazwischen

Überreste ihrer Angreifer. Abgetrennte Insektenbeine und Hautflügel. Viel war nicht von ihnen übriggeblieben. Zum Glück.

Ein menschlicher Körper lag mit ausgestreckten Gliedmaßen drei Schritte vom Helikopter entfernt. Vermutlich der Pilot.

»Wir können doch nicht die Einzigen sein, die überlebt haben.« Sie suchte die Umgebung ab.

»Nein, Ma'am. Aber die nächsten am 'Kopter.«

Natürlich, weil sie als Letzte gesprungen waren. Oder eher Vorletzte. »Was ist mit Mikael?«

»Ma'am?«

»Der mit den grünen Haaren. Sie sind nach uns gesprungen.«

Er zögerte. »Korrekt, Ma'am.« Er schickte sich an, den Abhang hinunter zu gehen.

»Warten Sie!« Sie packte ihn am Arm. »Was wissen Sie? Haben Sie ihn beobachten können, während des Absprungs?«

»Ja, Ma'am.«

»Und?«

»Es war … nicht kooperativ.«

Einen Moment starrte sie ihn an. Mikael war in Panik geraten. Hatte er etwa wie ein Ertrinkender seinen Retter mit in den Untergang gezogen? »Sie denken, dass er tot ist?«

»Korrekt, Ma'am.« Er wollte sich umwenden, zögerte, dann fügte er an: »Das tut mir … furchtbar leid.«

Es waren exakt die gleichen Worte, die sie zuvor verwendet hatte, sogar die Pause hatte er an der gleichen Stelle gesetzt. Moira hatte das Gefühl, dass er sie aussprach wie Fremdworte. Oder kamen sie nur ihr auf einmal so schrecklich bedeutungslos vor? Erst Peter und jetzt Mikael. Und sie würde die Nächste sein. Welche Chance hatten sie, ganz allein in der Wüste?

Nein. Sie durfte sich davon nicht lähmen lassen. Rho war in einen Kampf verwickelt gewesen, an einem Fallschirm hängend. Er hatte unmöglich genau erkennen können, was sich an dem anderen Fallschirm ereignete. Vielleicht irrte er sich einfach. An diesem Gedanken musste sie sich festhalten. Mikael hatte überlebt, und sie würde es auch.

Rho hatte sich inzwischen an den Abstieg gemacht. Unter seinen Stiefeln geriet der lockere Boden ins Rutschen, Staub erhob sich.

Zögernd setzte sie selbst einen Fuß auf den Abhang, spürte, wie der Boden nachgab und ihre Füße einsanken. Es war nicht schwer, das Gleichgewicht zu halten, und so ließ sie sich von der Bewegung nach unten tragen. Als sie unten angekommen war, hatte Rho schon einen leeren Rucksack geborgen.

Der Pilot lag auf dem Rücken. Schwarze Uniform, schwarzer Helm mit Gesichtsvisier, ein Soldat wie die anderen.

Rho bemerkte ihren Blick. »Er ist tot«, sagte er, obwohl er es nicht überprüft hatte.

Wortlos ging sie zu dem Piloten hinüber. Hatten da eben die Finger in den schwarzen Handschuhen gezuckt? Moira beschleunigte ihren Schritt, kniete sich neben den Mann. Steine stachen in ihre Knie. Sie öffnete den Kragen der Uniform und legte die Finger auf die Carotis.

Ein schwacher Puls, nicht mehr als ein Flattern.

Eilig machte sie sich daran, den Kinnverschluss seines Helmes zu lösen, doch plötzlich hockte Rho neben ihr, packte ihr Handgelenk – nicht schmerzhaft, aber bestimmt. »Er wird es nicht schaffen, Ma'am.« Seine Stimme war ruhig, ohne jede Emotion.

Sie drehte ihr Handgelenk aus seinem Griff. »Das steht noch nicht fest.«

»Er ist zu schwer verletzt, Ma'am.«

»Wer ist hier der Arzt?« Sie ließ den Kinnverschluss aufschnappen. »Holen Sie mir lieber …« Sie stockte, als sie das hohle Keuchen hörte. Es klang gedämpft durch den Helm, doch Moira hatte es schon zu oft gehört. Die Lungen hatten die letzte Atemluft hinausgepresst.

Es war nicht nötig, seinen Puls noch einmal zu fühlen. Sie tat es trotzdem. Kurz erwog sie eine Herzmassage, doch selbst, wenn sie ihn hätte zurückholen können – sie hatte keine Möglichkeit, ihn zu stabilisieren, nichts, womit sie ihn hätten transportieren können. Sie würde sein Leben zurückholen, nur um ihn erneut sterben zu lassen.

Rho ging, um weitere Dinge zu bergen, während Moira neben dem toten Piloten kniete. Noch ein junger Mann, der nie mehr nach Hause zurückkehren würde. Ob er Geschwister hatte? Eine Frau? Damit seine Familie zumindest Gewissheit bekam, musste sie seinen Tod dokumentieren.

Auf ihrem Screen rief sie den Social Reader auf und scannte seinen Chip. Auf dem Display erschien eine Zeichenfolge: ρ-SW-105, darunter »2nd Lt« und »Pilot«. Sie starrte auf die Zeichen.

Irgendwo dort hätte ein Name stehen müssen.

Trotz der Wüstenhitze stellten sich die Härchen an ihren Armen auf, als sie das erste Symbol der Zeichenfolge erkannte. Das war kein P. Es war ein griechischer Buchstabe. Der Buchstabe Rho.

Sie sah über die Schulter zurück. Rho spähte gerade in die abgestürzte Maschine. Rasch öffnete sie das Visier des Toten.

Das war Rho. Kein jüngerer Bruder, kein Mann mit einer Familienähnlichkeit. Es war das gleiche Gesicht.

Zuerst der Mann auf dem Dach, und nun dieser Pilot. Es war klar, was das bedeutete, bedeuten musste, aber das war unmöglich. Wissenschaftlich unmöglich. Inprinting-Defekte, Zellvereinzelung, Mitochondrien DNA, Leihmütter – die Begriffe wirbelten in ihrem Kopf. Sie hatte die Diskussionen in der Fachwelt nur am Rande mitverfolgt. Es war nicht ihr Fachgebiet. Aber eins wusste sie sicher: Die Ausbeute lebensfähiger Klone reichte nicht aus, um eine Armee einheitlicher Männer zu erschaffen.

Hinter ihr knirschte der Sand. Ihr wurde klar, dass er näher kam, dann stehen blieb, schräg hinter ihr.

»Sie hätten das nicht tun sollen«, sagte er.

Sie schluckte. Ihre Kehle fühlte sich trocken an. »Rho ist gar nicht Ihr Name, nicht wahr?«

Er antwortete nicht gleich. Vielleicht überlegte er, wie viel er ihr offenbaren konnte. Firmendaten. Vermutlich hätte sie nichts von all dem jemals erfahren dürfen.

Schließlich sagte er: »Rho ist meine Charge.«

»Charge«, wiederholte sie benommen.

»Charge Rho, Serie T, Reihe X, fortlaufende Nummer vier-drei.«

Sie stand langsam auf, wandte sich zu ihm um. »Haben Sie überhaupt einen Namen?«

»ρ-TX-43.«

Ihr Kopf war merkwürdig leer, während sie den Soldaten anblickte, in dessen Zügen sich keinerlei Empfindung zeigte. »Klone«, brachte sie schließlich hervor.

Rho nickte. »Ich muss Sie darauf hinweisen, dass jede Information über die Existenz und Herstellung von Klonen Firmeneigentum ist. Jede Veröffentlichung dieser Firmendaten wird gerichtlich nach §2 CDA verfolgt und mit Bußgeld oder Gefängnis von bis zu zehn Jahren geahndet.«

Das war so ziemlich der längste Satz, den er gesprochen hatte, seit sie sich begegnet waren. »Mussten Sie das etwa auswendig lernen?«

»Ja, Ma'am.« Er zog einen Screen aus der Halterung am Gürtel, wischte darauf herum und gab ihn ihr. Das Display zeigte einen scrollbaren Text.

»Was ist das?«

»Die Verschwiegenheitserklärung. Sie müssen sie unterzeichnen.«

»Und wenn ich das nicht tue, erschießen Sie mich dann?«

»Nein, Ma'am.«

Sie wartete, dass er noch etwas sagte, aber das tat er nicht. Also hielt sie ihm das Gerät wieder hin. »Dann warte ich damit noch ein wenig.«

Er zögerte, den Screen zurückzunehmen. Auf eine solche Reaktion war er offenbar nicht vorbereitet worden. Eine Gelegenheit, die sich keine Journalistin entgehen lassen würde. Sie wandte sich halb ab, wischte den Text zur Seite, gelangte zum Menü. Richtlinien, Befehle, Meldung … weiter kam Sie nicht, denn er nahm ihr den Screen aus der Hand.

»Sie sollten seine Stiefel anziehen, Ma'am.«

Das war ein vernünftiger Vorschlag, ihre OP-Schuhe waren am auseinanderfallen. Trotzdem zögerte sie. Stumm sah sie ihm dabei zu, wie er den Chip des Toten scannte und Eingaben in den Screen machte. Als ihm bewusst wurde, dass sie sich nicht rührte, blickte er auf.

»Ma'am?«

»Es ist dumm, aber ich komme mir schäbig vor, einen Toten zu bestehlen.«

»Die Stiefel sind Eigentum von MinerVa Inc. Genau wie er.« Sein Blick richtete sich an ihr vorbei nach oben. Dann drückte er ihr den Scanner in die Hand. »Sie können die Ausfallmeldung machen.« Er kehrte zum Rucksack zurück, neben dem er seine Fundstücke gestapelt hatte.

Moira wandte sich um, versuchte zu erkennen, was er gesehen hatte. Da: dunkle Punkte in der violetten Weite des Himmels. Sofort füllte die Angst wieder ihren Magen. »Sind das Mantis?«

»Ja, Ma'am.«

Skrupel konnte sie sich nicht leisten. Sie setzte sich auf den Boden und zog dem Toten die Stiefel von den Füßen. Sie waren ihr zu groß. Sie legte die Sohlen der OP-Schuhe hinein, und so ging es. Dann nahm sie den Screen wieder auf.

Die Bezeichnung des Toten war bereits eingetragen, ebenso die Ortsangaben in geographischer Länge und Breite. Sie bestätigte die Default-Einträge bei Datum und Uhrzeit.

»Was trage ich bei Meldegrund ein?«

Er schnürte den Rucksack zu. »Geben Sie ein ›E‹ ein. Dann weiß die Zentrale, dass er ausgeschieden ist.«

Zumindest, sobald sie wieder in Netzreichweite waren. Moira senkte den Blick auf das Display, auf die Daten ohne Namen. Dies war nicht der erste Totenschein, den sie ausstellte, doch bisher waren die Texte länger gewesen. »Und ›E‹ steht für …?«

»Exitus, Ma'am.«

Moira konnte sich nicht zu einer so kurzen Nachricht überwinden. Sie tippte *In Erfüllung seiner Pflicht gefallen.* Aber auch diese Worte, wurde ihr klar, waren nicht mehr als eine Floskel. Tatsächlich drückten sie nichts aus, was ein schlichtes »E« nicht auch gesagt hätte.

***

Keith hatte Wangs Büro übernommen und lief jetzt darin auf und ab, während er darauf wartete, dass der Anruf zu seinem Vater durchgestellt wurde. Das Netz war offenbar am Arsch, und er überließ es Wang, es immer und immer wieder zu versuchen. Wang saß am Schreibtisch und fummelte an seinem Screen herum. Gelegentlich entfuhr ihm ein Fluch. Die Bilder aus Green Sands hatten ihn wohl ziemlich aufgewühlt.

Auch Keith spürte die Aufregung noch. Schwärme von Mantis, Feuergefechte, Menschen, die in Sicherheit gebracht wurden. Aber das Bild, das ihm nicht mehr aus dem Kopf ging, war ein anderes. Ein Soldat, der sich gerade so an einer Abbruchkante hielt, ein anderer, der ihn hinaufzog. Und dann, bevor sich ihre Hände voneinander lösten – eine Umarmung. So kurz, mit einem Blinzeln hätte man sie verpasst. Und doch war sie da gewesen.

Seltsam, dass ihm gerade dieses Bild nachging. In seiner Familie waren Umarmungen nicht üblich. Nur Phil hatte einmal die Arme um ihn gelegt – tröstend und ermutigend nach einer vermasselten Klausur. Diese Erinnerung schien so fern zu liegen, dass er sie vielleicht verloren hätte, hätte dieses Bild heute sie nicht wieder hervorgeholt. Er zog den weißen König aus der Hosentasche und betrachtete ihn.

Endlich flimmerte der Wandscreen auf und trotz einiger Störungslinien war Vater zu erkennen.

»Ich habe mich schon gefragt«, ein keuchender Atemzug, »wann du dich zu melden gedenkst.«

Keith steckte den König wieder ein. »Sorry, Dad. Das Netz ist überlastet. Es hat einen Angriff auf Green Sands gegeben.«

»Habe ich … mitbekommen.«

Vater trug den Sauerstoffschlauch nicht, und der Pilz in seinen Lungen zwang ihn zu einer rhythmischen Sprache, kurze Sätze, eilig hervorgepresst zwischen keuchenden Atemzügen. Noch sechs Tage bis zur OP. Aber auch diese Transplantation würde nur ein paar Jahre Erleichterung bringen. Der Pilz, der die Lungenbläschen verklebte, war zu tief im Körpergewebe verwurzelt und schickte sofort wieder Sporen in das neu eingepflanzte Organ.

»Green Sands? Hast du nicht an das Risiko gedacht?«

»Wir haben alles unter Kontrolle, Dad. Die Helme sind verspiegelt, niemand wird an Klone auch nur denken.«

Die Berichterstattung aus Green Sands war natürlich viel umfangreicher als aus den Käffern, die bisher von den Mantis angegriffen worden waren. Diesmal würde es auch Filmberichte geben. Aber im Grunde war das genau das, was er brauchte. Die Menschen würden sich nicht nur an den Anblick der MinerVa-Einheiten gewöhnen, sie würden ihn sogar begrüßen – und auch wenn Vater das nicht guthieß, es war durchaus in Keiths Sinne.

»Dad, ein MinerVa-Village war bedroht. Außerdem hat Wang mit MediCare und Bahi-A eine Kostenbeteiligung ausgehandelt.«

Vaters Bild flackerte. »Es kursieren bereits Bilder … Die Leute sprechen von … *Soldaten*.« Er betonte das Wort, als wäre das etwas Abwegiges, aber sie *waren* Soldaten.

»Das liegt vermutlich an den Com-Helmen und den neuen Arbeits-Overalls. Die FRT-Panzerung aus Vijays Abteilung sieht ziemlich martialisch aus.«

»Verluste?«

»Zwei Vorarbeiter. Sonst nur ein paar kleinere Blessuren, und etwa zwanzig Ausfälle bei den Einheiten. Und keine von ihnen wurde in Green Sands zurückgelassen.«

»Rhos oder Sigmas?«

»Beides. Du bekommst die genauen Zahlen von Wang in einer Stunde.« Wang würde die abgeschossenen Klone genauso abschreiben wie den Heli und die Fighter, denn in den Büchern wurden die Klone als mobile MCM-Fördereinheiten geführt. Das waren sie auch. Nicht jede Arbeit konnte von Maschinen und Software ausgeführt werden. Man brauchte noch immer Menschen, um die Maschinen zu bedienen, sie bedarfsgerecht einzurichten und zu reparieren. Außerdem war eine Maschine auf eine bestimmte Aufgabe spezialisiert – und selbst dann war ihre Herstellung wesentlich teurer als die eines Klons. Von der Grundlagenforschung abgesehen, die zum Teil Bahi-A geleistet hatte, deckten hunderttausend Credits alle Kosten ab für Herstellung, Aufzucht und Training bis zur ersten Einsatzreife. Für ein ordentliches Einsatzfahrzeug oder eine entsprechend ausgestattete Drohne musste man bedeutend mehr aufbringen.

Vater hatte die Klone für den Einsatz in Minen und Ölbohrplattformen vorgesehen, aber noch waren sie mit der

Förderung des MCM voll ausgelastet. Das würde sich ändern, sobald die nächsten Chargen einsatzreif waren. Dann wollte Vater die Arbeiter-Crews auf allen MinerVa Produktionsstätten nach und nach durch Klon-Crews ersetzen. Die Einsparung an Gehältern, Betriebsrenten und Village-Wohnraum würde den Profit aller Abteilungen in ungekannte Höhen treiben, gar nicht zu reden vom Wegfall der Entschädigungen, die bei Betriebsunfällen oft jahrelang gezahlt werden mussten.

Ein guter Plan und doch so beschränkt, so klein. Profit für MinerVa, mehr sah Vater nicht. Dabei hatte er die Möglichkeit geschaffen, endlich die schlimmsten Krebsherde aus Deuteragäas Fleisch zu schneiden.

Vaters Ton sagte ihm, dass sie zum Ende ihres Gespräches kamen. »Leg mir einen Entwurf für ein … Kondolenzschreiben an die Familien vor ... Und den Verletzten zahlst du eine einmalige … Einsatzzulage.«

Damit meinte er natürlich die verletzten Angestellten. Nicht die Einheiten. »Wird erledigt.«

Das Gespräch endete, und Keith sah zu Wang hinüber. »Sie sorgen dafür, dass die Einheiten keinesfalls von zivilen Ärzten behandelt werden.«

»Die Anweisungen werden strikt eingehalten, Mister Kendrick. Steht kein MinerVa-Mediziner zur Verfügung, wird die Einheit transportiert oder eliminiert.« Er machte ein besorgtes Gesicht. »Es gibt allerdings noch ein Problem. Das Netz ist voll von Bildern und ständig werden neue hochgeladen. Auf dem einen oder anderen sind unsere Einheiten ohne Helm zu sehen.«

»Sofort löschen lassen.«

»Wir sind schon dabei, aber unsere Algorithmen kommen kaum hinterher, und im Subnet haben wir ohnehin Schwierigkeiten.«

»Wenn es aus dem Subnet kommt, erledigt sich das von selbst. Man wird es für eine Verschwörungstheorie halten.«

»Oder«, Wang sah ihn unsicher an, »wir könnten das als Anlass nehmen, mit unserem Projekt an die Öffentlichkeit zu treten.«

Auch wenn es Keith in den Fingern juckte, genau das zu tun, so weit waren sie noch nicht. Die Menschen in den Citys waren vielleicht bereit, Soldaten zu akzeptieren, die sie beschützten, aber sicherlich keine Klone. Noch nicht.

»Versuchen Sie nicht, strategisch zu denken, Wang. Sie sind ein Buchhalter. Bleiben Sie dabei.«

»Natürlich, Mister Kendrick.«

»Zuerst einmal werden wir die Forschung an den Mantis verstärken. Wir haben vier Exemplare lebend gefangen. Eine bleibt hier. Verteilen Sie die Übrigen auf die ausgewählten Institute.«

***

Sie hatten kein Wasser gefunden. Nicht viel, jedenfalls. Die Kanister waren geborsten, und Rho goss die wenigen Reste in eine einzige Flasche zusammen. Moira trank etwa die Hälfte davon – Rho bestand darauf. Den Rest, etwa einen viertel Liter, hängte sie sich an einem behelfsmäßigen Gurt um die Schulter.

Auf ihre Frage hin sagte er, dass es bis Noshades ein Fußmarsch von acht Phasen war. Dann warf er einen prüfenden Blick auf sie und korrigierte sich auf zehn. Zehn Phasen, das bedeutete mehr als drei Zyklen. Und dann mussten sie ja auch noch schlafen. In dieser Hitze und ohne Wasser war das ein Todesurteil. Doch als sie fragte, was sie jetzt noch tun konnten, antwortete er schlicht: »Wasser finden«, und die forsche Art, mit der er ausschritt, machte ganz den Eindruck, dass er wusste, wo sie suchen mussten.

Ihr blieb nichts anderes übrig, als ihm zu vertrauen. Und ihr wurde klar, dass sie das tatsächlich tat. Seine nüchterne, ruhige Art war etwas, woran sie sich festhalten konnte. Solange sie keine Wahl hatte, war es sicher besser, sich nicht mit ihren Sorgen und Ängsten zu beschäftigen, und es gab ja auch genug anderes, worüber sie nachdenken konnte. Ihn zum Beispiel und das, was er war. Ein Klon. Waren etwa alle Soldaten Klone? Durften sie deshalb die Helme nicht abziehen? Wer war dafür verantwortlich? Und warum wusste nicht einmal die Fachwelt davon, geschweige denn die normale Bevölkerung? Wie viele Soldaten hatte sie heute gesehen? Zwanzig? Dreißig? Eine Armee von Klonen bedeutete auch eine Armee von Leihmüttern. Sie zumindest wusste von keiner Grundlagenforschung, um Plazenta und Nabelschnur zu ersetzen. Wozu auch? Das Problem von Deuteragäa war nicht, dass es zu wenig Menschen gab. Im Gegenteil. Die Menschen hier nutzten die Wohnungen nicht nur deswegen in Zyklen, weil sich das ohne natürlichen Tag-Nacht-Rhythmus so praktisch anbot.

Wegen der gebundenen Rotation war nur ein Bruchteil der Landmasse überhaupt bewohnbar. Die Tagseite war ein Backofen und die Nachtseite eine Eiswüste. Nur in der westlichen Dämmerungszone war Leben überhaupt möglich – in der östlichen gab es keine Landmassen. Und noch immer kamen Flüchtlinge von der Erde und führten zu wachsendem Unmut in der Bevölkerung. Weshalb also Geld in Forschung investieren, um noch mehr Menschen zu erschaffen? Denn dass ein menschlicher Klon natürlich auch ein Mensch war, stand außer Zweifel. Eben ein Mensch mit sehr, sehr vielen Zwillingsgeschwistern. Schon auf der Erde hatten Menschen begonnen, ihre Lieblingshaustiere oder ergiebige Nutztiere zu klonen, aber aufgrund der Leihmütterproblematik war das nie im großen Stil geschehen. Aber wer hatte all die Klonsoldaten ausgetragen? Wer hatte sie großgezogen?

Ihre Gedanken begannen in Schleifen zu laufen. Wie viele Stunden waren sie nun schon unterwegs? Irgendwann ließen die Hitze und die Anstrengung des Marsches ihren Kopf leer werden. Müdigkeit stieg in wattigen Wolken auf und füllte ihn wieder. Laut ihrem Screen war sie inzwischen über zwanzig Stunden wach, und was waren das für Stunden gewesen!

Mechanisch setzte sie einen Fuß vor den anderen, folgte der einsamen Figur vor ihr, die mal weiter und mal näher war, je nachdem, ob er wieder einmal auf sie gewartet hatte. Einmal blieb er so lange stehen, dass sie zu ihm aufschließen konnte.

»Besitzt Ihre Kamera eine Zoomvorrichtung?«

Es war Stunden her, dass sie den Mund geöffnet hatte. Als sie es jetzt tat, fühlte sich ihre Zunge wie Sandpapier an. »Klar.« Sie zog die Brille aus der Tasche, zeigte ihm die Knöpfe. »Aufnahme und Zoom.« Sie nutzte die Pause, um wieder einmal einen Schluck Wasser in den Mund zu nehmen. Sie bewegte es hin und her und es versickerte in ihren Schleimhäuten, ohne dass etwas zum Herunterschlucken blieb.

Rho blickte mit der Brille über die Wüste, die diesig war von aufgewirbeltem Staub. Während Moira den Deckel auf die Flasche schraubte, folgte sie seinem Blick. Schattenhaft bildeten sich in der dunstigen Ferne die Umrisse eines Turmes ab.

»Danke, Ma'am.« Er gab ihr die Brille zurück und setzte sich wieder in Bewegung, direkt auf den Schattenturm zu.

Auch sie setzte jetzt die Brille auf. Wer baute einen Turm mitten in der Wüste? Oder waren sie schon näher an bewohntem Gebiet als gedacht? Sie zoomte das Bild heran, so weit es ging. Da waren keinerlei Fenster oder andere Strukturen. Insgesamt wirkte der Turm eher unregelmäßig. Vielleicht war es eine natürliche Struktur, ein Felsen, oder …

»Rho! Warten Sie!« Sie lief auf ihn zu, keuchte, als sie ihn erreicht hatte. »Ist das, was ich glaube, dass es ist?«

»Ma'am?«

»Ist das ein Mantis-Bau?«

»Ja, Ma'am.«

»Und wir laufen geradewegs darauf zu?« Ihre Stimme klang selbst in ihren eigenen Ohren schrill.

»Er ist verlassen, Ma'am.«

»Wie können Sie das wissen?«

Statt einer Antwort fasste er sie an den Schultern und drehte sie so, dass sie wieder auf den Bau blickte. »Die Spitze ist stumpf. Abgebröckelt. Und es sitzen keine Tiere auf der Außenwand.«

»Tun sie das sonst?«

»Ja, Ma'am. Immer.« Noch einmal betätigte sie den Zoom, bemühte sich, Einzelheiten zu erkennen, aber sie wusste zu wenig darüber, wie so ein Bau auf diese Entfernung aussehen musste. Sie musste ihm einfach Vertrauen.

»Dann würden wir dort zumindest Schatten finden.«

»Ja, Ma'am. Und Wasser.«

Wasser! Auch das originäre Leben auf Deuteragäa war darauf angewiesen, aber Moira hatte sich noch nie gefragt, wie die Mantis mitten in der Wüste an Wasser kamen.

Rho ging wieder los, und sie folgte ihm nun mit mehr Hoffnung. Die Hitze war erdrückend. Immer wieder griff sie nach der Flasche, obwohl Sie versuchte, sich zurückzuhalten. Aber ihr Körper schrie förmlich nach Wasser. Irgendwann lief nur noch ein einzelner Tropfen auf ihre pelzige Zunge.

Immer erschöpfter setzte sie einen Fuß vor den anderen. Ihre Füße in den klobigen Stiefeln waren schwer und wund. Sie hatte Blasen, die jeden Schritt schmerzhaft machten, und sie hätte gern geweint. Ihre Augen brannten auch, aber sie war zu ausgetrocknet für Tränen. So begnügte sie sich mit einem Wimmern bei jedem Schritt. Nicht so laut, dass Rho es hören würde, aber irgendwie doch erleichternd. Sie hob den Blick zu dem dunstigen Turm, der tatsächlich näher und näher rückte. Sie hatte die Brille aufbehalten, filmte sogar, und als sie jetzt wieder heranzoomte, wirkte die Spitze unregelmäßig. Es saßen tatsächlich keine Mantis auf dem Bau.

Er war enorm hoch. Wie ein Haus mit fünf oder sechs Stockwerken. Aber er war flach und breit und die schmale Seite wies direkt auf die Sonne wie ein Bootskiel. Wo hatte sie so etwas bloß schon mal gesehen? Richtig, in einem Buch über die Erde. Es sah aus wie die Termitenbauten, die es in irgendeiner Erdenwüste gab, nur viel, viel größer. Es optimierte den Lichteinfall, um den Bau kühl zu halten.

Eine halbe Stunde später erreichte sie den Bau. Rho wartete in dessen Schatten auf sie, aber nun gab es eine neue Enttäuschung: Es gab keinen Eingang. Keinen zumindest, der für Menschen geeignet wäre. Stattdessen hatte der Bau so etwas wie Einfluglöcher, irgendwo zwei, drei Meter über ihrem Kopf. Die Wand war steil und bestand aus glattem, zusammengebackenem Sand.

Jetzt brannte es wieder in ihren Augen, auch wenn noch immer keine Tränen kamen. »Das schaffe ich nicht.« Sie sprach unbeholfen, so trocken war ihr Mund. Ihre Zunge wollte sich nicht mehr richtig krümmen.

Rho bückte sich, drückte irgendwo gegen ihren Schuh, und mit einem hellen Klingen sprang vorn eine Metallspitze aus der Sohle. Auch der zweite Schuh hatte so eine Vorrichtung. Die Spitzen in seinen eigenen Schuhen brachte er zum Vorschein, indem er sie gegeneinander trat. Dann wandte er sich um und stieß die erste Spitze in die Wand. Wie auf einer selbstgeschaffenen Leiter arbeitete er sich so nach oben.

Vielleicht würde sie das doch schaffen. Sie folgte ihm, nutzte die von ihm geschlagenen Löcher als Halt für ihre Finger. Es ging erstaunlich gut. Nach einer kurzen Anstrengung hatte sie das Eingangsloch erreicht und ergriff seine ausgestreckte Hand. Und dann stand sie vor dem Einflugloch eines Mantis-Baus.

Der Eingang war klein, sie musste hindurchkriechen. Der Gang dahinter aber war so hoch, dass sie nur den Kopf etwas einziehen musste. Rho musste sich mehr einkrümmen.

Und es war überraschend kühl, zumindest im Vergleich zu draußen. Eine Wohltat! Sie zog sich die weiße Fallschirmseide vom Kopf, wischte sich damit das Gesicht ab und legte sie sich als Schweißfänger um den Nacken.

Der Gang führte in die Tiefe des Baus, aber erstaunlicherweise war er nicht völlig finster. Im Gegenteil. In unregelmäßigen Abständen gab es hellere Bereiche, bis er eine Biegung machte und sich dem Blick entzog.

»Licht«, sagte sie verwundert.

Rho nickte. »Überall.«

Offenbar hatte auch er Mühe mit dem Sprechen. Hatte er auf dem Marsch überhaupt getrunken? Falls ja, hatte sie es jedenfalls nicht beobachtet.

Er ließ sich auf ein Knie nieder, um die Spitzen wieder in ihre Schuhe zurück zu schieben. Das war offenbar umständlicher, als sie herausschnellen zu lassen. Derweil blickte sie sich um. Seit die drückende Hitze nicht mehr auf ihr lastete, schienen selbst ihre Gedanken wieder flüssiger zu laufen. Auch hier waren die Wände glatt und sandfarben. Pueblo-Stil. Das erklärte, warum die Mantis sich auf den verputzten Hauswänden hatten halten können. Vermutlich hatte die Evolution ihre Krallen für solche Oberflächen optimiert.

Ein paar Schritte weiter gab es allerdings eine Unebenheit. Etwas ragte aus der Wand, und da Rho jetzt mit seinen eigenen Schuhen beschäftigt war, trat sie näher, hielt aber vorsichtshalber einen gewissen Abstand, nutzte stattdessen wieder den Zoom.

Etwas Metallisches ragte da aus der Wand. Seltsam. Bauten die Mantis Fundstücke in ihre Bauten ein? Es war länglich, die Spitze zeigte schräg nach unten, als wäre es von der anderen Seite her hindurchgedrungen und stecken geblieben. Auf der Außenfläche saß ein Kreis von flachen Nieten. Plötzlich knackte etwas in dem Zylinder. Mit leisem Sirren schoben sich die Nieten nach oben. Das sind Düsen, dachte Moira noch. Plötzlich packte Rho ihr Handgelenk, riss sie zu sich heran, wirbelte sie herum und beugte sich über sie.

»Augen zu! Luft anhalten!«

Ein Zischen erklang. Sie gehorchte, hätte ohnehin nicht atmen können, eingekrümmt unter ihm, zu allem Überfluss zog er noch seine Jacke über ihr Gesicht. Dann legte sich so etwas wie ein feiner Nebel auf die bloße Haut ihres Unterarmes. Ein Nebel, der sofort anfing zu jucken.

Chemische Waffen! Vermutlich hatte sie eine Mine ausgelöst, einen Blindgänger, der noch von einem Angriff auf den Bau übriggeblieben war. Aber griffen Menschen Mantis-Bauten überhaupt an? Davon hatte es nie etwas in den Nachrichten gegeben.

Rho löste jetzt die Umklammerung, hielt aber immer noch ihr Handgelenk fest, zerrte sie vorwärts. Sie folgte ihm stolpernd. Das Jucken an ihrem Arm steigerte sich, wurde zu einem Brennen. Die Haut rötete sich. Sie hasteten den Gang entlang, der beständig nach unten führte. Noch immer wechselten sich helle und dunkle Passagen ab.

Der Gang war nicht leer. Die verkrümmten Körper von Mantis lagen darin, an manchen Stellen so viele, dass es das Durchkommen schwierig machte. An anderen Stellen war der Weg völlig frei.

Es gab weitere Röhren, die sich mit ihrer vereinigten, Abzweigungen, aber keine Sackgassen. Rho schien genau zu wissen, wohin er wollte. Er hatte sie inzwischen losgelassen und sie folgte ihm keuchend immer tiefer und tiefer in den Bau hinein, immer weiter bergab. Manche Passagen waren so steil, dass sie auf den Hintern hinunter rutschten, andere senkten sich kaum merklich. Sie mussten schon längst tief unter der Erde sein. Wohin führte er sie bloß?

Das Brennen wurde schmerzhaft, das Bedürfnis, sich über den Arm zu streichen, übermäßig, aber das war sicher keine gute Idee.

Plötzlich endete der Gang an einer Art Klippe. Moira stoppte, und noch bevor sie sich ein Bild von der Halle machen konnte, in die der Gang mündete, packte Rho sie um die Hüfte und warf sie über die Kante. Moira schrie auf – und klatschte in Wasser. Die Brille wurde von ihrer Nase gerissen, Luftblasen um sie her, noch mehr davon, als auch Rho neben ihr eintauchte. Sie spürte Boden unter den Füßen, streckte sich und erreichte sofort die Oberfläche. Das Wasser ging ihr bis zur Brust.

Wasser! Sie tauchte zurück unter die Oberfläche und öffnete den Mund. Himmlisch, wie das Wasser sofort in jede Ecke ihrer Mundhöhle spülte. Sie ließ den Mund offen und schluckte einfach. Es war eine seltsame Art zu trinken, aber es erfüllte den Zweck. Sie kam zum Luftholen an die Oberfläche und trank weiter bis sie das Gefühl hatte, ihr Magen müsse platzen. Keuchend richtete sie sich wieder auf, strich sich das nasse Haar aus dem Gesicht. Die weiße Fallschirmseide trieb neben ihr im Wasser wie eine Sahnewolke im Kaffee.

Das Brennen an ihrem Arm hatte aufgehört. Sie hob ihn aus dem Wasser, betrachtete die gerötete Haut. Aus haarfeinen Rissen trat Blut aus und bildete Schlieren in den Wassertropfen. Auch der andere Arm schmerzte, aber nur am Handgelenk, wo Rho sie gepackt hatte. Vermutlich würde sich ein blauer Fleck bilden.

Neben ihr trank Rho ebenfalls in tiefen Zügen. Er hatte deutlich mehr von dem ätzenden Nebel abbekommen, die rechte Seite seines Gesichtes war krebsrot und blutete wie ihr Arm. Auch sein rechtes Auge war gerötet.

»Was war das?«, fragte sie.

»C-Miene. Reagiert auf organisches Material.« Er wischte sich das Wasser aus dem Gesicht. Auch sein Handrücken blutete. Die Hand, mit der er die Jacke vor ihr Gesicht gepresst hatte.

»Ich habe es nicht angefasst. Bestimmt nicht.«

»Näherungssensor.«

Er wandte sich ab und schob sich durch das Wasser auf ein flaches Ufer zu. Moira hingegen sah sich erst einmal um. Indirektes Licht tauchte alles in warme Rot- und Gelbtöne. Es war nicht gerade hell, aber alle wesentlichen Strukturen ließen sich erkennen. Der Raum maß vielleicht hundert Quadratmeter und sein Boden wurde fast vollständig von einem See eingenommen. Überall in Wand und Decke öffneten sich Gänge.

Die Kamera! Sie tauchte ab, fand die Brille im glasklaren Wasser schnell, aber natürlich ließ sie sich nicht mehr einschalten. So viel Geld hatte sie dann doch nicht ausgegeben.

»Was ist das für ein Ort?« Sie folgte Rho ans Ufer.

»Die Quelle. Jeder Hive hat eine.«

»Sie graben sich bis zum Grundwasser vor?«

»Korrekt. Es gibt hier artesische Becken.«

Das klärte die Frage, wie die Mantis an Wasser kamen. Moira kletterte aus dem See und die nasse Kleidung klatschte gegen ihre Beine. Das Wichtigste waren die Daten. Sie holte den Speicherchip aus der Brille und wischte ihn trocken, so gut das mit nassen Händen ging. Eigentlich müsste er okay sein. Er durfte nur nicht rosten. Der Screen an ihrem Handgelenk funktionierte noch, aber er zeigte natürlich noch immer kein Netz an.

Sie legte Brille, Chip und Seide auf einen Absatz in der Wand. Dann betrachtete sie die Wände genauer. Auch hier bestanden sie aus glattem, hartem Sand. Es gab Öffnungen und Plateaus auf ganz verschiedenen Höhen. Waagrechte Linien zogen sich um den gesamten Raum. »Sieht aus, als hätte das Wasser früher höher gestanden.«

Er war dabei, seine Hose auszuziehen, stockte kurz und blickte sich um. Ohne einen Kommentar stieg er dann aus dem zweiten Hosenbein und schüttelte den nassen Stoff aus.

Das war eine gute Idee. Die Baukunst der Mantis mochte das Licht bis in den tiefsten Untergrund bringen, aber die Hitze der Wüste blieb draußen. Hier unten war es erstaunlich kühl. Vielleicht hatte sich ihr Körper auch einfach an die enorme Hitze gewöhnt, und jetzt fror sie regelrecht in den nassen Sachen. Sie zog sich das Hemd über den Kopf. Es war der OP-Kittel, den Peter ihr gegeben hatte. Mein Gott, war das wirklich erst ein paar Stunden her? Nicht daran denken. Sie musste sich auf das Hier und Jetzt konzentrieren, aufs Überleben. Zum Trauern blieb später noch genug Zeit.

Sie wrang den Kittel aus und schüttelte ihn wieder auseinander. »Zumindest haben wir Wasser gefunden.« Der Kunststoff war steif und knitterig geworden. »Draußen dürfte das alles schnell wieder trocknen, aber vielleicht sollten wir die Gelegenheit nutzen und ein bisschen schlafen, hier, wo wir sicher sind und Wasser haben. Was meinen Sie?« Als er nicht antwortete, wandte sie sich zu ihm um.

Rho stand völlig reglos da und starrte sie an. Genau genommen starrte er auf ihre Brüste. Sein Adamsapfel hüpfte, als er schluckte.

Diese Reaktion auf ihren schwarzen Balconette übertraf nun doch ihre Erwartungen. »Was ist? Haben Sie noch nie eine …« Sie stockte, als ihr klar wurde, dass er womöglich tatsächlich noch nie eine nackte Frau gesehen hatte. In seinem Blick lag etwas rührend Überwältigtes.

Was war jetzt die angemessene Reaktion? Sich abwenden? Ihn zurechtweisen? So tun, als sei alles ganz normal? Zu allem Überfluss wurde jetzt auch ihr bewusst, dass er praktisch im Hemd vor ihr stand. Es klebte nass an seinem Körper, bildete nicht nur die Brustmuskeln ab, die sich unter jedem Atemzug hoben, sondern in wunderbarem Detailreichtum auch die Bauch- und Sägemuskulatur. Himmel, diese Matrize war wirklich eine Vervielfältigung wert gewesen.

Er senkte den Blick auf seinen eigenen Körper, der viel schneller als er selbst zu begreifen schien, was hier gerade geschah. Als er wieder aufblickte, wirkte er hilflos.

In ihrem besten Patienten-Beruhigungston sagte sie: »Es ist alles in Ordnung.« Sie trat auf ihn zu, aber er wandte sich brüsk ab, starrte über die unbewegte Oberfläche des Quellsees. Also ließ sie die Hand wieder sinken und suchte stattdessen nach behutsamen Worten.

»Es gibt vermutlich keine Frauen auf dem Stützpunkt.«

»Es gibt Offiziere, Ma'am.« Seine Stimme klang rau.

»Weibliche Offiziere?«

Er nickte, ohne sie anzusehen. »Und Forschungspersonal.«

»Aber die sind wohl immer in Uniform.«

Wieder nickte er.

»Also haben Sie noch nie eine unbekleidete Frau gesehen.«

»Nicht … als reale Person.«

Eine merkwürdige Formulierung. »Als was denn sonst?«

»Es gibt … den Film.«

»Welchen Film?«

»Wir werden abkommandiert.«

»Um ihn zu sehen?«

Er nickte. »Jede neunte Phase.«

Wie seltsam. Warum befahl man Soldaten, einen Film zu sehen? Einen Film, in dem Frauen eine Rolle spielten. »Wozu?«

»Sie geben Behälter aus und sammeln sie wieder ein, hinterher.«

Oh Gott, sprach er etwa vom Ejakulat? Sie versuchte, sich das vorzustellen: Hunderte von Männern, die in Reihen im Dunkeln standen und jeder für sich selbst erledigten, was doch eigentlich ein Akt der Vereinigung und Zärtlichkeit sein sollte. Immerhin hatte man sie nicht kastriert – aber vermutlich war es nicht ratsam, einen Kämpfer seines Testosterons zu berauben.

»Und Sie haben noch nie das, was sie da gesehen haben … ich meine, selbst erlebt?«

»Es gibt keine weiblichen Klone, Ma'am.«

Ihr war nicht ganz klar, was das für eine Rolle spielte.

Sie legte nun doch die Hand auf seinen Arm. Er zuckte nicht gerade zusammen, aber sie fühlte doch, wie angespannt er war.

Was tat sie hier eigentlich? Sie sollte sich umdrehen und es auf sich beruhen lassen. Aber die Sehnsucht war stark. Die Sehnsucht danach, sich fallen zu lassen, Vergessen und Sicherheit zu finden in starken Armen.

Der analytische Teil ihres Verstandes sagte ihr, dass sie gerade versuchte, die erlebten Schrecken und Verluste in einer Übersprunghandlung zu verdrängen, dass sie zurzeit emotional völlig unzurechnungsfähig war und besser nichts tun sollte, was sie später bereuen würde. Aber ganz tief in ihrem Geist, in ihrem Körper, brannte dieser primitive Hunger nach dem Mann, der ihr wieder und wieder das Leben gerettet hatte, und sie wollte ihm ihre Dankbarkeit zeigen, auf die urtümlichste aller Weisen.

Leise, samten, fragte sie: »Würdest du es gern selbst erleben?«

Seine Kiefer mahlten aufeinander. Mit einem Ruck wandte er ihr den Kopf zu. »Nur Bios tun es. Ich bin ein Klon.«

Bios. Dieses Wort hatte sie heute schon einmal gehört, und es berührte sie seltsam. Es machte einen Unterschied, wo keiner war. Sie waren beide Menschen. »Soweit ich sehen kann, wärst du durchaus in der Lage dazu.«

»Es wäre nicht …«

Offenbar suchte er ein Wort und fand es nicht. Sie bot ihm keins an. Stattdessen stellte sie sich auf die Zehenspitzen und nippte an seiner Unterlippe.

Er erwiderte den Kuss nicht, stand steif und angespannt da. Aber sein Blick ließ den ihren nun nicht mehr los. Das ermutigte sie. Noch einmal reckte sie sich, ihre Brüste drückten gegen seinen Oberarm, als sie ihn erneut küsste. Länger diesmal, kosend. Seine Lippen blieben reglos, doch sie waren unendlich weich. Als sie sich wieder von ihm löste, hatte er sich noch immer nicht gerührt. Verunsichert trat sie einen Schritt zurück.

War sie gerade dabei, sich ihm aufzudrängen? Störte es ihn, dass sie ein paar Jahre älter war als er? Oder entsprach sie zu wenig seiner Fantasie aus »dem« Film. Offenbar mussten sich in dieser Armee von Klonen alle Männer mit nur einer einzigen erotischen Fantasie begnügen. Kostenreduzierung.

Doch jetzt wandte er sich ihr ganz zu, hob zögerlich die Hand bis in die Höhe ihres Busens, stockte. Sie trat wieder einen Schritt näher, bis sie ihn fast berührte. Da zögerte er nicht mehr, legte seine Hand um ihre linke Brust, seine große, kräftige Hand, die zupackend blaue Flecken auf ihrem Handgelenk hinterlassen hatte, doch sie jetzt unendlich behutsam streichelte.

Sie schob den Träger hinab, bis der Stoff nicht mehr zwischen ihnen war. Er hörte nicht auf, sie zu streicheln. Sie öffnete den Verschluss, ließ den BH achtlos fallen. Diesmal zögerte er nicht mehr. Einen Moment schloss sie die Augen und genoss seine Liebkosung, spürte ihrer steigenden Lust nach, der Hitze, die in ihre Wangen kroch, dem Verlangen zwischen ihren Schenkeln.

Dann griff sie nach seinem Hemd und er ließ die Hände sinken, verwundert, wie ihr schien. Sie schob den Stoff in die Höhe, bis zu seinem Hals hinauf. Er war unglaublich durchtrainiert. Rectus Abdominis, Serratus Anterior, Pectoralis Major, er hätte für ein Anatomiebuch Modell stehen können. Über seiner rechten Brust saß eine Tätowierung. ρ-TX-43.

Er ließ es reglos zu, dass sie die Tätowierung küsste. Als sie ihn dann zu streicheln begann, spannte er sich noch mehr an.

Sie strich über seinen Bauch, seine Seite. Als ihre Hände tiefer glitten, zuckte er zusammen und trat einen Schritt zurück.

»Es ist … nicht recht. Ich bin ein Klon. Und Sie sind eine Bio.«

»Du bist ein Mann, und ich eine Frau. Und wir beide wollen es. Daran ist nichts Unrechtes.«

In seinem Gesicht spiegelte sich seine Zerrissenheit. Was hatten ihm seine Ausbilder nur eingetrichtert? Vielleicht würde es helfen, ihm einen Befehl zu erteilen. Immerhin war sie eine Bio, und das mochte etwas bedeuten in seiner Welt aus Befehl und Gehorsam.

Sie erschrak über sich selbst. *Das* wäre Unrecht.

»Sag mir, dass du es nicht willst«, verlangte sie. »Sag es, und ich finde mich damit ab. Aber stoß mich nicht weg, nur weil jemand anderes es von dir verlangt.«

»Ich … stoße Sie nicht weg.«

»Danach habe ich dich nicht gefragt. Willst du es? Oder nicht?«

Welche Kämpfe mochten hinter seiner Stirn stattfinden? Er sah ins Leere, seine Hals- und Kiefermuskeln arbeiteten. Dann schien er eine Entscheidung zu treffen. Seine Schultern sanken herab, seine Muskeln entspannten. Ruhig und direkt sah er sie an.

»Ich will es, Ma'am.«

Halleluja!

»Zieh dein Hemd aus«, sagte sie.

***

Die Zivilistin fror. Er sah es daran, wie sie sich im Schlaf zusammenkrümmte und die Schultern hochzog. Ihre eigene Kleidung, von der sie nur das Oberteil trug, war zu dünn, um sie ausreichend zu wärmen. Er zog die Jacke aus und deckte die Zivilistin damit zu. Sie wachte nicht auf, Bios brauchten viel Schlaf. Aber sie machte ein leises Geräusch, und das ließ ihn an die anderen Laute denken, die sie gemacht hatte, als er … wieder stieg das Verlangen in ihm auf.

Er verstand nicht, was sie in ihm auslöste. Es war ähnlich wie das Verlangen, das der Film weckte, und doch völlig anders. Es war größer, tiefer und durchdrungen von Schmerz. Er kannte Schmerz in vielen Ausprägungen, aber dieser war neu. Er konnte ihn nicht einordnen.

Aber wie bei jedem Schmerz würde es helfen, sich mit anderen Dingen zu beschäftigen, und es gab genug, womit er sich zu beschäftigen hatte. Sie hatten Wasser gefunden, doch damit waren sie noch nicht in Sicherheit. Die C-Miene und die toten Mantis waren ein Hinweis darauf, dass hier eine Ernte stattgefunden hatte, und wenn das so war, ließen sich womöglich hilfreiche Gegenstände finden.

Einen Moment war er unschlüssig, ob er sie schutzlos zurücklassen durfte. Er blickte auf ihre nackten Füße, die unter seiner Jacke hervorschauten, das Haar, das wirr über den Sandboden gebreitet lag. Sofort war der seltsame Schmerz wieder da.

Gemäß dem üblichen Rhythmus der Bios würde sie noch mindestens drei Stunden schlafen. Der Bau war verlassen, und es gab hier nicht viel, was sie gefährden konnte. Trotzdem zog er seine Waffe und legte sie so hin, dass sie sie beim Aufwachen finden würde. Das war gegen die Vorschriften, aber so wäre sie zumindest nicht schutzlos, falls er nicht zurückkäme. Und es wäre ein Zeichen für sie, dass er zumindest vorhatte, zurückzukommen. Der Schmerz wurde aus unerfindlichen Gründen stärker. Er wandte sich ab.

Die Hosen der neuen Kampfmontur hatten viele nützliche Taschen. Darin verstaute er, was er brauchen würde. Dann blickte er sich um. Es mündeten viele Gänge in den Quellraum, aber sie waren für geflügelte Wesen angelegt worden. Zudem mochte die Annahme der Zivilistin korrekt sein, und der Wasserspiegel war gesunken. Sie war eine scharfe Beobachterin. Die aus Sand zusammengebackenen Wände eines Hives waren unregelmäßig und seine Schuhe intakt. So erreichte er schnell einen der Tunnel und zog sich hinein. Doch er ging nicht sofort los. Der fremdartige Schmerz veranlasste ihn, die schlafende Zivilistin noch einmal zu betrachten, bevor er sich endgültig abwandte.

Jeder Hive war anders, und doch folgte der Aufbau den immer gleichen Prinzipien, deren konkrete Ausprägung je nach Standort und Material angepasst wurde. Darum wurden auch die Angriffe nach bestimmten Mustern durchgeführt, und er kannte die aussichtsreichen Plätze, um abgestürztes Material zu finden. Er folgte also den Windungen der Gänge nach oben, bis der Hive so schmal wurde, dass er nur noch den senkrechten Windschächten Platz bot. Den Rücken gegen die eine Seite, die Füße gegen die andere gestemmt, arbeitete er sich nach oben, bis er schließlich ins Sonnenlicht kletterte. Der Angriff hatte schätzungsweise drei Meter der Spitze abgesprengt und so mehrere Zugänge zum Hive freigelegt.

Zuerst prüfte er seinen Screen, hielt ihn in die Höhe. Auch dort kein Netz. Sie müssten noch weiter aufsteigen, um in die Reichweite des Funkturms von Noshades zu gelangen.

Er durchsuchte das unebene Gelände, fand Granatenhülsen, Kugeln, noch eine C-Miene und schließlich eine handliche, abgestürzte Drohne. Sie surrte, als er sie einschaltete, aber die Rotoren bewegten sich nicht. Vermutlich war Sand in die Getriebe geraten, und eines der Rotorblätter war abgewinkelt. Das würde sich reparieren lassen.

Er machte sich mit diesem Fund auf den Rückweg. Dazu musste er nicht den Windschacht nehmen, die zerstörte Nordseite des Hives bot leichtere Möglichkeiten. Das bedeutete zwar einen Umweg, doch seine Schritte fühlten sich ohnehin ungewohnt leicht an. Er fiel in den Laufschritt und war sogar versucht, die Running Cadence anzustimmen, die der Drill Sergeant sie oft dabei singen ließ. »Wir scheißen Blei und pissen Sand, klatschen Mantis an die Wand.« Die Worte kamen ihm aber aus irgendeinem Grunde unpassend vor. Also begnügte er sich damit, die Cadence zu summen. Das hatte er bisher noch nie getan. Niemand, den er kannte, hatte das jemals getan.

Doch dann schoss eine Warnung durch seinen Körper. Abrupt blieb er stehen, lauschte, versuchte zu ergründen, was er wahrgenommen hatte. Was stimmte nicht? Ein Geräusch? Ein Schatten? Da war es wieder. Ein Geruch. Der Geruch nach Goo.

Nicht gut. Der Hive war vor mindestens zehn Phasen angegriffen worden. Der Geruch müsste längst verflogen sein. Er deponierte die Drohne in einer Spalte und bewegte sich lautlos weiter. Wo genau im Hive befand er sich? Er hatte nicht richtig aufgepasst, war einfach den Gängen nach unten gefolgt, weil sich der Quellsee immer am tiefsten Punkt befand. Aber jetzt suchte er nach einem anderen Raum. Einem, der tief im Kern des Hives lag. Dem Raum, den die Mantis am heftigsten verteidigten, und der das Ziel eines jeden Angriffs war. Er hatte keine Schwierigkeiten, ihn zu finden. Das lag auch daran, dass der Geruch nun immer stärker wurde. Kein gutes Zeichen.

Der Geruch von Goo war unverwechselbar. Er war scharf und süßlich zugleich, stieg zu Kopf, und wenn man zu viel davon einatmete, beeinflusste er die Sinne. Und er hatte keinen Helm mehr. Also atmete er möglichst flach, während er voran schlich. Er trat noch behutsamer auf, als er das Ende des Ganges vor sich sah, schob sich vorsichtig an die Öffnung heran. Dann blickte er in die Reifekammer hinab.

Die Schäden des Angriffes waren noch deutlich zu sehen. Überall lagen die verkrümmten Körper toter Mantis, außerdem die aufgehebelten Deckel, dazwischen vertrocknete Larven, viele davon noch in ihren geleerten Brutröhren.

Aber auf der linken Seite gab es sieben verdeckelte Röhren. Die Brüder hätten sie nicht übersehen. Sie mussten frisch angelegt worden sein. Er sah genauer hin, entdeckte nun auch zwischen den geplünderten Röhren hier und dort gedeckelte. Offenbar war versucht worden, überlebende Larven zu retten, und falls das gelungen war, blieb ihm nicht mehr viel Zeit.

Als hätte man auf ihn gewartet, begann es nun unter ihm zu knistern. Durch einen der Deckel brach ein Bein und bewegte sich suchend durch die Luft. Knisternd riss der Deckel weiter ein. Vermutlich würde der Klang sie anlocken, also wartete er. Und tatsächlich. Ein Scharren ertönte aus einem der unteren Gänge. Und dann schob sie sich in den Raum.

Die Königin.

Ihre vorderen Segmente unterschieden sich nicht sonderlich von denen anderer Individuen ihrer Spezies, aber sie zog einen überdimensionierten Hinterleib hinter sich her, der stets voll von Goo und Eiern war. Um ihn überhaupt bewegen zu können, war ihr hinteres Beinpaar verlängert und kräftiger als die übrigen.

In kalter Ruhe griff er nach seiner Waffe – und fasste ins Leere. Er hatte sie zurückgelassen! Sie lag bei der Zivilistin! Und schlagartig wurde ihm klar, was dieser Schmerz war, der ihn jedes Mal überfiel, wenn er an sie dachte. Es war Angst. Die Angst davor, sie könnte sterben.

***

Alles war unbequem. Das Kissen zu dünn, die Matratze zu hart und die Decke viel zu kurz. Unwillig drehte sich Moira auf den Rücken und zog die Decke ans Kinn. Der herbe Duft, der daraus aufstieg, ließ sie wohlig schnurren. Es roch nach ihm, nach Rho, und … oh nein.

Mit einem Schlag war sie wach und setzte sich auf. Was sie für eine Decke gehalten hatte, war seine Jacke. Er selbst saß ein paar Meter von ihr entfernt und schraubte an einem Gerät mit Propeller herum.

»Was ist das?«, fragte sie.

Er blickte kurz auf. »Eine Drohne, Ma'am. Vom Angriff übriggeblieben.«

Es war also immer noch Ma'am. Aber vermutlich war es besser so. Wenn sie das hier überlebten, würde jeder von ihnen in sein eigenes Leben zurückkehren. Schade irgendwie. *Mami, Mami, kann ich ihn mit nach Hause nehmen?* Keine Chance. Schon sein Gesicht fiel unter die Kategorie Firmendaten. Und wovon sollte er leben?

Sie sah sich um, fand ihr Höschen neben sich und den BH weiter unten am Ufer. Die Erinnerung ließ sie lächeln. Nachdem er seine Entscheidung einmal getroffen hatte, war er voll grenzenlosem Staunen gewesen – und völlig überrascht darüber, dass man *danach* weitermachen konnte, und sich die Lust erneut wecken ließ. Das hatte seinen Eifer angefacht, und nicht einmal das kühle Wasser hatte ihn bremsen können. Sie war sich regelrecht verrucht vorgekommen, wie eine Shakti, die ihn in die Geheimnisse des Kamasutras einweihte.

Die OP-Hose hatte sie als Kopfkissen verwendet, aber bevor sie sie anzog, betrachtete sie die Brandwunde an ihrem Schienbein. Das Schmerzmittel, das Rho ihr auf dem Dach gespritzt hatte, wirkte nicht mehr, und vermutlich stand ihnen wieder ein anstrengender Tag bevor. Keine Chance, sich krankschreiben zu lassen und die Füße hochzulegen.

»Hast du noch was von dem Vecantrin?«, fragte sie. Sie konnte sich einfach nicht überwinden, ihn wieder zu siezen.

Wortlos griff er in seine Gürteltasche und warf ihr den Injektor zu, dann fuhr er fort, an dem Gerät zu schrauben. Laut Anzeige enthielt der Injektor noch dreizehn Dosen. Hoffentlich würden sie nicht so lang in der Wüste bleiben müssen. Mit der Hose war sie nun wieder komplett eingekleidet. Sie wäre ihm gern in etwas anderem gegenübergetreten als in der formlosen OP-Kleidung, aber ein Kleiderschrank stand ihr nun einmal nicht zur Verfügung.

Sie setzte sich hinter ihn, legte ihr Kinn auf seine Schulter und beobachtete, wie er an der Drohne arbeitete. Offenbar hatte er ein Multifunktionswerkzeug irgendwo in seinen Taschen gehabt. Sehr praktisch. Ein seltsamer Geruch stieg ihr in die Nase und sie schnüffelte ihm nach. »Wonach riechst du?«

»Goo, Ma'am.«

»Goo?«

Er hielt inne, um nachzudenken. »Ihre Larven wachsen darin.«

Nun, er hatte die Drohne sicher nicht hier im See gefunden. Vermutlich hatte er den leeren Bau nach Nützlichem durchsucht, und so roch er eben nach Mantis. Seit wann mochte er durch die Gänge gestreift sein? Sie seufzte und nahm das Kinn von seiner Schulter, das ihn vermutlich mehr behinderte als erfreute. »Du schläfst nicht sonderlich lange, oder?«

»Vier Stunden, Ma'am.« Er griff neben sich und reichte ihr einen Energieriegel.

»Prima. Reste vom Abendessen.«

Er sagte nichts dazu, sondern starrte auf die Drohne, und auch wenn sein Gesicht generell wenig Emotionen zeigte – die Ausnahmen hatte sie vor einer Phase erleben dürfen – erriet sie doch, dass er nicht glücklich war.

»Ein Problem?«, fragte sie.

»Der Akku ist beschädigt.« Er hielt einen kleinen, schwarzen Zylinder hoch.

»Warte.« Die Kamerabrille lag noch auf dem Absatz und das Akkufach im Bügel war schnell geöffnet. »33er Standard?«

»Ja!« Sein Gesicht hellte sich auf.

Offenbar hatte das Wasser dem Akku nicht geschadet, denn als er ihn eingebaut hatte, sirrte der kleine Propeller los. Rho schaltete ihn ab.

»Gern geschehen.« Sie grinste.

Er blickte irritiert auf, dann sagte er: »Ich danke Ihnen.«

Der Satz klang genauso steif wie viele andere, die sie von ihm gehört hatte. Es war, als habe er für den Umgang mit Zivilisten eine Liste von Phrasen, und ganz sicher wurde diese Liste nur selten genutzt.

»Wozu brauchen wir die Drohne?«

»Sie erhöht die Reichweite unseres Signals.«

»Verstehe. Dann brechen wir jetzt wohl auf.«

Sie nahm seine Jacke und hielt sie ihm hin, doch er sagte: »Ziehen Sie sie an.«

»Mir ist wirklich nicht mehr kalt.«

»Sie ist FRT-verstärkt. Ich werde Ihnen auch die Hose geben.«

Irgendetwas hatte sich verändert. Er wirkte angespannt. Richtig unruhig wurde sie aber erst, als er seine Waffe zog, das Magazin auswarf und begann, Patronen aus seiner Gürteltasche nachzuladen.

»Okay, was ist los? Raus mit der Sprache.«

Klack, klack, eine Patrone nach der anderen ersetzte er alle, die er auf die Mantis abgeschossen hatte. Er schob das Magazin wieder in den Waffengriff bis es einrastete, und dann erst sah er sie an. »Der Hive wurde nicht gänzlich geräumt.«

»Es sind noch Mantis hier?« Jetzt wurde ihr doch kalt. Furchtsam blickte sie zu den Gängen hinauf, die von überall her in die Halle mündeten. »Warum haben wir hier noch keine gesehen? Oder waren sie etwa hier, während wir geschlafen haben?«

»Die ersten schlüpfen gerade erst.«

»Also sind es bloß Jungtiere.«

»Nein, Ma'am. Die Jungtiere der Mantis sind Larven. Wenn sie schlüpfen, sind sie ausgewachsen.«

Das war irgendwie nicht schlüssig. Bei den Mantis gab es nur ein einziges fruchtbares Individuum in jedem Volk: die Königin. Nur sie konnte für Nachwuchs sorgen, nur sie legte Eier. Ohne sie, wie konnten dann noch Mantis schlüpfen? Oder waren es übriggebliebene Larven?

»Ich dachte, Soldaten haben diesen Bau angegriffen. Warum haben sie nicht auch die Larven getötet?«

»Das haben sie, Ma'am. Aber nicht die Königin.« Er senkte den Blick. »Ich hätte daran denken müssen.«

»Ausgerechnet die Königin wurde vergessen?«

»Sie hat keine Priorität.«

»Und was hat Priorität?«

»Das Goo, Ma'am.«

»Das Goo?« Sie sah ihn verwundert an. »Ihr nehmt das Goo mit? Wozu das denn?«

Ratlosigkeit lag in seinem Blick. »Ich habe nie darüber nachgedacht, Ma'am.«

»Du bringst irgendwelche Tiere um, und du hast dich noch nie gefragt, warum?«

»Nein, Ma'am.«

Vermutlich hatte man ihm beigebracht, Anweisungen der Bios nicht zu hinterfragen.

***

Rhos gepanzerte Kleidung war nicht nur schwer und steif, sie war auch viel zu groß. Moira hatte die Hosenbeine umschlagen müssen, was bei dem sperrigen Stoff schwierig und bei den Ärmeln unmöglich gewesen war. Die Ärmel hingen ihr nun einfach über die Hände und Moira fühlte sich wie ein Kind im Anzug des Vaters. Entsprechend unbeholfen stapfte sie durch die Gänge.

Im Gegensatz dazu glitt Rho geradezu voran. Er trug bloß seine sandfarbene Unterkleidung. Das Shirt und eine eng anliegende Hose, die ihm bis zu den Knien reichte. Und natürlich den Rucksack, in dem alles steckte, was ihr Überleben sicherte.

Auch in diesen Gängen gab es Lichtschneisen in unregelmäßigen Abständen.

»Wie machen die das?«, flüsterte Moira und deutete auf die Lichtflecken an der Wand. Rho zuckte mit den Schultern. An der nächsten hellen Stelle sah sie es sich genauer an. Sonnenflechten. Offenbar nutzten die Mantis deren reflektierende Oberflächen, um Licht in ihren Bau zu leiten. Das war für eine Schwarmintelligenz ein beeindruckendes Vorgehen, aber sie hatte darüber gelesen, dass sich bei den irdischen Ameisen noch viel erstaunlichere Symbiosen mit Pflanzen entwickelt hatten.

Direkt neben der Nische befanden sich Einritzungen. Zwei auf der Spitze stehende Dreiecke mit Mustern darin.

»Ma'am«, raunte er drängend, und sie schloss wieder zu ihm auf.

Die Gänge waren genauso unbelebt wie auf ihrem Weg hinein, aber auch hier stießen sie auf die Zeugnisse eines Kampfes. Zusammengekrümmte Kadaver von Mantis, mal vereinzelt, mal in größeren Ansammlungen. Aber es gab keine lebenden Tiere. Hatte er sich etwa getäuscht?

Es war schwierig, einen Überblick zu bekommen. Keiner der Gänge verlief gradlinig, das war Moira schon am Vortag aufgefallen. Der Gang, dem sie jetzt folgten, beschrieb eine weite Rechtskurve. An einer Gabelung blieb Rho lauschend stehen. Hatte er etwas gehört, oder wollte er bloß sichergehen? Da! Ein Scharren und Trappeln im linken Gang. Moira lief eine Gänsehaut über den Rücken. Rho nickte zum rechten Gang, und sie tauchten in die Röhre ein.

Bald darauf ergab sich eine neue Abzweigung. Wieder hörten sie Geräusche auf der linken Seite. Diesmal jedoch zögerte Rho.

»Was ist?«, flüsterte Moira.

»Wir gehen in den Bau hinein, statt hinaus.«

»Haben wir eine Wahl?«

Er betrachtete sie nachdenklich, dann entschied er sich für den rechten Gang. Eine Weile folgte kein weiterer Abzweig. Dafür nahm Moira den Geruch wieder wahr, den Rho am Morgen an sich gehabt hatte: Goo. Vermutlich ein Ausdruck, den die Soldaten verwendeten. Wissenschaftlich klang er jedenfalls nicht.

Ein Gang mündete von rechts in den ihren ein. Ihr eigener Gang machte eine Biegung nach links, und von dort erklangen wieder Geräusche. Versuchten die Mantis etwa, sie in die Mitte des Baus zu treiben?

Rho war nun wirklich angespannt. Seine Kiefer mahlten aufeinander. Sie zeigte auf den rechten Gang und hob fragend die Brauen, doch er schüttelte den Kopf. Offenbar war er nicht gewillt, sich in eine Falle treiben zu lassen. Er zog die Pistole und bedeutete ihr mit der Linken, zurück zu bleiben. Lauernd näherte er sich der Biegung nach links und Moira lauschte atemlos, ob sie das Kratzen noch einmal hörte. So konzentriert war sie auf das Geschehen vor ihr, dass sie das schabende Geräusch hinter sich erst wahrnahm, als ein Schatten über sie fiel. Sie schrie auf und sprang nach vorn, während hinter ihr etwas in den Boden schlug.

»Runter!«, brüllte Rho.

Sie ließ sich fallen, und er feuerte die Waffe ab, zweimal, dann klickte sie nur noch. Panisch kroch Moira auf ihn zu, dann sah sie die Chitinbeine hinter ihm.

»Da!« Mehr brachte sie nicht hervor. Er begriff, wirbelte herum, zog ein Messer. Etwas packte Moiras Bein und sie schrie auf. Sie drehte sich um, trat nach dem Angreifer, doch das Tier ließ nicht los, zog sie mit sich durch den Gang. Moira versuchte, sich irgendwo festzuhalten, aber die Wände waren glatt, alle Ecken abgerundet. Sie krallte sich in den Boden, mit dem einzigen Erfolg, dass ihre Fingernägel splitterten. »Rho!« Längst war er hinter der Biegung verschwunden.

Dann ließ das Tier los. Moira wälzte sich auf den Rücken. Die Mantis war riesig. So enorm, dass sie höher als ein Mensch aufragte. Ihr Hinterleib war wie aufgedunsen, weiches, rosiges Gewebe presste sich zwischen einer oberen und einer unteren Chitinpanzerung hervor.

Die Königin!

Die Mantis hatte sie in eine Halle gezogen, wo der Geruch nach Goo betäubend war. Mit den vorderen Fangbeinen holte sie aus. Moira warf sich zur Seite und die Mantis traf ihren Rücken. Moira schrie auf vor Schmerz.

Und dann war Rho da. Er rannte aus dem Gang heraus, an ihr vorbei auf die Königin zu, wich einem von oben geführten Hieb aus, dann einem seitlichen, indem er in die Knie ging. Er schlitterte an der Königin vorbei und schlitzte dabei die weiche Seite ihres Hinterleibes auf. Rötlicher Schleim quoll aus dem Schnitt, durchsetzt mit weißen Kugeln. Eier?

Der Schrei der Königin war schrill und ohrenbetäubend. Sie schlug zu, traf Rho im Aufstehen und schmetterte ihn gegen eine Wand. Moira schrie. Noch einmal schlug die Königin nach Rho, traf sein Bein und diesmal schrie er. Dann wälzte er sich aus ihrer Reichweite.

Moira stemmte sich auf. Ihr Rücken schmerzte wie nach einer heftigen Prellung, aber sie konnte sich bewegen. In einem weiten Kreis umrundete sie die noch immer um sich schlagende Königin und erreichte Rho. Er stemmte sich soeben an der Wand auf, aber sie sah auf einen Blick, dass er nicht weit kommen würde. Ein offener Bruch des Schienbeines. Ohne Wadenbein hätte er noch laufen können, wenn auch unter Schmerzen, doch ohne Schienbein war das unmöglich. Es trug die gesamte Last des Körpers.

»Nicht auftreten!« Sie stellte sich neben ihn und hob seinen Arm über ihre Schulter. Als er sich aufstützte, belastete er die Prellung auf ihrem Rücken und sie biss die Zähne zusammen. So zogen sie sich in den Gang zurück, begleitet vom Fauchen und Kreischen der Königin.

Hier lagen zwei tote Mantis. Moira wollte ihn daran vorbeiführen, doch er sagte: »Warten Sie.« Er suchte Halt an der Wand, nickte zum Boden. »Meine Waffe.«

Die Pistole lag halb unter einer Mantis begraben. Wachsam näherte sich Moira dem Tier, zog die Waffe unter ihm hervor. Das Gewicht der Pistole überraschte sie.

Rho hatte sich inzwischen an der Wand herabgelassen und auf den Boden neben den Rucksack gesetzt. Er nahm ihr die Waffe ab. Ein kurzer Griff, und diese zerfiel in zwei Teile, dann in drei.

»Sandstaub.« Er zog eine daumengroße Tube aus der Gürteltasche und tropfte Öl auf die Teile. »Manchmal führt er zu Ladehemmungen.« Er setzte die Waffe wieder zusammen, prüfte Hebel und andere Funktionen. Dann hielt er ihr die Waffe vor das Gesicht, zeigte ihr einen kleinen Hebel. »Gesichert, entsichert. Sie müssen sie nicht spannen. Einfach nur abdrücken.« Er hielt ihr die Waffe hin.

»Was? Nein!«

»Sie können es schaffen.«

»Ich lasse dich hier nicht zurück!«

»Ich kann nicht gehen.«

Das war allerdings richtig. Man müsste das Bein stabilisieren, am besten mit einer starken Außenschiene. Aber was gab es hier, außer Sand?

Die Königin schrie noch immer, und Moira konnte bei dem schrillen Ton keinen klaren Gedanken fassen. Wie lange würde es dauern, bis die Mantis verendet war? Stunden? Tage? Moira nahm die Waffe und ging zurück.

Das Tier lag am Boden und sah ihr entgegen, versuchte noch einmal, sich aufzurichten, brach aber wieder zusammen. Moira packte die Pistole mit beiden Händen, zielte … und schaffte es nicht, abzudrücken. Sie hatte noch nie ein Lebewesen getötet. Keines jedenfalls, das über die Größe einer Fliege hinausging. Die Mantis-Königin blickte sie an, sah direkt in ihr Gesicht, fauchte böse. Sie konnte es der Königin nicht verdenken. Sie waren in ihr Zuhause eingedrungen, hatten ihre Kinder getötet und nun auch sie selbst. Die letzten gelegten Eier würden sich im Goo vielleicht noch zu Larven entwickeln, aber die würden ohne Brutpflege verenden.

Noch einmal stemmte sich die Königin hoch, schlug mit letzter Kraft nach Moira, erreichte sie aber nicht und brach mit einem schmerzerfüllten Schrei wieder zusammen. Ihr Hinterleib lag in einer schmierigen Lache aus Eiern und Schleim. Moira kniff die Augen zu und drückte ab, die Pistole ruckte heftig in ihrer Hand. Als sie die Augen wieder öffnete, lag die Königin reglos vor ihr. In der dreieckigen Stirnplatte klaffte ein Loch.

Moira war angewidert von sich selbst. Ihr war speiübel. Trotzdem war die Stille eine Wohltat.

Sie kehrte zu Rho zurück, gab ihm die Waffe.

»Was haben Sie vor?«, fragte er.

»Wir müssen dein Bein ruhigstellen und stabilisieren.«

»Ich werde es nicht schaffen, Ma'am.«

»Lass mich nachdenken!« Zweifelnd betrachtete sie den Bruch. Inzwischen hatte sich eine Blutlache unter dem Bein gebildet, aber das Blut floss still und pumpte nicht. Also war keine Arterie verletzt, was bei dieser Art von Bruch an ein Wunder grenzte. Aber wie konnte sie ihn stabilisieren? Es gab hier nichts außer Sand. Zusammengebackener Sand und Mantis.

Mantis! Sie hatte erlebt, wie hart deren Außenskelett war. Ohne Rhos schützenden Kampfanzug, hätten die Klauen der Königin ihr womöglich das Bein abgetrennt und ihr Schlag sie getötet.

Sie nahm sein Messer und ging zu den toten Mantis hinüber.

Noch nie war sie einer Mantis so nahe gekommen. Selbst im Tod wirkte das Tier noch bedrohlich: die Augen ohne

Lider, die enormen Mandibeln, das glatte, wie ein Panzer wirkende Außenskelett. Nur die Kopfplatte hatte einen seltsamen Schimmer, wirkte wie von einem Pelz überzogen, der ein Muster aus hellen und dunklen Bereichen bildete. Es sah bei der zweiten Mantis völlig anders aus. Vermutlich wie ein Fingerabdruck.

Das Messer war scharf. Trotzdem musste Moira einiges an Kraft aufwenden, um es zwischen den Chitinplatten in eines der Gelenke zu schieben. Mit einem Krachen löste sich schließlich das Bein.

Sie brachte es zu Rho. »Könnte man das der Länge nach spalten?«

Er betrachtete sich die Sache. »Ja, Ma'am.«

Sie hielt ihm Bein und Messer hin, und tatsächlich brachte er es zustande. Sie wusste nicht, was sie im Inneren erwartet hatte, vielleicht eine gallertartige Masse. Tatsächlich glich das, was sie jetzt aus dem Panzer schabte, auf erstaunliche Weise den Muskeln und Sehnen von Säugetieren. Es war mühsam, aber schließlich hatte sie zwei harte, gebogene Schienen, mit denen sich das Bein bestimmt stabilisieren ließ.

Wieder betrachtete sie den Bruch. Eigentlich machte man das nicht, aber wenn sie hier herauskommen wollten, musste sie das Bein fest einpacken, und dazu war es besser, wenn der Knochen nicht ganz so stark nach außen ragte. Sie musste ihn wenigstens halbwegs an Ort und Stelle zurückschieben.

»Ich werde den Knochen richten müssen.«

»Ich verstehe, Ma'am.«

Sie zog das Vecantrin aus der Tasche. »Das ist ein Schmerzmittel, kein Betäubungsmittel. Es ist besser als nichts, aber es wird nicht besonders viel helfen.«

»Ich verstehe, Ma'am.«

Sie rief sich den Verlauf der Nerven im Bein in Erinnerung und spritzte insgesamt vier Dosen an den entsprechenden Stellen ein. Dann legte sie die Hände auf sein Bein. Dass es so muskulös war, würde die Sache nicht gerade einfacher machen. Verdammt, eine Operation ohne Narkose, das war mittelalterlich!

»Hat man euch nicht genetisch optimiert? Warum hat man euch nicht das Schmerzempfinden abgezüchtet?«

»Ich weiß es nicht, Ma'am. Vielleicht, weil Schmerz ein Indikator ist.«

Er nahm ihre Frage ernst. Dabei suchte sie nur nach einer Möglichkeit, die Sache hinauszuzögern. Aber das half weder ihm noch ihr.

»Ich werde jetzt den Knochen richten, aber ich befürchte, du könntest dabei das Bewusstsein verlieren.«

»Hm«, machte er.

»Was?«

»Ich nehme an, das haben sie uns … abgezüchtet.«

Sie sah ihn fassungslos an, doch er blickte sich nur suchend um. »Vielleicht finden Sie etwas, auf das ich beißen könnte.«

Sie verwendeten ihre OP-Hose. Die würde ohnehin als Verbandsmaterial herhalten müssen. Fest zusammengedreht und zwischen seine Zähne geschoben dämpfte sie seinen Schrei zu einem langgezogenen Knurren. Er verlor tatsächlich nicht das Bewusstsein, doch er war hinterher sehr blass. Sie schiente sein Bein und umwickelte es fest mit dem in Streifen gerissenen Stoff ihrer Hose. Sie arbeitete rasch, sorgfältig und wenig rücksichtsvoll, doch er ließ es stumm über sich ergehen. Erst, als sie sich aufrichtete und nickte, drehte er sich zur Seite und erbrach sich auf den Boden.

Jetzt erst wurde sie sich ihrer eigenen Anspannung bewusst und lockerte die Schultern. Als Ärztin hatte sie kein Problem mit Blut und Knochen, doch dem Patienten wehtun zu müssen, war etwas ganz anderes. »Es tut mir leid«, sagte sie.

Er wischte sich über den Mund. »Wird es verheilen?«

»Natürlich. Man muss es allerdings nochmal röntgen und den Knochen richtig ausrichten, vielleicht ein paar Knochensplitter entfernen. Du wirst wohl einen Gips bekommen, oder eine Innenschiene.«

»Wird es länger dauern als zwanzig Zyklen?«

»Allerdings. Du wirst dich ein wenig gedulden müssen.«

»Ich verstehe.« Er griff nach dem Rucksack.

»Ich werde ihn nehmen.«

»Er ist schwer, Ma'am.«

Glücklicherweise war er das, denn er enthielt einen großen Kanister mit Wasser. Sie tranken davon, bevor Rho das Ungetüm wieder schulterte. »Ich trage den Rucksack, Sie stützen mich.«

»Ein faires Angebot.«

Diesmal gab es nichts mehr, was sie aufhielt, keine Geräusche, keine angreifenden Mantis. Entweder hatten sie tatsächlich die letzten Bewohner des Baus getötet, oder die hielten sich fern.

Trotzdem war es mühsam. Ihr Rücken schmerzte, und auch die Brandwunde an ihrem Bein, doch sie würde das Vecantrin für Wichtigeres aufheben.

Es war gar nicht so leicht, sich zu orientieren, und Rhos Aufmerksamkeit ließ nach. Ob das am Schmerz oder am Vecantrin lag, war nicht zu sagen. Wieder fielen Moira dreieckige Kerben an den Wänden auf. Vielleicht hatten die Soldaten sie angebracht, um den Rückweg zu kennzeichnen.

»Was sind das für Markierungen?«

»Welche Ma'am?«

»Dort zum Beispiel. Kann ich mich daran orientieren?«

»Ich weiß es nicht, Ma'am. Es gibt sie in allen Hives.« Also stammten sie von den Mantis. Seltsam. Doch er gab ihr eine andere Hilfe zur Orientierung. »Die langen Gänge krümmen sich immer um das Zentrum. Wir müssen in die andere Richtung abweichen, um nach draußen zu kommen.«

»Verstehe.«

Sie arbeiteten sich voran, mal bergab, meistens bergauf, und schließlich leuchtete gleißendes Licht vor ihnen. Ein Ausgang. Natürlich war er mehrere Meter über dem Boden, aber es gab eine kleine Anflugplattform davor, auf die sie sich setzten. Rho holte die Drohne aus dem Rucksack, stellte irgendetwas ein, dann sirrte der Propeller los, und das Gerät stieg senkrecht in die Höhe. Moira blickte ihm nach, bis es nur noch ein Punkt in der Weite des Himmels war.

»Und das war's?«

»Ich habe ein Notsignal eingestellt. Sobald die Drohne hoch genug ist, wird es in Noshades empfangen.«

»Also warten wir.«

»Ja, Ma'am.«

Er holte noch einen Energieriegel aus der Tasche. Es war der letzte, und sie teilten ihn sich. Zumindest Wasser hatten sie genug.

Das geschiente Bein hatte er lang ausgestreckt. Trotz ihrer Bemühungen hatte sich ein Blutfleck auf dem Behelfsverband gebildet. »Geht es mit dem Bein?«

»Ja, Ma'am.«

Sie lehnte sich an ihn. Er zögerte erst, doch dann legte er den Arm um ihre Schultern. Sie seufzte. »Leider habe ich kein Hasch dabei, aber wir könnten versuchen, uns mit dem restlichen Vecantrin abzuschießen.«

»Was ist Hasch?«

»Ein Harz, das glücklich macht.«

Er schwieg einen Moment, und dann sagte er etwas, das sie wirklich überraschte.

»Ich bin glücklich.«

***

Etwas streichelte über ihre Wange und Moira zuckte zusammen. Sie blinzelte in die Sonne. »Bin ich eingeschlafen?«

»Ja, Ma'am.«

Sie hatte ganz an seine Brust geschmiegt gelegen und richtete sich jetzt auf. Hoffentlich hatte sie im Schlaf nicht auf sein Hemd gesabbert.

Ein Brummen zog ihre Aufmerksamkeit auf sich. Ein Verbrenner-Lastwagen fuhr unter ihnen entlang. »Hallo!«, rief sie und winkte. »Hier oben sind wir!«

»Sie haben uns schon gesehen, Ma'am.«

»Sicher?«

Er nickte. Er war blass und fühlte sich heiß an, aber vielleicht lag das nur daran, dass sie schon seit Stunden in der Hitze saßen. Es war zwar ein schattiger Aussichtspunkt, aber trotzdem hatte die Luft sicher an die fünfunddreißig Grad. Moira zog den Kanister heran und sie beide tranken noch einmal ausgiebig, während unten zwei schwarz behelmte Soldaten aus dem Wagen stiegen und den Aufstieg zu ihnen begannen. Nicht gerade die Kavallerie.

Wenig später saßen sie im Ladebereich des Lasters auf Klappbänken und holperten der Zivilisation entgegen. Ihre Retter waren ähnlich wortkarg wie Rho, und das Ganze für sie offenbar keine große Sache. Moira selbst war viel zu erschöpft, um in großen Jubel auszubrechen. Die Erlebnisse der vergangenen Phasen waren doch zu unfassbar, wurden immer unwirklicher. Hatte sie das alles tatsächlich erlebt? Mit einem Fallschirm aus einem Helikopter zu springen und stundenlang durch die Wüste zu marschieren, Zuflucht in einem Mantis-Bau zu nehmen und dort Sex mit einem Klon zu haben, und schließlich selbst gegen Mantis zu kämpfen und einer Königin in den Kopf zu schießen – das klang wie aus einem Comic. Nur ihr schmerzender Rücken überzeugte sie davon, dass das alles kein Traum gewesen war. Sie nahm die Kamerabrille und wollte sich ein paar der Aufnahmen ansehen, doch dann fiel ihr ein, dass die Energiezelle ja in der Drohne steckte.

Sie waren etwa zwei Stunden schweigend gefahren, als der Screen an Moiras Handgelenk vibrierte. Offenbar waren sie wieder in Netzreichweite. Der Anrufer war Judith.

»Kindchen! Weißt du, dass ich seit gestern versuche, dich zu erreichen? Jede Stunde gehe ich die Verlustlisten aus Green Sands durch und mir ist schlecht vor Angst, deinen Namen zu finden! Deinetwegen bekomme ich noch graue Haare! Hier! Siehst du das?« Sie schob die strahlend blaue Perücke ein Stück zur Seite, darunter war aber nicht viel zu sehen.

»Wir hatten Probleme, aus der Wüste zu kommen, aber jetzt sind wir auf dem Weg nach Noshades. Ich hoffe, dass ich morgen, spätestens übermorgen wieder zu Hause bin.«

»Dann will ich aber den Exklusivbericht, auch wenn das bis dahin fast schon wieder News von gestern sind.«

»Du kannst schonmal die Teaser ins Netz werfen. Wir sind in der Wüste abgestürzt, haben Wasser in einem verlassenen Mantis-Bau gefunden, und dann hat sich herausgestellt, dass der Bau nicht so verlassen war, wie wir gedacht haben.«

»Himmel!« Judith schlug die Hände zusammen. »Was machst du bloß für Sachen?«

»Sag mal, hast du die Verlustlisten noch offen? Kannst du nach einem Namen für mich suchen? Mikael Priani.«

Judiths Gesicht wurde ernst. »Ich kenne Mikael doch. Aus der Feier im Tivoli, weißt du noch? Ich habe den Namen sofort wiedererkannt.« Wie nahe es Judith ging, war aus ihrer Stimme zu hören, die plötzlich jede Affektiertheit verlor. Sie wurde dunkel, tief, und in Judiths Gesicht erschien auf einmal jener Justin Kowalski, der sonst sicher geschützt hinter der Schminke und den Rüschenblusen verborgen lag. »Mikael hat es nicht geschafft. Und Peter auch nicht.«

»Ich weiß. Ich war dabei. Kaum zehn Schritte entfernt.«

Judith – Justin – schüttelte den Kopf und sagte leise: »Pass auf dich auf, Mädchen, und komm heil nach Hause.«

Das Bild war plötzlich von Störungslinien durchzogen, der Ton verrauscht, dann brach die Verbindung ganz ab. Durch die hintere Wagenöffnung sah Moira, dass sie vom Wüstenboden auf eine Holperpiste eingeschwenkt waren. Vermutlich näherten sie sich dem Stützpunkt, und der war vermutlich, wie jede größere Firmenniederlassung, mit einer Funksicherung versehen.

Moira starrte vor sich hin. Also doch. Mikael auch. Hoffentlich war sein Tod ohne Angst und Schmerzen gewesen. Erst Peter und jetzt Mikael. Es war ein Wunder, dass sie selbst überlebt hatte. Tatsächlich ein Wunder. Das Karma hatte ihr einen Krieger geschenkt, auch wenn er nicht in strahlenden Bonbonfarben auftrat, wie auf den Götterbildern ihrer Mutter.

Sie sah zu Rho hinüber, der ihr gegenüber auf der anderen Bank saß, den Kopf müde gegen die Wagenwand gelehnt, die Augen geschlossen. Der Wagen holperte über den Wüstenboden, und Rho musste jedes Rütteln schmerzhaft in seinem gebrochenen Bein spüren. Doch sein Gesicht war ruhig, fast schon gelassen. Ob man den Soldaten so etwas wie Yoga oder Meditation beibrachte? Oder vielleicht wirkte das Vecantrin einfach besser, als sie erwartet hatte.

Jetzt schlug er die Augen auf und erwiderte ihren Blick. Es lag Wachheit darin, Interesse. Natürlich hatte er ihr Gespräch mitbekommen, und jeder andere hätte jetzt vermutlich eine Frage gestellt. Sowas wie: »Schlechte Neuigkeiten?« oder »Alles okay?«

Aber er nicht. Worte waren nicht sein Ding. Er sah Moira nur an und schwieg. Trotzdem antwortete sie.

»Du hattest recht. Mikael hat es nicht geschafft.«

Er nickte. »Das tut mir furcht…«

»Nein!« Sie hob die Hand. »Benutze nicht deine Liste von Phrasen. Bitte. Sag nichts zu mir, was du nicht wirklich meinst. Nie wieder.«

Er blieb eine Weile stumm. Dann sagte er: »Ich wünschte, ich könnte etwas tun.«

Sie lächelte schwach. »Das hast du schon.«

***

»Was soll das heißen, sie hat ihn gesehen?«

Bei Keiths scharfem Ton zuckte Wang zusammen. »Wir haben gerade die Meldung des Rettungstrupps erhalten. Offenbar hat der Soldat, der sie gerettet hat, seinen Helm nicht getragen.«

»Das verstößt gegen die Unternehmensrichtlinien!«

»Möglich, dass der Helm beschädigt war oder im Kampf verloren ging.«

»Hat sie die Verschwiegenheitserklärung unterschrieben?«

»Das System hat keinen entsprechenden Eingang verzeichnet.«

»Dann müssen wir sie dazu zwingen.«

Wang wiegte den Kopf. »Möglicherweise hat sie nur diesen einen Soldaten gesehen. In dem Fall wäre es unklug, sie auf Dinge hinzuweisen, die sie sich noch gar nicht zusammengereimt hat.«

So dumm war Wang dann doch nicht. »Sie meinen, ein einzelnes Gesicht macht noch keine Klonarmee.«

»Ganz genau, Sir.«

»Also müssen wir herausfinden, wie viel sie weiß, ohne sie auf irgendetwas hinzuweisen, falls sie nichts weiß.«

»So ist es wohl.«

»Und wenn sie einfach verschollen bleibt? Ein weiterer Name auf den Vermisstenlisten? Da steht sie ohnehin bereits drauf.«

Wang riss die Augen auf.

»Schauen Sie mich nicht so entsetzt an, Wang. Es hat heute viele Tote gegeben. Sie wäre nur eine mehr.«

Wang begann zu stammeln. »Higgins … er hat im Netz einen Teaser gefunden … dass sie überlebt hat und auf dem Weg nach Noshades ist.«

Keith trommelte mit den Fingern auf den Schreibtisch. Wenn diese Reporterin auf dem Stützpunkt verschwand, musste der Konzernrat eine Sicherheitsfirma mit der Untersuchung beauftragen. Checks and Balances, die Grundlage jedes Staatswesens, das die Gewaltenteilung praktizierte. Hinderlich, aber so waren nun mal die Spielregeln.

Eine offizielle Untersuchung würde Vaters Standing bedrohen und Helen Nakamura einen Angriffspunkt bieten. Im Zweifel war diese kleine Reporterin der leichtere Gegner.

Er lehnte sich zurück und nickte. »Einer solchen Heldin möchte ich doch gern die Hand schütteln.«

***

Sie fuhren durch ein Gittertor, das hinter ihnen geschlossen wurde. Irgendwo rief jemand Anweisungen, Motoren brummten, Metall klapperte. Sie waren zurück in der Zivilisation.

Das war er also, der Abschied. Moira war seltsam verlegen, fühlte sich wie ein Schulmädchen, als sie zu Rho hinübersah. »Ich nehme kaum an, dass wir uns jemals wiedersehen werden.«

»Nein, Ma'am.«

Seine Stimme war so nüchtern wie am Anfang ihrer Begegnung. Nicht das leiseste Bedauern lag darin. Ihr hingegen begannen tatsächlich die Augen zu brennen. Nicht zu glauben. Das war eindeutig der Erschöpfung geschuldet. Sie blinzelte, bekam sich wieder in den Griff. »Ich werde Sie nicht so schnell vergessen, Rho-TX-43.«

Der Wagen kam zum Stehen. Rho schwieg, suchte wohl wieder in seiner Liste von Phrasen nach einer passenden Erwiderung. Schließlich sagte er: »Leben Sie wohl.«

»Sie auch, Rho.«

Es gab keinen Grund, den Abschied in die Länge zu ziehen. Sie kletterte aus dem Wagen und wurde von einem Zivilisten mit asiatischer Lidfalte in Empfang genommen. Offensichtlich ein Bio, denn er hatte nicht die geringste Ähnlichkeit mit Rho, und er war auch viel gesprächiger.

»Doktor Chakrabarti! Wir sind sehr erleichtert, dass Sie es geschafft haben.«

»Ich auch, Mister …?«

»Wang. Wir werden dafür sorgen, dass Sie so schnell wie möglich wieder in zivilisiertere Gegenden kommen. Bitte, hier entlang.«

Sie wollte ihm schon folgen, als Rhos Ruf sie noch einmal aufhielt. »Ma'am?«

Sie wandte sich um. Er stand im Wagen und hielt sich am Rand des Ausstiegs fest. Blass war er, sah fast so erschöpft aus, wie sie sich fühlte. Der Verband hatte sich voll Blut gesogen, aber er war ja bald in guten Händen. Sie konnte sehen, wie er nach Worten suchte. Schließlich sagte er: »Danke, Ma'am. Für alles.«

Sie nickte, blieb aber stumm. Worte hätten ohnehin nicht an dem Kloß in ihrem Hals vorbeigepasst.

Wang berührte sie am Arm. »Kommen Sie, Doktor.«

Es gab noch einen zweiten Zaun, vielmehr eine Wand mit einem Metalltor. Vermutlich waren dahinter die Klonsoldaten stationiert. Der Laster fuhr mit Rho durch das Tor, während Moira und Wang auf ein vierstöckiges Bürogebäude zugingen, an das die Mauer anschloss. Dieses Gebäude hätte in jeder Stadt stehen können, aber nicht hier draußen im Nirgendwo. Im Foyer, das auf gefühlte achtzehn Grad heruntergekühlt war, gab es tatsächlich einen Empfangstresen. Natürlich war er nicht besetzt, aber er gehörte eben zum Standard-Architektenentwurf eines Bürogebäudes. Statt zu repräsentieren, diente das Atrium offenbar als Zwischenlager für neue Lieferungen. Mehrere Paletten standen an der Wand, so vollständig mit Plastik umwickelt, dass sich nicht erkennen ließ, was sich darunter verbarg.

Neben einem Aufzug stand ein Automat mit gezuckerten Soda-Drinks und Wang zog einen für sie.

»Es ist erstaunlich, dass Sie zwei Tage in der Wüste überlebt haben, Doktor.« Die Dose zischte, als er sie öffnete. »Sie haben wirklich Glück gehabt.«

»Rho hat einen verlassenen Mantis-Bau gefunden.«

Wang hob die Brauen. »Wer?«

»Der Soldat, der mich begleitet hat. Falls für so etwas Belobigungen ausgesprochen werden, er hätte eine verdient.« Sie nahm einen Schluck von dem Getränk und bereute es sofort. Flüssiges Bonbon. »Wie geht es jetzt weiter?«

Wang drückte auf den Aufzugknopf. »Nun, zuerst möchte unser EO Ihnen zu Ihrer Rettung gratulieren. Er ist zurzeit zufällig im Hause.«

Mit einem Ping öffnete sich der Aufzug und Wang machte eine auffordernde Handbewegung. Die Knopfleiste im Aufzug endete bei vier, aber sie begann bei minus neun. Unwahrscheinlich, dass es sich um Parkdecks handelte. Was mochte MinerVa Inc. in diesen Kellergeschossen treiben? Wurden dort etwa die Klone gezüchtet? Hielt man dort Armeen von Leihmüttern in Käfigen, wie man es von den Schweinezuchten kannte? Sie versuchte, diese absurde Vorstellung abzuschütteln, aber es wollte ihr nicht ganz gelingen. Nun, vielleicht würde dieser EO ihr ein paar Fragen beantworten, wenn sie es geschickt anstellte.

Sie könnte ihm natürlich in guter alter Journalisten-Manier mit der Tür ins Haus fallen, sich auf die Pressefreiheit berufen und ihn mit ihren Enthüllungen ganz offen konfrontieren. Aber das würde nur zu einer Blockade führen. Andererseits wusste er vermutlich nicht, dass sie Journalistin war. Für ihn war sie bloß irgendeine Ärztin, erschöpft, verängstigt und unendlich dankbar für ihre Rettung. Im Grunde war das auch gar nicht weit von der Wahrheit entfernt.

Die Fahrstuhltüren öffneten sich und Wang führte sie in ein Büro. Es war einigermaßen geräumig, aber doch nicht sonderlich beeindruckend für einen EO. Dann fiel ihr ein, dass er nur zufällig vor Ort war, also war dies vermutlich gar nicht seins.

Der EO war ein schlanker Mann Ende dreißig, der jetzt aufstand und um den Schreibtisch herum auf sie zukam. Sie erkannte ihn sofort: Keith Kendrick, der sich in der Gunbard-Affäre nicht zu schade gewesen war, für den nächsten Karrieresprung einen Kollegen und langjährigen Freund ans Messer zu liefern. Er trug einen maßgeschneiderten Anzug aus feinstem Zwirn, bewegte sich zugleich selbstsicher und geschmeidig und lächelte sie mit blitzenden Zähnen gewinnend an. Unweigerlich fühlte sie sich hässlich und plump, und das nicht nur, weil sie neben Rhos Hose noch immer das inzwischen völlig durchgeschwitzte OP-Hemd trug.

»Ms. Chakrabarti, es ist mir eine Ehre, Ihnen die Hand zu schütteln.« Sein Händedruck hatte genau die richtige Festigkeit. Vermutlich hatte er selbst dafür einen Coach. Sein Blick fiel auf die Dose in ihrer Linken. »Wer hat Ihnen denn das angedreht? Kommen Sie.«

Auf einem Besprechungstisch standen Gläser und eine Karaffe mit Wasser parat. Keine Portions-Plastikflaschen. Eine Glaskaraffe, an deren beschlagener Außenwand Tropfen herunterliefen. Allein der Klang, mit dem das kalte Wasser in das Glas plätscherte, verursachte Moira eine wohlige Gänsehaut.

»Hier, bitte. Nehmen Sie Platz.«

Das Wasser war nicht zu vergleichen mit dem lauwarmen, kalkigen Grundwasser, das Sie und Rho im Bau getrunken hatten, oder mit der abgestandenen Brühe aus den metallenen Trinkflaschen ihrer Retter. Dies hier war aufbereitet, gefiltert und so kalt, dass es in ihre Kehle biss. Einfach wundervoll.

Er setzte sich ihr gegenüber und betrachtete sie mit blitzenden Augen. »Und nun erzählen Sie mir von Ihrem Abenteuer. Wang, gehen Sie mal und schauen, wo die Sandwiches bleiben.«

»Natürlich, Sir.«

Sandwiches! Ihre letzte Mahlzeit war ein halber Energieriegel gewesen vor … sie hatte keine Ahnung, wie viele Stunden das inzwischen her war. Kendrick war fürsorglich, freundlich und zugewandt. *Moira, sei auf der Hut! Lass dich nicht einwickeln!*

Er lächelte gewinnend. »Nun lassen Sie mal hören. Wo waren Sie in Green Sands, als der Angriff begann?«

»Im Zentralkrankenhaus. Von dort wurden wir ausgeflogen.«

Er warf einen Blick auf ihr MediCare-Hemd. »So ist das Standardvorgehen. Zuerst werden Menschen gerettet, die dann bei der Rettung weiterer Leben helfen können. Sie sind Krankenschwester?«

Moment mal, eigentlich wollte sie hier die Fragen stellen. Sie setzte das Glas ab. »Ich war tatsächlich sehr beeindruckt von der Effizienz Ihrer Männer. Ich dachte, das Geschäftsmodell der MinerVa Inc. ist die Ausbeutung von Bodenschätzen.«

»Das ist es auch. Aber natürlich müssen wir unsere Mitarbeiter hier draußen in die Lage versetzen, sich zu verteidigen. Ich höre, Sie waren mit einem unserer Mitarbeiter mehrere Phasen unterwegs. Wie beurteilen Sie seine Leistung?« Wie er das sagte klang es, als habe sie eine Probefahrt in einem neuen Scooter gemacht. Offenbar wurde ihm das selbst bewusst, denn er fügte an: »Ich hoffe, sein Verhalten war jederzeit angemessen.«

»Ich verdanke ihm mein Leben«, sagte sie betont. »Und wie ich schon zu Mister Wang sagte, er hat eine Belobigung verdient.«

»Sie haben recht. Wie war sein Name?«

Er wischte über den Tisch, und die Glasplatte verwandelte sich in einen Screen. Ein Notizfenster erschien. Was für ein elender Heuchler.

»Den hat er mir nicht genannt, nur seine Dienstnummer. Rho-TX-43. Also habe ich ihn Rho genannt. Warum hat er wohl ein solches Geheimnis aus seinem Namen gemacht?«

Kendrick lächelte. »Wir sind eine sehr friedliebende Gesellschaft, Ms. Chakrabarti, und nicht jeder billigt das Interesse junger Männer an einer Arbeit, die den Umgang mit Waffen beinhaltet, selbst wenn er dem Schutz eben dieser Gesellschaft dient. Wir pflegen daher eine gewisse Diskretion, was die Daten unserer Mitarbeiter betrifft.«

Unglaublich, wie leicht ihm diese Lügen von den Lippen gingen. »Erstaunlich«, sagte Moira. »Sind für solche Dinge nicht Sicherheitsfirmen zuständig?«

Wieder dieses Lächeln, das freundlich wirken sollte, aber in seinem Kern herablassend war. »Hier draußen ist es gut, wenn auch das eigene Personal entsprechend geschult wird, das können Sie sich sicher vorstellen.«

Verdammt, mit diesem Geplänkel würde sie nicht weiterkommen. Sie musste sich ein bisschen vorwagen. »Sagen Sie, Dr. Kendrick …« Er hatte keinen Doktortitel, aber er korrigierte sie nicht, »Welches nicht-existente Land wollen Sie eigentlich mit Ihrer Armee erobern? Oder haben Sie Grund zu der Annahme, dass die Erde uns in absehbarer Zeit annektieren will?«

Diesmal lächelte er nicht. »Ich hätte erwartet, dass die Erlebnisse der vergangenen Phasen Ihnen diese Frage beantworten.«

»Aber warum greifen die Mantis uns an, nachdem sie uns achtzig Jahre lang in Frieden gelassen haben?«

»Wir sind dabei, das zu erforschen. Auf der Erde waren Spatzen sehr früh Kulturfolger, Amseln erst im neunzehnten und Eichelhäher erst im einundzwanzigsten Jahrhundert.

Vielleicht haben die Mantis einfach ihre Scheu vor den Menschen überwunden.«

»Könnte der Grund vielleicht darin liegen, dass wir sie ebenfalls angreifen?«

Er zog die Brauen zusammen. »Was lässt Sie das annehmen?«

»Wir haben auf unserem Weg einen Mantis-Bau entdeckt, der von Menschen zerstört wurde. Mit fortgeschrittener Waffentechnik. Ich wusste gar nicht, dass so etwas auf Deuteragäa produziert wird.«

»Sie sind eine scharfe Beobachterin.« Er lehnte sich zurück. »Und erstaunlich wissbegierig für eine Krankenschwester, die gerade erst dem Tode entronnen ist.«

»Gefahr schärft die Sinne, sagt man das nicht so?«

Diesmal wirkte sein Lächeln tatsächlich entspannt. Er fühlte sich offenbar wohl bei dem, was er jetzt sagte. »Insbesondere bei einer Frau, die sich als Krankenschwester ausgibt, obwohl sie eigentlich eine Reporterin ist.«

Verdammt. Er hatte die ganze Zeit mit ihr gespielt. Gut. Dann konnte sie jetzt auch die Maske fallen lassen. »Aus welchem Grund greifen Sie die Mantis-Bauten an?«

»Das können Sie sich als kluge Frau doch denken. Um das Gefahrenpotential in der Nähe größerer Städte zu verringern.«

»Und warum haben die Soldaten dann Befehl, die Königinnen am Leben zu lassen?«

Kendricks Augen verengten sich. »Das müssen Sie missverstanden haben. Nur zu verständlich. Sie müssen erschöpft sein und sich danach sehnen, nach Hause zu kommen.« Er öffnete das Menü des Tisch-Screens. »Ich möchte Sie auch nicht weiter aufhalten. Es ist nur noch eine Formalität zu erledigen.« Er rief ein Formular auf und drehte es so, dass sie es lesen konnte.

Natürlich. Eine Verschwiegenheitserklärung. »Ich wüsste nicht, dass ich Kenntnis von irgendwelchen Firmendaten erlangt hätte.«

»Allein die Existenz dieses Stützpunktes gehört dazu, Ms. Chakrabarti. Darf ich Sie also bitten, zu unterzeichnen?«

Moira zögerte. Firmendaten waren per Gesetz geschützt, und doch war ihre Unterschrift mehr als nur eine Zusage, sich an das Gesetz zu halten. Sollte ein Gericht oder der Konzernrat zu dem Schluss gelangen, dass die Veröffentlichung der Daten im gesellschaftlichen Interesse erfolgt war, drohte ihr zumindest kein Gefängnis. Aber MinerVa Inc. könnte aufgrund ihrer Unterschrift immer noch zivilrechtliche Schritte gegen sie einleiten, und die Anwälte eines Ratskonzerns würden sicherlich ein paar hunderttausend Credits herausschlagen, vielleicht sogar ein Berufsverbot als Journalistin. Und MediCare würde ihr auch keinen Job mehr anbieten, wenn das bedeutete, sich mit MinerVa anzulegen. Sie hatte Whistleblower getroffen, die in ausrangierten Scootern lebten, nachdem die Öffentlichkeit das Interesse an ihrer Story verloren hatte. Und das ging schnell.

Ein Klopfen gewährte ihr Aufschub. Wang kehrte zurück mit einem Teller voller Sandwiches. Der Duft des frisch aufgebackenen Brotes stieg ihr in die Nase, als er den Teller zwischen ihnen abstellte, direkt auf die Erklärung, die noch immer unter der Glasplatte schimmerte.

Wang nickte ihr freundlich zu, dann wandte er sich an Kendrick und raunte ihm etwas zu. Moira spitzte die Ohren, verstand aber nur nichtssagende Wortfetzen. Als Wang sich aufrichtete, war jede Freundlichkeit aus Kendricks Blick verschwunden.

»Wir sollten nun aufhören, Spiele zu spielen«, sagte er. »Ich muss Sie um die Herausgabe Ihres Screens und Ihres Speicherchips bitten.«

»Welcher Speicherchip?«

»Bitte, Ms. Chakrabarti. Wir wissen, dass und was Sie gefilmt haben. Und wir wissen auch, dass Sie bereits einmal aufgefordert wurden, die Verschwiegenheitserklärung zu unterzeichnen.«

Rho! Natürlich! Sie mussten ihn verhört haben, genauso, wie Kendrick es gerade mit ihr tat. Und Rho würde einem Bio und Vorgesetzten keine Informationen vorenthalten.

Kendrick zog die Erklärung unter dem Teller hervor. »Sie werden unterschreiben, und dann werden Sie zurückkehren in ihr altes Leben und all das hier vergessen.«

»Ich soll vergessen, dass Sie Menschen züchten?«

»Es sind Klone. Und es geht ihnen gut. Sie werden ernährt, ausgebildet, und bekommen eine Rundumversorgung. Es gibt Menschen in den Cities, denen es schlechter geht.«

Damit hatte er nicht ganz unrecht. Rho hatte schlicht gewirkt, aber nicht unglücklich.

»Und das alles werden Sie in die Tiefen ihrer Erinnerung verbannen und jedes Mal, wenn es zurück an die Oberfläche kriechen will, geben Sie ihm einfach einen Fußtritt.«

»Sie stellen sich das so einfach vor.«

»Es ist einfach. Oder denken Sie bei jedem Schnitzel daran, dass dafür ein niedliches, großäugiges Kälbchen gestorben ist? Sie wissen es, aber Sie vergessen es, noch während Sie sich das erste, saftige Stück zwischen die Zähne schieben. Weil Sie es vergessen wollen. So einfach ist das.«

Es schmerzte, weil er recht hatte. Sie hatte sich immer für unangepasst gehalten, weil Sie den Corporate Villages den Rücken gekehrt hatte, weil sie das Risiko einer freiberuflichen Tätigkeit auf sich nahm und Beziehungen beendete, wenn sie zu verbindlich zu werden drohten. Aber jetzt musste sie sich eingestehen, dass sie eben doch nicht zur Rebellin geboren war. Sie war erschöpft, unsicher, und sie wollte nach Hause. MinerVa Inc. war eine Nummer zu groß für Moira Chakrabarti.

Sie tippte ihre Bürgernummer in das Formular und legte den Daumen auf das vorgesehene Feld. Nach drei Scanvorgängen hatte das System ihre Unterschrift gespeichert.

»Und jetzt den Chip, bitte. Und Ihren Screen.«

Schweren Herzens nahm sie ihren Screen vom Handgelenk. Noch schwerer fiel es ihr, den Chip aus der Kamera zu holen. Die letzten Aufnahmen von Peter waren darauf. Vielleicht konnte man ihr diese nach Sichtung wieder zusenden. Zögernd schob sie Kendrick den Chip hinüber. »Er enthält Aufnahmen von einem Freund, der …«

Weiter kam sie nicht. Mit einem Haifischlächeln zerknickte Kendrick den Chip zwischen den Fingern und ließ ihn dann achtlos auf den Boden fallen. »Da wir das geklärt haben, bleibt mir nichts weiter übrig, als Ihnen eine gute Heimreise zu wünschen.«

Es war fast, als hätte er Peter noch einmal getötet. Sie erhob sich wie betäubt und folgte Wang nach draußen. Der erhielt offenbar gerade einen Anruf, denn er tippte sich gegen das Ohr, um den Audioempfänger seines Screens zu aktivieren.

»Wang? Das habe ich doch schon gesagt, in die vier. Ja, genau. Und mit den Beträgen von letzter Woche verrechnen. Ich schaue es mir dann an.« Er beendete das Gespräch just, als der Aufzug kam, und lächelte sie verlegen an. »Ich lasse Ihnen einen Wagen kommen, der Sie zurück nach Green Sands bringt. Zentralkrankenhaus, nehme ich an?«

Sie nickte mechanisch.

»Oder haben Sie eine Wohnung in der Stadt?«

Sie schüttelte den Kopf. Ob ihr Hotel überhaupt noch stand? Oder das Krankenhaus? Sie fragte Wang danach.

»Das Krankenhaus steht noch, obwohl das Dach und das obere Stockwerk einiges abbekommen haben. Es stand ziemlich im Zentrum des Angriffs. Es hat allen Ärzten der Stadt kurzfristige Verträge angeboten, um die Verwundeten des Angriffs versorgen zu können.«

Das hieß wohl, hätte man nicht versucht, das Krankenhaus zu evakuieren, würden Peter und Mikael jetzt noch leben. Und Mister Giniakis vermutlich auch.

Sie wollte nicht mehr darüber nachdenken, wollte eigentlich an gar nichts mehr denken. Endlich duschen. Und dann zwischen die weißen, gestärkten Laken des Hotelbettes kriechen und schlafen, schlafen, schlafen. Und vergessen. So tun, als wäre das alles nie passiert. Sich von Nuri auf eine Party schleifen lassen, sich ein gut aussehendes Date anlachen und mit ihm in ein Hotel gehen. Nicht mehr an Peters Tod denken, nicht an den von Mikael, nicht an die Mantis, nicht an Rho und die Klone. Alles vergessen, genau wie Kendrick es gesagt hatte.

Der Aufzug entließ sie ins Atrium.

»Der Fahrer scheint noch nicht da zu sein.« Wieder tippte sich Wang ans Ohr.

Moira hingegen ließ müde den Blick schweifen. Kendrick hatte recht. Sie wollte bloß noch nach Hause. Das Atrium war noch immer leer und kahl, aber jemand hatte eine der Paletten geöffnet. Das Plastik war aufgeschnitten und hing halb herunter, enthüllte gleichförmig aufeinander gestapelte Plastikgefäße, die ihr bekannt vorkamen. Wollweiß mit einem blauen Deckel. Wo hatte sie diese Behälter schon einmal gesehen? Eine plötzliche Kälte ergriff sie. Aus einem solchen Behälter hatte Peter die Niere genommen, die sie Mister Giniakis eingepflanzt hatten.

»Ms. Chakrabarti?«, fragte Wang. »Ist Ihnen nicht gut?«

»Ich … ich weiß nicht. Ich würde gern … haben Sie hier eine Toilette?«

»Natürlich. Gleich dort drüben. Terry?« Er griff sich ans Ohr. »Ja, Wang hier.«

Die Toilette war nicht weit. Eine Unisex-Einzelkabine. Moira setzte sich auf die Schüssel, dankbar für die Atempause und die Möglichkeit, einen Moment allein zu sein.

Das war also das Geheimnis der Organflut. Man schlachtete gefallene Soldaten aus. Oder nein, nicht gefallene. Der Herztod würde die Organe unbrauchbar machen. Aber Soldaten, die lediglich verwundet waren, vielleicht so stark verwundet, dass es sich nicht lohnte … oh Gott!

Wird es länger dauern als zwanzig Zyklen? Das hatte Rho gefragt. Der Bruch würde eindeutig mehr als zwanzig Zyklen benötigen, um vollständig auszuheilen. War das etwa die Grenze? Bedeutete es, dass man ihn töten würde?

Jetzt wurde ihr wirklich schlecht. Das durfte nicht geschehen. Sie hatte Peter und Mikael verloren, nicht auch noch Rho! Sie sprang auf, wollte schon die Tür aufreißen, doch sie besann sich eines Besseren. Leise drehte sie den Türknopf und spähte hinaus.

Wang wartete nicht vor der Tür. Er stand links neben einer Topfpflanze und telefonierte. Und er wandte ihr den Rücken zu. Sie trat in den Gang hinaus. Behutsam schloss sie die Tür. Dann schlich sie weg von ihm, bog in einen anderen Gang ein. Im Vorbeigehen las sie die Schilder neben den Türen. Sie trugen Namen von Ländern der Erde: Brasilien, Korea, Uganda. Offenbar Konferenzräume. Auf anderen Schildern stand »Technik« oder »Kaffeeküche«. Dort versuchte sie es. Niemand war im Raum. Schnell hinein und die Tür zu. Ihre Knie waren weich, ihre Finger eiskalt und zitterig. Sie war Wang nun erst einmal entkommen und konnte durchatmen. Zumindest, solange niemand einen Kaffee brauchte. Aber wie nun weiter?

Die Fenster führten nach hinten hinaus, in das abgegrenzte Terrain der Soldaten. Und sie ließen sich sogar öffnen. Sie könnte hinausklettern. Und dann? Wie sollte sie einen verwundeten Soldaten aus einem überwachten Konzerngelände bringen, das mitten in einer endlosen Wüste lag? Was tat sie hier eigentlich? Noch könnte sie sich herausreden. *Ich wollte Sie nicht beim Telefonieren stören und dachte, vielleicht finde ich hier einen Kaffee.* Aber wenn sie durch dieses Fenster kletterte, dann war es ganz eindeutig Einbruch. Die Pressefreiheit deckte dieses Eindringen in ein Privatgelände nicht ab, und Kendrick würde nicht zögern, sie seine Macht spüren zu lassen. Und wofür dieses Risiko?

Für Rho, flüsterte eine Stimme in ihr. Aber da war eine andere, viel lautere, die ihr sagte: Es ist zu spät. Warum hätten sie warten sollen, riskieren, dass sich die Beinwunde entzündet und die Organe belastet? Sie hatten es längst getan, hatten ihn auseinandergenommen und in einzelne Behälter verpackt. Deshalb war die Palette angebrochen worden. Man hatte die Gefäße für Rho gebraucht. Tränen drängten nach oben. Zu spät. Sie war zu spät. Rho war tot.

Sie wandte sich ab, ließ sich auf einen der Stühle sinken. *Leben Sie wohl,* hatte er gesagt, und dabei gewusst, dass sein eigenes Leben zu Ende war. Er hatte sich bedankt und wofür? Dafür, dass sie sein Leben gerettet hatte? Sicher nicht. Sie hatte es nur um einige Stunden verlängert. Extrem schmerzhafte Stunden.

Das Vecantrin! Sie hatte ihn vollgepumpt mit dem Schmerzmittel und solange der Körper es nicht abgebaut hatte, würde man die Organe nicht verwerten! Überhaupt, man entnahm Organe erst, wenn ein Empfänger feststand. Die Überprüfung, ob Spender und Empfänger kompatibel waren, dauerte eine Weile.

Sie sprang auf, öffnete das Fenster. War jemand in der Nähe, der sie beobachten könnte? Nein. Also los! Sie schwang das Bein über den Rahmen. Draußen trat sie in ein Kiesbett, das an der Wand entlang führte. Die Wüstenhitze legte sich wieder wie ein schwerer Mantel um sie. Sie zog das Fenster zu, dann trat sie einen Schritt zurück, zählte die Fenster. Das Siebte von links. Das würde sie für den Rückweg brauchen.

Sie ging rasch den Weg entlang, versuchte sich so zu bewegen, als gehöre sie hierher. Ein Elektro-Jeep sirrte um eine Ecke und am Steuer saß – Rho! Unsinn. Das war natürlich ein anderer Klon. Sie winkte. »He! Soldat!«

Er ließ den Wagen ausrollen. »Ma'am?«

Sogar die Stimme war die gleiche. Es war unheimlich.

Sie besann sich auf ihre Rolle, suchte nach der Stimme, mit der sie früher Krankenpfleger durch die Gänge gescheucht hatte. »Wo sind die Männer untergebracht, die auf die Vivisektion warten?« Es half, dass sie noch immer das OP-Hemd mit dem überdimensionalen MediCare-Logo trug, dazu Rhos schwarze Kampfzanzug-Hose. So war sie eine von ihnen *und* Medizinerin.

»Baracke neunundachtzig, Ma'am. Aber die Verwundeten aus der Schlacht sind bereits alle ausgewertet.«

Wie selbstverständlich er darüber sprach. Dabei waren es seine eigenen Leute, seine Brüder. »Fahren Sie mich hin!«

»Ma'am?« Er war verunsichert. »Meine Befehle …«

»Soll ich Ihrem XO sagen, dass Sie die Anweisungen eines Bios missachtet haben?«

Er nahm im Sitzen Haltung an. »Nein, Ma'am.«

»Na also.« Sie stieg auf den Beifahrersitz. »Fahren Sie schon los! Das ist ein Notfall!«

Der Jeep surrte los. Überall kreuzten Soldaten ihren Weg oder liefen an den Baracken entlang. Es war irritierend, Rhos Gesicht an jedem einzelnen dieser Männer zu sehen. Viele waren jünger, nur wenige genauso alt, älter erschien ihr keiner. Seltsam, der Buchstabe Rho war nicht gerade einer der ersten im griechischen Alphabet. Waren die älteren Soldaten bereits gefallen? Oder waren die ersten Chargen noch Testausfälle gewesen?

»Hier ist es, Ma'am.«

Der Soldat hielt und nickte zu einer der Baracken, neben deren Tür eine riesige 89 auf die Wand gesprayt war.

»Warten Sie hier auf mich.«

»Ma'am, ich muss wirklich …«

»Schon gut.« Sie winkte ab. Es war besser, keine Abläufe zu stören und damit Aufmerksamkeit auf sich zu ziehen. »Schicken Sie mir einen anderen Fahrer.«

»Danke, Ma'am.«

Die Tür zur Baracke war nicht verschlossen, doch Moira öffnete sie nur zögernd. Sie fürchtete sich vor dem, was sie sehen würde. Doch sie zwang sich, einzutreten.

Ein weiß getünchter Gang lag vor ihr mit Türen auf der linken Seite. Es roch wie in einem Krankenhaus nach Desinfektions- und Narkosemitteln. Was hatte sie erwartet? Vermutlich ein blutiges Schlachthaus. Aber diese unpersönliche Sterilität war fast noch schlimmer. Die erste Tür hatte ein Bullauge und Moira zögerte wieder, unterdrückte das Bild, das sich ihr aufdrängte: Rho mit aufgesägtem Brustkorb, am Leben gehalten durch die Herz-Lungen-Maschine, damit bedarfsgerecht weitere Organe entnommen werden konnten. Sie spähte durch das runde Fenster. Gekachelte Wände, ein Seziertisch aus Edelstahl. Alles penibel sauber.

Der nächste Raum war genauso ausgestattet, aber hier entdeckte sie die blau-weißen Kisten. Das Herz klopfte ihr bis zum Hals, als sie die Klinke herunterdrückte. Niemand war hier. Trotzdem trat sie leise auf, als sie zu den Kisten hinüber ging. Sie legte die Hand auf den Verschluss – und zögerte. Wollte sie das wirklich tun? Wollte sie den Deckel öffnen und sein Herz darin liegen sehen? Nein. Aber sie musste Gewissheit haben. Sie ließ den Verschluss aufschnappen und mit einem Ruck öffnete sie den Deckel.

Die Kiste war leer. Moira war so erleichtert, dass ihre Knie weich wurden. Aber natürlich war die Kiste leer. Hätte man die Organe bereits entnommen, wären die Kisten längst schon auf dem Weg nach Green Sands oder wo die Organe sonst benötigt wurden.

Mit einer gewissen Erleichterung trat sie zurück in den Gang. Die vierte und letzte Tür hatte kein Bullauge. Vorsichtig drückte sie die Klinke.

Rho! Er stand an der Wand und nahm Haltung an. Aber dieser Mann war ganz offenbar nicht verletzt, also nicht Rho. Eine Wache?

»Ich … suche nach einem Patienten.«

»Ma'am?«

Das war nicht von der Wache gekommen. Rho saß hinter einer Gitterwand auf einer Pritsche. Er trug noch immer den blutigen Verband, den sie ihm angelegt hatte.

»Rho!« Sie wollte zu ihm stürzen, riss sich aber zusammen. Wie konnte sie der Wache begreiflich machen, dass sie diesen Verwundeten abtransportieren wollte?

»Ist sie das?«, fragte der fremde Soldat.

Rho nickte. »Korrekt.«

Interessiert musterte sie der Mann. Eigentlich wirkte er gar nicht wie eine Wache. Mehr wie jemand, der einen Krankenbesuch machte.

Er hob eine Braue. »Was tun Sie hier?«

Fieberhaft suchte sie nach einer Ausrede, dann sagte sie sich, dass ein Bio keine brauchte. »Gibt es einen Schlüssel für diese Zelle?«

»Wozu?«

Sie blickte zur Gittertür hinüber. Tatsächlich, es gab kein Schlüsselloch. Lediglich einen Riegel. Offenbar befürchtete niemand hier, dass der Klon zu fliehen versuchte. Wohin auch? Und womit? Verdammt, sie hatte noch nicht mal einen ordentlichen Plan!

Eines nach dem anderen. Sie öffnete die Zelle. Der Soldat, den sie für eine Wache gehalten hatte, hinderte sie nicht daran, fragte nur: »Was tun Sie?«

Ihr fiel auf, dass er seine Sätze nicht mit dem obligatorischen Ma'am schloss. Einem Impuls folgend, sagte sie die Wahrheit. »Ich will ihn wegbringen.«

Er runzelte die Stirn. »Wohin?«

»Irgendwohin, wo ihm geholfen wird. Wo man ihn nicht umbringt. Steh auf, Rho!«

Die beiden Männer sahen sich an. Schließlich sagte Rho: »Ich glaube nicht, dass Sie hier sein dürften, Ma'am.«

»Hast du nicht gehört, was ich gesagt habe? Steh auf und komm mit mir! Draußen wartet ein Fahrer.«

»Und wohin soll er uns fahren, Ma'am?« Es war keine Frage. Es war ein Hinweis auf die Unmöglichkeit einer Flucht. Und er hatte recht. Es *war* unmöglich. Sie war dumm gewesen, es auch nur zu versuchen. Jetzt wurden ihre Beine endgültig weich. Niedergeschlagen setzte sie sich auf das andere Ende der Pritsche. »Zwanzig Phasen. Danach hast du mich gefragt. Du wusstest es.«

»Ja, Ma'am.«

»Und es gibt gar nichts, was wir tun können?«

Er schüttelte den Kopf.

Jetzt mischte sich der andere Soldat ein, der Besucher. »Wenn Sie ihn hier herausholen könnten, wohin würden Sie ihn bringen?«

Dieser Mann war entschieden anders als Rho, auch wenn er das gleiche Gesicht hatte.

»Nach Green Sands«, sagte sie. »Ins Zentralkrankenhaus. Dort wäre dieser Bruch eine Kleinigkeit.«

»Und dann?«

Die Frage klang wie eine Herausforderung. Trotzig antwortete sie: »Mir würde schon etwas einfallen.«

Rho sagte: »Sie sollten gehen, Ma'am.«

Doch der andere Soldat schüttelte den Kopf. »Du bist ein Hohlschädel, weißt du das?«

Plötzlich Stimmen vor der Tür. Beide Soldaten wirkten mit einem Mal besorgt. »Sie müssen fort«, sagte der Besucher. »Wenn man Sie hier findet, können Sie mächtigen Ärger bekommen.«

»Aber wohin?« Sie schaute sich um.

»Dort hinaus.« Es gab ein kleines, hochgelegenes Fenster in der Wand vor den Zellen. »Ich helfe Ihnen.«

Sie machten es über eine Räuberleiter. Moira trat auf seine verschränkten Hände, dann auf seine Schulter und konnte sich so auf die Fensterkante setzen. Bevor sie hinauskletterte, fragte sie: »Wer sind Sie?«

Er lächelte. »78, Ma'am.«

»Danke, 78.«

Er tippte sich mit einer lässigen Geste an die Stirn und sie schob den Oberkörper durch das Fenster, hielt sich am oberen Rahmen fest und zog die Beine nach. Es ging erstaunlich gut. Ihre Schuhsohlen quietschten über die Außenfassade nach unten, bis sie auf einen Absatz trafen. Von drinnen waren Stimmen zu hören und Moira erstarrte, die Finger noch um die untere Fensterkante gekrümmt.

»Was tust du hier?« Das war Wang.

»Aufnahme letzter Informationen, Sir.«

Moira wagte nicht, das Fenster loszulassen, aus Angst, die Bewegung könnte die Aufmerksamkeit der Männer auf sich ziehen, oder sie könnte den Halt verlieren und lärmend stürzen.

»Ist jemand hier gewesen?« Kendricks Stimme.

»Nein, Sir.« Offenbar ging diesem 78 eine Lüge leicht von den Lippen. Das hätte sie einem Klon gar nicht zugetraut.

»Und der Wagen da draußen?«

»Der ist für mich, Sir. Wenn ich mich entschuldigen darf?«

Er drückte sich auch ganz anders aus als ihr Rho. Offenbar glichen sich die Klone bloß äußerlich.

»Verschwinde schon«, sagte Kendrick, und dann leiser: »Auch wenn sie nicht hier war, sollte sie tatsächlich herumschnüffeln, ist das zweifellos ihr Ziel. Stellen Sie eine Wache auf.«

»Pst!« Ein Mann spähte um die Ecke des Hauses, ein Soldat. Er zwinkerte ihr zu und kam näher. Das musste 78 sein.

Kontrolliert stieg sie von ihrem Absatz und ließ die Fensterkante los.

»Folgen Sie mir.« Er flüsterte.

Sie ebenfalls. »Ich will Sie nicht in Schwierigkeiten bringen.«

»Ich stecke in Schwierigkeiten, seit ich aus der Röhre gekrochen bin. Kommen Sie.«

Er führte sie durch Korridore zwischen den Baracken hindurch, vermutlich angelegt für die dicken Kabelröhren am Boden. Sie waren so eng, dass sie seitwärts gehen mussten und trotzdem über die Wände der Baracken schabten. Diese Stellen waren blank geschliffen. Offenbar wurden diese Schleichwege auch zu anderen Zeiten genutzt. Fragte sich bloß, zu welchen Zwecken. Schließlich erreichten sie das Ende des Baracken-Bereiches. Sie traten aus dem Gang, hielten sich aber weiter im Schatten.

»Ab hier gibt es keine Deckung mehr. Sie müssen dort entlang.«

»Ich danke Ihnen. Zumindest hat er in Ihnen einen Freund.«

»Machen Sie sich keine Gedanken Ma'am. 43 hat das Leben eines Klons gelebt, und er stirbt den Tod eines Klons. Aber Sie haben ihm ein besonderes Geschenk gemacht. Sie haben ihn wie einen Bio behandelt. Dafür beneide ich ihn.«

»Ich wünschte, ich könnte mehr für ihn tun.«

Er hatte sich schon halb abgewandt, doch jetzt zögerte er, drehte sich wieder zu ihr um. »Meinen Sie das ernst? Würden Sie sich um ihn kümmern, dort draußen?«

Hoffnung keimte erneut in ihr auf. »Wäre es denn möglich?«

Er brach den Blickkontakt. Seine Augen bewegten sich hin und her, während sich offenbar Ideen und Pläne hinter seiner Stirn jagten. Schließlich sah er sie wieder an, und jetzt wirkte er entschlossen. »Versuchen Sie, die Abfahrt hinauszuzögern.«

»Sie denken, dass er mitkommen kann?«

»Er wird da sein.« Er nickte knapp, eine Bestätigung ihrer Verschwörung, dann wandte er sich um und tauchte zurück in das Dämmerlicht zwischen den Baracken.

Sie war ganz zitterig. Hoffentlich schaffte er es. Hoffentlich gelang es ihm, Rho zu befreien.

Aber jetzt musste sie sich erst einmal um ihre eigene Sicherheit kümmern. Falls sie das Fenster der Kaffeeküche erreichte, bevor sie jemand entdeckte, würden ihre Ausreden vielleicht plausibel klingen.

Sie lief los, erreichte einen Bereich mit niedrigen Häusern. Keine Baracken, eher Lagerhallen. Das Hauptgebäude war nicht zu übersehen, aber es lag viel weiter weg, als sie gedacht hatte. Waren sie wirklich so weit gefahren?

Eine Gruppe Soldaten näherte sich im Gleichschritt und Moira presste sich in eine Eingangsnische. Goo! Es war fast nur die Ahnung eines Geruches, und doch schickte er Moira einen scharfen Schreck in die Glieder.

Hatte sie sich das eingebildet? Sie drückte noch einmal gegen die Tür und es war, als würde der süßliche Geruch wie in einer Wolke durch die schlecht abgedichteten Ritzen gepresst. Sie versuchte es mit der Klinke, doch die Tür war abgeschlossen.

Der Trupp war vorbei. Moira schlich an der Hauswand entlang, fand ein Fenster, spähte in das Gebäude, doch durch den Staub auf der Scheibe war im Halbdunkel nichts zu erkennen. Jetzt war auch keine Zeit, dieser Frage nachzugehen, sie musste zurück ins Haupthaus. Sie lief weiter, von Schatten zu Schatten, alle Sinne angespannt. Da war das Haupthaus, nur noch diese eine, freie Fläche.

Doch da stand jemand. Moira schreckte zurück, spähte vorsichtig um die Ecke. Kein Klon, ein Bio. Verdammt, hatten die tatsächlich eine Wache aufgestellt?

Vielleicht. Aber der Mann war nicht in Uniform, er trug einen grauen Overall. Vielleicht vertrat sich ein Angestellter bloß die Beine. Tatsächlich, da stieg Dampf in die Luft. Eine E-Zigarette. Ihr süßlicher Duft wehte herüber. Was zur Hölle hatte sich dieser Kerl in den Aromizer gesteckt? Jasmin? Als sie wieder um die Ecke sah, hatte sich der Mann gegen einen Pfosten gelehnt und wischte auf seinem Screen herum.

Prima. Trotzdem könnte er noch immer eine Wache sein, und selbst wenn nicht, womöglich war die Suche nach ihr bereits bekannt. Sollte sie sich so bewegen, als gehöre sie hierher? Würde das seine Aufmerksamkeit weniger erregen, als wenn sie schlich? Auf jeden Fall würde er aufmerksam werden, wenn sie durch ein Fenster ins Haus kletterte. Welches war es nochmal gewesen? Das siebte. Hoffentlich war es noch offen.

Jetzt kam noch jemand aus dem Haus, eine Frau in einem blauen Kittel. Sie gesellte sich zu dem Mann und ihre Stimmen schwebten zu Moira herüber. Verdammt, vier Augen waren noch schlimmer als zwei. Doch dann drehten die beiden sich um und wandten Moira halb die Rücken zu. Jetzt oder nie!

Eilig und doch mit möglichst weichen Schritten ging Moira zum Gebäude hinüber, direkt auf das siebte Fenster zu. Verdammt sei der Architekt, der das Kiesbett vor der Wand geplant hatte. Sie drückte mit der Hand gegen den Fensterrahmen und tatsächlich schwang er auf. Also gut, jetzt beherzt handeln. Ein Schritt auf den knirschenden Kies, halbe Drehung, mit dem Hintern auf den Fensterrahmen gesetzt und die Füße nach innen geschwungen. Sie war drin.

Jetzt erst dachte sie daran, dass jemand in der Küche hätte sein können, doch glücklicherweise war da niemand. Offenbar wurden die Konferenzräume wenig genutzt. Die Küche sah entsprechend sauber aus. Keine Tassen in der Spüle, keine Flecken auf der Anrichte. Sehr gut. Langsam beruhigte sich ihr wilder Herzschlag.

Was nun? Da waren zwei quadratische Tische mit je vier Stühlen. Sie setzte sich auf den, der von der Tür aus am schwersten einzusehen war, und wartete darauf, dass man sie fand.

***

Hoffentlich hatte die Zivilistin es geschafft. Hoffentlich hatte sie ungesehen zum Haupthaus zurückgehen können. 78 würde ihr dabei helfen. Ein Glück, dass er hier gewesen war. Kein anderer Bruder hätte so schnell eingewilligt, die Zivilistin vor den Bios zu verstecken. Aber 78 war schon immer leichtsinnig gewesen. Leichtsinnig und eigenwillig.

Schon dreimal hatte 78 in der Tonne gesessen. Zweimal wegen Aufsässigkeit und einmal für 26. Und was, wenn sie herausbekamen, dass die Zivilistin hier war, und dass 78 sie belogen hatte? Das war mehr als Aufsässigkeit. Wenn er dafür nur ein paar Phasen in der Tonne verbringen musste, hatte er Glück. Das würde er überstehen, die Hitze, die Enge und den Gestank. Die Brüder pissten gegen die Tonne, wenn jemand drin saß. Die Bios ließen es zu. Sie hielten es für eine zusätzliche Strafe. Tatsächlich half es dem Mann in der Tonne. Der Urin verdunstete, und das sorgte für Kühlung. 16 hatte das herausgefunden. Er wusste über solche Dinge Bescheid.

Wenn er die Strafe für 78 selbst übernehmen könnte, würde er es tun. Aber für ihn hatten die Bios etwas anderes vorgesehen. Zumindest würde er so noch nützlich sein. Es war besser, als in der Schlacht zu fallen. Da wäre er niemandem mehr nütze, außer vielleicht den Mantis, die ihre Larven mit ihm fütterten.

Seltsam, dass seine Gedanken so durcheinander waren. Vielleicht war es, weil das Ende seiner Existenz bevorstand. Oder vielleicht lag es daran, dass 78 sich alles hatte erzählen lassen. Immer wieder hatte er nachgefragt, hatte alles ganz genau wissen wollen. 78 hatte schon immer viele Worte gehabt, aber ihm selbst waren beim Erzählen die Worte ausgegangen. Ihm war zuvor nicht bewusst gewesen, dass es Dinge gab, für die er keine Worte hatte. Dass er Gefühle haben konnte, die keinen Namen hatten. Wie nannte man diese überwältigende Angst, jemanden zu verlieren? Diesen

Wunsch, es möge ihm gut gehen? Diese schmerzhafte Sehnsucht danach, ihn zu berühren? Das war ein starkes, ein großes Gefühl. Vermutlich kannte es keiner seiner Brüder. Er konnte sich glücklich schätzen, dass er es in seiner Existenz hatte erleben dürfen.

Wieder ging die Tür auf, was verwunderlich war. Sie hatten ihm gesagt, dass es fast zwei Phasen dauern würde, bis die Medizin in seinem Körper ganz abgebaut war, obwohl der dumpfe Schmerz in seinem Bein schon jetzt beständig stärker wurde.

Kam 78 zurück, um ihm zu berichten, was aus der Zivilistin geworden war? Kam sie selbst noch einmal zurück? Seltsam, wie dieser Gedanke seinen Puls beschleunigte.

Doch es war weder 78 noch die Zivilistin. Es war 25, der eine Kiste hereinschob. Eine der Holzkisten, in denen ihre FSE-Uniformen geliefert worden waren. Neben dem eingebrannten MinerVa-Logo hatte jemand einen frischen Scan-Code geklebt. 25 hob den Deckel.

»Rein da«, flüsterte er.

Unsicher stand 43 auf, betrachtete die Kiste mit zusammengezogenen Brauen. Warum sollte man ihn zur Auswertung in eine Kiste verladen?

»Schnell!« 25 sah über die Schulter. »Wir haben nicht viel Zeit!«

»Wer, wir?«

»78 und ich. Er sagt, du sollst deinen Arsch da reinschwingen!«

78! Ob irgendetwas mit der Zivilistin geschehen war?

25 wedelte ungeduldig mit der Hand. »Na los!«

Also hinkte 43 die zwei Schritte zur Kiste, setzte sich auf den Rand und hievte seine Beine hinein. Das schmerzhafte Pulsieren im gebrochenen Unterschenkel wurde intensiver, zog sich über den Oberschenkel bis zur Hüfte. Er hielt sich am Rand der Kiste fest, während er sich langsam hinabließ.

Es war eng. Seine Schultern berührten das Holz auf beiden Seiten, und er musste die Beine anziehen und sich vornüberbeugen, damit 25 den Deckel schließen konnte. Es wurde dunkel und die Verschlüsse rasteten ein. Unter ihm summte die Hoverlift-Palette, und 25 schob ihn voran.

Was hatte 78 diesmal vor? Und was war mit der Zivilistin? 43 versuchte zu erspüren, was mit ihm und der Kiste geschah. Das war nicht ganz einfach, so zusammengekrümmt und mit einem Bein, das bei jedem Ruck und Stoß heiße Flammen bis in seine Hüfte schickte. Er biss die Kiefer aufeinander, um nicht zu stöhnen.

Anscheinend wurde er auf einen Wagen verladen. Brüder sprachen miteinander, 25 und wahrscheinlich 78. Nur er sagte solche Sachen wie: »Wir schlagen sie mit ihrer eigenen Bürokratie.« Dann fuhr der Wagen los.

Wollten sie ihn tatsächlich rausbringen? Raus aus dem Lager? Zur Zivilistin? Der Gedanke lenkte ihn ein wenig von den brennenden Stößen ab, die sein Bein bei jedem Holpern durchzuckten. Es war nicht wie der Schmerz nach dem hundertsten Push-up. *Tut es weh? – Sir! Ja, Sir! – Dann kann es ja nochmal wehtun!* Der Schmerz in seinem Bein war etwas ganz und gar anderes. Er meldete, dass etwas kaputtgegangen war, endgültig und unwiderruflich. Ohne die Mantispanzer, die die Zivilistin um seinen Unterschenkel gebunden hatte, würde ihn sein Bein nicht mehr tragen. Nie wieder.

Er war inzwischen auf den Steiß gerutscht, was unangenehm war. Er versuchte, sich in eine bessere Position zu bringen, aber dabei schoss ein solcher Schmerz durch sein Bein, dass er beinahe aufgeschrien hätte. Also ließ er es sein.

Was hatte 78 über seine Zeiten in der Tonne gesagt? *Du musst an etwas anderes denken, an etwas Schönes. An etwas, das dir Freude macht.*

Also dachte er an *sie*. An ihr Gesicht und daran, wie sich ihre Haut angefühlt hatte unter seinen Fingern. So zart, so weich. Er dachte daran, wie sie gerochen hatte, wie sie geschmeckt hatte und wie es war, ihre Lippen auf der Haut zu spüren. Die Sehnsucht danach, sie wieder zu sehen, sie noch einmal zu berühren, wurde zu einem harten Schmerz in seiner Brust, der das Atmen noch schwieriger machte.

Dann wurde der Wagen langsamer. Sie konnten das Gelände unmöglich schon verlassen haben. Trotzdem hielten sie an. Eine barsche Stimme. Keiner der Brüder, ein Bio. Staff Sergeant Meier. 78 redete mit ihm. 43 verstand nicht alles, konnte nur ein paar Worte von 78 ausmachen: Lieferung, Green Sands, Krankenhaus. Dann wieder der Sergeant: »Mitkommen!« Der Motor wurde ausgeschaltet, eine Autotür schlug, Schritte entfernten sich. Dann wurde es still. Still und sehr, sehr heiß. Schweiß floss ihm Hals und Nacken hinunter, brannte in seinen Augen.

Hatte man sie entdeckt? War 78 aufgeflogen? Aber wenn es so war, warum brachte man ihn nicht zurück in die Auswertung? Warum ließ man ihn in der Kiste?

***

»Was machen Sie denn hier?«

Moira schreckte hoch. »Wie?« Hoffentlich hatte sie die Wange fest genug auf ihren Arm gepresst, dass sich die Falten des OP-Hemdes in ihre Wangen gedrückt hatten, so als ob sie schon lange so hier säße. Sie blinzelte. »Ich … muss wohl eingeschlafen sein.« Das war viel zu offensichtlich, sie durfte nicht so dick auftragen. »Ist der Wagen schon da?«

Der Mann trug einen gelben Overall. Er tippte sich ans Ohr. »Anruf Sibelius Wang … Todd hier. Ich habe sie gefunden. Ist wohl in der Küche eingeschlafen … Verstanden.« Er beendete das Gespräch und machte eine auffordernde Handbewegung. »Kommen Sie.«

Zurück ins Atrium, wo Wang sie erwartete, der sie verärgert musterte und sichtlich mit den Nerven runter war. Dann abermals hinaus in die brütende Hitze. Rho war nirgendwo zu sehen. Nun, er würde auch wohl kaum aus dem Tor spaziert kommen, aber 78 hatte versprochen, dass er da sein würde. Daran hielt sie sich fest. Ihre Aufgabe war es, die Abfahrt zu verzögern, und das würde sie tun. Sie wandte sich an Wang. »Könnte ich vielleicht eine Flasche Wasser mitnehmen?«

Wang stockte, dann nickte er dem Mann im gelben Overall zu, und der ging wieder hinein.

Ein olivgrüner Pick-up wartete auf sie. Vorne zwei Sitze, hinten eine offene Ladefläche. Diese war leer. Der Fahrer saß schon hinter dem Steuer und blickte stur geradeaus. Natürlich war er ein Bio. Jemanden mit einem Firmendatengesicht konnte man nicht als Fahrer verwenden.

Der andere Mann kehrte mit drei Flaschen zurück und Wang öffnete die Beifahrertür. »Bitte.«

Noch immer waren weder Rho noch 78 irgendwo zu entdecken. Wie hatte 78 sich das überhaupt vorgestellt? Sie brauchte eine neue Idee, schnell.

»Sagen Sie … ich hatte keine Gelegenheit, von diesen Sandwiches zu essen, und mir ist schlecht vor Hunger.«

Inzwischen wirkte Wang eindeutig unwillig, aber er riss sich zusammen. »Ich lasse Ihnen welche einpacken.« Er tippte sich ans Ohr, doch bevor er das Gespräch aufnahm, sah er sie scharf an. »Und Sie rühren sich nicht vom Fleck!«

»Natürlich nicht.« Sie lächelte entschuldigend. Hauptsache, er erkaufte ihr noch ein paar Minuten. Flehend sah Moira zum Tor hinüber, das den Bereich der Soldaten abgrenzte. Sie flehte zu all den alten Göttern, an die sie nicht glaubte, dass sich dieses Tor öffnen möge, jetzt! Doch die Flügel blieben unverrückbar an ihrem Platz.

Die Sandwiches kamen viel zu schnell. »Wenn ich dann bitten dürfte.« Wang wies auf die offene Wagentür.

Verdammt, wenn sie einstieg, war es das. Wang würde die Tür schließen und der Wagen würde losfahren. »Es … tut mir leid.«

»Was ist denn jetzt noch?«

Sie hatte zu Essen, zu Trinken, was konnte sie noch aufbieten? Vielleicht das Gegenteil. Auch sie hatte als Teen ihre bulimische Phase gehabt.

»Ich möchte Ihnen nicht in den Wagen …« Sie presste die Hand vor den Mund und wandte sich ab. Der Finger führte unweigerlich zu einem Brechreiz. Zwar gab ihr Magen nichts als Schleim und Galle her, die neben dem Reifen auf den Boten tropften, doch die Geräusche klangen offenbar überzeugend genug, dass Wang zumindest für eine Weile den Mund hielt. Aber ewig konnte sie auch das nicht weitermachen. Als sie sich aufrichtete, reichte Wang ihr ein Taschentuch.

»Ich weiß nicht, was Sie hier veranstalten«, sagte er. »Aber wenn Sie jetzt nicht sofort einsteigen, lasse ich Sie in Handschellen auf die Transportfläche legen.«

Noch immer war das Tor zu, und nichts wies darauf hin, dass es sich in den nächsten Minuten öffnen würde. Aber Wangs Blick war drohend. Verdammt. Wenn ihr doch nur noch etwas einfallen würde! Wang kam näher, schob sie geradezu auf den Beifahrersitz. Der Fahrer startete den Wagen und Wang warf die Tür zu.

Moira wandte sich um, heftete den Blick auf das Tor. Wenn es sich jetzt öffnen würde, jetzt! Dann würde sie den Fahrer anhalten lassen. Irgendeine Ausrede würde ihr einfallen. Doch das Tor blieb geschlossen, Wang und das Hauptgebäude blieben hinter ihnen zurück. Die Sandpiste bog ab und das Tor verschwand aus Moiras Blick.

Sie hatte ihn im Stich gelassen. Sie hatte 78 versprochen, dass sie die Abfahrt hinauszögern würde, und nun hatte es doch nicht ausgereicht. Das war das Todesurteil für Rho. Ihre Hände zitterten, und sie krampfte sie ineinander, damit es nicht auffiel.

Sie hatte versagt.

***

Der feine Kies knirschte unter Keiths Schuhen, während er mit Colonel Trakev auf den Jeep zumarschierte, an den Baracken vorbei, die in Reih und Glied die Straße säumten. Warum war er nicht schon längst hier herausgekommen? Warum war er im Haupthaus geblieben? Die ganze Zeit hatte es ihn doch genau hierher gezogen, zu diesem Hort von Ordnung und Disziplin. Sauberer noch als die Villages, klarer und strukturierter. Nicht das kleinste bisschen Unordnung in dieser perfekten, kleinen Welt.

Er hatte auch noch kein Wort mit einer ihrer Einheiten gewechselt. Machte ihn das zu einem schlechten EO? Im neuen Heli-Modell hatte er sich fliegen lassen, und beim T325 hatte er sich sogar selbst hinter das Steuer gesetzt. Aber wie probierte man einen Klon aus?

Er grinste bei dem schmutzigen Gedanken, der nun zwangsläufig kam. Er war nicht festgelegt. Er mochte Sex mit Frauen, aber er hatte auch schon denkwürdige Nächte mit dem einen oder anderen Freund erlebt. Solange er selbst dabei der Stecher blieb, war das durchaus erregend.

Trakev stieg ohne weiteres auf die Ladefläche, auf der die Kiste stand, und Keith tat es ihm nach. Keinesfalls würde er zu dem Klon aufschauen. Trakev löste die Schnappschlösser und zusammen mit dem Deckel erhob sich ein unglaublicher Gestank nach Schweiß und … ja, was? Blut? Vielleicht. Der Klon hob den Kopf und blinzelte. Da war kein Zeichen irgendeiner Emotion darüber, dass er entdeckt worden war.

»Aufstehen!«, herrschte Trakev ihn an. »Nummer!«

Der Klon zog sich an den Rändern der Kiste hoch, nahm Haltung an so gut es mit dem gebrochenen Bein ging und brüllte: »ρ-TX-43! Sir!«

Er sah geradeaus, an Keith vorbei in die Weite. Man hatte den Klonen beigebracht, einem Bio nicht direkt in die Augen zu blicken.

Keith hingegen betrachtete den Klon eingehend. Er war nachlässig gekleidet, trug ein schweißnasses Shirt und eine lockere Tarnhose. Nun, er war ja auch Ausschuss, bereit zur Endverwertung. Keith reckte die Schultern. »Weißt du, wer ich bin?«

»Nein, Sir.«

»Ich bin Keith L. Kendrik der vierte, Executive Officer des Konzernbereichs Neue Verfahren.« Der Klon sagte nichts dazu. Vermutlich hatte er nicht begriffen, wer hier vor ihm stand. Also machte Keith es ihm leichter. »Ich verantworte das Projekt, dem du deine Existenz verdankst.«

Noch immer keine Reaktion. Keith hatte nicht gedacht, dass die Einheiten so stumpf waren. Verwundert blickte er zu Trakev hinüber.

»Er erwartet Befehle, Sir, keine Erklärungen.«

Tatsächlich. Keith grinste. Einem Jeep hätte er auch nicht versucht, sich vorzustellen. Es war leicht zu vergessen, was man da vor sich hatte, wenn es so sehr einem Menschen glich.

»Du hast eine Frau zum Stützpunkt begleitet, Moira Chakrabarti. Stimmt das?«

»Korrekt, Sir.«

»Durch dich hat diese Frau Zugang zu Firmendaten erhalten. Eine schwere Pflichtverletzung.« Er sah den Klon streng an. »Sie hat inzwischen die Verschwiegenheitserklärung unterzeichnet, und du wirst dafür sorgen, dass sie sie einhält.«

»Sir?«

Keith wusste mit dieser Erwiderung nichts anzufangen und sah wieder zu Trakev hinüber. Der sagte: »Stell deine Frage, Soldat.«

»Wie soll ich das gewährleisten, Sir?«

»Indem du uns Bericht darüber erstattest, wenn sie beabsichtigt, dagegen zu verstoßen.«

»Sir?«

»Was?«

»Müsste ich dazu nicht … in ihrer Nähe sein?«

Keith grinste. Ganz so dumm war dieser Klon offenbar doch nicht. »Darum wirst du sie auch begleiten.«

Trakev zog den Injektor und setzte ihn am Oberarm des Mannes an. Der zuckte zusammen. Dann blickte er mit einem Ausdruck der Verwirrung auf den kleinen Blutstropfen, der über seine Haut rann.

»Vergiss nicht«, sagte Keith und zwang damit den Blick des Klons wieder in die Höhe, »du verdankst deine Existenz MinerVa Inc.. Du bist ein Produkt von MinerVa Inc., du gehörst MinerVa Inc., und daran wird sich niemals etwas ändern. Hast du das verstanden?«

»Ja, Sir.«

»Du wirst nicht über Firmendaten sprechen, weder zu ihr noch zu einem anderen Zivilisten. Informationen über den Krieg, die Ernte, die Klone, über all das wirst du schweigen. Hast du das verstanden?«

»Ja, Sir.«

»Und du wirst uns über jeden Schritt von Doktor Chakrabarti in Kenntnis setzen, der zur Weitergabe oder Veröffentlichung solcher Daten führen könnte.«

»Ja, Sir.«

Keith nickte knapp. »Gut.« Im Grunde war das die perfekte Lösung. Diese Journalistin hatte, wie alle Frauen, romantische Vorstellungen. Sie wollte sich einen verwundeten Hundewelpen mit nach Hause nehmen. Sollte sie doch. Sie hatte keine Ahnung, dass sie sich damit den Spion ins eigene Nest holte.

Doch dann dachte Keith daran, was man über Hunde sonst noch sagte. Über ihre sprichwörtliche Treue. Es war besser, diese letzte Botschaft ganz klar zu machen. Er trat noch näher an den Klon heran, sodass er mit seiner Nase fast dessen Wange berührte. Jetzt, so nah, wurde ihm bewusst, wie breit dieser Mann gebaut war, welch rohe Kraft er ausstrahlte.

Keith selbst war nicht gerade schmächtig. In jedem seiner Häuser und Appartements gab es einen privaten Fitnessraum, und nicht zu Dekorationszwecken. Er liebte es, sich auszupowern, die eigene Kraft zu spüren und immer wieder gegen seine eigenen Höchstleistungen anzutreten. Doch was hier vor ihm stand, war nicht einfach ein durchtrainierter Mann. Dies war die Essenz eines Soldaten, hart und unnachgiebig wie eine Klinge, so gradlinig und simpel wie die Welt, aus der er kam.

Und plötzlich hatte er wieder dieses Bild vor Augen. Der Soldat, der einen anderen in den Arm nahm.

Er blinzelte, um sich von dem Bild zu befreien, suchte in seinem Innersten nach jenem Gefühl kalter Überlegenheit, das ihm schon so oft Schutz geboten hatte. Verdammt, er war kein Weichling, und er war unendlich viel mehr wert, als das produzierte Stück Fleisch, das hier vor ihm stand. Er starrte dem Klon aus nächster Nähe ins Gesicht, während dieser den Blick weiter vorschriftsgemäß in die Ferne gerichtet hielt. Keith ließ den Klon seinen Atem spüren, seine Präsenz, die Macht, die er besaß. Dann sagte er leise: »Sollte Moira Chakrabarti jemals Firmendaten der MinerVa Inc. veröffentlichen, werde ich dafür sorgen, dass sie alles verliert. Ihren Job, ihre Freiheit, ihre Freunde. Alles, was sie ihr Leben nennt. Ich werde sie *vernichten*. Hast du das verstanden?«

»Ja, Sir.«

»Dann kriech jetzt zurück in deine Kiste.«

Der Klon salutierte und setzte sich wieder. Trakev schloss den Deckel. Dann sprangen sie beide von der Ladefläche.

»Und nun?«, fragte Trakev, während sie sich von dem Jeep entfernten.

»Der andere Klon hat doch nichts mitbekommen, oder?«

»Vermutlich nicht, Sir. Er wurde unter einem Vorwand abkommandiert. Allerdings kann man bei ihm nie wissen, was er weiß.«

Keith blieb stehen und hob die Brauen. »Wie meinen Sie das?«

»78, Sir.« Trakev lächelte. »Der ist auf dem ganzen Stützpunkt ein Begriff.«

»Er ist renitent, wie?«

»Eigentlich nicht. Er bricht die Regeln nicht, aber er biegt sie. Und das mit einigem Geschick.« Wie er das sagte, klang es fast nach Anerkennung.

Keith schob die Hand in die Hosentasche, legte die Finger um den weißen König, den er seit dem letzten Besuch bei seinem Vater bei sich trug. Auch Phil hatte die Regeln eher gebogen als gebrochen. Am Anfang zumindest.

»Dann lassen Sie ihn das Paket jetzt ausliefern.« Keith nahm den Weg wieder auf.

Trakev wiegte den Kopf. »Sie könnten miteinander sprechen.«

»Und?« Keith zuckte mit den Schultern. »Sie wird kaum zwei Klone mitnehmen wollen, und dass er bestraft wird, wird er sich wohl denken können.« Er blieb wieder stehen. »Oder fürchten Sie, er könnte weglaufen?«

»Auf keinen Fall. Er kennt die Konsequenzen seines Handelns und akzeptiert sie. Wie jeder gute Soldat.«

Und trotzdem war dieser 78 ein Element der Unordnung in der perfekten Welt von Noshades. Wie Phil. »Vielleicht sollten wir ein Exempel statuieren.«

»Nicht ratsam, Sir. Er ist der letzte PT der Charge Rho.«

»Tatsächlich?« Sie hatten den Jeep erreicht und Keith öffnete die Tür. »Es gibt doch noch PTs in den anderen Chargen.«

»Natürlich, Sir, aber bei Sigma gab es einige Ausfälle, und bevor Tau soweit ist, könnte es eng werden.«

Keith nickte. »Dann hat sich das Problem 78 also bald von selbst erledigt.«

»Ja, Sir.«

Keith stutzte. »Höre ich da etwa Bedauern?«

»Er hat seinen Nutzen, Sir. Er hält die Rhos zusammen.«

»Hat sie im Griff, wie?« Amüsant. Ein Klon, der ein Herrscher sein wollte. Er stieg in den Wagen. »Fahren Sie mich zu meinem Jet, und lassen Sie mir diesen 78 in einer Stunde bringen.«

»Sir?«

»Sie haben mich schon richtig verstanden. Legen Sie ihm meinetwegen Handschellen an, wenn Sie es für nötig halten, aber lassen Sie mir den Schlüssel zukommen.«

***

Moira sah aus dem Seitenfenster, an dem die steinige Wüste vorbeizog, doch das Bild verschwamm vor ihren Augen. Was hätte sie noch tun können? Was noch sagen können? Wang war bereits misstrauisch geworden. Sie wischte sich die Tränen aus den Augen und starrte hinaus in die Wüste. Nichts als flirrende Hitze und eine Staubfahne über der Ebene.

Staubfahne?

»Was ist dort drüben?«

»Ein Versorgungsweg.«

»Fährt dort ein Wagen?«

»Ist gefahren. Er steht dort.«

Der Fahrer zeigte nach vorn, und tatsächlich stand da ein Wagen, wo der Staubschleier auf die Hauptstraße traf. Ein Mann stand daneben und als sie herankamen, winkte er ihnen. Er trug eine sandfarbene Stoffmaske, die Kopf und Gesicht bedeckte und nur die Augen freiließ. Ein Klon, ganz sicher.

Moira schloss die Hand fester um den Seitengriff an der Tür. Der Fahrer wurde langsamer, hielt neben dem Mann an und ließ das Fenster herunterfahren. »Was gibt's?«

»Eilige Lieferung an das ZK in Green Sands. Können Sie die noch mitnehmen?«

Der Fahrer zögerte, schien unwillig, und Moira rutschte vor auf die Sitzkante. »ZK ist das Zentralkrankenhaus, nicht wahr? Da können Sie mich auch rauslassen. Meine Sachen sind noch dort.«

»Also gut. Lade es auf.«

Die Kiste war eher hoch als lang, und Moira konnte sich kaum vorstellen, dass Rho darin Platz fand. War er es am Ende gar nicht? Waren es nur Teile von ihm, die jetzt dem Krankenhaus zur Verfügung gestellt wurden? Hatte die Vivisektion doch stattgefunden?

Der Wagen neigte sich spürbar, als die Hoverpalette die Kiste auf die Ladefläche senkte. War das das Gewicht eines ganzen Menschen? Moira hätte es nicht sagen können.

»Alles klar!« Der Soldat klopfte auf das Wagendach. Er stand am Fenster neben Moira, und sie versuchte, sein Gesicht zu erkennen. War das 78? Doch selbst ohne die Maske wäre es unmöglich gewesen, einen Klon von den anderen zu unterscheiden. Doch dann traf sein Blick den ihren, ganz kurz nur – und er zwinkerte ihr zu.

Eine Welle der Erleichterung durchflutete sie. Es war 78! Und das bedeutete, dass Rho in der Kiste war, lebend und unversehrt. Naja, nicht unversehrt, aber immerhin.

Sie ließ sich zurücksinken und die Anspannung fiel von ihr ab. Ihre Muskeln entkrampften, das Atmen wurde leichter. Sie war auf dem Weg nach Hause, zurück in die Zivilisation, in ein normales Leben, wo es keine Mantis gab, keine wasserlose Wüste, keine Armee aus Klonen. Und sie nahm Rho mit in diese Welt. Die Erleichterung war so groß, dass ihr schon wieder die Tränen liefen. Der Wagen fuhr an, und sie ließen 78 in einer Staubwolke zurück.

Doch schon mischte sich Sorge in die Erleichterung. Sie nahm Rho mit, in einer Kiste, verwundet und hilflos in einer fremden, zivilen Welt, in der er niemanden kannte außer ihr. Ihr wurde jetzt erst bewusst, welche Verantwortung sie damit auf sich geladen hatte. Und was würde MinerVa tun, wenn sie feststellten, dass einer ihrer Klone verschwunden war? Würde es 78 gelingen, das zu vertuschen? Oder würde Kendrick ihr auf die Schliche kommen?

Sie atmete tief ein, um sich zu beruhigen. Das würde sich alles regeln. Einen Schritt nach dem anderen.

Irgendwann tauchten Sonnenfelder zu beiden Seiten der Straße auf. Die blauen Oberflächen der Kollektoren strahlten im Sonnenschein, in ihrem Schatten gediehen blaublättrige Filin-Sträucher und Erntearbeiter in Reihen füllten Eimer mit den kleinen, herben Früchten. Als einheimische Pflanze kannte der Filin keine saisonalen Schwankungen, trug permanent Blüten, unreife und reife Früchte. Darum wurde auch durchgehend geerntet. Es musste also eine Siedlung in der Nähe geben.

Tatsächlich, bald tauchten die Silhouetten von Häusern auf.

Moira beugte sich zum Fahrer. »Da vorne muss es doch eine Tankstelle oder sowas geben.«

»Wir haben genug Batterieladung, keine Sorge.«

»Ich müsste aber mal auf die Toilette.«

Der Fahrer sah sie kurz an, sagte aber nichts. Nein, dachte sie trotzig, sie würde sich nicht einfach neben dem Wagen in die Wüste hocken.

Es gab sogar ein Ortsschild, aber die Oberfläche war vom Sand geschmirgelt und von der Sonne gebleicht, sodass sie den Namen im Vorbeifahren nicht entziffern konnte. Doch über dem Gebäude, auf dessen Parkplatz sie fuhren, stand *Dustbowl General Store*. Offenbar war dies die Haupteinkaufsmöglichkeit in diesem Kaff, mit angeschlossenem Self-Service-Automaten-Restaurant. An einem Drehständer hingen Armbandscreens und Moira suchte sich den am wenigsten schrillen aus. Sie vermisste ihren eleganten Fuji.

Sie setzte den Screen in Betrieb und polte ihn auf ihren Chip. Kurz erschienen ihr Name und ihre Bürgernummer auf dem Display und wurden dann durch das Bild der dreifarbigen Uhr ersetzt. Wem immer sie ihre Kontaktdaten freigegeben hatte, er würde sie jetzt über diesen Screen erreichen können. Zumindest war der Netzempfang hier gut, selbst in der Toilettenkabine, und Judith hob sofort ab.

»Alles Zucker bei dir?«

»Wie man's nimmt. Bin zurück auf dem Weg nach Green Sands, aber MinerVa hat mir alle meine Aufnahmen weggenommen.«

»Ach, Gülle!«

»Kannst du mir einen Gefallen tun? Kannst du das Netz nach Bildern vom Angriff durchsuchen? Speziell nach solchen mit Soldaten, die keinen Helm tragen.«

»Warum denn das?«

»Erkläre ich dir später. Mach es schnell und lade die Bilder auf Hardware. Ich vermute, sie werden schon bald nicht mehr im Netz sein.«

»Du machst mir Angst.«

»Dann lass dich nicht erwischen. Es geht um Firmendaten.«

»Soldatengesichter sind Firmendaten?«

»Vertrau mir. Ich bleibe noch ein paar Tage in Green Sands, muss mich um einen verwundeten Freund kümmern. Ich melde mich, sobald ich kann.«

***

Der Fahrer brachte sie bis zum Zentralkrankenhaus von Green Sands. Die Spuren des Angriffs waren noch überall zu sehen. An den Wänden lagen zusammengefegte Schutthügel, an der Fassade waren einige Fenster mit Plexiglas überschraubt. Nicht auf den ersten Blick sichtbar, aber vermutlich viel schwerwiegender, war der Verlust vieler Mitarbeiter. Nur nicht an Peter denken!

Die Palette hatte eine Hover-Einheit, mit deren Hilfe der Fahrer sie zum Eingang brachte. Die Eingangstür öffnete sich selbsttätig, aber nur auf der rechten Seite. Die linke ruckte und klemmte. Moira wies auf die Nische neben der Tür. »Stellen Sie sie da hin. Ich sage Bescheid. Und vielen Dank für alles.«

»Ich muss die Lieferung quittieren lassen.«

»Das kann ich übernehmen.« Sie zeigte auf ihr OP-Hemd. Das war wirklich ein Segen. Ohne weiteres zückte der Mann einen Screen, scannte den Code auf der Kiste und Moira drückte ihren Daumen auf das Unterschriftsfeld. Dann war sie ihn los.

Verstohlen blickte sie sich um. Es waren einige Leute in der Eingangshalle, aber jeder schien mit sich selbst beschäftigt. Sie stellte sich so, dass sie einen gewissen Sichtschutz bildete, öffnete die Verschlüsse und hob den Deckel.

Der Geruch nach frischem Schweiß und altem Blut wallte auf. Rho saß zusammengerollt, der Kopf war ihm auf die Brust gesunken. Er rührte sich nicht. »Rho?« War er etwa in der Kiste erstickt? Sie packte ihn an der Schulter und er stöhnte und hob den Kopf.

»Kannst du aufstehen?«

Er nickte, griff nach dem Rand der Kiste und zog sich daran hoch. Wieder sah Moira über ihre Schulter, doch niemand bemerkte, dass hier gerade ein Mann aus einer Kiste stieg. Rho stand jetzt auf den Rand gestützt. Seine Haltung wurde steif, sein Blick eine Spur wachsamer.

»Alles in Ordnung«, sagte Moira. »Hier sind nur Zivilisten. Kannst du selbst aus der Kiste steigen?« Er nickte, blickte sich dabei aber weiter wachsam um.

»Suchst du etwas Bestimmtes?«

»Die Auswertung.«

»Himmel, nein!« Natürlich, der Geruch nach Desinfektions- und Narkosemitteln musste ihm unweigerlich die Stunden zurückrufen, in denen er darauf gewartet hatte, aufgeschnitten und ausgeweidet zu werden. Sie zwang ihre Stimme zur Ruhe. »Keine Angst. Hier wird niemand ausgewertet.« Im Gegenteil. Hier wurden die Organe eingepflanzt, die man den Soldaten in der Auswertung entnommen hatte. Ach Peter, wenn du gewusst hättest!

Indem er sich auf den Rand setzte, konnte er recht mühelos aus der Kiste steigen, aber um zum Empfangstresen zu gehen, stützte er sich schwer auf ihre Schulter. Moira überlegte dabei, wie sie das hier spielen würde. Rho hatte keine Bürgernummer und keine Adresse, er war nirgendwo im System. Verflucht, er hatte ja noch nicht mal einen Namen. Wie sollte sie ihn hier unterbringen?

Die Dame am Empfang hatte den Hörer am Ohr, während auf der Anlage bereits weitere Knöpfe blinkten. »Gut, das gebe ich so weiter.« Sie legte den Finger auf einen der Knöpfe und blickte hoch. »Ja?«

»Offener Schienbeinbruch«, sagte Moira.

»Notaufnahme.« Sie zeigte mit dem Hörer einen Gang entlang und nahm schon wieder den Finger vom Knopf. »Empfang?«

Auch in der Notaufnahme war es voll, Menschen warteten auf Stühlen und in Betten, die sogar auf dem Gang standen. Immerhin füllten sie nur den Gang, nicht die Halle davor. Der Angriff lag inzwischen drei Phasen zurück, und die meisten Opfer waren wohl schon versorgt worden. Kaum Klinikpersonal war zu sehen, nur ab und zu lief jemand im grünen MediCare-Kittel über den Gang, um gleich darauf in einem angrenzenden Raum zu verschwinden. Jemand zupfte an ihr, eine alte Dame mit blutig verbundenem Arm.

»Frau Doktor, ich warte nun schon seit Stunden hier.«

»Entschuldigung, ich suche selbst die Aufnahme.« Es schien aber keine zu geben. Sie half Rho weiter.

Wieder lief jemand über den Gang und Moira fragte: »Die Anmeldung …?«

Die Frau schüttelte den Kopf. »Sie sehen doch, was hier los ist. Sie müssen schon warten wie die anderen.«

Es gab auch keinen freien Stuhl, auf den Rho sich hätte setzen können. Hilflos sah Moira sich um. Eine der Schiebetüren vor den Behandlungsräumen war nicht ganz geschlossen, der Raum wirkte leer. Sie schob die Tür ganz auf. Tatsächlich, niemand da. Offenbar gab es mehr Räume als Ärzte. Also half sie Rho hinein. Vielleicht war es sogar besser so. Sie würde Rhos Bein erst einmal selbst untersuchen und neu verbinden. Aber was sie eigentlich brauchten, war ein Röntgenbild und ein OP-Termin.

Der Raum war in einem chaotischen Zustand. Zum Aufräumen kam ganz offensichtlich niemand. Moira führte Rho zur Liege. »Setz dich.« Sie half ihm dabei, das Bein hochzulegen, dann fand sie eine Verbandsschere. Möglichst behutsam löste sie den blutverkrusteten Stoff. Himmel, es sah böse aus. Ihre Notschienung hatte an einigen Stellen die Blutzirkulation ziemlich abgedrückt, und die Wunde selbst zeigte erste Anzeichen einer Entzündung. Sie öffnete Schränke, fand eine letzte Flasche Desinfektionsmittel. Gerade, als sie es auftupfte, rollte hinter ihr die Tür auf.

»Und was denken Sie, dass Sie hier tun?« Eine weibliche Stimme.

Ohne aufzublicken antwortete Moira: »Offener Schienbeinbruch, seit zwei Phasen unversorgt. Wir brauchen ein Röntgenbild.«

Die Frau trat näher. Sie war sehnig, grauhaarig und mit dem Stethoskop um den Hals als Zeichen ihrer Zunft. »Zur

Seite!« Sie betrachtete das Bein. »Haben Sie etwa versucht, den Knochen wieder in Situ zu bringen?«

»Glauben Sie mir, wir hatten keine Wahl.«

Die Ärztin hob den zerschnittenen Verband an. »Sieht aus, wie eine unserer OP-Hosen. Und was haben Sie da zum Schienen verwendet?« Sie sah auf. »Sind das …?«

Moira nickte. »Mantis-Beine. War nichts anderes da.«

»Hm. Sie denken praktisch.« Jetzt erst nahm die Ärztin Moira genauer in Augenschein. »Sie tragen unser Logo, aber es sieht ziemlich mitgenommen aus. Ich habe Sie hier noch nie gesehen.«

»Moira Chakrabarti. Ich habe …«

»Etwa von H&S?«

»Ja, genau. Sind Sie Abonnentin?«

»Bin ich. Ihr Bericht über die Exazerbation der COPD in den Citykliniken hat genau den Punkt getroffen.« Sie reichte Moira die Hand. »Fatima Dupont.« Ihr Händedruck war knochenhart. Dann zückte sie ihren Medi-Screen für den unvermeidlichen Scan.

»Hören Sie«, sagte Moira. »Sein Chip ist beschädigt. Können Sie uns trotzdem aufnehmen, wenn ich verspreche, hier ein paar Tage auszuhelfen?«

Dupont sah sie streng an. »Wollen Sie mich etwa bestechen?«

»Wenn es irgend geht.«

»Angenommen. Welche Phase sind sie?«

»Welche brauchen Sie?«

»Rot.«

Eigentlich war Rot ihre Schlafphase, aber nach den vergangenen Tagen war ihr Biorhythmus ohnehin am Arsch. »Dann bin ich Rot.«

»Willkommen in meinem Team.« Dupont nickte zu Rho hinüber. »Dann geben Sie mir zumindest seinen Namen, damit ich die Akte anlegen kann.«

»Rho …bert.«

»Und weiter?«

»Stark. Robert Stark.«

»Gut.« Dupont hob den Screen an den Mund. »Neue Patienten-Datei anlegen: Robert Stark.« Sie nickte Moira zu. »Machen Sie sich erst einmal frisch, dann können Sie die Datei ausfüllen. Sie wissen, wie das geht?«

»Sicher.«

Moira bekam ein neues MediCare-Kleidungsset und durfte duschen. Sie bekam ihre Zugangscodes auf den Chip geladen, und als sie wieder auf den Gang trat, gehörte sie schon zum Aushilfspersonal. Mit ihrem neuen Medi-Screen ging sie zuerst zu der alten Dame mit dem verbundenen Arm hinüber.

»So, jetzt sagen Sie mir erst einmal, wie Sie heißen, und was passiert ist.« Nach der Patientenaufnahme – die spontan im Gang erfolgte – übernahm sie die Versorgung kleinerer Blessuren. Als Rhos Bett irgendwann nicht mehr auf dem Gang stand, fuhr ihr kurz der Schreck in die Glieder. Sie sah schon vor sich, wie ein MinerVa-Agent Rho zum Ausschlachten in irgendeinen OP-Saal schob. Doch dann bekam sie seine Zimmernummer und die Information, dass man ihn an einen Tropf gehängt hatte, der die Schmerzen und die Schwellung mildern sollte. Sein OP-Termin war für die kommende Phase Gelb angesetzt.

Nach dem Ende ihrer Schicht besuchte sie ihn auf seinem Zimmer, das wie jedes Krankenhauszimmer winzig wie eine Zelle war. Vorn die Nasszelle, in der Nische dahinter das Bett. Das ließ gerade noch Platz für einen schmalen Tisch und zwei Stühle. Völlig erschöpft ließ sie sich auf einen davon fallen.

Rho hatte das Kopfteil des Bettes hochgefahren. So hatte er einen Blick aus dem Fenster, das allerdings nur die Fassade des gegenüberliegenden Hauses zeigte. Sie sollte ihm einen Screen besorgen, aber einen offiziellen konnte er ohne Bürgerchip nicht aktivieren. Also brauchte sie einen vom Schwarzmarkt. Es war lange her, dass sie sich in diesen Kreisen herumgetrieben hatte, und in Green Sands wusste sie nicht einmal, wo sie danach suchen sollte.

»Wie geht's dir?«

»Gut, Ma'am.«

»Tu mir einen Gefallen und sag nicht Ma'am nach jedem Satz.«

Er nickte. »Verstanden.«

Das Essenstablett war noch nicht abgeräumt. Er hatte alles bis zum letzten Krümel aufgegessen. »Hast du noch Hunger?«

Er schüttelte den Kopf, dann hob er eine ausgekratzte Schale an. »Was war das? Hier drin?«

Sie schnupperte daran. »Riecht nach Erdbeerjoghurt.«

Er wiederholte das Wort geradezu andächtig. »Erdbeerjoghurt. Was ist das?«

»Du kennst keinen Erdbeerjoghurt?«

»Nein, Ma'am.«

»Was haben sie dir in Noshades zu essen gegeben?«

»Standardmahlzeiten A bis G.«

Sie fragte lieber nicht nach.

Er jedoch war hartnäckig. »Was ist Erdbeerjoghurt?«

»Ein Milchprodukt mit einem künstlichen Aroma. Es imitiert eine Frucht von der Erde.«

Er nickte langsam. Dann fragte er: »Ist mein Bein geheilt?«

»Nein, du wirst morgen operiert.«

»Es fühlt sich geheilt an.«

»Weil es stillgelegt ist und du bis zum Scheitel mit Schmerzmitteln vollgepumpt bist. Ich habe mir dein Röntgenbild angeschaut. Es sieht gut aus, nur ein paar Splitter, die wir neu einpassen müssen. Und das Gewebe ist ziemlich mitgenommen.«

Darauf sagte er nichts.

»Geht es dir gut? Brauchst du irgendwas?«

Er antwortete nicht sofort, blickte sie eine Weile nur an. Schließlich sagte er: »Warum haben Sie das getan?«

Ihre Hilfe erschien ihm offenbar nicht halb so selbstverständlich wie ihr. Aber was sollte sie darauf sagen? Tausend Gründe gingen ihr durch den Kopf. Weil sich plötzlich die Gelegenheit geboten hatte. Weil man das eben so tat. Weil sie den Hippokratischen Eid geleistet hatte, und sich dem Leben verpflichtet fühlte. Schließlich sagte sie: »Du hast mein Leben gerettet, jetzt rette ich deins.«

Er zog die Brauen zusammen. Ihre Erklärung schien ihm nicht zu genügen, aber er fragte nicht weiter.

Sie stand auf. »Ich sehe dich morgen wieder, und keine Angst, ich werde bei der OP dabei sein.«

»Ich habe keine Angst.«

Das glaubte sie ihm sogar. Hoffentlich würde sie sein Vertrauen niemals enttäuschen. Himmel, was hatte sie sich da nur vorgenommen? Er war völlig fremd hier, kannte niemanden, hatte keine Wohnung, keinen Job. Aber eins nach dem anderen. Jetzt brauchte sie zuerst einmal Schlaf.

Die Anforderungen hatten sie bisher wachgehalten, doch schon auf dem Weg nach draußen überfiel sie bleierne Müdigkeit, und im Scooter, der sie zu ihrem Hotel brachte, konnte sie kaum noch die Augen offenhalten.

Das Hotel war unversehrt. Wieder hatte Taehjung Dienst, und er freute sich ehrlich, sie zu sehen. Da viele Besucher ihren Aufenthalt verkürzt hatten, war es unproblematisch, die Buchung um ein paar Tage zu verlängern.

Dann stand sie in ihrem klimatisierten, abgedunkelten Zimmer, das noch immer nach Holz und frischer Wäsche roch. Da stand ihr Koffer. Der Schlafanzug lag noch auf dem Stuhl, wie sie ihn hingeworfen hatte vor … wie lange war das her? Im Bad standen Zahnbürste, Deo und Gesichtscreme. Während ihre Welt auf den Kopf gestellt worden war, während sie um ihr Leben gekämpft hatte und ein Teil der Stadt in Flammen aufgegangen war, hatten diese Dinge hier auf sie gewartet, unberührt, wie eingeschlossen in einer Zeitblase.

Wie schön wäre es, in diese Blase eintreten zu können. Zurück zu fahren nach Hause, und alles zu vergessen, was in den letzten Phasen geschehen war. Verdammt, sie hatte nie dauerhaft Verantwortung für ein anderes Lebewesen übernehmen wollen. Sie besaß ja noch nicht mal eine Topfpflanze. Aber drüben, im Krankenhaus lag ein Mann mit einem gebrochenen Bein, und war auf sie angewiesen.

***

»Es gibt keinen Robert Stark, zumindest keinen in Ihrem Alter. Also wer sind Sie?«

43 wusste nicht, was er antworten sollte. Alles, was er sagte, konnte Firmendaten preisgeben. Oder die Zivilistin Moira gefährden. Also sagte er nur: »Sir?«

Der Arzt wedelte mit einem Screen. »Ihr Chip spuckt nur Kauderwelsch aus.«

»Er ist beschädigt, Sir.« Diese Lüge hatte Moira zuvor verwendet, also würde er dabei bleiben.

»Laut System gibt es nur einen Robert Stark auf Deuteragäa, und der lebt in New London und ist zweiundachtzig Jahre alt. Also, wer sind Sie? Wie ist Ihr Name? Wie ist Ihre Bürgernummer?«

»Ich bin nicht befugt, Ihnen das zu sagen, Sir.«

Der Arzt warf die Hände in die Luft. »Dann bin ich nicht befugt, Sie zu operieren.« Er machte eine wütende Geste zu der neben ihm stehenden Frau. »Werfen Sie den Mann raus!«

»Aber Doktor Blend…«

»Man kann von einem Patienten wohl ein Mindestmaß an Kooperation erwarten!«

»Gibt es ein Problem?« Moira stand in der Tür.

»Da sind Sie ja!« Der Arzt hielt ihr den Screen unter die Nase. »Was soll das?«

Sie zog die Brauen zusammen. »Wir sind die Fragen doch gestern zusammen durchgegangen.«

»Und ich habe sie ins System geladen. Wer auch immer dieser Mann ist, er heißt nicht Robert Stark.«

Moira atmete tief ein. »Doch«, sagte sie. »Aber er ist ein Freebie.«

43 kannte dieses Wort nicht. Der Arzt offenbar schon. Er starrte Moira einen Moment an, bevor er zischte: »Und das sagen Sie erst jetzt?«

»Ich dachte, dass er sonst nicht aufgenommen würde.«

»Und mit gutem Recht. Warum sollen Leute, die sich dem System verweigern, System-einrichtungen nutzen dürfen? Er ist ja noch nicht einmal krankenversichert!«

»Das hatten wir doch geklärt. Ich trage die Kosten.«

»Dann will ich erst einmal Ihre Bonitätsdaten sehen.«

Moira streckte ihm demonstrativ die Hand hin. »Bitte.«

Der Arzt hatte die Lippen aufeinandergepresst, aber er scannte ihren Chip und hielt ihr dann den Screen hin. »Geben Sie Ihre Finanzdaten frei.«

Sie nahm das Gerät, wischte darauf herum und legte schließlich den Daumen darauf. »Bitteschön.«

Der Arzt musterte das Ergebnis. »Sie wissen, dass diese OP Sie an die fünfzehntausend kosten wird?«

»Natürlich.«

»Wir könnten auch einen einfachen Außengips verwenden. Das kommt Sie weitaus billiger.«

»Wir machen es wie besprochen.«

»Und warum hängen Sie so viel Geld an einen Freebie?«

Moira wurde sehr ernst. »Ich verdanke diesem Mann mein Leben, Doktor Blend. Und damit wir uns richtig verstehen, Sie sollten diese OP besser nicht hinrotzen. Sonst wird es darüber einen Bericht bei H&S geben.«

Der Arzt warf ihr einen finsteren Blick zu. »Ich rotze meine Arbeit niemals hin, Ms. Chakrabarti. Und jetzt ziehen Sie sich schon um, damit wir anfangen können.«

Beide gingen. 43 verstand nicht, warum sie so böse aufeinander waren, aber es ließ ihn an etwas denken, das 78 gesagt hatte: *Die Bios, besonders die in den oberen Rängen, sind einander immer Feind, selbst wenn sie zusammenarbeiten. Kann einer einen Vorteil gegenüber einem anderen erringen, wird er es immer tun.*

Die andere Frau war noch da. »Dann werde ich Ihnen jetzt mal den Zugang legen.«

Er sah zu, wie sie eine Nadel in seinen Handrücken stach und beim Herausziehen einen dünnen Schlauch unter der Haut zurückließ.

»Das ist für das Narkosemittel«, erklärte sie.

Narkosemittel. Für einen Moment beschleunigte sich sein Puls. Wollte man ihn nun etwa doch auswerten? Nein. Moira wollte ihm helfen. Er schloss die Augen und versuchte, sich ihr Gesicht ins Gedächtnis zu rufen.

Bios lügen. Auch das hatte 78 oft gesagt. *Sie lügen, um sich Dinge leichter zu machen.* Moira hatte die anderen Bios belogen, als es um seine Herkunft ging. Vielleicht hatte sie ihn auch belogen, damit er ihr folgte.

»Jetzt zählen Sie mal.«

Er öffnete die Augen. »Ma'am?«

»Zählen Sie bis zehn.«

Er versuchte es, doch eine unglaubliche Müdigkeit stieg in ihm auf wie eine schwarze Wolke und riss seinen Geist einfach fort.

***

Rhos Operation verlief ohne Komplikationen. Erst hinterher gestand Moira sich ein, dass sie tatsächlich halb befürchtet hatte, dabei auf irgendetwas zu stoßen, das ihn als Klon auswies. Das war natürlich ein unsinniger Gedanke. Knochen, Fleisch, Muskeln und Nerven, das alles hatte sich natürlich gebildet.

Sie hatten ihm den Knochen mit Tija-Platten geschient, die im Gegensatz zu Metall nicht wieder entfernt werden mussten, da sie im Laufe von zwei Jahren vom Körper vollständig absorbiert wurden. Nicht billig, aber das war es Moira wert gewesen, zumal er so auch kein Aufsehen bei irgendwelchen Sicherheitsscans erregen würde. Aber ihr Konto war jetzt erst einmal bis auf weiteres überzogen. Die Bank würde zufrieden sein.

Jetzt saß sie in der Kantine und schlürfte einen Kaffee über den Resten ihres Mittagessens. Die Uhr über der Tür zeigte fast Gelb sieben. Ihr blieb noch eine Stunde bis Rot, ihrer eigentlichen Schicht.

Rho war vermutlich schon wieder in seinem Zimmer und würde bald aufwachen. Die Idee, ihn als Freebie auszugeben, hätte ihr früher kommen sollen. Manche Freebies behielten ihren Chip, machten ihn nur mit einer Software unbrauchbar. Allerdings löste das noch immer nicht das Problem, wovon er leben, und wo er wohnen sollte. Sie könnten zu einem Government-Center gehen und ihm einen Bürgerchip verpassen lassen. Jeder Freebie, der es wollte, wurde von der bürgerlichen Gesellschaft mit offenen Armen empfangen. Aber welche Geschichte sie auch erzählten, es erhöhte das Risiko, dass MinerVa ihn aufspürte. Es war sicherer, sich erst einmal an echte Freebies zu wenden und ihn dort unterzubringen.

Schon zum zweiten Mal seit dem Angriff dachte sie an Moongirl und die anderen. Was mochte aus ihnen geworden sein? Gab es sie überhaupt noch, oder hatte ihr Leben aus Sex, Drogen und Darkpunk inzwischen seine Opfer gefordert? Damals, mit fünfzehn, hatte Moira das Risiko in diesem Lebensstil nicht gesehen. Damals war es ein Zufluchtsort gewesen, ein warmes Nest, in das die Streitereien ihrer Eltern nicht hineinreichten. Ihr Dad, Internist bei MediCare, und ihre Mammee, Sekretärin in der Verwaltung, hatten überhaupt nicht zusammengepasst. Leider brauchten sie ein paar Jahre, um das herauszufinden, und da war Moira schon geboren. Moira hatte sich nie, wie andere Kinder, die Schuld an den Streitereien ihrer Eltern gegeben. Im Gegenteil. Die Sorge um »das Kind« war das Einzige, das die beiden gelegentlich noch zusammenbrachte. Selbst als Dad schon ausgezogen war und mit Zarah zusammenlebte, erschienen Dad und Mammee einträchtig auf der Polizeistation, und sie waren sich auch einig, wenn sie Moira danach zusammenstauchten. Vielleicht funktionierten Beziehungen nur, wenn man ein gemeinsames Problem hatte.

Wie bei Moongirl und Light. Ihr gemeinsames Problem war der Alkohol, und vermutlich war es ihnen nie gelungen, es zu lösen. Moira schaffte den Absprung. Mit der Zeit wurde das Nest kalt, die ewige Party trostlos, die Freundschaft schal. Moongirl fing an, sie Daddys Darling zu nennen, als sei es ein Makel, Eltern im Village zu haben. Als sei ein prügelnder Wirt als Vater besser als ein MediCare-Internist. Dass Moira dann tatsächlich zu ihm ging, geschah vielleicht aus Trotz. Er empfing sie nicht gerade mit offenen Armen. Was er ihr vorschlug, war ein Geschäft. Zug um Zug. Wenn sie die erwartete Leistung erbrachte, würde er den nächsten Schritt finanzieren. Nur dann. Er behandelte sie wie eine Erwachsene, und vermutlich war es das Beste, was er hatte tun können. Sie wusste zwar noch nicht, wohin sie wollte, aber sie hatte gesehen, wohin sie nicht wollte. Also biss sie die Zähne zusammen und ging ihren Weg. MediCare-College, Studium, daneben Praktika. Als sie seine finanzielle Unterstützung nicht mehr brauchte, war er sogar stolz auf sie.

Heute sah sie ihn nicht mehr oft, er hatte mit Zarah zwei neue Kinder. Aber sie schrieben sich zu den Geburtstagen.

Und mit Mammee telefonierte sie zwei, dreimal im Jahr. Es war schwer, ihre weinerliche Frustration zu ertragen. Auch die hatte Moira damals aus dem Village in die bunte, lebensfrohe City getrieben.

Seltsam, wie ein Zufluchtsort zu etwas werden konnte, wovon man floh. Manchmal dachte sie, dass Moongirl sie absichtlich weggeekelt hatte. Um sie zu retten.

»Moira?«

Sie hätte fast ihren Kaffee verschüttet. Als sie hochblickte, sah sie zuerst die strahlend blauen Locken. »Judith! Was machst du denn hier?«

»Du hast etwas von einem verletzten Freund gesagt.« Judith zeigte auf Moiras Hemd. »Arbeitest du etwa wieder für MediCare?«

»Nur aushilfsweise. Aber wieso bist du in Green Sands?«

Judith zog sich einen Stuhl heran. Wie immer trug sie auch jetzt den Monokel-Screen vor ihrem linken Auge, auf dem beständig die aktuellen Headlines der von Judith bestückten Sender eingespielt wurden. Das Control-Pad dazu saß auf einem Ring an ihrer linken Hand. Nach innen gedreht, lag es auf Judiths Handfläche, und sie bediente es schon fast unbewusst permanent mit dem Daumen, wischte Headlines weg, holte andere näher heran oder verschob sie in verschiedene Ordner. Scherzhaft sagte sie gern, dass sie das mit ihrer rechten Gehirnhälfte tat, während die linke ganz bei ihrem Gesprächspartner war.

Moira konnte sich nicht vorstellen, jemals so zu arbeiten, permanent »on« zu sein. Sie musste an Taehjung denken, und an sein Papierbuch, das nach Staub und Druckerschwärze roch.

Nach einem wachsamen Blick in die Runde zog Judith ein paar Papiere aus ihrer Handtasche und schob sie Moira hin. »Können wir uns irgendwo in Ruhe unterhalten?«

Es waren drei gedruckte Fotos, und sie zeigten Klone. Einer war tot, einer gestikulierte und rief Anweisungen, der dritte war unscharf, aber zu erkennen. Moira schob die Bilder zurück. »Als ich ›Hardware‹ sagte, habe ich nicht an Papier gedacht.«

»Jeder andere Datenträger kann im Vorbeigehen gescannt oder gelöscht werden.« Judith senkte die Stimme noch mehr, was die männliche Tonlage zurückbrachte. »Ich wusste zuerst nicht, was du von mir wolltest, aber dann habe ich es gesehen. Es ist immer der gleiche Kerl.«

»Gab es viele Bilder von ihm?«

»Kaum. Halbwegs erkennbar war er nur auf diesen dreien, und selbst die sind inzwischen aus dem Netz verschwunden. Aber zwei davon trugen Orts- und Zeitstempel. Das *kann* nicht derselbe Mann sein.« Ein dumpfer Glockenschlag ließ Judith ihren Screen checken, dann blickte sie Moira wieder an. »Was geht hier vor?«

Moira zögerte, aber nur kurz. Wenn es einen Menschen gab, dem sie vertraute, dann war es Judith. »Komm mit. Ich will dir jemanden vorstellen.«

***

Wie erwartet, schlief Rho noch. Judith stand einen Moment sprachlos vor seinem Bett, bevor sie raunte: »Das ist er. Wo hast du ihn gefunden?«

»Das ist *einer* von ihnen.«

Ein fragender Blick von Judith.

»Klone.«

»Du machst Witze.«

»Leider nicht.« Moira setzte sich an den kleinen Tisch und wartete, bis auch Judith sich gesetzt hatte. »Sie gehören MinerVa Inc.«

»Und du hast einen entführt?«

Moira sah zum Bett hinüber. »Sie wollten seine Organe ausschlachten.«

»Wie bitte? Sind wir hier in Huxleys schöner neuer Welt?«

»Es kommt einem fast so vor, nicht wahr?« Moira sah noch immer zum Bett. Einen hatte sie gerettet. Einen von … wie viele Brüder mochte er haben?

Judits Screen gongte erneut, zwei Schläge diesmal. »In einer Viertelstunde muss ich in ein Meeting.« Sie stellte ihre Handtasche auf den Tisch. »Du hast also genau fünfzehn Minuten Zeit, mir alles zu erzählen.«

Und das tat Moira. Nicht sehr detailliert, sie ließ Einzelheiten weg, und doch fühlte es sich unendlich gut an, jemanden teilhaben zu lassen. Irgendwie war sie nun nicht mehr so entsetzlich allein mit der Aufgabe und der Verantwortung. Judith würde sicher eine Lösung finden.

Judith hörte schweigend zu, warf nur hier und da eine Frage ein, und in ihrem Gesicht spiegelte sich ihre Anteilnahme. Als Moira schließlich geendet hatte, saßen sie beide einen Moment schweigend da, erschlagen von der Wucht der Ereignisse. Hier und jetzt, zurück in der Zivilisation, wirkte alles so unwirklich, ihre ganze Geschichte einfach nur haarsträubend. Doch dort im Bett lag der unwiderlegbare Beweis für die Wahrheit.

Schließlich fragte Judith: »Und was willst du jetzt tun?«

Moira seufzte. »Ich weiß es nicht. Ich denke ständig darüber nach. Wo soll ich ihn unterbringen? Wie kann ich ihm einen Job besorgen? Am liebsten würde ich ihn in einem Tierheim abgeben.«

Judith zögerte. »Ich meinte eigentlich bezüglich MinerVa.«

»Oh …« Moira stieg Hitze in die Wangen.

»Du willst sie doch nicht etwa damit davonkommen lassen?«

»Was soll ich denn machen?«

»Das fragst du mich? Du bist die Journalistin. Ich bin nur dein Broker.« Wieder meldete sich Judiths Screen mit drei Schlägen und sie nahm ihre Handtasche. »Ich suche mir eine ruhige Ecke.« An der Tür drehte sie sich noch mal um. »Im

Übrigen, wenn du tatsächlich so denkst, warum gibst du ihn nicht einfach zurück? Er ist doch jetzt geheilt. Einsatzfähig. Keine Gefahr mehr, dass sie ihn ausschlachten.«

Moira verdrehte die Augen, aber da war Judith schon draußen.

Was für eine haarsträubende Idee! *Irgendwie ist er in meine Handtasche gerutscht. Hier haben Sie Ihren Klon zurück. Ich habe ihn auch repariert und sauber gemacht.*

Sie wandte den Blick von der Tür – und erstarrte. Rhos Augen waren offen und auf sie gerichtet. Hatte er gehört, was Judith eben gesagt hatte? Oder war sein Geist noch zu benebelt von dem Cocktail aus Narkose- und Aufwachmittel? Sie versuchte, in seinem Gesicht zu lesen, doch es gab nicht das Geringste her.

»Wie … geht es dir?«

Er schien einen Moment darüber nachzudenken. »Ich habe Durst.«

»Natürlich.« Sie gab ihm die Flasche und ließ das Kopfteil seines Bettes hochfahren. Er trank in langen Zügen ohne abzusetzen, bis der halbe Liter getrunken war. Dann schlug er die Decke zur Seite und betrachtete sein Bein, das bis zum Knie in einem weißen Verband steckte.

»Der Knochen ist verschraubt«, erklärte sie. »Das ist nur noch ein Verband, damit der Schnitt gut verheilt.«

Er nickte langsam. »Fleischwunde. Zehn bis fünfzehn Zyklen.«

»In ein paar Tagen können wir die Fäden ziehen.«

Er sah sie direkt an. »Und dann gehe ich zurück nach Noshades?«

Die Hitze stieg ihr wieder ins Gesicht. Also hatte er es doch gehört. »Natürlich nicht.« Sie setzte sich wieder. »Wir finden schon etwas für dich.«

Er wandte den Kopf geradeaus, schaute aus dem Fenster. Sonderlich glücklich schien er auch damit nicht zu sein.

»Es sei denn«, sagte sie vorsichtig, »du *willst* zurück nach Noshades.« Auch wenn sie sich das nicht vorstellen konnte. Andererseits konnte er sich vermutlich nichts anderes vorstellen. Wie konnte man wählen, wenn man die Alternativen nicht kannte?

»Meine Brüder sind dort.«

Brüder. Wie 78, der aussah wie Rho, und doch so ganz anders war. »Erzähl mir von ihnen«, bat sie. »Erzähl mir von 78.«

Er schaute eine Weile ins Leere. »78 war schon immer anders. Aber so richtig er selbst wurde er erst, als der Doc uns abkommandierte.«

»Wozu abkommandierte?«

»Sachen tragen, Röhren ausspülen, solche Dinge. Wir waren Kinder.«

Kinder! Natürlich mussten auch Klone ausgetragen, geboren und erzogen werden. Erzogen in einem Wüsten-Militärcamp, von Menschen, die diese Kinder als Firmeneigentum betrachteten. Die Vorstellung war erschreckend.

»Beim Doc hat 78 die Bücher entdeckt.«

»Welche Bücher?«

»Alle Bücher.«

Rho war nicht gerade zum Erzähler geboren, doch nach und nach formte sich aus seinen kargen Sätzen ein Bild. Offenbar hatte einer der Wissenschaftler die Jungen als Hilfskräfte im Labor eingesetzt. In seinen Räumen hatte sich eine Sammlung nicht nur von Fachliteratur, sondern auch von Romanen befunden, insbesondere solchen, die ein Jungenherz höherschlagen ließen. Und diese entdeckte 78 für sich. Er übernahm die Schichten anderer Jungen – die Bios konnten sie ohnehin nicht auseinanderhalten – und wenn der Doc gerade nicht hinschaute, ließ er ein Buch in seiner Jacke verschwinden. Er las es heimlich und brachte es stillschweigend zurück, nur um sich verstohlen das nächste aus dem Regal zu ziehen.

»Manchmal«, sagte Rho, »las er uns daraus vor. Aber wir wollten nicht, dass er auffliegt. Und nicht jeder von uns wollte die Geschichten hören.«

»Warum nicht?«

»Es waren nicht unsere Geschichten. Sie erzählten von Bios.« Er hob den Blick, ließ ihn durch den Raum schweifen, und Moira ahnte, was er dachte. Hier war er nun, mitten in diesem anderen Leben der Bios. Ein Privileg, das er mit den Menschen, die ihm am nächsten standen, niemals würde teilen können.

»Du vermisst sie«, stellte sie fest.

Er nickte. »Jeden einzelnen. Ist das dumm?«

»Nein, Rho. Das ist menschlich.«

Einen Moment schwiegen sie beide, bis Moiras Screen summte. Fatima Dupont! Moira hatte den Beginn ihrer Schicht verpasst. »Doktor Dupont! Ich bin schon im Haus und sofort bei Ihnen.«

»Besser nicht«, sagte Dupont. »Hier haben sich gerade zwei Herren nach Ihnen und Ihrem Freund erkundigt.«

Moiras Magen zog sich zusammen. »Was für Herren?«

»Jedenfalls niemand von MediCare. Schläger in Anzügen. Ich weiß nicht, woher sie die Informationen über Sie und Mister Stark haben, und das gefällt mir nicht. Ich fürchte, die sind auf dem Weg zu Ihnen.«

»Danke für die Warnung.«

»Alles Gute!«

Moira blickte auf und begegnete Rhos wachsamem Blick. »Wir müssen hier weg.«

Er wollte aufstehen, doch sie legte ihm die Hand auf die Brust. Mit dem OP-Cocktail im Blut war er vielleicht noch nicht ganz sicher auf den Beinen. »Fahr das Kopfteil runter.« Sie löste die Bremsen am Bett und schob ihn aus der Tür.

Im Gang war nicht viel los. Am hintersten Ende hatte sich Judith auf die Fensterbank gesetzt und screente. Sie winkte

Moira abwesend zu. Zwischen ihnen öffneten sich die Türen des Fahrstuhls und zwei Männer traten auf den Gang, die in ihren schwarzen Anzügen völlig fehl am Platz wirkten. Sie sahen sich nach den Zimmernummern um.

Moira schob das Bett in die andere Richtung und zwang sich, nicht zu rennen. Ein Gang zweigte links ab, und Moira schob das Bett um die Ecke. Irgendwo musste es noch einen Fahrstuhl geben. Gleichzeitig lauschte sie nach den Schritten der Männer. Sie klangen zügig und energisch, aber die Männer rannten nicht. Offenbar kannten sie Rhos Zimmernummer, aber nicht Moiras Gesicht.

Da war der Aufzug. Moira drückte den Kopf fünf, sechsmal schnell hintereinander. Jetzt hörte sie einen der Männer rufen. Er hatte wohl das Zimmer gefunden, gleich würden sie wissen, dass es leer war, und die richtigen Schlüsse ziehen. Die Schritte wurden schneller. Wieder presste Moira den Knopf. »Komm schon!« Die Türen öffneten sich und Moira schob das Bett hinein, drückte auf Erdgeschoss und dann mehrmals auf Türen schließen. *Zu, zu, zu. Mach schon, verdammtes Ding!*

»Halt! Warten Sie!«

Die Männer rannten. Ihre Schuhe hämmerten auf den Boden, während die Türen unendlich langsam aufeinander zu glitten. Moira murmelte: »Bitte, bitte.«

»Halt! Verdammt!« Jemand schlug wuchtig gegen die fast geschlossenen Türen. Durch den Spalt sah Moira ein grimmiges Auge über einer krummen Nase, dann war der Spalt verschwunden, der Aufzug setzte sich in Bewegung.

Sie atmete auf, doch noch waren sie nicht entkommen. Die Männer würden auf der Treppe schneller sein. Sie hielt ihren Chip vor das Aufzugspanel, und die Berechtigung, die sie seit gestern darauf gespeichert hatte, ermöglichte es ihr, die Eingabe zu canceln. Stattdessen gab sie nun minus Zwei ein – daran hätte sie gleich denken sollen! OP-Bereich, für

Besucher gesperrt, doch sie hatte die Berechtigung auf ihrem Chip. Und mit der gleichen Berechtigung konnte sie verhindern, dass sich die Aufzugtüren in anderen Stockwerken öffneten, wo die Männer etwa gedrückt haben mochten. Moira lächelte.

Die Türen öffneten sich in einen neonbeleuchteten Gang. Moira spähte zuerst nach links und rechts, bevor sie das Bett herauszog. Rechts war die Bettenschleuse zum sterilen Bereich, auf die gerade ein Patient gelagert wurde. Moira nickte der Schwester zu und wandte sich nach links. Sie hatten die Männer vorerst abgehängt, aber zwei Stockwerke unter der Erde konnte man noch nicht sagen, dass sie entkommen wären.

Rho setzte sich auf und sah sich wachsam um.

»Kanntest du den Mann?«

»Nein, Ma'am.«

»Also keiner der Bios vom Stützpunkt.«

»Nein, Ma'am.«

Rechts um die Ecke erreichten sie den anderen Aufzug und Moira drückte den Knopf. Während sie warteten, ließ sie sich die möglichen Fluchtrouten durch den Kopf gehen. Welche Wege gab es hinaus? Sie war noch nicht lange hier, aber die MediCare-Krankenhäuser wurden überall nach ähnlichen Grundprinzipen gebaut. Die Türen öffneten sich, und Moira schob das Bett dazwischen, um sie offen zu halten. Sie benötigte ein wenig mehr Zeit zum Nachdenken. Dann summte ihr Screen. »Judith! Dem Himmel sei Dank!«

»Was waren denn das für Typen?«

»Keine Ahnung. Vermutlich von MinerVa.« Sie sah sich um. »Kannst du uns einen Scooter besorgen?«

»Klar. Wo hole ich euch ab?«

Moira kaute auf ihrer Unterlippe. Je nachdem, wie viele Männer es insgesamt waren, würden sie alle Ausgänge überwachen, auf alle Fälle aber das Foyer. Sie brauchten einen Ausgang, der ... keiner war. »Die Liegendanfahrt«, sagte Moira. »Wir versuchen, da raus zu kommen.«

»Sparkling. Ich warte auf euch.«

Moira sah Rho an. »Du müsstest jetzt doch laufen.« Der verschraubte Knochen würde halten, da war sie sicher, aber der Schnitt könnte wieder aufgehen. Und schmerzhaft dürfte es so oder so werden.

Er rutschte vom Bett, zuerst nur auf das gesunde Bein, dann belastete er behutsam prüfend das andere.

»Wird es gehen?«

»Ja, Ma'am.«

Er trug noch immer das hinten zugebundene OP-Hemd, das an dem muskulösen Körper doppelt lächerlich wirkte. »Warte.« Sie prüfte die Schilder an den Türen, fand ein Lager und besorgte ihm ein grünes OP-Set. Damit verwandelte sie ihn vom Patienten in einen Arzt. Während er sich anzog, schob sie das leere Bett in den Aufzug und drückte den Knopf zum obersten Stockwerk. Früher oder später würde es im Erdgeschoss landen, aber je länger das dauerte, umso besser. »Komm!«

Ein Fluchtwegeplan an der Wand bestätigte, dass auch dieses Haus dem üblichen MediCare-Grundriss folgte. Ein paar Ecken weiter gab es den Aufzug, der die Liegendannahme mit den OPs verband – und mit sonst nichts. Genau, wie sie gehofft hatte. Wieder sorgte ihr Chip dafür, dass sie ihn nutzen konnte.

Rho hinkte, aber er hielt sich auf den Beinen. Trotzdem – so kurz nach der Narkose hätte man seinen Kreislauf nicht derart auf Touren bringen dürfen. »Alles in Ordnung?«

»Ja, Ma'am.« Aber er hielt sich mit einer Hand an der Wand des Aufzuges fest, und seine Gesichtshaut war ungesund grau. Vermutlich war ihm schwindelig oder übel oder beides.

»Hoffentlich bewachen sie diesen Ausgang nicht. In deinem Zustand wirst du uns kaum verteidigen können.«

So etwas wie Erschrecken blitzte durch seinen Blick. »Das sind Bios.«

»Und?«

»Es ist verboten, gegen Bios zu kämpfen.«

Sie betrachtete ihn aufmerksam. Ob MinerVa irgendeine Sicherung in diese Männer eingebaut hatte, um Aufstände zu verhindern? Vorsichtig fragte sie: »Verboten oder unmöglich?«

»Verboten, Ma'am.«

Vermutlich war eine jahrelange Konditionierung auch ausreichend.

Der Aufzug entließ sie in einen Aufnahmesaal. Eine Frau lag auf einer Rolltrage und wurde von zwei Sanitätern wiederbelebt. Glastüren führten nach draußen, Blaulicht brach sich im Glas. Die Türen öffneten sich automatisch, als Moira darauf zuging.

Draußen stand ein Krankenwagen, der wohl die Frau gebracht hatte. Sein Blaulicht flackerte über die Auffahrt, auf der eben ein S-Trans-Scooter einfuhr.

»He!« Ein Pfleger ging auf den Scooter zu und schwenkte die Arme. »Haben Sie das Schild nicht gesehen? Sie dürfen hier nicht reinfahren!«

Plötzlich stand neben Moira ein Mann in einem schwarzen Anzug. Er packte ihren Oberarm so fest, dass sie aufschrie.

»Sie kommen jetzt mit!«

Sie wehrte sich, wand sich in seinem Griff. »Lassen Sie mich los! Hilfe! Hilfe!«

Plötzlich flog etwas an ihr vorbei. Rhos Faust. Der Griff an ihrem Arm löste sich, der Mann taumelte zurück. Doch er hatte sich schnell gefangen und griff fluchend in sein Jackett.

»Waffe!«, schrie Moira.

Rho drückte sie zur Seite, und dann folgte eine Eruption effizienter, kalter Gewalt, wie sie es noch nie zuvor gesehen hatte, ein Trommelfeuer von Schlägen, stumm und grimmig. Es dauerte keine fünf Sekunden, und der Anzugmann krümmte sich stöhnend am Boden. Durch die Glastüren sah Moira zwei andere auf sie zu rennen.

»Rho! Komm!«

Sie sprintete zum Scooter, Rho humpelte, strauchelte, fing sich aber wieder, und sie zog ihn herein.

»Losfahren!«, kommandierte Judith und die Türen schlossen sich. Der Scooter surrte los, als die beiden Anzugmänner durch die Türen gerannt kamen. Schon waren sie ihren Blicken entschwunden.

Moira atmete auf und lehnte sich zurück. Sie zitterte am ganzen Körper. Einen Moment schloss sie die Augen und bemühte sich, ihren Atem zu beruhigen. Verdammt. Sie hätte damit rechnen müssen. Keith Kendrick gab sein Eigentum nicht so einfach her.

Sie öffnete die Augen und sah Rho, der ihr gegenübersaß und jetzt definitiv grau wirkte. Er betrachtete das Blut an seinen Knöcheln. So viel zur Konditionierung. Offenbar war sein Beschützerinstinkt stärker ausgeprägt.

»Ich dachte, du darfst nicht gegen Bios kämpfen.«

Er blickte schuldbewusst hoch. »Er hat Sie angegriffen.«

»Stimmt«, sagte Judith trocken. »Er hat es verdient.« Sie streckte Rho die Hand hin. »Ich bin Justin Kowalski, aber meine Freunde nennen mich Judith.«

Einen Moment blickte er auf Judiths Hand, als wüsste er nichts damit anzufangen. Dann hob er zögernd die seine und griff zu.

Judith fragte: »Und Ihr Name ist?«

Ein kurzer Blick zu Moira, dann sagte er: »Rho.«

»Und Sie sind also ein Klon.«

Wieder sah er zu Moira, doch diesmal meinte er auch sie. »Das sind Firmendaten.« Es klang wie ein Vorwurf und Moira hatte das Gefühl, sich rechtfertigen zu müssen. »Wir müssen MinerVa dazu zwingen, euch wie Menschen zu behandeln, und dazu müssen wir die ganze Sache öffentlich machen.«

»Aber Sie haben unterschrieben.«

»Wir müssen eben sehen, wie wir …« Sie stutzte. In der Wüste hatte er sie zur Unterschrift aufgefordert, aber tatsächlich getan hatte sie es erst bei Kendrick. »Woher weißt du das?«

»Das hat der Bio gesagt.«

»Welcher Bio?«

Er dachte kurz nach, dann sagte er langsam, als müsse er die Laute nach und nach aus dem Gedächtnis zusammensetzen: »Executive Officer Keith L. Kendrick der vierte.«

»Er hat mit dir gesprochen? Wann?«

»Als 78 mich rausgebracht hat.«

Moment, das … wie konnte das sein? Das hieße ja, dass Kendrick es gewusst und es nicht verhindert hatte. »Er hat dich gehen lassen? Warum?«

»Ich soll Firmendaten schützen.« Er sah sie jetzt direkt an. »Er sagte, er würde Sie sonst vernichten.«

Judith schnappte hörbar nach Luft. »Was für ein Arsch.«

Moira war immer noch verwirrt. »Das ergibt keinen Sinn. Warum sollte er uns Schläger auf den Hals hetzen, wenn Rhos Flucht Teil seines Plans ist? Was soll das?«

»Vielleicht weiß er schon, dass du deinen Teil der Abmachung nicht eingehalten hast. Wann sind sie aufgetaucht? Kurz nachdem du mir alles erzählt hast.«

Sie beide blickten auf Rho. Der sah verwirrt von einer zur anderen.

»Hast du ihm irgendwas gesagt?«, fragte Moira. »Hast du ihn kontaktiert?«

»Nein, Ma'am.«

»Vielleicht«, sagte Judith, »hat er ihm eine Wanze zugesteckt.«

»Er trägt seine Kleidung nicht mehr.«

»Aber sie lag in seinem Zimmer im Schrank.«

»Ma'am?«

»Das Zeug habe ich weggeschmissen. Ich wollte ihm etwas anderes besorgen.«

»Ma'am?«

»Und in seinen Haaren?« Judith blickte auf seinen Stoppelschädel. »Nein, das ist Unsinn.«

»Ma'am!« Rho schob den Ärmel hoch, hielt Moira seinen Oberarm hin und zeigte auf den Bizeps. Eine Ahnung stellte Moira die Nackenhärchen auf. Sie betastete die Stelle und ganz deutlich war ein Fremdkörper unter der Haut zu fühlen.

»Nein«, sagte sie, »wenn es eine Wanze gab, hat er sie nun sicherlich nicht mehr an sich.« Sie blickte zu Judith hinüber und machte mit der Hand eine sägende Bewegung. Judith begriff. Sie kramte in ihrer Handtasche herum, bis sie ein kleines, elegantes Taschenmesser gefunden hatte. Neben Nagelfeile, Pinzette und Schere besaß das Werkzeug eine schmale und sehr scharfe Klinge. Moira klappte sie auf, doch bevor sie die Klinge ansetzte, sah sie Rho fragend an.

Er nickte.

Judith drehte den Blick zum Fenster, legte die Finger vor die Lippen, und murmelte: »Oh je, oh je.«

Moira hielt den Schnitt klein, doch als sie den Fremdkörper aus der Wunde drückte, rannen trotzdem einige Blutstropfen über Rhos Haut. Die Wanze war erstaunlich winzig, ein Wunderwerk der Technik. Moira legte sie beiseite und schob Rhos Hosenbein in die Höhe. Mit etwas überschüssigem Verbandsstoff und einem Stück des Klebestreifens, der ihn zusammenhielt, improvisierte sie ein Pflaster. Als sie damit fertig war, hielt Rho ihr seine Hand hin, die Handfläche nach oben, die Finger ausgestreckt. Stirnrunzelnd sah sie ihn an. Er zeigte auf die fleischige Stelle zwischen Daumen und Zeigefinger, wo bei jedem Neugeborenen der Bürgerchip eingepflanzt wurde. Vielleicht war das tatsächlich besser. Wer konnte schon wissen, welche Hinterhältigkeiten MinerVa Inc. darauf gespeichert hatte? Sie hob das Messer.

»Wartet!« Judith kramte erneut in ihrer Tasche und förderte einen hautfarbenen Handschuh zu Tage. »Das sollte erst mal reichen.«

Judith war ständig »on« und hatte trotzdem einen Security-Handschuh in der Handtasche? Moira hob die Brauen, doch Judith zuckte bloß mit den Schultern.

»Man kann nie wissen.«

Der Handschuh in Einheitsgröße schmiegte sich faltenlos an Rhos Hand und fiel nicht weiter auf, wenn man nicht darauf achtete. Das reichte sicher erst einmal. Sie konnten ihn immer noch in einen echten Freebie verwandeln. Nicht alle Freebies gingen so weit, den Chip zu entfernen. Viele löschten einfach die Daten oder machten ihn durch eine spezielle Software unbrauchbar. Und dann gab es natürlich noch diejenigen, die in privaten Wohnungen geboren waren und ihn nie bekommen hatten, so wie Moongirl und Light.

Judith zeigte stumm auf Moiras Armbandscreen, den sie in der Wüste gekauft hatte. Vermutlich hatte sie recht. Sie war von der Bildfläche verschwunden, und das sollte auch erst einmal so bleiben. Keine Netzrecherche, keine Einkäufe und keine Anrufe.

Moira nahm das Teil ab und legte es neben die Wanze. Keiner sagte ein Wort. Noch waren sie mit der Wanze in einem Raum, und alles, was sie sagten, wurde vermutlich mitgeschnitten. Dieser verdammte Kendrick. Glaubte er wirklich, dass er sie mit so einer Drohung einschüchtern konnte? Eine unabhängige Presse war das Rückgrat jeder freien Gesellschaft, egal ob ihre Vertreter durch Wahlen oder die Mechanismen von Konkurrenz und Marktgeschehen bestimmt wurden. Offenbar war Kendrick der Meinung, dass er über diesen Prinzipien stand. Sie sah ihn vor sich, mit seinem teuren Anzug und dem selbstgerechten Lächeln. Er glaubte, dass seine Firma und seine Position ihn unangreifbar machten, dass er sich alles erlauben konnte. Dass er weit über allen anderen stand, Bios und Klonen. Plötzlich musste sie lachen. Auf Rhos verwunderten Blick hin sagte sie: »Keith Kendrick hält sich für den Nabel der Welt, und für dich ist er bloß irgend so ein Bio.«

Und damit hatte Rho verdammt recht. Kendrick war bloß ein Hai in einem Becken voller Haie. Allerdings ein Hai, der sich seine eigene Truppe von Piranhas züchtete, wozu auch immer. Ein Hai mit vielen Möglichkeiten. Wahrscheinlich war der Chip, den sie herausgeschnitten hatte, mit einer Ortungssoftware ausgestattet.

Moira aktivierte den Screen des Scooters und wischte zum manuellen Bedienmenü. »Wohin fahren wir eigentlich?«, fragte sie.

Judith blickte sie alarmiert an und schaute dann auf das blutige Metallstück, das zwischen ihnen auf dem Mittelsitz lag. Moira gab ihr mit einer Handbewegung zu verstehen, sie solle mitspielen.

Langsam sagte Judith: »Ich habe schon eine Idee, wo ich euch unterbringen kann.«

Mit einer manuellen Eingabe befahl Moira dem Scooter, zu halten. Der rollte in die nächste freie Parklücke und öffnete die Türen. Während Judith und Rho ausstiegen, sagte Moira: »Ich habe doch schon ein Hotel. Rho kann auch dort wohnen. Scooter: Neues Fahrtziel.« Sie nannte Name und Adresse ihres Hotels, und während der Scooter die Adresse bestätigte, schlüpfte sie durch die sich schließende Tür hinaus. Den Chip ließ sie im Wagen zurück.

***

Auch von Keiths Büro im MinerVa-Tower sah man den Eiffelturm 2.0, aber vom 58. Stockwerk aus wirkte er nicht mehr so beindruckend. Keith hatte der Aussicht ohnehin den Rücken zugekehrt, sah stattdessen Benitos Gesicht mit den zurückgegelten Haaren auf dem Tablescreen vor sich.

»Vielleicht«, sagte Benito, »wenn Sie mich das Audio-Material sichten lassen würden ...«

»Kommt nicht in Frage.« Keith stockte. »Das heißt ... warten Sie.« Er musste Benito ja nicht die Passagen vorspielen, in denen die Spracherkennung die Schlüsselwörter gefunden hatte. Aufschlussreich war für Benito eher der letzte Teil. Keith schob den Regler auf der Audiospur an die entsprechende Stelle und ließ den Ton von da abspielen. Eine Art Poltern war zu hören, ein ohrenbetäubendes Kratzen und Schaben. Dann hörte es auf und eine Frau sagte: »Nein. Wenn es eine Wanze gab, hat er sie nun sicherlich nicht mehr an sich.« Die Worte waren unterlegt von einem an- und abschwellenden Rauschen, wie fast alles in der Aufnahme.

Keith stoppte die Wiedergabe. »Was ist das eigentlich für ein Rauschen?«

»Der Blutstrom«, sagte Benito. »Das Mikro muss in der Nähe einer Arterie platziert worden sein. Nicht sehr professionell, aber Sie können die Tonspuren separieren.«

»Nicht nötig.« Keith spielte weiter ab. Wieder ein Poltern und Krachen, als bräche gerade ein Haus über dem Klon zusammen, dann ein Knall – und es hörte es schlagartig auf. Nicht einmal das Rauschen war mehr zu hören. Sehr klar sagte jemand: »Wohin fahren wir eigentlich?« Nach einer Pause die Antwort. »Ich habe schon eine Idee, wo ich euch unterbringen kann.«

»Das reicht schon«, sagte Benito und Keith stoppte die Wiedergabe. »Sie haben die Wanze entdeckt und herausgeschnitten. Alles, was sie danach sagten, war für die Ohren der Zuhörer bestimmt. Keine verlässliche Information mehr.«

So etwas Ähnliches hatte Keith sich auch schon gedacht. »Das wäre alles nicht passiert, wenn Ihre Leute sie am Krankenhaus nicht hätten entwischen lassen.«

»Immer mit der Ruhe, Mister Kendrick. Wie lange liegt die Aufnahme zurück?«

»Ein paar Minuten.«

»Geben Sie mir die genaue Uhrzeit der Aufnahme und die Geodaten. Meine Kollegen werden die Spur von dort wieder aufnehmen.«

Keith gab die Daten durch, dann beendete er das Gespräch. Er stellte sich ans Fenster, und drehte den weißen König zwischen den Fingern. Es war ärgerlich, aber er machte sich keine großen Sorgen. Früher oder später würde diese Journalistin wieder auftauchen. Sie war kein Spionage-Genie, und Benito war erfahren und gut vernetzt. Sie würde nicht aufhalten können, was zwangsläufig geschehen musste.

Das Problem war nur: Wenn der Prozess öffentlich wurde, ergaben sich weitere Risiken, und selbst ein Schiedsgericht-Prozess würde Helen Gelegenheit zum Herumzuschnüffeln geben. Das Beste wäre, den Klon wieder einzufangen und ihn als Druckmittel gegen die Journalistin zu verwenden. Offenbar fühlte sie sich verantwortlich für ihn.

Keinesfalls durfte er ihr erlauben, seine Pläne zu durchkreuzen. Nicht jetzt, wo alles so zum Greifen nah erschien. So nah wie die Dächer von Parisneuve unter ihm. Von hier aus sah man nicht nur das MinerVa Village, sondern auch die Villages von Bahi-A und V-S-Chemicals. Und dazwischen die City, die seinen Bruder verführt hatte wie eine Hure, die ihn zerstört hatte, die ihn getötet hatte.

Aber die Citys würden nicht noch mehr Familien zerstören. Nach der OP würde Keith seine Pläne mit Vater besprechen, und es fiel ihm schwer, so lange darauf zu warten. Sobald Tau einsatzbereit war, hatten sie genug Männer für die erste Stufe beisammen. Green Sands würde das Pilotprojekt sein. Keith würde die Sicherheitsfirma, die dort im Auftrag des Bürgerparlamentes für die öffentliche Ordnung sorgte, durch MinerVa-Kräfte ersetzen lassen. Bei den Steuern, die MinerVa an Green Sands zahlte, konnten die sich nicht weigern. Und die Menschen dort standen den Minerva-Soldaten, die sie verteidigt hatten, schon jetzt positiv gegenüber. Außerdem würde er ihnen einen unschlagbaren Preis machen. Vater würde das nicht gefallen, aber es ging um mehr als bloßen Profit.

Die Disziplin der Klone würde ein Vorbild sein, ihre Geradlinigkeit würde zielgerichtet Ordnung schaffen. Keine korrupte, von der Bürgergewerkschaft eingesetzte Verwaltung mehr, keine Polizisten, die bei kleineren Vergehen ein Auge zudrückten und sich von den Gaunern schmieren ließen. MinerVa würde die Kontrolle übernehmen, und Green Sands in ein einziges, großes Village verwandeln. Es würde Widerstand geben, natürlich, aber am Ende würden die Menschen sehen, wie viel besser das Leben war. Und sobald das geschafft war, würden die Bürger anderer Städte darum betteln, dass bei ihnen ebenfalls Klontruppen stationiert wurden. Es war eine große Aufgabe, ein ambitioniertes Ziel, das wusste er, aber das war es wert. Am Ende würde er ganz Deuteragäa zu einem besseren Ort für alle machen.

Mit dem Daumen streichelte er über die glatten Rundungen des weißen Königs in seiner Hand. »Ich verspreche es dir«, flüsterte er. »Ich werde es wiedergutmachen.«

***

Bios. 43 hatte nicht geahnt, dass es so viele von ihnen gab. Die Straßen waren leer gewesen, als die Mantis angegriffen hatten, doch jetzt waren sie voller Menschen. Unglaublich vielen Menschen. Und jeder von ihnen sah anders aus. Nicht nur ihre Gesichter – das kannte er schon vom Stützpunkt. Aber dort trugen sie zumindest Uniform. Hier unterschieden sie sich in allem. Die Farbe ihrer Haut. Moiras Gesicht war dunkler als sein sonnengebräunter Arm und Judiths Gesicht weißer als sein Arsch. Während sie jetzt zwischen Gebäuden hindurchliefen, sah er noch dunklere und noch hellere Haut. Zusätzlich hatten sich viele von ihnen bunte Farben ins

Gesicht gemalt. Und die Haare! Weiß, braun, rot, blau, grün, schwarz, bunt, lang, kurz, glatt, gewellt oder verknotet. Die Kleidung, die so vielfältig in Farbe und Form war, dass 43 nicht einmal Worte dafür hatte.

Er vermisste seinen Helm. Der Screen war wie ein Filter gewesen, und die Uniform hatte sie auf Abstand gehalten. Nun berührten sie ihn, drängten an ihm vorbei, kreischten ihr Lachen in sein Ohr. So unterschiedliche Stimmen. Laut oder leise, hoch oder tief, schrill oder weich. Und er roch sie. Jeder schien von einer anderen Geruchswolke umgeben zu sein. Scharf und beißend, andere süßlich, wieder andere frisch wie Wasser. Niemand roch einfach nur nach Schweiß. Ihm war schwindelig, und wieder stieg Übelkeit seine Kehle hoch.

»Was ist denn los?« Moira packte ihn am Arm. »Wir müssen weiter!«

Die Übelkeit zog sich zurück. Was blieb war eine Kälte tief in ihm, die ihn zittern ließ. Er hatte keine Ahnung, wo er war, folgte nur Judiths strahlend blauen Haaren, die wie eine Funkbarke in dieser Flut von Eindrücken waren. Sie erreichten eine unbebaute Fläche, aber es war kein Exerzier-Platz. Oder doch? Schwitzende Bios bewegten sich zu laut hämmernden Klängen, gleichmäßig, aber nicht gleichförmig. Auf einem Podest gaben Drill-Sergeants laut brüllend die Schlagzahl vor, aber wozu brauchte man drei davon?

»Das Survive-Festival!«, schrie Judith über das Hämmern hinweg. »Hier lang!«

Sie schoben sich an Hauswänden entlang, bogen ab, entfernten sich von dem Hämmern. Nach und nach nahm die Anzahl der Bios wieder ab.

Judith war stehengeblieben, betrachtete den Screen, der an einer Stange vor ihrem linken Auge flimmerte. Moira streckte den Arm aus. »Ich sehe die Scooter schon. Da drüben!«

Eine ganze Reihe dieser kuppelförmigen Fahrzeuge stand dort. Judith legte ihre Hand an eine der Türen, die sich daraufhin öffnete. Als sie einstiegen, sagte die gleiche weibliche Stimme wie zuvor: *»Willkommen Mister Kowalski. Wohin darf ich Sie bringen?«*

»Tanaka-Institut. Und ohne Werbung, bitte.«

»Erreichung des Endziels ›Tanaka-Institut‹ in der Franklyn-Allee voraussichtlich um Rot 1:02. Diese Fahrt kostet Sie sieben-komma-neun Credits.«

»Erwerben.«

Sie setzten sich, und Rhos Blick traf Judiths.

»Alles in Ordnung?«, fragte sie. Ihre Stimme hatte etwas Sanftes, Beruhigendes. Noch nie hatte er eine so weiche Stimme gehört wie die von Judith.

»Ja, Ma'am.« Er lehnte sich zurück und merkte, dass er die Luft angehalten hatte. Er atmete aus und versuchte, sich zu beruhigen. Moira sah ihn mit diesem Blick an, der wie eine Berührung war.

»Wie geht es deinem Bein?«

Er blickte auf das Bein und bemühte sich, die korrekte Antwort auf die Frage zu finden. Er musste hier viel mehr Fragen beantworten als auf dem Stützpunkt. Dort hatte meistens 78 für sie gesprochen, wenn es nötig gewesen war. Aber 78 war jetzt nicht hier. Vermutlich saß er bereits in der Tonne. Der Gedanke war wie ein Stich.

»Tut das Bein weh?«, fragte Moira.

»Ja, Ma'am. Aber nicht wie vorher.« Er würde mehr Wörter lernen müssen. Er verstand das meiste, was die Bios sagten, aber die Wörter kamen nicht zu ihm, wenn er sie selbst gebrauchen wollte.

Sie schob sein Hosenbein hoch, betrachtete den Verband und nickte dann zufrieden. »Die Naht scheint gehalten zu haben. Sehr gut. Und der Arm?«

»Das geht in Ordnung, Ma'am.« Er hatte es schon wieder gesagt. Ma'am. Es erforderte Konzentration, daran zu denken, es nicht zu verwenden, und er war seltsam müde. Nicht sein Körper, der erschien ihm – gemessen an den Verwundungen – einigermaßen einsatzbereit. Aber seine Gedanken waren zäh und langsam.

Moira drehte sich zu Judith. »Und was ist das Tanaka-Institut?«

»Eine freie Forschungsstätte. Professor Lopez arbeitet dort. Du erinnerst dich? Ich wollte dich mal für ein Interview mit ihm begeistern.«

»Und der kann uns helfen?«

»Nein, aber das Institut hat viele Forschungsbereiche, unter anderem den von Doktor José Hashemi. Er ist Exobiologe, und als ich ihm sagte, dass ihr beide einen Mantis-Bau von innen gesehen habt, hat er sich sofort bereiterklärt, euch für ein paar Tage eins der Gästezimmer im Institut zu geben.«

»Eine Verschnaufpause«, sagte Moira. »Klingt prima.«

»Und? Hast du dich entschieden, was du machen willst?«

Moira zuckte mit den Schultern. »Was man als Journalistin eben macht. Ich werde recherchieren. Bevor ich mit irgendetwas an die Öffentlichkeit gehen kann, brauche ich Fakten und Beweise.«

Judith lächelte, doch das Lächeln hatte etwas Grimmiges. »Braves Mädchen. Hol sie dir.«

43 verstand nicht genau, worum es ging. Er hätte gern gewusst, wann sie ihn zurück zum Stützpunkt bringen würden, aber darüber sprachen sie nicht. Sein Kopf war schwer, als trüge er zu viele Gedanken. Er lehnte ihn an und schloss die Augen.

***

Das Tanaka-Institut, Teil der städtischen Universität von Green Sands, war ein Bau im Stil der Neo-Postmoderne. In den Dreißigern, eine Generation nach der Erstbesiedlung, hatten die Leute zeigen wollen, wozu sie es gebracht hatten, und entsprechend war das Gebäude voller Erker, Absätze und anderer architektonischer Ornamente aus den verschiedensten Stilepochen der Erdarchitektur zusammengewürfelt.

Die Eingangshalle atmete die typische, unpersönliche Leere, die Moira an ihre eigene Uni erinnerte. Anders als in einem Konzerngebäude gab es hier keinen Empfang mit verbindlich lächelnder Dame, keine künstlerischen Schaustücke oder Vitrinen gefüllt mit den Errungenschaften der Institution. Wissenschaftler hatten weder das Geld noch den Sinn für diese Art der Repräsentation. Lediglich der großzügige Treppenaufgang und der Mosaikfußboden sprachen noch von altem Prunk. Dies war einmal ein Firmensitz gewesen.

Neben der Treppe gab es einen Aufzug, und daneben hing eine Informationstafel, die Judith kurz studierte. »Da. Exobiologie, dritter Stock.«

Das Defekt-Schild am Aufzug schien schon eine ganze Weile da zu hängen. Sie nahmen also die Treppe, und Moira und Judith keuchten bald unter der ungewohnten Anstrengung.

Die Treppe blieb breit und recht repräsentativ, aber die Offenheit endete. In jedem Stockwerk gab es drei Doppeltüren zu den verschiedenen Gebäudebereichen, aber sie waren aus Milchglas. Auch in der Wissenschaft waren Daten ein wertvolles Gut.

Rho war vorausgegangen und wartete auf sie im dritten Stock. Er atmete nicht einmal schneller, während Judith und Moira nach Luft schnappten. Offenbar war sein Kreislauf wieder voll da, nachdem er im Scooter ein wenig geschlafen hatte.

Auch hier gingen vom Treppenhaus drei Milchglas-Türen ab in die verschiedenen Gebäudetrakte. Alle waren verschlossen und mit einem Panel gesichert, ließen sich also nur mit dem richtigen Schlüssel auf dem Chip öffnen. Es gab keine Klingeln, aber immerhin Schilder, die ihnen sagten, welche Abteilung hinter welcher Tür war. Exobiologie war die erste Tür links. Judith klopfte gegen die Scheibe, wartete, klopfte erneut. Erst nach dem dritten Klopfen bewegte sich ein Schatten hinter dem Milchglas, die Tür wurde geöffnet, und eine junge Frau mit locker aufgetürmten, naturroten Locken steckte den Kopf heraus.

»Ja?«

»Wir sind mit Doktor Hashemi verabredet«, sagte Judith.

»Tatsächlich?«

»Ja. Die Mantis-Experten.«

Die junge Frau schaute nach drinnen und brüllte: »Boris! Erwartet ihr irgendwelche Mantis-Experten?« Die Antwort verstand Moira nicht, aber die junge Frau sagte: »Ach so, ja gut. Dann kommen Sie mal rein.« Sie trug das jahrhundertealte Emblem der Intellektuellen. Einen schwarzen Rollkragenpulli, der sie blass und zerbrechlich wirken ließ, aber ihre Art war eher zupackend. »Warten Sie, ich suche den Chef.«

Etwas betreten standen sie im Eingangsbereich herum, bis ein Herr in grünem Kittel auf sie zukam. Sein dynamisches Auftreten und die Silberfäden im schwarzen Haar machten ihn durchaus attraktiv.

»Ms. Kowalski, nehme ich an? Ich bin Eduardo Hashemi.« Er streckte Judith die Hand hin.

»Sehr erfreut. Und das sind Moira Chakrabarti von H&S und Robert Stark.«

Falls Hashemi irritiert von ihrem OP-Outfit war, ließ er es sich jedenfalls nicht anmerken. Er gab allen die Hand. »Willkommen im Institut.«

»Und Sie haben hier tatsächlich eine lebende Mantis?«, fragte Judith.

»Ganz recht. Eins von vier Exemplaren, die während des Angriffs lebend gefangen wurden. Möchten Sie sie gleich sehen?«

»Gern.«

Der Gang war eher kurz, drei Türen auf jeder Seite und an der Stirnseite vermutlich das Chefbüro.

Im Gehen sagte Hashemi: »Ich bin MinerVa Inc. sehr dankbar, dass sie meine Arbeitsgruppe beauftragt haben, obwohl wir uns bisher eher mit den einheimischen Wechselbrütern beschäftigt haben. Im Vergleich zu Trubill und JongHi sind wir als unabhängiges Institut ja nur ein ganz kleiner Fisch. Umso wichtiger ist es, dass wir unseren Marker setzen.« Er blieb an einer Tür stehen und legte die Hand auf die Klinke. Bevor er öffnete, sagte er: »Es hat noch keine Mantis länger als fünf Tage in Gefangenschaft überlebt. Wir wissen noch nicht einmal genau, wovon sie sich eigentlich ernähren.«

»Ich dachte, von Fleisch«, sagte Judith.

»Unwahrscheinlich, oder zumindest nicht ausschließlich. Sonst hätte es schon viel früher und viel mehr Angriffe geben müssen. Wir versuchen, dieses Exemplar erst einmal in Ruhe zu lassen, und wir haben die Umgebungswerte dem angepasst, was wir in einem Mantis-Bau vermuten.«

Er öffnete die Tür in einen dunklen Raum, in dem es brütend heiß war. Der Lichtschalter ließ ein rötliches Licht aufdimmen, in dessen schwachem Schein ein Käfig an der rechten Wand zu erkennen war. Judith stieß einen leisen Schrei aus. In dem Käfig lag tatsächlich eine Mantis, zusammengekauert und die Flügel angelegt, sodass sie wirkte wie eine übergroße Kakerlake. Doch dann hob sie den Kopf, dieses charakteristische, dreieckige Gebilde mit Mustern auf der Kopfplatte und den sechs Augen. Wie ein kalter Wasserguss schoss die Erinnerung durch Moiras Körper und für einen Schockmoment sah sie alles wieder vor sich: den Saal mit den Larven, die angreifenden Mantis, die um sich schlagende Königin.

Hashemi drehte sich zu ihr. »Haben wir es in etwa getroffen?«

Moira räusperte sich, zwang ihre Gedanken in die Gegenwart zurück. Die Erinnerung an die Angst verebbte und hinterließ ein schales Gefühl. »Nein.« Sie schüttelte den Kopf. »Es ist nicht so dunkel in einem Mantis-Bau.«

»Tatsächlich?« Hashemi hob zweifelnd die Brauen. »So ein Bau ist eine massive Sandkonstruktion.«

»Sie verwenden Lichtschächte und reflektierende Wüstenflechten, um das Licht zu bündeln und zu verteilen.«

Hashemi fiel tatsächlich die Kinnlade runter. »Wie bemerkenswert! Eine symbiotische Partnerschaft mit Flechten.« Er betätigte einen Knopf neben der Tür und mit einem Summen drehten sich die Jalousien. »Sagen Sie, wenn es richtig ist.«

Die Streifen rötlichen Sonnenlichts enthüllten, dass dies eigentlich ein Abstellraum war. Übereinandergestapelte Möbel und staubige Geräte mit zusammengerollten Kabeln standen herum. An der Wand hingen riesige, vergilbte Übersichtskarten mit dem Periodensystem, den Reaktionen der organischen Chemie, dem Stammbaum des Lebens. »Stopp«, sagte Moira. »So in etwa. Was sagst du, Rho?«

Rho stand da und wandte keinen Blick von der Mantis. Ob er den gleichen Schrecken fühlte wie sie? Die Erinnerung daran, wie der Schlag der Königin sein Schienbein gebrochen hatte? Vermutlich ging es tiefer. Diese Mantis war sein Erzfeind. Wie viele von ihnen hatte er getötet, und wie oft hatte er zusehen müssen, wie einer seiner Brüder von ihnen getötet wurde?

»Alles in Ordnung?«, fragte sie leise.

Er drehte ihr den Kopf zu, und wie meistens war in seinem Gesicht nicht das Geringste zu lesen. »Natürlich.«

Hashemis Blick ging zwischen ihnen hin und her, und um zu vermeiden, dass er eine Frage stellte, sagte sie: »Es kommt mir hier auch zu warm vor. Aber das ist schwer einzuschätzen, weil wir gerade durch den klimatisierten Bereich gelaufen sind.« Sie sah Rho an. »Was meinst du, wie warm war es in dem Bau?«

»Neunundzwanzig Celsius«, sagte er prompt.

»Bist du sicher?«

»Ja. Die Temperatur im Hive ist immer neunundzwanzig Celsius.«

Hashemi betrachtete ihn skeptisch. »Das ist eine ziemlich exakte Angabe.«

»Wir haben es gemessen.«

»Wir?« Da lag etwas in Hashemis Stimme, Misstrauen, vielleicht. »Gehören Sie einer Forschungsgruppe an?«

»Nein«, sagte Moira schnell, »Aber wir konnten einen verlassenen Bau besichtigen, und darum sind wir ja hier, nicht wahr?« Sie lächelte. »Um Ihnen zu sagen, was wir wissen. Allerdings ... das war ein ziemlich anstrengender Tag.« Sie sah auf ihre Uhr. Kein Wunder, dass sie so müde war, fast Rot zwei. Normalerweise wäre sie jetzt im Tiefschlaf. Ihr Körper hatte sich noch nicht umgestellt. Sie hatte das, was man noch immer als Jet-Lag bezeichnete, obwohl der Begriff auf Deuteragäa keinen Sinn mehr ergab. »Vielleicht können Sie uns zuerst unsere Zimmer zeigen, und dann brauche ich einen starken Kaffee. Morgen erzählen wir Ihnen in allen Einzelheiten, was wir wissen.«

»Natürlich, entschuldigen Sie meinen Eifer. Wir werden Ihnen allen den Schlüssel auf den Chip laden, und dann bringe ich sie hinüber ins Gästehaus.«

»Nur für mich.« Moira hob die Hand. »Er ist ein Freebie und Judith hat ein Hotel.«

»Oh.« Hashemis Lächeln versteinerte. »Das ist ein Problem. Unser Gästehaus wird von General Housing verwaltet, und die haben eine strickte Citizen-Only-Politik.«

»Ich nehme ihn mit rein und raus, das merkt doch niemand.«

Hashemi schüttelte den Kopf. »Tut mir leid, wenn das herauskommt, könnte es uns die Privilegien kosten.«

Er meinte es ernst. »Gibt es dann vielleicht eine Möglichkeit, ihn irgendwo anders im Institut unterzubringen?«

»Naja, unsere Arbeitsplätze sind rund um die Uhr besetzt, wie überall.«

Also wieder eine Sackgasse. Nachdenklich sah sie Rho an. Als Freebie war er eine Unperson, konnte ohne einen Chip mit Bürgernummer auch nicht in ein Hotel gehen. Judiths Idee mit dem Institut war gut gewesen, aber nicht einmal hier ließ man einen Freebie schlafen. Es musste unregistrierte Unterkünfte in der Stadt geben, aber diese Häuser inserierten nicht, und sie kannte sich in Green Sands nicht aus, wusste nicht, wo sie nach dem Underground suchen könnte.

»Ma'am?«, sagte Rho. »Ich könnte hier schlafen.«

»Hier?«, fragte sie verständnislos.

Er deutete auf den Fußboden. »Hier ist es warm.«

Vermutlich gab es in Noshades keine klimatisierten Räume für Klone. Er kannte nur Hitze. Er musste im Krankenhaus ziemlich gefroren haben.

Forsch sagte Judith: »Das klingt für mich wie eine gute Idee, praktisch und unkompliziert. Was meinen Sie, Doktor?«

»Also, ich weiß nicht …« Sehr glücklich war er mit dem Vorschlag offenbar nicht. Andererseits hatten sie ihm bereits Informationen geliefert.

»Die beiden sind *in* einem Mantis-Bau gewesen«, sagte Judith beschwörend. »Nicht nur per Drohne. *Selbst.*«

»Ich denke … vermutlich … könnten wir hier eine Pritsche reinstellen.«

Moira sah zu der Mantis hinüber, die sich aufgerichtet hatte und ihrerseits zu ihnen herüberblickte. Die sechs starren Augen jagten Moira erneut einen Schauder über den Rücken. Leise fragte sie: »Bist du sicher?«

»Ja, Ma'am. Sie ist in einem Käfig.«

Judith klatschte in die Hände. »Wunderbar! Dann warte doch hier auf uns, während Moira ihren Schlüssel bekommt.« Die Art, wie sie auf Hashemi zuging, ließ diesem keine andere Wahl, als den Raum zu verlassen.

Hinter seinem Rücken grinste Moira Judith an. Dann nickte sie Rho zu. »Wir sind gleich zurück.«

Moira sah Hashemi an, dass er noch immer mit sich kämpfte. Schließlich rief er einen jungen Mann aus einem der Arbeitsräume zu sich.

»Boris, sorge doch bitte dafür, dass die Temperatur für Twiggy auf genau neunundzwanzig Grad Celsius eingestellt wird. Und dann …«

Er senkte seine Stimme, aber Moira ahnte, dass dieser Boris abgeordnet wurde, um auf Rho aufzupassen, damit dieser keine Erkenntnisse für seine eigene, vermeintliche Forschungsgruppe abzweigte. Konkurrenz belebt das Geschäft, das war eins der Grundprinzipien der Gesellschaft, und das machte auch vor der Forschung nicht halt. Dieses Institut konkurrierte mit anderen um Fördergelder und lukrative Aufträge aus der Wirtschaft. Firmendaten waren heilig. Das galt auch für Institute.

Nachdem Boris gegangen war, hatte Hashemi seine Gelassenheit wiedergefunden. Er lächelte sie an und machte eine einladende Handbewegung. »Bitte. Hier entlang.«

***

43 war allein mit der Mantis. Er sah sie an, sie sah ihn an. Einen langen Moment standen sie beide regungslos da.

So in Ruhe hatte er noch nie eine Mantis betrachtet. Keine lebende zumindest. Eine lebende Mantis, das hieß immer Kampf und Schmerz. Es hieß, töten zu müssen.

Und nun standen sie beide hier und sahen einander einfach nur an. Es fühlte sich fremd an, unwirklich. Aber auch … erleichternd. Diese Stäbe zwischen ihnen hatten erreicht, dass sie keine Feinde sein mussten. Seltsam, wie einfach das war.

Die Mantis wandte sich ab. Interessanter als er war offenbar der Streifen direktes Sonnenlicht, der nahe am Käfig auf den Boden fiel. Mit ihren Vordergliedmaßen kratzte sie darüber, als wollte sie das Licht zu sich heranholen.

Immer saßen Mantis auf ihren Hives in der Sonne, bedeckten mit ihren ausgebreiteten Flügeln oft den ganzen Bau. 16 hatte vermutet, dass sie damit für Schatten und Kühlung sorgten. 57 hatte gedacht, dass sie nach Feinden Ausschau hielten. Aber vielleicht war beides nicht die ganze Wahrheit. Vielleicht brauchten sie das Sonnenlicht. Es würde erklären, warum sich diese Mantis so sehr nach dem dünnen, unerreichbaren Strahl streckte.

Er ging zu dem Schalter hinüber, den Hashemi betätigt hatte, und öffnete die Verschattung weiter. Der sonnige Strahl verbreiterte sich, die Mantis klapperte aufgeregt mit den Deckflügeln. Doch das Licht traf den Käfig nicht. Man hatte ihn in die hinterste, dunkle Ecke geschoben.

Die Mantis wollte ins Licht, das war nun mehr als eindeutig. Sie erschien geradezu verzweifelt, schob sogar die durchsichtigen Flughäute unter den Deckflügeln hervor, um das Licht damit zu erreichen.

Er könnte den Käfig verschieben. Aber dazu müsste er ihr so nah kommen, dass ihre Vorderbeine ihn treffen könnten. Er trug kein FRT, und auch sonst keinen Schutz. Die harten Chitinklauen konnten seinen Brustkorb glatt durchschlagen, und selbst ihre Mandibeln würde sie einsetzen können.

Trotzdem drängte ihn etwas, ihr zu helfen. So wie Moira ihm geholfen hatte, obwohl er nur ein Klon war. Moira würde auch jetzt vermutlich nicht zögern.

»Ich schiebe den Käfig rüber, wenn du mir nicht den Arm abbeißt.«

Warum hatte er das gesagt? Vielleicht, weil in den vergangenen Phasen so viele Worte um ihn herum gesprochen worden waren. Worte wurden langsam … vertrauter.

Die Mantis sah ihn direkt an und ihre Antennen bewegten sich sachte. Sie verstand ihn natürlich nicht. Aber seltsamerweise sah sie so aus, als versuche sie es zumindest. Auf der dreieckigen Kopfplatte bildete sich ein Kreis und ein paar Linien.

Vorsichtig näherte er sich ihr, und sie zog sich zurück, soweit sie es konnte, auf die andere Seite des Käfigs. Vermutlich hatte auch sie Angst vor ihm. Wusste sie, dass er ein besonderer Mensch war? Ein Soldat, der ihre Hives überfiel? Er packte die Gitterstäbe, und ohne die Mantis aus den Augen zu lassen, zog er den Käfig ein paar Schritte in den Raum hinein, bis er im vollen Sonnenlicht stand. Dann trat er zurück.

Jetzt erst kam sie in die Mitte des Käfigs zurück, drehte sich mit dem Rücken ins Sonnenlicht, hob die Deckflügel und entfaltete die darunterliegenden, blaugrün schimmernden Hautflügel. Dünn und glänzend waren sie, durchzogen von feinen Adern, die ein Muster aus Schwüngen und Linien bildeten. Die entstehenden Flächen und Grate reflektierten das Licht, glitzernde Sektoren auf der papierdünnen Haut, deren Farbe ihn an frisches, klares Wasser denken ließ. Die Flügel waren schön. Das war ihm noch nie zuvor aufgefallen.

Ein Krachen, und sowohl 43 als auch die Mantis schraken zusammen. Jemand hatte die Tür aufgestoßen und ein dünner Mann, etwa zwanzig biologische Jahre, trug umständlich etwas in den Raum. Eine zusammengeklappte Pritsche. Er hatte unordentliches, gelbes Haar und einen kleinen Bart auf der Kinnspitze.

»So«, sagte er, »hier haben wir erst mal …« Er stockte, als er die Mantis sah. »Was haben Sie gemacht?« Er stellte die Pritsche ab. »Das geht doch nicht! Sie muss aus dem Licht raus!«

Energisch kam er näher. Die Mantis zuckte zurück, deutlich schwankend zwischen dem Wunsch, sich zu schützen und dem, die Flügel im Licht zu halten.

43 stellte sich dem dünnen Mann in den Weg, so plötzlich, dass dieser fast gegen ihn gelaufen wäre. Der Mann blieb

stehen, wirkte ärgerlich, aber zugleich eingeschüchtert, und wich zwei Schritte zurück.

»Was soll das?«

»Sie braucht das Licht.« 43 zögerte kurz, dann ergänzte er sicherheitshalber: »Sir!«

»Sie ... was? Woher wollen Sie das wissen?«

»Sie sitzen auf den Hives, Sir. Außen.«

»Klar, wenn sie die Beobachtungsdrohnen hören, kommen sie raus, um den Bau zu verteidigen.«

»Immer, Sir. Es sitzen immer Mantis auf den Hives. Sie brauchen die Sonne.«

Der dünne Mann trat noch einen Schritt zurück, dann beugte er sich zur Seite, um an 43 vorbei auf die Mantis zu sehen. Auch 43 drehte sich halb um.

Die Mantis hatte die Flügel wieder ausgebreitet, als wollte sie in der ihr noch zugestandenen Zeit möglichst viel von dem kostbaren Licht einfangen. Dabei tappte sie nervös mit den Vorderbeinen und die Muster auf ihrer Kopfplatte wechselten abrupt. Sie wiederholten sich. Immer wieder wurde fast die gesamte Kopfplatte von einem hellen Kreis eingenommen, dann erschien ein kleinerer Kreis mit Linien darunter.

Ein Kreis. Rho sah zum Fenster. Ob das etwas mit der Sonne zu tun hatte? Mit dem Licht, das sie brauchte?

»Türkis«, sagte der dünne Mann nachdenklich. »Sie sind türkis. Könnte es sein, dass ...?« Er verstummte. Da dies aber keine vollständige Frage war, schwieg 43. Langsam fuhr der dünne Mann fort: »Wissen Sie, warum die Pflanzen auf der Morgenseite türkise Blätter haben, und keine grünen, wie auf der Erde?«

Das war eine Frage, also antwortete 43. »Nein, Sir.«

»Weil sie nur das langwellige, rote Licht für die Photosynthese verwenden. Davon hat unser roter Zwerg ne ganze Menge, und das ununterbrochen, ohne störende Nächte. Genug für jede Pflanze in der Dämmerungszone. Das heißt, sie reflektieren nicht nur die Grün- und Gelb-, sondern auch die schädlichen Blauanteile. Darum sehen sie türkis aus. Chlorophyll C, mit Thylakoidmembranen.«

Erwartungsvoll sah er 43 an, aber der wusste nicht, welche Reaktion erwartet wurde. »Ich verstehe, Sir.«

Der dünne Mann unterdrückte ein Lächeln. »Wirklich?«

»Nein, Sir.«

Jetzt lachte der Mann. »Ich bin Boris.« Er streckte die Hand aus. Es war die Aufforderung für den zivilen Gruß. 43 hatte das schon oft beobachtet, doch heute hatte er ihn das erste Mal ausgeführt. Bei Judith im Wagen. Dann hatte Hashemi ihm die Hand gereicht, und jetzt bot man ihm den Gruß zum dritten Mal an. Er griff nach der Hand und passte seinen Druck dem des anderen an. Es war seltsam intim. Er hatte nicht oft Gelegenheit, einen Bio zu berühren.

»Ich bin Doktorand«, sagte Boris, »einer von Hashemis Assistenten. Eigentlich mehr sein Laufbursche. Und Sie müssen Rho sein.«

»Ja, Sir.«

»Aber das«, Boris zeigte auf die Mantis, zu der Rho nun den Blick freigegeben hatte, »das ist ein faszinierender Gedanke. Tiere mit der Fähigkeit zur Photosynthese. Wenn sich das bestätigen würde …« Er tippte auf seinen Armbandscreen. »Voice Lydia.«

Kurz darauf meldete sich eine Frau. »Ja?«

»Lyddie, kannst du mir einen Gefallen tun? Schau doch mal, ob die Hautflügel der Kadaver ihre Farbe verloren haben. Und schneide mir ein türkises Stück raus, wenn's geht.«

Eine kurze Pause, dann: »Kommt das von Hashemi?«

»Nein es ist nur … so 'ne Idee. Falls ich mich irre, will ich nicht blöd dastehen.«

»Dann mach das selbst, ich hab genug zu tun.« Der Screen wurde dunkel.

Boris lächelte verlegen. »So sind sie, die Frauen.«

»Ja, Sir.«

»Man kann nicht mit ihnen, und nicht ohne sie.«

»Nein, Sir.«

Boris verengte die Augen. »Was ist das immer mit dem Sir? Sind Sie Soldat?«

»Ja, Sir.«

»Von MinerVa?«

Er zögerte, aber das Firmenlogo war auch auf ihren Helmen gewesen. Das waren also wohl keine Firmendaten. »Ja, Sir.«

Boris streckte einen langen, dünnen Finger nach ihm aus. »Sie tragen aber MediCare Kleidung.«

43 blickte an sich hinunter. »Das ist korrekt, Sir.«

»Also, hier können Sie sich das ›Sir‹ jedenfalls sparen. Wir sind hier alle Zivilisten,«

Innerlich seufzte 43, aber er nickte. »Verstanden.«

Boris drehte sich um. »So, ich ... äh ... habe Ihnen Ihr Bett gebracht. Kissen und Decke kommen noch. Ach ja, und ich soll die Temperatur umstellen.« Er ging zu einem Gerät, das an der Wand neben der Tür hing, und betätigte ein paar Knöpfe.

Rho sah sich noch einmal nach der Mantis um. Sie stand jetzt ganz ruhig da, selbst die Muster auf der Kopfplatte waren zur Ruhe gekommen. Sie schien das Licht einfach nur zu genießen, es schwelgend in sich aufzunehmen. Es hatte etwas Beruhigendes, ihr dabei zuzusehen.

Boris trat neben ihn. »Falls Sie recht haben, haben Sie Twiggy wohl das Leben gerettet.« 43 sah zu ihm hinüber und Boris grinste ihn an. »Twiggy, so nennen wir sie. Weil ihre Beine so dünn sind.« Wieder dieser Blick, als erwarte er etwas von ihm und 43 hatte nicht die leiseste Ahnung, was das sein mochte. »Wie Twig – Zweig. Klar?«

»Ich verstehe«, sagte 43.

Boris seufzte. »Woher wissen Sie eigentlich so viel über die Mantis?«

»Wir kämpfen gegen sie.«

»Das habe ich mitbekommen.« Er lächelte schief. »Und ich bin Ihnen echt dankbar dafür. Aber dass die Mantis außen auf ihren Bauten sitzen, das können Sie ja nicht während des Angriffs erfahren haben.«

»Nein.«

»Woher wussten Sie es also?«

43 wollte schon antworten, doch dann stockte er. Er mochte Boris. Er wollte ihn nicht in Schwierigkeiten bringen. »Das sind Firmendaten.«

»Ah.« Boris verzog das Gesicht. »Ganz wie Sie wollen. Und wo wir schon dabei sind …« Er beugte sich über einen der Tische und zog einen Screen zu sich heran, der darauf lag. »Dann werde ich besser auch mal unsere Protokolle in Sicherheit bringen.« Er drückte den Screen an seine Brust und blickte sich um. »So, dann … stellen Sie vielleicht schon mal das Bett auf und ich hole das Bettzeug.«

Von der Tür her sagte Moira: »Und ein Erste-Hilfe-Set wäre nicht schlecht.«

43 drehte sich zu ihr um. Der Klang ihrer Stimme war wie eine sanfte Berührung in seinem Inneren.

»Was ist denn passiert?«, fragte Boris.

»Nichts Schlimmes, nur ein paar Kratzer vom Angriff, die ich neu versorgen will.«

Wieder log sie. Und wieder tat sie es, um es jemandem leichter zu machen. Oder vielleicht wollte sie es nur sich selbst leichter machen. Keine Erläuterungen abgeben müssen. Es sich leicht zu machen, schien die treibende Kraft von allem zu sein, was die Bios taten.

***

Moira trat von der Tür weg, um Boris hinaus zu lassen, hielt ihn dann aber noch mal auf. Im Krankenhaus hatte sie ein Antibiotikum wegen der entzündeten Brandwunde bekommen, und auch Rho brauchte seins. Sie wollte das Präparat ungern wechseln. Als Medizinerin wusste sie nur zu gut über Multiresistenzen Bescheid.

»Vielleicht kann man es bestimmen«, sagte Boris. »Wir haben hier ein pharmakologisches Institut. Ich frag mal nach.«

Er ging und Judith kam herein, schloss die Tür und zeigte auf eine Ecke, wo einige aufeinandergestapelte Stühle standen. »Kriegsrat!«

Moira stellte drei Stühle im Kreis, und als Rho ihr helfen wollte, sagte sie: »Deine OP ist wie lange her?« Ihr Screen zeigte fast Rot drei. »Nicht mal sieben Stunden.« Es war erstaunlich, dass er schon so lange durchhielt. Oder vielleicht war er es einfach nicht gewohnt, Rücksicht auf sich selbst zu nehmen. Ein Soldat tat, was von ihm verlangt wurde, oder nicht? Er führte Befehle aus, ohne sich zu beklagen. Wenn er dabei zusammenbrach, war es die Schuld des Vorgesetzten, seine Kraft nicht richtig eingeschätzt zu haben. Das war jetzt wohl ihre Rolle. Rho hatte sie stoisch und verlässlich durch die Wüste geführt. Jetzt war es an ihr, sich um ihn zu kümmern. »Du musst dich schonen«, sagte sie. »Setz dich.«

Er gehorchte und auch Judith nahm Platz. »Dieser Boris schien ziemlich begeistert zu sein. Hat er etwas herausgefunden?«

»Photosynthese«, sagte Rho. »Vielleicht machen die Mantis das mit ihren Flügeln.«

»Wow«, sagte Moira. »Das klingt wirklich nach einer Entdeckung.«

»Ihr solltet ihnen nicht zu viele Informationen geben«, riet Judith. »Sonst werden sie am Ende noch misstrauisch.«

Rho zog die Brauen zusammen. »Es macht sie misstrauisch, wenn wir ihnen helfen?«

»Ohne etwas dafür zu verlangen? Natürlich!«

Rho verstand das sicherlich nicht. Wenn das eigene Leben von den Kollegen abhing, dachte man in anderen Kategorien.

»Unsere Gesellschaft«, erklärte sie, »basiert auf dem Prinzip der Konkurrenz.«

Rho sah verwirrt aus. »Und das funktioniert?«

»Klar. Durch den Wettstreit unterschiedlicher Interessen ergibt sich das Optimum für alle.«

In Judiths Stimme war der Sarkasmus nicht zu überhören. »Will heißen, wenn jeder an sich denkt, ist an alle gedacht.«

»Ach.« Moira winkte ab. »Mach es doch nicht so dramatisch. Das evolutionäre Prinzip ist in uns allen angelegt. Survival of the fittest.«

»Und Kooperation?«, fragte Judith. »Ist die nicht auch in uns allen angelegt?«

»Schon, aber echte altruistische Kooperation kommt in der Natur nur dort vor, wo die Individuen der Gruppe genetisch verwandt sind, bei Familien oder staatenbildenden Insekten.« Sie stockte, und als Judiths Blick zu Rho hinüber ging, wusste sie, dass sie beide das Gleiche dachten.

Wie bei den Klonen.

Judith räusperte sich. »Ihr Klone seht also alle gleich aus.«

»Für die Bios, ja.«

»Aber ihr könnt einander unterscheiden? Ihr habt doch alle die gleiche Nase, die gleichen Augen, die gleiche Frisur.«

Rho dachte einen Moment darüber nach. Wenn es darauf ankam, redete er nie unüberlegt. Seine Worte mochten schlicht sein, doch in seinen Gedanken lag trotzdem Tiefe. Daneben hatte er dieses Repertoire von Floskeln, die er verwendete, wenn Worte unnötigerweise von ihm verlangt wurden. Schließlich sagte er: »Wir sind trotzdem verschieden. 78 ist klug, er kann gut reden. 16 versteht technische Zusammenhänge. 26 ist ängstlich. 57 mag die Gefahr. 9 macht Scherze.«

»Erstaunlich«, sagte Judith. »Dabei habt ihr doch alle die gleiche genetische Disposition. Du könntest genauso sein wie zum Beispiel 78. Wolltest du das nie?«

»Wozu? 78 gibt es doch schon.«

Moira lachte. »Ein Klon erklärt uns den Individualismus.«

»Was ist der Individualismus?«

Judith übernahm die Erklärung. »Dass jeder anders sein will als die anderen. Jeder Mensch will etwas Besonderes sein, will für sich allein stehen.«

»Allein? Nein.«

»Damit meine ich, jeder will aus der Masse herausstechen, sich von der Gruppe abheben.«

Wieder schüttelte Rho den Kopf. »Jeder Bruder ist ein Teil der Gruppe, macht sie ganz. 26 weist uns auf Gefahren hin, 57 geht voran, wenn es …« Er verstummte unvermittelt.

»Was ist?«, fragte Moira.

Leise sagte er: »57 ist gefallen. Beim letzten Angriff.«

Betretenes Schweigen breitete sich aus.

Mit jedem Gefallenen verloren die Klone mehr als nur einen von vielen. Die Klone bildeten ein Ganzes, wie eine aus verschiedenfarbigen Knetmassen geformte Kugel, die gerade deshalb so perfekt war, weil jeder darin seinen ganz eigenen Platz einnahm, seine ganz eigene Form gebildet hatte, die sich perfekt an die anderen schmiegte. Und wenn ein Stück entnommen wurde, war die Kugel nicht einfach nur geschrumpft. Sie war keine Kugel mehr.

Jetzt erst verstand Moira wirklich, was Rho meinte, wenn er von seinen Brüdern sprach. Sie wollte seine Hand nehmen, ihm Tost spenden, aber sie zögerte. Sie hatte weder Geschwister noch Kinder. Wie sollte sie jemals nachempfinden können, was er fühlen musste, wenn einer seiner Brüder starb?

»Der Mann auf dem Krankenhausdach«, sagte sie. »Der sich über mich geworfen hat. Wer war er?«

»Ein Sigma. Von denen kenne ich nicht alle. Fast alle im 'Kopter waren Sigmas.«

»Aber der Pilot nicht.«

»Das war 105. Er konnte singen. Ich weiß nicht, woher er die Lieder hatte, aber sie konnten einem das Herz ganz schwer oder ganz leicht machen.«

Nun legte Moira doch die Hand auf die seine, und als sich ihre Blicke trafen, war da plötzlich eine ganz neue Nähe.

Judith sah auf ihr Glas, drehte es in den Händen. »Jeder eurer Toten hinterlässt eine echte Lücke.« Sie schüttelte den Kopf. »Und die halten euch für austauschbar.« Sie hob den Blick. »Was ist deine Besonderheit? Deine Rolle?«

Die Frage schien Rho sich noch nie gestellt zu haben. »Ich weiß es nicht«, sagte er nachdenklich. »Ich glaube, ich habe keine.« Es schien fast, als sei er traurig darüber.

Judith seufzte. »Das macht einen richtig nachdenklich. Diese Gemeinschaft. Da fragt man sich, wenn ich mal gehe, werde ich dann auch eine Lücke hinterlassen?«

»Judith!« Moira nahm sie spontan in die Arme und drückte sie an sich. »In meinem Leben würdest du einen *Krater* hinterlassen!«

»Danke, Schatz.« Sie nahm den Monokel-Screen ab und wischte sich über die Augen. Dann streifte sie die blaue Perücke ab. »Das ist eine Hitze hier drin!«

Verschwitzte, dunkle Haare kamen zum Vorschein, die sie mit den Fingern lockerte. Mit wenigen Handgriffen war aus Judith Justin geworden, und ohne die blaue Lockenpracht wirkte sein Kopf wie zusammengeschrumpft.

Justin lockerte die Schultern. »Aber wir haben Wichtigeres zu besprechen. Es gibt hier einiges, was ich noch nicht verstehe. Zum einen …« Er stockte, als er Rhos überraschtem Blick begegnete. Dann grinste er. »Du hast es nicht gewusst?«

Rho sah auf die Perücke. »Es ist eine Mütze.«

Justin lachte. »Man nennt es Perücke.«

Moira beobachtete Rho gespannt. Wie würde er diese Offenbarung aufnehmen?

»Es ist so«, sagte Justin. »Jeder von uns hat eine männliche und eine weibliche Seite.« Er stockte, musterte Rho. »Gut, manche vielleicht mehr als andere. Ich bevorzuge es jedenfalls, auch meine weibliche Seite auszuleben.«

»Sie wechseln«, sagte Rho.

»So könnte man es sagen.«

Rhos Blick wanderte zu Justins Schoß, und wieder lachte dieser.

»Ganz so weit geht es bei mir nicht.«

Moira wandte sich an Justin. »Du hast gesagt, dass du Fragen hast.«

»Richtig. Zum Beispiel, wozu braucht MinerVa Inc. eigentlich eine Klonarmee?«

»Gegen die Mantis«, sagte Moira.

»Das kann nicht sein. Die Mantis greifen uns erst seit ungefähr zehn Jahren an.« Er nahm Rho in den Blick. »Wie alt bist du?«

»Sechsundzwanzig. Biologisches Alter.«

»Also hat man mit dem Klonen von Soldaten schon lange vor den Angriffen begonnen. Aber wozu?«

»Moment.« Moira hob die Hand, wandte sich an Rho. »Was meinst du mit biologisches Alter?«

»Mein biologisches Alter ist sechsundzwanzig. Die Zeit meiner Existenz ist kürzer.«

War er etwa ausgewachsen abgenabelt worden? Man konnte einzelne Organe wachsen lassen, aber einen erwachsenen Körper? Das wäre Science-Fiction! »Werden Klone etwa als Erwachsene geboren?«

Er schüttelte den Kopf. »Beschleunigte Reifung.«

»Du meinst, ein schnellerer Alterungsprozess? Von welchem Beschleunigungsfaktor sprechen wir?«

»Verdoppelung.«

Mit leisem Schrecken wurde ihr bewusst, was das bedeutete. »Du bist erst dreizehn?«

»Nein, Ma'am. Ich bin sechsundzwanzig.«

Das ließ sich kaum bezweifeln, so wie er da saß. Groß, muskulös und mit dunklen Bartstoppeln. Körperlich war er eindeutig erwachsen. Auch mental hatte sie bisher nicht das Gefühl gehabt, von einem Kind begleitet zu werden. Man hatte ihn offenbar auch mit doppelter Geschwindigkeit durch seine Ausbildung gepeitscht, ihn gelehrt, was er als Soldat wissen musste, und alles andere nur rudimentär gestreift.

Und emotional? Ließ sich die emotionale Reifung eines Menschen beschleunigen?

Nun, von Moira selbst hatte man gesagt, sie sei früh erwachsen geworden, nachdem sich ihre Eltern getrennt hatten. Die Notwendigkeiten des Lebens konnten eine schnelle Entwicklung erzwingen, und sie mochte sich kaum vorstellen, was Rho in den wenigen Jahren seines Lebens bereits durchgestanden hatte. Sie nickte langsam. »Ja, Rho. Du bist zweifellos sechsundzwanzig.«

Und doch ließ der Gedanke sie nicht los. Seit dreizehn Jahren war er auf der Welt, und hatte nichts als Drill und Kampf erlebt. Trotzdem lag nicht der leiseste Vorwurf, nicht ein Funken Anklage in seinen Worten. Seine Stärke ließ kein Selbstmitleid zu.

Vermutlich hatte er nicht die leiseste Ahnung, wie schön das Leben sein konnte. Wenn das alles hier vorbei war, würde sie das ändern. Das Meer. Die nördlichen Farnwälder. Schokoladeneis. Es gab so vieles, was sie ihm zeigen wollte.

»Ich kann mir nicht vorstellen«, sagte Justin, »dass sie schon nach ein paar Jahren so ein perfektes Ergebnis – entschuldige Rho – erreichen konnten. Als sie mit den Versuchen begonnen haben, muss es zuerst einmal eine Menge Fehlschläge gegeben haben.«

Rho nickte. »Die Charge Rho war die erste lebensfähige. Inzwischen gibt es Sigma, Tau und Ypsilon.«

»Das heißt«, sagte Justin, »die Chargen Alpha bis … welcher Buchstabe auch immer vor Rho kommt, waren Fehlversuche.« Justin schüttelte den Kopf. »Sie müssen lange vor den Mantis-Angriffen mit dem Projekt begonnen haben.«

Und da war noch etwas anderes, das Moira nicht verstand. »Woher haben sie all die Leihmütter?«

Justin hob die Brauen. »Wer sagt, dass es menschliche Leihmütter sind?«

Moira starrte ihn an, aber ihr medizinisches und historisches Wissen sprang sofort in die Bresche. Die Menschen hatten Insulin aus Schweinen gewonnen, und später aus genetisch veränderten Bakterien. Sie hatten transgene Tiere geschaffen, die in ihrer Milch menschliche Proteine für Medikamente ausschieden. Warum also sollte man nicht menschliche Embryonen von, sagen wir, Schweinen austragen lassen?

Sie sah Rho an. »Ist das so? Werdet ihr von Tieren ausgetragen?«

»Ich weiß es nicht. Diese Dinge geschehen im Haupthaus. Aber die Offiziere sagten immer, wir kämen aus Röhren.«

Etwas Ähnliches hatte auch 78 gesagt.

»Die Befruchtung kann in einer Röhre stattfinden«, sagte Moira, »aber zur Entwicklung braucht ein Embryo eine Plazenta. Es sei denn, ich hätte Jahrzehnte der wissenschaftlichen Entwicklung verschlafen.«

»Was wir bräuchten«, sagte Justin, »ist ein Insider.«

»Das sind alles Firmendaten. Niemand wird dafür seinen Job aufs Spiel setzen, geschweige denn seine Freiheit.«

»Dann einen Ehemaligen, einen Aussteiger. Es gibt immer Unzufriedene. Leute, die sich ungerecht behandelt fühlen. Oder noch besser, Leute, die mit der Firmenpolitik nicht einverstanden sind. Das gärt langsam, und irgendwann brauchen sie bloß noch einen kleinen Schubs.«

»Schön, aber wie sollen wir so jemanden …« Moira stockte. Sie dachte an das, was Rho ihr über 78 erzählt hatte. Unwahrscheinlich, dass ein Mann nicht bemerkte, wenn ein Junge ihm immer wieder Bücher entwendete, selbst wenn er sie zurückbrachte. Es sprach eher dafür, dass dieser Mann die Jungen als das betrachtet hatte, was sie waren. Menschen.

»Dieser Doc«, sagte sie, »von dem 78 die Bücher hatte. Arbeitet der noch bei MinerVa?«

Rho schüttelte den Kopf. »Er hat sich von uns verabschiedet, bevor er ging.« Er blickte ins Leere. »Davor hatte 78 noch nie geweint. Und danach auch nie wieder.«

Sie legte die Hand auf seine und er blickte auf. »Weißt du, wie dieser Mann hieß?«

Er zog die Brauen zusammen. »Wir nannten ihn nur Doc.« Er dachte darüber nach. »Aber die Bios nannten ihn Doc Brown.«

»Sparkling.« Justin griff nach der Perücke und verwandelte sich zurück in Judith. Auch den Monokel-Screen setzte sie wieder auf. »Dann werde ich mal das Netz durchsuchen.«

»Vier Augen sehen mehr als zwei.« Moira sah sich um. »Bei all dem Gerümpel hier muss doch irgendwo ein Screen zu finden sein.«

Sie fanden tatsächlich einen, und als sie ihn an den Strom anschlossen, leuchtete er auch auf. Zwei flimmernde Linien zogen sich quer darüber, aber als Judith ihren Chip benutzte, fand er sofort das Netz. Allerdings war die Sprachsteuerung im Eimer. Sie mussten tippen. Sie versuchten es mit allen möglichen Kombinationen der Worte *Brown* mit *MinerVa, Noshades, Soldaten,* sogar mit dem Wort *Klone,* doch nirgendwo ergab sich eine Verbindung. Entweder postete Brown nicht auf den Social Sites, oder MinerVa hatte alle entsprechenden Hinweise aus dem Netz löschen lassen.

»Was ist mit anderen Angestellten?« Judith sah Rho an. »Fällt dir der Name irgendeines anderen Angestellten ein? Wir brauchen Vor- und Nachname.«

»Ashok Trakev. Sibelius Wang. Antonia Abebe ...«

»Gut, gut, das reicht erst mal.« Judith wischte und tippe über den Screen. »Wieso kennst du diese Namen, aber nicht den von Doc Brown?«

»Wir waren Kinder, als er ging. Zwölf Jahre.«

»Biologisches Alter«, vermutete Moira und er nickte.

»Ha!«, rief Judith. »Die Teilnehmerliste einer Firmenfeier. Wang und Abebe waren dabei.«

»*Das* veröffentlicht MinerVa?«

Judith grinste. »Natürlich nicht, aber das Restaurant muss es für Steuerzwecke zehn Jahre lang aufbewahren.«

»Und wie bist du da rangekommen?«

»Das lass mal mein Geheimnis bleiben.«

Sie scrollten durch die Liste, die ziemlich lang war, aber der Name Brown tauchte nicht auf. Enttäuscht lehnte Moira sich zurück. »Er ist wie ein Geist.«

»Es muss noch andere Leute geben, die sich an Brown erinnern. Wir schauen die Namen dieser Liste durch und finden heraus, wer davon nicht mehr bei MinerVa ist.«

Moira war wenig begeistert. In Brown hatte sie gehofft, einen Whistleblower zu finden, zumindest jemanden, der eine grundsätzliche Bereitschaft dazu hatte. Über die anderen wussten sie gar nichts, und mit jedem Kontakt riskierten sie, dass sie aufflogen. Wenn jemand sie bei MinerVa meldete, waren vermutlich im Nu die Männer in den schwarzen Anzügen wieder da.

Boris kam herein. Er legte ein paar Decken und eine Rotkreuz-Kiste auf den Tisch, dann wedelte er mit einer Karte.

»Hashemi sagt, ich soll euch auf Kosten des Hauses in die Kantine ausführen.«

»Mich nicht.« Judith griff nach ihrer Handtasche. »Ihr könnt nicht ewig in diesen MediCare-Klamotten rumlaufen. Ich besorge euch das Nötigste und einen Freichip.«

Moira und Rho schlossen sich Boris an. An der Tür blieb Rho jedoch stehen und sah zur Mantis hinüber. Das Tier hatte seine Flügel inzwischen wieder zusammengefaltet, doch es konnte sich nicht aus der Sonne zurückziehen. Rho betätigte den Schalter und die Lamellen schlossen sich bis auf ein paar schmale Streifen.

Moira lächelte. Es war schön, ihn so fürsorglich zu sehen, auch wenn es nur um eine Mantis ging.

***

Dieser Doc Brown wäre eine so gute Chance gewesen. Moira wollte ihn noch nicht aufgeben, aber vermutlich blieb ihnen tatsächlich nichts anderes übrig, als alle Namen auf der Restaurant-Liste abzuchecken. Vielleicht erkannte Rho den einen oder anderen wieder und konnte ihnen sagen, wie loyal diese Person zu MinerVa und dem Klon-Programm stand.

Boris führte sie erst einmal zu einem Labor auf der anderen Gangseite, wo nicht nur er arbeitete, sondern auch die junge Frau, die sie reingelassen hatte. Lydia. Vor ihr auf einem Präparationstisch lag der Kopf einer Mantis.

Wieder schoss Moira die Angst vom Magen in die Brust, und kündigte Erinnerungen an, die sie rasch zu unterdrücken versuchte. Alles hier wirkte ein bisschen heruntergekommen, alt, staubig und improvisiert. Das hier war eben ein freies Institut, nicht das Hightech-Labor eines Konzerns. »Sie untersuchen Mantis-Teile?«

»Zentimeter für Zentimeter«, bestätigte Lydia. »Ich versuche, das Nervensystem besser zu verstehen.«

Boris nickte stolz. »Wir haben drei Kadaver in der Kühlkammer.« Er zeigte auf einen Apparat. »Und wenn wir vom Essen kommen, wird uns der Chromatograph sagen, ob die Mantis tatsächlich Chlorophyll in ihren Flügeln haben.«

Lydia zog zwei Objektträger aus einer Schachtel. »Boris sagte, Sie wollten Ihre Antibiotika bestimmen. Das geht, wenn die Einnahme nicht länger als vierundzwanzig Stunden zurückliegt. Ich brauche nur einen Tropfen Blut von jedem.«

Während sie Moira mit einer Nadel traktierte, stellte sich Boris neben Rho und erklärte ihm vertraulich: »Lydia kennt da diesen feschen Pharmakologen.«

Lydia streckte ihm die Zunge heraus, doch Boris redete unbeirrt weiter, und Moira hatte den Eindruck, dass er Rho zu einer Reaktion bewegen wollte.

»So ein Pharmakologe ist eine ganz gute Partie, weißt du?«

Rho beobachtete, wie sein Blut auf den Objektträger tropfte. »Ich verstehe.«

Triumphierend grinste Boris zu Moira hinüber. »Das ist seine Version von *Das geht mir total am Arsch vorbei.*«

Moira musste lächeln. »Ich weiß.«

Sie gingen ohne Lydia in die Kantine, in der es nach Bratfett und Knoblauch roch. Dort waren sie nicht allein mit ihrer MediCare-Kleidung.

»Wir haben einige von MediCare gesponserte Abteilungen«, erklärte Boris, »die nutzen das als Laborkleidung.«

Moira nahm sich zwei Tabletts vom Stapel und reichte eins Rho. »Was willst du essen?«

»Erdbeerjoghurt«, sagte er prompt.

Moira lachte. »Zum Nachtisch. Aber vorher solltest du was Richtiges essen.«

Er nahm, was sie nahm. Ein Nudelgericht und Salat. An der Dessert-Theke gab es tatsächlich Erdbeerjoghurt. Mit ihren Tabletts folgten sie Boris zu einem der Tische.

Kaum saßen sie, kam eine junge Frau zu ihnen. Sie hatte zwei grüne Pferdeschwänze, verlängerte Wimpern und chirurgisch vergrößerte Augen. Vermutlich waren ihre Brüste auch nicht original. Der Mini-Faltenrock trieb den Anime-Look auf die Spitze.

»Hey Boris, habt ihr zwei Neue im Team?« Ihrem Blick nach zu urteilen, war sie eigentlich nur an einem dieser Neuen interessiert.

Moira fühlte einen Stich der Eifersucht. Diese Frau war schlank, jung, und geizte nicht mit ihren Reizen.

»Das sind bloß Gäste«, sagte Boris deutlich mürrisch.

Die Frau stellte ihr Tablett Rho gegenüber und zog sich einen Stuhl heran. »Ich bin Tanja, aber alle nennen mich Flip.« Sie lächelte Rho entwaffnend an.

Richtig, Flip. Moira hatte die Animes als Teenie gesehen. Permanent Cosplay nannte man das wohl.

Boris stellte sie beide als Mantis-Experten von MinerVa vor. Woher wusste er, dass Rho von MinerVa kam? Sie musste wirklich aufpassen, wer mit Rho sprach. Er könnte alles Mögliche erzählen, wenn sie nicht dabei war. Andererseits wusste er vermutlich eher als sie, was Firmendaten waren, und war instruiert, sie zu schützen. Außerdem redete er ohnehin nicht viel.

Flip beäugte Rho mit offensiver Neugier. »Du siehst gar nicht aus wie ein Wissenschaftler.«

»Er ist im Sicherheitsteam«, sagte Moira schnell.

»Oh.« Flips Augen wurden noch größer, obwohl das kaum möglich schien. »Ich hab ein paar von euch auf der Straße gesehen, als die Mantis angriffen.« Sie lächelte ihm kokett zu. »Scharfe Uniformen.«

Rho nahm die Gabel auf. »Das war die FRT-verstärkte Kampfmontur.«

»Was immer das ist, scharf ist sie trotzdem. Schön, mal einen von euch ohne Helm zu sehen.«

»Der Helm ist Vorschrift.«

Moira biss sich auf die Wangen, damit ihr Grinsen nicht zu breit wurde. Rho würde vermutlich nie ein eleganter Plauderer werden. Aber das schien Flip nicht zu stören. Offenbar war ein Gespräch mit ihm nicht ihr wesentliches Ziel.

»Bist du festgelegt?«

Wow, sie war ziemlich direkt. Moira kam sich plötzlich unglaublich alt vor. Natürlich war das auch zu ihrer Zeit ein Thema gewesen, aber man hätte es nicht unbedingt beim ersten, zufälligen Treffen in einer Kantine aufs Trapez gebracht. Vor Jahrhunderten hätte man wohl gefragt, ob jemand verheiratet war, dann nach einer homo- oder heterosexuellen Ausrichtung. Heute ging es darum, ob jemand sexuell festgelegt oder variabel war. Was wohl die Leute in hundert Jahren fragen würden?

Rho sah Moira fragend an. Möglichst beiläufig erklärte sie es ihm. »Sie will wissen, ob du festgelegt bist, mit wem du Sex haben möchtest.«

Er nickte verstehend, dann sah er Flip an. »Ich bin festgelegt.«

»Auf Männer oder Frauen?«

»Auf Moira.«

Moira verschluckte sich und Boris sprang auf, um ihr auf den Rücken zu klopfen. Flip lachte lediglich.

Später, als sie die Tabletts aufs Laufband stellten, fragte Moira, ob sie nicht etwas für Lydia mitnehmen sollten, aber Boris winkte ab. »Lyddie bringt sich meistens was von zu Hause mit.«

Lyddie, Flip, offenbar verkehrten die meisten Angestellten hier untereinander mit Spitznamen.

Und da durchfuhr es sie. Was, wenn Doc Brown auch bloß ein Spitzname war? Das war sogar wahrscheinlich, anderenfalls hätte man ihn doch sicher Doktor Brown genannt. Aber wie sollte man einen Menschen anhand seines Spitznamens ausfindig machen? Nun, bei Flip war es das Aussehen, bei

Lyddie eine Namensverballhornung. Zumindest war es ein neuer Ansatzpunkt. Dem musste sie sofort nachgehen. Hoffentlich hatte Judith den Screen angelassen.

Doch oben angekommen rief erst einmal Lydia sie in ihren Raum. Der Mantis-Kopf auf ihrem Tisch war nun aufgesägt, die dreieckige Stirnplatte abgehoben und zur Seite gelegt. Darunter offenbarte sich eine leere Höhlung. Der ehemalige Inhalt lag auf einer Waage. Diesmal blieb der Schrecken aus, vielleicht weil dies alles kaum noch einer Mantis glich. Oder sie war bereits dabei, das Trauma zu überwinden.

»Die haben ein ziemlich großes Gehirn«, stellte Moira fest und trat mit widerstrebender Neugier näher. »Gefaltet, wie unseres.«

»Genau. Zusätzlich haben sie Segmenthirne, wie irdische Insekten auch, aber die scheinen nur rudimentäre Funktionen zu haben, vergleichbar mit unserem Rückgrat.« Lydia schob ein paar Zettel auseinander. »Entschuldigen Sie, ich habe das hier irgendwo hingelegt.«

»Wahnsinn!«, brüllte Boris, und die beiden Frauen zuckten zusammen. Er stand am Chromatographen und las die Werte vom Display. »Chlorophyll C! Sie betreiben tatsächlich Photosynthese! Ich muss zu Hashemi. Wow! Das ist der Durchbruch!« Und schon war er aus dem Raum.

Rho hatte für eine wissenschaftliche Sensation gesorgt. Irgendwie machte sie das stolz auf ihn. Wo war er eigentlich? Moira sah sich um. Entweder war ihm die Klimaanlage zu kalt, oder die Mantis faszinierte ihn zu sehr.

Wie mochte es für ihn sein, seinen Erzfeind in einem Käfig zu sehen? Ihn einmal ganz in Ruhe und aus nächster Nähe studieren zu können? Vielleicht hoffte er auf Vorteile, die es ihm im nächsten Kampf bringen könnte. Kein falscher Gedanke.

Moira betrachtete den Mantis-Schädel genauer. Die Stirnplatte wirkte pelzig. Sie streckte einen Finger aus und fuhr über die Fläche. Es fühlte sich auch pelzig an. Ihr Finger hinterließ einen dunklen Strich. Als sie die Bewegung in die entgegengesetzte Richtung wiederholte, wurde der Strich hell.

»Das ist der Stirnpelz«, sagte Lydia, die jetzt mit einem Zettel in der Hand herüberkam. »Eigentlich sind es flache Plättchen, ein bisschen wie Federn. Jedes davon hat einen eigenen, kleinen Muskel. Daraus ergeben sich die wechselnden Muster.«

»Meine Mutter hatte mal so einen Teppich. Man durfte ihn nur in eine Richtung saugen.«

Lydia lachte, dann hielt sie ihr den Zettel hin. »So, hier sind die Ergebnisse. Beides das gleiche Präparat. Ach, und Glückwunsch, übrigens.« Sie klopfte sich lächelnd auf den Bauch.

Moira wurde flau im Magen und in Lydias Blick erschien Bestürzung. »Oh, ich dachte, Sie wüssten es.«

»Ich bin schwanger?« Moiras Stimme klang gepresst.

»Nach den Blutwerten eindeutig.«

Schwanger. Von einem Klon. Verdammt, warum hatte sie bloß die Spritze abgesetzt? Vier Monate auf dem Trockenen, und nun ein einziger Ausrutscher.

Was jetzt? Die Pille danach? Zu spät. Wenn ihre Blutwerte es anzeigten, hatte sich die Eizelle bereits eingenistet. Also Abtreibung. Peinlich. Sie war doch kein Schulmädchen mehr, das vor dem Date die Pille vergaß. Dass sie als gestandene Frau ungewollt schwanger wurde, war schon ziemlich beschämend.

»Alles in Ordnung?«, fragte Lydia besorgt.

»Ja.« Moira atmete tief ein. »Jetzt weiß ich es zumindest. Danke.« Sie lächelte schwach.

Draußen im Gang blieb sie erst einmal stehen. Vielleicht würde sich das ja von selbst lösen. Rho war genetisch verändert, er alterte doppelt so schnell wie normale Menschen. Das konnte biologisch gar nicht funktionieren, der Fötus würde sich nicht entwickeln und abgehen. Von ganz allein.

Oder auch nicht. Das Leben findet seinen Weg. Wer hatte das nochmal gesagt?

Ein Klopfen ließ sie aufschrecken. Jemand stand draußen im Treppenhaus. Judith? Moira öffnete die Tür. Tatsächlich, Judith bepackt mit Einkaufstüten. Sie warf nur einen einzigen Blick auf Moira und fragte besorgt: »Alles in Ordnung?«

»Klar, alles okay.« Moira zwang sich zu einem Lächeln. »Du hast offenbar eine ziemliche Shopping-Tour hinter dir.«

»Ach, es gibt ja *so* viele hübsche Teile!«

Hoffentlich waren sie ihr nicht zu extravagant geraten. »Ich erstatte dir die Kosten natürlich.«

Judith versuchte abzuwinken, was mit vier Tüten in jeder Hand jedoch schwierig war. »Lass mal. Ich hoffe ja immer noch, wir landen mit dieser Story den großen Wurf.«

»Oder wir landen im Gefängnis.«

»Du musst immer so schwarzsehen.«

Moira hielt ihr die Tür zu Twiggys Raum auf. Rho saß vor dem Käfig der Mantis und blickte auf, als Judith die Tüten abstellte.

»So, mein Hübscher, jetzt komm mal her.«

Moiras Sorgen waren unbegründet. Nicht nur für eine Drag war Judith enorm unauffällig geblieben. Die Erleichterung musste Moira ins Gesicht geschrieben stehen, denn Judith zwinkerte ihr zu.

»So bleibe ich die Schönste im ganzen Land.«

Als sie neu eingekleidet waren, kehrten Moira und Judith zum defekten Screen zurück. Rho hingegen ging wieder auf die andere Seite des Raumes zu Twiggy. Man hörte ihn leise reden. Seltsam, gegenüber Menschen war er so einsilbig, und bei einer Mantis wurde er plötzlich gesprächig.

Judith hatte einen Freichip mitgebracht. Eine Möglichkeit, Credits zu speichern und auszugeben, wenn der eigene Chip defekt oder nicht vorhanden war. Oder wenn man ein Hotelzimmer zum Schäferstündchen mit der Freundin buchte. Auf diese Weise würde Moira zahlen können, ohne dass ihr Chip im System auftauchte.

»Bist du schon mit unserer Liste weitergekommen?«, fragte Judith.

Moira schüttelte den Kopf. »Aber ich hatte eine Idee. Vielleicht ist Doc Brown bloß ein Spitzname.«

»Dann dürfte es so gut wie unmöglich sein, ihn ausfindig zu machen.«

»Vielleicht. Vielleicht auch nicht.« Moira wischte über den Screen und tippte »Doc Brown« ein.

Der Screen produzierte eine Menge Bilder. Offenbar gab es eine Schuhmarke dieses Namens und einen Sänger. Der war allerdings zu jung, um schon vor sieben Jahren einen Spitznamen inspiriert zu haben.

»Wer ist das da?« Judith zeigte auf einen Mann mit aufgeplusterten, weißen Haaren und irrem Blick. Der Link führte auf eine Cineasten-Seite.

»Offenbar eine Figur aus einem alten 2D-Klassiker. Ein verrückter Professor, das eignet sich doch gut für einen Spitznamen. Der vollständige Name der Figur ist Emmett Brown.«

»Emmett«, wiederholte Judith nachdenklich. »Warte mal, da klingelt was.« Sie übernahm den Screen, rief ihre Browser-Historie auf, und fand die Restaurant-Liste wieder. Nach ein paar Wischern sagte sie: »Bitteschön, Emmett Leblanc.«

»Leblanc«, sagte Moira nachdenklich. »Das ist Französisch, oder?«

»Richtig. Französisch für Weiß. Emmett Weiß. Emmett Braun, klingt für mich wie ein guter Spitzname.«

»Klingt für mich wie das Beste, was wir im Moment haben.«

Sie suchten alles zusammen, was sie im Netz über Emmett Leblanc fanden, und das war nicht viel. Es gab kein Bild, keine private Social Site. Aber sie fanden eine Bestätigung, dass er seit sieben Jahren in Rente war. Auch das passte. Schließlich fanden sie auch eine Adresse. Falls sie noch aktuell war, lebte er in einem der MinerVa Villages in Green Sands. Nicht ungewöhnlich. Das Wohnrecht im Village war oft Teil der Betriebsrente.

»Lass uns einen Scooter rufen«, sagte Moira.

Judith zeigte auf den Screen. »Das ist ein Gelbes Viertel.«

Da man in einem Village die Wohnung nicht teilen musste, waren die Viertel nach den Phasen ihrer Bewohner sortiert. Auf diese Weise wurde vermieden, dass die einen feierten, während die anderen schlafen wollten. Gelb bedeutete, dass die Bewohner in der Phase Gelb arbeiteten. Daher war Blau die Zeit der Nachtruhe, also etwa von Rot sieben bis Blau sieben. Und jetzt war es fast Rot acht, oder auch Blau null.

»Er wird bestimmt nicht sehr kooperativ sein, wenn ihr ihn aus dem Tiefschlaf reißt.«

»Das ist nicht das einzige Problem. Er lebt in einem Village. Da kommt man nur mit Begründung rein.«

»Ach, Kindchen.« Judith lächelte. »Wozu hast du mich? Gib mir mal den Freichip.« Kurz darauf hatte sie eine Presse-Zugangsberechtigung für ein Interview darauf geladen.

»Wir haben also einen Plan«, sagte Judith. »Ihr geht morgen zu Leblanc, und um Gelb acht treffen wir uns wieder hier.«

Sie brach auf in ihr Hotel, und Moira machte sich nun endlich an die überfällige Wundversorgung. Wie erwartet hatte Rhos geschienter Knochen gut gehalten, und auch die genähte Wunde war noch geschlossen. Sie legte einen frischen Verband an. Rho ließ die Behandlung stumm über sich ergehen, aber er sah sie dabei unverwandt an. Der Schnitt im Oberarm war glatt und machte einen guten Eindruck. Sie streifte seinen Ärmel wieder herab und hob den Blick.

Ein, zwei Atemzüge lang bewegte sich keiner von ihnen. Dann reckte Moira sich einen Hauch weiter zu ihm hin, noch weiter, und schließlich legte sie sachte ihre Lippen auf die seinen.

Wie bei ihrem ersten Kuss hielt er nur still, und als sie ihre Lippen von seinen löste, lag wieder diese Mischung aus Verwirrung und Neugier in seinem Blick.

Sie hob die Brauen. »Du bist schon mal forscher gewesen.«

Er wirkte unsicher. »Es sind noch keine neun Phasen vergangen.«

»Nein.« Sie lächelte. »Und du musst dich schonen. Morgen wird ein anstrengender Tag.« Sie stand auf, und sein Blick folgte ihr. Es lag so viel Offenheit darin, ein rückhaltloses Vertrauen, wie sie es bisher nur in den Augen von Kindern gesehen hatte.

Und sie belog ihn. Nein, das war nicht ganz richtig, sie sagte ihm bloß nicht alles. Es war ja vielleicht auch gar nicht wichtig für ihn. Er wusste nicht, was Vaterschaft bedeutete, konnte damit vermutlich gar nichts anfangen. Es war sicher besser, wenn sie ihn damit nicht auch noch belastete. Ihre Entscheidung hatte sie ohnehin bereits getroffen, und da würde sie sich auch nicht hineinreden lassen. Für ein Kind gab es einfach keinen Platz in ihrem Leben.

Aber da war dieser Satz, den Nuri gesagt hatte vor … kaum zu glauben, dass das erst in paar Zyklen her war. *Hat er nicht ein Recht darauf, es zu erfahren?*

Der Gedanke blieb, ließ sie auf den Weg in die Gästehäuser nicht los und verfolgte sie bis in den Schlaf.

***

»Sie wurden am Upper Left Square gesehen«, sagte Benito, »Offenbar haben sie einen S-Tran Scooter benutzt.«

»S-Tran?«, fragte Keith. »Soll MinerVa ein wenig Druck ausüben?«

Benito schüttelte den Kopf. »Das dürfte nicht viel helfen. S-Tran lebt von seiner Diskretion. Aber ich habe ganz gute Verbindungen. Wir können vielleicht erreichen, dass sie uns kontaktieren, wenn das Zielobjekt wieder einen Scooter benutzt. Dann stellen wir eine Verbindung her.«

»Tun Sie das. Aber suchen Sie auch weiter.«

»Natürlich. Unsere Research-Abteilung hat übrigens inzwischen ein Dossier zusammenstellt. Miss Chakrabarti ist in ihrer Jugend ein ganz schönes Früchtchen gewesen, und es ist nicht abwegig, dass sie weiß, wie man untertaucht. Ich schicke es Ihnen.«

»Gut.« Keith beendete das Gespräch und sofort meldete sich seine Assistentin.

»Ihr Termin mit Helen Nakamura.«

Keith sah auf die Uhr. Er hatte sie jetzt fast zwanzig Minuten warten lassen. Das war wohl ausreichend. »Soll reinkommen.«

Nur weil Vater sich für ein paar Tage zurückgezogen hatte, glaubte Helen offenbar, dass sie Oberwasser hatte. Sie wollte ein paar Fragen aus dem Controlling klären. Controlling! Den Trick hatte sie schon einmal versucht. Sie hatte keinen Zugriff auf das Projekt MCM oder auf Noshades, aber hin und wieder liefen eben Kosten auf, die sich nicht verbergen ließen. Er lehnte sich zurück und lächelte. Dieses kleine Scharmützel würde sicher Spaß machen und ihn auf andere Gedanken bringen.

Die Tür ging auf und Helen trat ein. Groß, blond, und so gar nicht das, was man sich unter dem Namen Nakamura vorstellte. Ihm war schleierhaft, warum sie überhaupt den Namen dieses Tennisspielers angenommen hatte. Er war bloß ein Trophy-Husband, zehn Jahre jünger als sie, und spätestens mit fünfundvierzig würde sie ihm den Laufpass geben und sich etwas Jüngeres suchen.

»Helen. Worum geht es?«

Sie setzte sich, legte einen Screen auf den Tisch. »Gisela hat ein paar fragliche Posten gefunden, und ich dachte, ich spreche das kurz mit dir durch.«

Er hob die Brauen. »Wirklich? Du fragst mich nach einzelnen Rechnungen?«

»Deinen Vater kann ich im Moment nicht fragen.«

Das hätte sie auch niemals gewagt. Sie rief etwas auf ihrem Screen auf und schob ihn herüber. »Du hast Benito beauftragt.«

Benito! Nicht nur, dass diese Journalistin ihm durch die Lappen gegangen war, er hatte seine Rechnung auch noch an die Zentrale gestellt! Dabei hatte Keith ausdrücklich gesagt, dass die Abrechnung an Wang in Noshades zu gehen hatte.

Er beugte sich vor, überflog die Rechnung. Zumindest war die Leistungsbeschreibung ausreichend vage. Er schob den Screen wieder zurück. »Es hat einen Diebstahl gegeben. Wir dachten, wir hätten einen Hinweis.«

»Was ist denn gestohlen worden?«

»Mobiles Inventar.«

»Besteht ein Risiko? Industriespionage?«

»Ach, Helen«, sagte er unwillig. »Was soll das?«

»Das ist wohl während des Mantis-Angriffs geschehen.«

»Wir haben einiges an Hardware nach Green Sands geschafft, und in dem Chaos geht schon mal was verloren. War das alles?«

Sie wischte über den Screen. »Aus Vijays Abteilung wurden dreihundert Monturen mit FRT-Panzerung nach Noshades geliefert.«

»Vijay wollte, dass ich sie unter Wüstenbedingungen teste.«

»Dreihundert Stück?«

Die Gehaltsliste von Noshades wies fünfundachtzig Angestellte aus, zwei Putzfrauen inbegriffen. Helen wusste das. Er beugte sich vor, fixierte sie. »Noshades untersteht dem CEO, und das Controlling ist angewiesen, keine Fragen zu stellen, solange die Abteilung Profite generiert. Und das tut sie.«

Helen lehnte sich zurück. »Und nur der Teufel weiß, wie.«

Er lächelte. »MCM ist das neue Gold, und wir sind die Einzigen, die es schürfen können.« Die Profite von Noshades waren natürlich kein Hexenwerk. Fast dreihundert Arbeitskräfte, die keinen Lohn bekamen, keine Boni und keine Zulagen. Sie stellten keine Urlaubsansprüche, hatten keine Familien zu versorgen und keine Kredite abzubezahlen. Die idealen Arbeitskräfte.

»Aber ich frage mich doch, was …«

»Helen«, unterbrach er sie. »Die Buchhaltung ist eine unterstützende Abteilung. Ihr generiert keinen Umsatz. Also behindere uns nicht dabei, es zu tun. *Wir* erwirtschaften nämlich *eure* Gehälter.«

Sie schwieg, die Lippen zusammengepresst.

»War es das?«

Sie nickte und stand auf. »Danke für deine Zeit.«

Gewonnen, dachte Keith, auch wenn das keine besondere Herausforderung gewesen war. Er lehnte sich zurück und sah zu, wie ihr Hintern durch die Tür verschwand.

***

43 absolvierte seinen Schlaf, und als er erwachte, gab es wieder einmal nichts zu tun. Niemand rief ihn zum Apell, niemand teilte ihn zur Arbeit ein. Es blieb völlig ihm selbst überlassen, was er tat.

Er richtete seine Pritsche und dachte dabei an Moira. Wieder hatte sie mit ihren Lippen die seinen berührt, und er hatte zu spät verstanden, dass es eine Aufforderung gewesen war. Erstaunlich, was ihre Berührungen mit ihm machten, wie sehr er sich danach sehnte. Er wollte sie berühren, wollte noch einmal ihre Wärme in seinen Armen spüren, ihre weiche Haut unter seinen Fingern. Wenn sie ihn das nächste Mal aufforderte, würde er nicht zögern.

Hoffentlich gab es ein nächstes Mal.

Er ging wieder zu Twiggy hinüber. Jemand hatte ihre Wasserschale aufgefüllt, und auch die anderen Schalen mit den verschiedenen Lebensmitteln. Er hatte nicht mitbekommen, dass jemand in den Raum gekommen war. Sein Schlaf war tief. Trotzdem war seine Leistungsfähigkeit noch nicht vollständig wiederhergestellt. Er fühlte sich plump und langsam. Vielleicht lag das noch an den Medikamenten, die man ihm gegeben hatte, damit er die Operation verschlief.

Twiggy brauchte erneut die Sonne, und so öffnete er die Jalousien. Auch er vermisste das Licht. Auf Noshades hatten sie die Baracken nur zum Schlafen aufgesucht. Die Bios hingegen bevorzugten auch während der Wachphasen Räume. Und sie kühlten sie außerdem noch so tief herunter, dass sie im Gegenzug wieder dicke Kleidung tragen mussten. Wie Lydia.

Er setzte sich neben den Käfig in die Sonne und sah Twiggy dabei zu, wie sie photosynthetisierte. Aber er war ungeduldig. Er wollte fortfahren mit dem, was sie beide gestern begonnen hatten. Unter all dem Neuen, das ihm in dieser Welt begegnete, war dies das Erstaunlichste. Und dabei war es eigentlich ein Teil seiner eigenen Welt. Ein Teil, dessen Existenz er nicht einmal geahnt hatte.

Twiggy sah ihn aufmerksam an, wartete wohl auch darauf, dass sie weitermachten. Inzwischen hatten sie ein ganz gutes System entwickelt, und so nahm er erneut das Stück Pappe, auf dessen Oberfläche er mit dem Finger Linien zog.

Irgendwann kam Boris. »Du hast für Chaos gesorgt. Die Kollegen Blau haben sich über dich beschwert.«

»Warum?«

»Na, weil du den Käfig verschoben hast.« Er zeigte auf die Kamera. 43 hatte sie schon gestern bemerkt, aber jetzt war sie wieder auf den Käfig gerichtet. Vermutlich hatte das die gleiche Person getan, die auch die Schalen aufgefüllt hatte. »Ihre Aufgabe ist die Auswertung des Filmmaterials, weißt du? Jetzt sind ein paar Stunden leere Wand drauf.« Er grinste. »Und mich hast du übrigens auch Schlaf gekostet.«

Verwundert sah 43 ihn an.

»Na, schau mich doch an. Es ist noch nicht mal Gelb zwei und ich bin schon hier. Fast eine Phase zu früh bei der Arbeit. Und das alles nur, weil ich auf neue, sensationelle Erkenntnisse von dir hoffe.« Er sah auf die sonnendurchfluteten Fenster. »Hat sie wieder ›getankt‹?«

»Ja.«

»Ich nehme an, sie war ausgehungert. Ich frage mich, wie oft sie das braucht. In jeder Phase? Alle drei Phasen? Einmal im Monat? Wie oft sollen wir die Jalousien für die öffnen?«

»Sie wird es Ihnen sagen.«

»Toll.« Boris verzog den Mund. »Nur leider werde ich sie nicht verstehen.«

43 drehte sich zu Twiggy um. »Sonne«, sagte er und zeigte aus dem Fenster. Auf Twiggys Stirn bildete sich der helle Kreis. Er bedeutete tatsächlich Sonne. Das war das erste Wort gewesen. Und als sie beide, er und Twiggy, gemerkt hatten, dass der andere begriff, war es wie von selbst weitergegangen.

Für Twiggy war das Verstehen ungleich schwerer als für ihn. Sie konnte die menschlichen Laute kaum auseinanderhalten. Darum nutzte er seinen Körper, um darzustellen, was er sagte.

»Wenn du Sonne brauchst«, Er drehte den Rücken zum Fenster und streckte die Arme aus, als wären es Flügel, »dann musst du ihm«, er zeigte auf Boris, »die Sonne zeigen.« Er malte mit dem Finger einen Kreis auf seine Stirn.

Twiggy bildete auf ihrer Stirn das Symbol der Bestätigung. Eine stehende Linie mit drei Verzweigungen.

Boris stand mit offenem Mund da. Er starrte Twiggy an, dann 43, dann wieder Twiggy. »Heißt das da etwa Ja?« Seine Stimme kippte weg.

»Korrekt.«

Boris packte ihn aufgeregt an der Schulter. »Du willst mir sagen, die haben so was wie eine rudimentäre Sprache?«

»Was heißt rudimentär?«

»Äh ... einfach, schlicht.«

»Ich denke nicht, dass ihre Sprache einfach ist.«

»Nein, ich meine ... ach, egal. Warum gibt es darüber keine Veröffentlichungen?«

»Ich denke nicht, dass es jemand weiß.«

»Aber du weißt es doch!«

»Seit drei Phasen.«

»Gestern?« Boris starrte ihn an. »Du hast das gestern erst herausgefunden? Hast du noch mehr Wörter gelernt?«

»Ein paar.« 43 drehte sich wieder zu Twiggy um. »Mantis«, sagte er und zeigte auf Twiggy. Auf ihrer Stirn erschien ein Dreieck und sechs Linien, ein Muster, das man gut für die vereinfachte Darstellung einer Mantis halten konnte. Dann zeigte er auf sich selbst. »Mensch.« Wieder ein Muster, ein Kreis, darunter zwei Winkel. Kopf, zwei Arme, zwei Beine.

Er griff nach der Wasserschale, zog sie aus dem Käfig.

»Mensch nimmt Mantis Wasser.«

Dieses Muster war komplexer. Er stellte die Schale zurück.

»Mensch gibt Mantis Wasser.«

Nur eine schwache Änderung, vielleicht hatte Boris sie nicht einmal bemerkt. Bios waren langsam. Man musste ihnen Dinge mehrfach sagen, bis sie sie behielten.

»Warte, warte«, sagte Boris. »Nicht so schnell, du Computerhirn. Ich kann mir das nicht alles sofort merken, ich muss Fotos und Notizen machen! Warte hier, ich bin gleich zurück.« Er stürmte zur Tür, doch dann blieb er stehen, drehte sich um. »Hast du noch jemandem davon erzählt?«

43 schüttelte den Kopf. Bisher hatte sich niemand dafür interessiert, nur er selbst und Twiggy.

Boris kam nochmal zurück und schaltete die Kamera aus. »Das bleibt erst einmal unser Geheimnis, okay?«

»Warum?«

»Weil …« Boris druckste ein bisschen herum. »Exklusivwissen ist bares Geld. Hat dir das nie jemand gesagt?«

»Geld?«

»Credits. Das alte Wort dafür. Ach, egal. Jedenfalls, du würdest mir einen großen Gefallen tun, wenn du es Hashemi nicht sagst. Und auch nicht Lydia.«

Er hatte Moira nicht erwähnt. Das war gut, denn vor Moira wollte 43 nichts verheimlichen. Er verstand nicht, warum Boris das wollte. Waren er und Lydia nicht – wieder ein neues Wort – Kollegen? Bedeutete das nicht auch, dass man zusammengehörte? Aber offenbar war hier für jeden nur er selbst wichtig. Es war wohl, wie 78 gesagt hatte. Die Bios sind einander immer Feind. Er nickte.

Boris wirkte erleichtert. »Danke! Ich hol nur meinen Screen, und dann können wir loslegen.«

***

Moira schlief wie ein Stein – tatsächlich verschlief sie sogar. Sie hatte ja keinen Screen mehr, und den Wandscreen in ihrem Zimmer hatte sie vergessen zu programmieren. Erst nach Gelb drei holte sie Rho ab, um mit ihm zu Leblanc zu fahren.

Falls der Pförtner des Villages irritiert darüber war, dass sie einen Freichip nutzten, zeigte er es jedenfalls nicht, er blieb professionell blasiert und ließ sie in ihrem Scooter passieren.

Leblanc wohnte in der Nähe eines Squares, der Shopping und Lifestyle-Zonen, von denen jedes noch so kleine Village mehrere besaß. Das waren verkehrsberuhigte Zonen. Also verließen sie den Scooter und gingen den Rest des Weges zu Fuß. Schon nach wenigen Schritten wurde Rho merklich langsamer. Aufmerksam und verwundert ging sein Blick hin und her.

»Das sind Geschäfte«, sagte Moira. »Alles, was du hier in den Schaufenstern siehst, kann man kaufen.«

»Kaufen«, wiederholte er, als sei es ein Fremdwort.

Konnte es sein, dass er das Konzept tatsächlich nicht kannte? Nun, vermutlich war ihm bisher alles, von der Kleidung über die Nahrungsmittel bis hin zu den Waffen, von MinerVa Inc. zugeteilt und zur Verfügung gestellt worden. Vermutlich gestand man den Klonen kein Eigentum zu, denn sie waren ja selbst Eigentum. Eigentum von MinerVa Inc.

»Wenn man etwas von diesen Dingen haben will«, sagte Moira, »tauscht man es gegen Credits.«

»Und wie bekommt man Credits?«

»Man geht dafür arbeiten. Das ist so das Übliche. Man arbeitet für eine Firma.«

»Wie MinerVa Inc.«

Sie nickte zögernd. Es war klar, dass er von MinerVa noch nie auch nur einen Credit erhalten hatte.

Er blieb stehen. »Und warum will man diese Dinge haben?«

Sie standen vor einem »Pling«. Einen solchen Laden hatte Moira schon lange nicht mehr gesehen, es gab sie nur in den Villages. Man konnte hier die Resultate der eigenen Hobbys auf Kommissionsbasis verkaufen. Natürlich gab es dazu noch massenweise anderen Schnickschnack. Rho blickte auf einen Drehständer, dessen Schild aufforderte: *Sag's mit Emos*. Schlüsselanhänger und Ketten mit Symbolen, die sich seit Jahrzehnten oder gar Jahrhunderten hielten. Zerbrochene Herzen, gelbe Smileys und vierblättrige Threeleafs, die dem irdischen Klee ähnelten. Verständlich, dass Rho nichts damit anfangen konnte.

»Manchmal macht das Kaufen an sich Freude. Es kommt nicht immer darauf an, was es ist.«

Und doch gab es einen Anhänger, der Moiras Blick fesselte. Ein stilisierter Babyschnuller, silbern und um einiges edler als der, den Nuri mit nach Hause gebracht hatte.

Sie hatte so unwirsch auf Nuri reagiert, ihre Unentschlossenheit, ihr ständig neues Kreisen um die Schwangerschaft hatten genervt. Warum konnte sie nicht einfach eine Entscheidung treffen und sie durchziehen? Jetzt stellte Moira fest, dass sich vieles veränderte, wenn man selbst in der Situation war. Nicht, dass ihre Entscheidung wankte. Wenn das Kind nicht abging, würde sie es abtreiben lassen, sobald der Zirkus hier durchgestanden war. Aber … was war mit ihm?

Sie sah zu Rho hinüber, der weitergegangen war. Das nächste Schaufenster enthielt offenbar Dinge, die ihn mehr ansprachen.

Würde er es nicht zumindest erfahren wollen? Würde er es überhaupt verstehen? Was wurde den Klonen beigebracht über die Fortpflanzung der Bios?

»Gefällt Ihnen was?« Die Verkaufskraft stand in der Ladentür.

In der City kamen die Ladenbesitzer heraus, wenn sie einen Diebstahl verhindern wollten, aber hier im Village wollten sie tatsächlich freundlich sein und verkaufen. Es war eine androgyne Person mit eher femininen Bewegungen. Allerdings hatte sie sich einen dunklen Schatten über das Kinn geschminkt, wollte also wohl als Mann wahrgenommen werden.

»Ich sehe schon.« Der Verkäufer lächelte. Vermutlich hatte der Drehständer eine Blickauswertung, denn der Verkäufer zog den fraglichen Anhänger vom Haken und beugte sich vertraulich vor. »Sie müssen es ihm ja nicht gleich geben, aber so haben Sie die Wahl.« Moira sah hinüber zu Rho. Er stand noch immer vor dem Fenster, achtete nicht auf sie. »Die stilvolle Wahl. Fünf Credits ist geradezu geschenkt.« Der Verkäufer legte ihr den Anhänger in die Handfläche.

Er war erstaunlich schwer, mit einer kleinen Kette versehen, um ihn an etwas festzumachen. Eine Trophäe, die ein werdender Vater an seine Sporttasche hängte, um damit vor den Kumpels anzugeben. Was sollte Rho damit anfangen? Er würde nicht mal wissen, was es bedeutete.

Der Verkäufer folgte ihrem Blick und senkte die Stimme. »Nehmen Sie es einfach mit und warten Sie auf den richtigen Moment.«

Es war ein Impuls. Sie ließ den Anhänger in ihre Hosentasche gleiten und zückte die Karte mit dem Freichip. Das Lächeln des Verkäufers dimmte ein paar Stufen herunter. Moira hob entschuldigend ihre gechipte Hand. »Softwarefehler. Ich müsste es austauschen lassen, aber …«

»Wem sagen Sie das?« Der Verkäufer winkte ab, wieder ganz leutselig. »Bis ich mal den Mut für einen Epilier-Termin zusammenbekomme!« Er verdrehte die Augen.

Dann ging sie zu Rho hinüber. Der Laden, vor dem er stand, verkaufte Sportwaffen. Digitale Schusswaffen für Life Gamer, aber auch echte Gewehre und sogar Sportbögen und Messer.

Er sah sie nicht an, als er fragte: »Wozu brauchen Bios das? Kämpfen wir nicht für sie?«

»Es sind Sportwaffen.« Es fiel ihr schwer, das zu sagen. »Zum Zeitvertreib.«

Jetzt wandte er ihr den Blick zu. »Ihr tötet zum Zeitvertreib?«

Sie wollte ihm nicht die Wahrheit sagen, wollte ihm nicht von den Treibjagden auf Steinfüchse erzählen, oder von den Urlaubs-Jagdgruppen auf dem Eisschild. »Man schießt auf Zielscheiben oder Tondeckel. Es geht um die Trefferquote. Besser zu sein als die anderen.«

Er nickte, offenbar gab es das auch unter den Klonen. »Was haben Sie gekauft?«

»Ach, gar nichts.« Seine Augen verengten sich, eine Falte erschien zwischen ihnen. Er zeigte sonst so wenig Emotionen, vielleicht kam es ihr deswegen wie ein Vorwurf vor. Er wollte wohl nicht belogen werden. Sie seufzte. »Eigentlich ist es für dich.« Sie zog den Anhänger aus der Hosentasche und legte ihm das Symbol seiner Vaterschaft in die Handfläche. »Es hat eine Bedeutung.« Ihre Stimmbänder waren belegt. Mit einem

Mal waren so viele Menschen auf der Straße, bummelten an den Geschäften vorbei, saßen an den Cafétischen. Sie räusperte sich. »Das erkläre ich dir später. Wir müssen zu Leblanc.«

Er nickte und ließ den Anhänger in seine Jackentasche gleiten.

Sie ging mit eiligen Schritten über den Platz und fand die Straße. Das Haus war fünfstöckig und hatte fünfzehn Klingelknöpfe. Leblanc wohnte im Dritten, wie die Beschriftung verriet. Sie war sauber und einheitlich, kein Vergleich mit den oft mehrfach überklebten und unleserlich überschriebenen Klingeln in der City. Das bedeutete aber, dass Leblanc noch immer hier wohnte, sonst wäre der Name sicherlich schon entfernt worden. Sie drückte auf den Knopf und wartete. Wartete eine ganze Weile. War er überhaupt zu Hause? War er zu schwerhörig, um die Klingel zu hören? Wie früh konnte sie erneut klingeln, ohne dass es unhöflich wirkte, und ihn gegen sie aufbrachte?

Was sie brauchte, war ein freundlicher, leutseliger Leblanc. Ein alter Mann, der eine junge Frau mit Geschichten über seine beruflichen Erfolge und Verdienste beeindrucken wollte. Diese Sorte war immer eine hilfreiche Quelle, wenn man wusste, wie man sie zum Reden anspornte. Hoffentlich war Leblanc genauso.

Ein grünes Licht leuchtete auf, und durch die Gegensprechanlage fragte eine barsche Stimme: »Ja?«

Der Screen neben den Klingeln blieb dunkel, doch Moira war sicher, dass das Kameraauge ihr Bild dem Bewohner klar und deutlich übermittelte. Sie lächelte verbindlich.

»Emmet Leblanc?«, fragte sie.

»Was wollen Sie?«

»Ich bin Moira Chakrabarti vom Kanal H&S ...«

»Ich kaufe nichts.«

»Nein, das ... ich würde gern ein Interview mit Ihnen führen.«

»Kein Interesse. Verschwinden sie!« Das grüne Licht erlosch.

Großartig. Sie klingelte erneut, wartete, klingelte noch einmal.

Wieder das grüne Licht. »Verschwinden Sie!«

»Ich suche nach Doc Brown.«

Ein Zögern. »Woher kennen Sie diesen Namen?«

»Ich möchte Ihnen ein paar Fragen zu Noshades stellen.«

»Scheren Sie sich zum Teufel!« Und wieder erlosch das Licht.

Also hatte sie tatsächlich den richtigen Doc gefunden. Aber wie konnte sie an ihn herankommen? Offenbar wollte er nicht mit ihr reden, junge Frau hin oder her. Sie könnte hier auf ihn warten. Irgendwann würde er sicher das Haus auch mal verlassen, aber das bedeutete noch immer nicht, dass er mit ihr sprechen würde.

Sie drehte sich um. Vielleicht nicht mit ihr, aber …

»Rho, stell dich hier hin. Genau hier, wo ich gestanden habe, und schau in die Kamera.« Wieder klingelte sie.

Leblanc musste noch an der Tür gestanden haben, denn diesmal erschien das grüne Licht sofort. »Wenn Sie nicht sofort verschwinden, rufe ich …« Er verstummte. Ein, zwei Sekunden geschah gar nichts. Dann summte der Türöffner. Na bitte!

Sie hielt die Eingangstür auf, bis sich auch die direkt dahinter liegenden Aufzugstüren geöffnet hatten. Der Aufzug war rund und silbrig, die Knöpfe auch hier einheitlich beschriftet, wie es sich in einem Village gehörte.

Zuerst erreichten sie das Stockwerk, der Fahrstuhl bremste ab, dann drehte er sich, sodass er sich direkt vor Leblancs Tür öffnete. Diese wurde einen Spalt breit aufgezogen. Ein Auge musterte sie.

»Welcher von ihnen bist du?«

Rho nahm Haltung an. »43, Sir.«

Ein Seufzer, dann öffnete sich die Tür ganz. »Kommt rein.«

Nach den Bildern im Netz hatte Moira einen Weißen mit wirren Haaren erwartet, aber Leblanc war dunkelhäutig mit einer glänzenden Glatze. Er trug ausgeleierte Kleidung in verwaschenem Braun und Grün. Das einzig Weiße an ihm war der struppige Bart, der Kinn und Wangen überwucherte. Er schlurfte in Pantoffeln vor ihnen her in ein vollgestopftes Wohnzimmer. Die Wände bestanden aus Büchern. Echten Büchern aus Papier. Sie standen in Regalen, rundherum und hoch bis zur Decke. Der Raum wirkte wie eine Höhle. Er roch auch wie eine Höhle – nach altem Mann, und als ob lange nicht gelüftet worden sei.

»Setzt euch.« Er deutete vage auf die Sitzgruppe aus Tisch, Sessel und Sofa. Kissen und Bücher lagen auf sämtlichen Möbelstücken. Rho nahm ein Buch vom Sofa und setzte sich. Moira hingegen trat vor die Regale. Die Bücher waren nach Themen sortiert: Chemie, Biologie, Geschichte. Viel Geschichte. Erde, im Wesentlichen, denn Deuteragäas Geschichte gab noch nicht sonderlich viel her. Ein wenig Geografie, ebenfalls über die Erde, aber auch Deuteragäa. Und dann ein paar mit ausgefransten Buchrücken: *Die Schatzinsel, Ender's Game, Neue Erden.*

Vor den Büchern posierten kleine, dicknasige Figuren aus Kunststoff, blau mit ehemals wohl weißen Mützen, die meisten inzwischen recht vergilbt. Jede von ihnen hielt einen anderen Gegenstand in der Hand. Moira nahm eine und drehte sie zwischen den Fingern. Der Kunststoff war alt und spröde. Antiquitäten vermutlich, Sammlerstücke.

»Ein Kinderspielzeug«, sagte Leblanc, der mit einem Tablett zurückkam. »Aus dem späten zwanzigsten Jahrhundert. Sie sehen alle gleich aus, aber jeder von ihnen hat einen ganz eigenen Charakter.«

Moira stellte die Figur zurück an ihren Platz. Dann räumte sie Bücher und News-Ausdrucke vom Tisch, damit er das Tablett darauf abstellen konnte.

»Danke. Und entschuldigen Sie, ich bin keinen Besuch mehr gewöhnt.« Er ließ sich schwer in den Sessel fallen und beobachtete, wie Moira den Tee in die Tassen goss. Der Duft nach Ginseng und Ingwer füllte den Raum und vertrieb den Altmännergeruch.

»Sie haben gar keinen Wandscreen«, sagte sie.

Er winkte ab. »Von dem dummen Zeug bekomme ich Kopfschmerzen.« Er beugte sich vor, um ihr die Tasse abzunehmen. Dann lehnte er sich zurück, und jetzt erst richtete er den Blick auf Rho.

»Du bist groß geworden«, sagte er.

»Ja, Sir.«

»Wie viele von den Jungs sind noch am Leben?« Er sagte Jungs, nicht Klone.

»Zweiundsiebzig, Sir. Nach dem letzten Angriff.«

Moira stellte Rho eine Tasse hin, dann setzte sie sich mit ihrer eigenen neben ihn. »Es wird sie vielleicht überraschen, Doktor, aber es waren nicht viele Jungs, die Ihnen ausgeholfen haben. Es war eigentlich immer nur einer.«

Der alte Mann nippte an seinem Tee. »Das weiß ich doch.« Er lächelte mit versonnener Traurigkeit. »78. Aufgeweckter, kleiner Kerl.«

»Sie wussten es?«

»Was denken Sie denn, warum ich Stevenson und Rowlings zwischen meinen Chemiewälzern stehen hatte? Nicht die übliche Lektüre für einen alten Mann.«

Wieder sah er Rho an. »Wie geht es ihm? 78?«

Rho zögerte, sah zu Moira hinüber. »Er lebt. Denke ich.«

Erschrocken fragte Moira: »Wie meinst du das?«

»Sie werden ihn bestraft haben. Weil er mich nach draußen geschafft hat.« Er sah Leblanc an. »Ich war zur Auswertung vorgesehen.«

Tasse und Untertasse begannen in Leblancs Händen zu klappern, so heftig, dass er sie auf den Tisch stellen musste.

»Er wurde schon oft bestraft«, sagte Moira. »Er kann damit umgehen.« Es sei denn, sie hatten ein Exempel statuiert, und ihm die Organe entnommen, die sie von Rho hatten haben wollen. Bei dem Gedanken wurde ihr ganz flau im Magen, und auch sie musste ihre Tasse abstellen.

»Wie ist er?«, fragte Leblanc. Offenbar wollte auch er lieber davon ausgehen, dass 78 noch am Leben war. »Wie hat er sich gemacht?«

»Er hält uns zusammen, Sir. Er spricht für uns zu den Bios.«

»Sieht er heute so aus wie du? Sehe ich ihn, wenn ich in dein Gesicht sehe?« Leblancs Augen glänzten feucht.

»Nein, Sir. Er hat andere Augen. Seine Augen sind wie bei keinem von uns.«

Moira verstand genau, wie er das meinte. Der Blick von 78 war aufgeweckt, zugewandt, interessiert am Gegenüber. Ganz anders als bei Rho, der noch immer so reserviert und selbstbeschränkt war, dass man ihn fast vergessen konnte, wenn er neben einem stand. Er sagte nicht mehr Ma'am und Sir nach jedem Satz, aber diese Worte lagen noch immer in seinem Blick, schwangen mit in der Art, wie er stand und ging, in jedem Wort, in jeder Geste.

Leblanc zog ein zerknittertes Stofftaschentuch aus der Hosentasche, wischte sich damit über Augen und Nase und stopfte es zurück.

»Hören Sie.« Moira rutschte auf die Kante des Sofas vor. »Diese Männer werden behandelt wie Eigentum. Man hatte Rho auswerten wollen, bloß weil sein Schienbein gebrochen war. Wir müssen das an die Öffentlichkeit bringen. Der Konzernrat muss darüber in Kenntnis gesetzt werden.«

»Worüber? Dass Klone hergestellt werden? Das ahnen die sicher längst.«

»Das … kann ich nicht glauben.«

Leblanc rieb Daumen und Zeigefinger aneinander. »Credits, meine Liebe. Alle machen damit ihre Gewinne.

Bahi-A Inc. produziert auf diese Weise schon seit Jahren billiges Lamm-, Rind- und Schweinefleisch, VitAgrar steigert die Erträge auf seinen Feldern, MediCare testet es als Stimmungsaufheller und V-S-Chemicals forscht wie besessen daran, wozu man das Zeug sonst noch benutzen kann.«

»Welches Zeug?«, fragte Moira.

»Na, MCM. Multiple Culture Medium.« Er nickte zu Rho hin. »Die Nährlösung, in der sie wachsen.«

Also das war das Geheimnis der Massenklonierung. Keine Leihmütter. Rho war wohl tatsächlich aus einer Röhre gekrochen. MCM war offenbar der Schlüssel zu allem, das letzte, fehlende Puzzleteil, das ihr endlich helfen würde, das gesamte Bild zu sehen. »Was genau ist MCM? Woher kommt es?«

»Hat er es Ihnen nicht gesagt?«

»Er hat keine Ahnung. Er hatte nichts zu tun mit der Herstellung der Klone.«

»Richtig.« Leblanc starrte auf seine Tasse auf dem Tisch. »Dann vergessen Sie, was ich gesagt habe.«

»Bitte?«

»Das sind Firmendaten, und ich habe unterschrieben, sie zu schützen. Sollten Sie sich auf mich berufen, werde ich alles abstreiten.«

»Firmendaten«, wiederholte sie. »Ist das Ihr Ernst?«

»Natürlich ist das mein Ernst! Bitte, gehen Sie jetzt. Ich habe schon zu viel gesagt.«

»Es geht hier um das Leben Ihrer Jungs!«

»Es geht aber auch um *mein* Leben!« Er schlug auf den Tisch und die Tassen klirrten. »Was meinen Sie, was MinerVa mit mir machen wird? Ohne Rente, ohne Wohnung schlafe ich unter irgendeiner Brücke in der City. Und auch das nicht lange, wenn ich meine Medikamente nicht mehr bezahlen kann!«

Moira verstand das sehr gut. Es war auch ein Grund, warum sie MediCare den Rücken gekehrt hatte. Die Villages boten alles. Arbeit, Bildung, Sicherheit, Zerstreuung, Freunde. Und genau dieses Alles war das Problem. Ein ganzes Leben aus ein und derselben Hand. Wem die Firma ihre Gunst entzog, dem blieb gar nichts mehr.

»Ich werde Ihren Namen raushalten«, versprach sie. »Niemand wird erfahren, woher ich meine Informationen habe. Ich bin Journalistin. Ich schütze meine Quellen.«

»Journalistin«, sagte er verächtlich. »Sie wollen doch bloß Ihre Story. Ihnen ist egal, wer dafür auf der Strecke bleibt.«

»Ich verdanke Rho mein Leben. Nur darum bin ich hier.«

»Das ist sehr edel, aber ich habe Ihnen nichts zu sagen. Bitte gehen Sie.«

Moira suchte nach einem weiteren Argument, doch sie hatte ihr Pulver verschossen. Sie waren so nah dran gewesen. Verdammt, womit konnte sie Leblanc erreichen?

»Was ist MCM?«, fragte sie noch einmal. »Geben Sie mir irgendetwas. Einen Hinweis, der mir hilft, zu verstehen. Eine Richtung, in die ich weitersuchen kann.«

»Gehen Sie.«

Es hatte keinen Zweck. Sie hatte ihn verloren. Moira stand auf, und mit einem Mal war sie so wütend, dass ihre Kehle eng wurde. »Sie haben 78 Hoffnung gegeben mit ihren Büchern, in denen es um heroische Ideale geht, um Freiheit und Selbstaufopferung. Und jetzt lassen Sie ihn im Stich. Sie gehören MinerVa genauso, wie diese Jungs. Sie sind ein moderner Sklave, Doc, und Ihre Ketten sind Credits. Während Ihre ›Jungs‹ da draußen gehalten werden wie Tiere. Komm, Rho.«

Rho stand auf und nickte Leblanc zu. »Sir.«

Als sie an der Tür war, sagte Leblanc: »Rho, hm? Sie wissen schon, dass das bloß seine Charge ist.«

Er klang ruhiger. Gefasster. Sie wusste nicht, welches ihrer Worte ihn erreicht hatte, aber sie hatte genug Interviews geführt, um eine Bresche zu erkennen.

»Es ist seine Familie«, sagte sie, ebenfalls ruhiger, obwohl ihr das Herz noch immer bis zum Hals schlug.

»Und Sie versprechen, meinen Namen rauszuhalten?«

»Sie haben mein Wort.« Ohne den Blick von Leblanc zu nehmen, ging sie zurück zum Sofa. Auch Rho setzte sich wieder.

Leblanc sammelte sich kurz. Dann begann er.

»MinerVas Hauptgeschäft seit der Besiedlung ist die Ausbeutung der Bodenressourcen. Die meisten ähneln denen auf der Erde. Erdöl, Metalle, seltene Erden. Aber hin und wieder finden sie etwas Neues, eine Ressource, die es nur hier gibt, und dann ist die Abteilung Neue Verfahren dafür zuständig, herauszufinden, wofür man es nutzen kann.«

In Moira stieg eine Ahnung auf. »Und MCM war so eine neue Ressource.«

Leblanc nickte. »Ursprünglich stand das Kürzel für Mantis Culture Medium. Es ist die Nährlösung, in der die Mantis-Larven wachsen.«

Goo! Ein Schwindel ergriff Moira, und während Leblanc weiterredete, fielen alle Puzzleteile an ihren Platz.

»Die Königinnen produzieren sie. Wie sich herausstellte, können in MCM auch Säugetier-Embryonen wachsen. Das Gel wirkt wie eine Plazenta, bindet den Luftsauerstoff und kann mit zusätzlichen Nährstoffen angereichert werden.«

Sie hatte Goo auf dem Stützpunkt gerochen. Darum also griffen die Soldaten die Mantis-Bauten an. Um das Goo abzuernten. Und darum ließen sie die Königinnen am Leben. Damit sie neue Larven und neues Goo produzierten.

Moira atmete scharf ein. »Darum greifen die Mantis die Städte an«, sagte sie. »Sie schlagen zurück. Sie verteidigen sich.«

»Ich glaube nicht, dass sie dazu in der Lage sind. Intellektuell meine ich. Es sind Tiere. Sie sind instinktgesteuert.«

Unvermittelt sagte Rho: »Nein.«

Moira und Leblanc sahen ihn an. Er wirkte irgendwie grimmig.

»Sie haben eine Sprache. Die Muster auf ihrer Stirn.« Er beugte sich vor und malte ein Dreieck in den Staub des Tisches, das in etwa der Form einer Mantis-Stirnplatte entsprach. Dort hinein setzte er einen Kreis. »Das bedeutet Sonne.« Er malte ein weiteres Dreieck mit einer Wellenlinie. »Das ist Wasser.« Nun setzte er einen Kreis über die Wellenlinie und verband beides mit drei komplizierten Linien. Es sah ein bisschen wie ein asiatisches Schriftzeichen aus. »Und das bedeutet Photosynthese.«

Moira wurde plötzlich ganz kalt. »Oh Shiva. Sie haben sogar eine Schrift.« Sie sah Rho an. »Erinnerst du dich an die dreieckigen Zeichen im Mantis-Bau? Ich habe gedacht, die Soldaten hätten sie gemacht. Aber du hast gesagt, dass sie immer da sind. In jedem Bau.«

Er blickte zur Seite, versuchte offenbar, sich die Zeichen in Erinnerung zu rufen. »Sie bezeichnen die Wege. Zur Brutkammer, zu den Lichtschächten, zum Wasser, zu Ausgängen.«

Moira sah Leblanc an. »Es gibt also doch eine intelligente Spezies auf Deuteragäa.«

Nachdenklich strich sich Leblanc über den Bart. »Und wir sind es offenbar nicht.«

Rho stand auf.

»Wo willst du hin?«

Er sagte nichts, sah sie nicht an. Er wirkte wie ferngesteuert. Ohne ein Wort verließ er den Raum. Er war aufgewühlt. Natürlich. Zu viele Zusammenhänge waren jetzt klar geworden. Zusammenhänge, über die er sich bisher nie Gedanken gemacht hatte, und die doch sein Schicksal bestimmt hatten.

Hastig stand Moira auf, stockte aber. »Falls Ihnen noch etwas einfällt, finden Sie mich im Tanaka-Institut.«

Leblanc nickte etwas überrumpelt.

Dann sprintete sie hinter Rho her, doch die Aufzugtür hatte sich schon hinter ihm geschlossen. Sie drückte den Knopf, wartete ungeduldig, schaute noch einmal zurück zum Wohnzimmer. Leblanc saß noch immer in seinem Sessel, blickte auf das Bücherregal mit den blauen Figuren. Direkt in seiner Sichtlinie stand eine von ihnen herausgehoben, ganz allein auf einem der Regale. Diese Figur trug eine Brille und hielt ein Buch in der Hand. Moira wurde das Herz schwer.

Endlich kam der Aufzug. Auf der Straße sah sie sich nach Rho um, doch er war schon außer Sicht. Vermutlich war er in Richtung des Tores gegangen, durch das sie gekommen waren. Er hatte einen guten Orientierungssinn.

Sie lief los, war schon nach kurzer Zeit außer Puste.

Dann sah sie ihn. »Rho!«, rief sie. »Warte!« Doch er sah sich nicht einmal um, ging durch das Drehtor. Erst draußen holte sie ihn ein.

»Jetzt warte doch!« Sie stemmte keuchend die Hände auf die Knie. »Lass uns darüber reden.«

»Worüber?« Er klang kalt. »Ihr züchtet uns und lasst uns Mantis töten, um noch mehr von uns züchten zu können. Und wofür das alles? Für Credits!« Er spuckte das Wort geradezu aus.

»Ich bin doch auf deiner Seite, Rho! Ich will wie du diesen Krieg beenden. Nur so können wir alle retten!«

»Ich bin mir nicht mehr sicher, ob ihr es wert seid, gerettet zu werden.« Er ging weiter.

Warf er sie wirklich mit MinerVa in einen Topf? Dachte er so über sie? Ihr Herz hämmerte, das Blut rauschte in ihren Ohren. Sie ballte die Hände zu Fäusten und brüllte ihm hinterher: »*Ich* habe nicht jahrelang getötet, ohne auch nur *einmal* Fragen zu stellen!«

Abrupt blieb er stehen, drehte sich aber nicht um. Verdammt, sie wollte nicht mit ihm streiten. Sie schloss zu ihm auf und legte die Hand auf seinen Arm. »Rho, bitte!«

»Fass mich nicht an.« Sein Blick war so hart, dass sie unwillkürlich zurückwich. »Und nenn' mich nicht Rho. Meine Bezeichnung ist 43.«

Diesmal ließ sie ihn gehen.

***

Wütend marschierte 43 durch die Straßen. Was wusste Moira schon vom Kämpfen und Töten? Was wusste sie schon vom Sterben? Gar nichts! Sie war eine Bio! Das Ziel ihres ganzen Lebens war es, es sich *leicht* zu machen. Alles, was die Bios taten, diente nur diesem einen Zweck. Sie kühlten ihre Häuser, um die Hitze nicht ertragen zu müssen. Sie nutzten die Scooter, um nicht laufen zu müssen. Sie verwendeten Mittel, um den Schmerz zu dämpfen. Sie logen, um Schwierigkeiten zu vermeiden. Jeder Gedanke, jede Handlung, jedes Wort diente nur dem einen Zweck: Ein leichtes Leben, ein einfaches Leben, ein angenehmes Leben. Und es war ihnen gleichgültig, wen oder was sie dafür leiden ließen. Mantis? Tötet ihre Larven, stehlt ihr Goo, lasst ihre Königinnen für euch neues hervorbringen. Klone? Produziert so viele ihr wollt, richtet sie ab, sperrt sie in die Tonne, wenn sie nicht einwandfrei funktionieren. Sogar einander nutzten sie aus. Behalte alles für dich, gib nichts her, dein Wissen, deine Credits, deine Zeit, all das darf nur dir allein dienen, darf nur dir nützen. Gib es nur dann her, wenn du etwas Höherwertiges dafür zurückerhältst. Genau so dachte ein Bio. Ich, Ich, Ich.

Nicht einmal die Mantis dachten so. Sie arbeiteten zusammen. Natürlich, jede hatte ihre eigene Aufgabe. Twiggy war ein Scout, das sah man an ihren sandfarbenen Deckflügeln. Die Mantis, die den Bau verteidigten, waren größer und tiefrot, und in den Brutkammern arbeiteten kleinere, fast weiße Tiere. Aber jede dieser Aufgaben diente doch dem Ganzen, diente allen, nicht nur ihr selbst. Sie waren eine Gemeinschaft.

Er dachte an Twiggys Reaktion, als er versucht hatte, von ihr das Zeichen für die Mantis-Königin zu erfahren. Ihre Stirnplatte war blank geworden, sie hatte sich abgewendet. Trauer. Vermutlich war ihr Hive zerstört worden. Bei der Vorstellung, Noshades zerstört zu finden, alle Brüder abgeschlachtet, krampfte sich sein Innerstes zusammen.

Wie sehr sehnte er sich zurück zu seinen Brüdern. Sie hatten füreinander eingestanden, hatten alles füreinander gewagt, sogar ihr Leben riskiert. Sie waren eins gewesen, eine Gemeinschaft, ein Wir. Jeder diente allen, und alle dienten jedem. So wie damals, als 26 in die Tonne hatte gehen sollen. 26, den sie mit bloßen Händen aus dem Schutt gegraben hatten. Der noch immer schrie, in manchen Nächten, wenn die Träume kamen. Am ganzen Körper hatte er gezittert. *Ich kann das nicht! Ich kann nicht in die Tonne! Ich sterbe da drin!* Sie hatten versucht, ihm Mut zu machen, aber 78 hatte einfach gesagt: *Gib mir deine Jacke.* Und als Colonel Trakev gekommen war, war 78 ihm entgegengetreten, mit der Jacke, auf der 26 stand. Der Colonel hatte ihn gemustert, wie er da stand, ganz ruhig und gelassen. *Du bist nicht 26,* hatte er gesagt, und 78 hatte geantwortet: *Ist das wichtig?* Und es war nicht wichtig gewesen. Nicht für den Bio. Aber die Brüder hatten es nie vergessen.

Würde ein Bio so etwas je verstehen? Würde er je so handeln? *Unsere Gesellschaft basiert auf dem Prinzip der Konkurrenz. Die Bios sind einander immer Feind.*

Und Moira? War sie nicht anders? Sie hatte im Hive sein Bein versorgt, hatte auf Noshades nach ihm gesucht, hatte ihn in ein Krankenhaus gebracht. Sie hatte keinen Vorteil davon gehabt. Aber auch sie log, auch sie schwieg, um es sich leichter zu machen. Und wie leicht ihr Leben war! Wie konnte gerade sie ihm Vorwürfe machen? Sie wusste nichts von seinem Leben!

Korrekt, er hatte keine Fragen gestellt. Wie auch? Niemand hatte es ihn gelehrt. Im Gegenteil, sie hatten ihn dafür bestraft, hatten dafür gesorgt, dass andere Dinge seinen Kopf, sein Leben füllten. Jede Stunde, jede Minute des Tages war ausgefüllt mit Exerzieren, Lernen, Kämpfen, Töten. Für Fragen war kein Raum, keine Zeit!

Ganz hinten in seinem Kopf regte sich eine leise Stimme. 78 hatte Fragen gestellt. 78 hatte Platz dafür gefunden, Zeit und sogar Worte. Doch er hatte sie nicht hören wollen. Und warum? Es war zu anstrengend gewesen. Es war gefährlich. Er hatte es sich leicht machen wollen.

Er blieb stehen und seine Augen brannten. Die Schlussfolgerung war schrecklich, aber sie war zwingend.

Er war nicht besser als sie.

»Hey, Bruder.«

Rho blickte auf. An die Wand gelehnt stand ein junger Mann mit langen Haaren und einem schillernd bunten Hemd, das ihm bis auf die Knie hing. »Hast du 'ne Kippe für mich?«

Kippe. Er kannte das Wort. Die Bios auf Noshades benutzten es manchmal.

Er schüttelte den Kopf. »Nein.«

»Siehst echt down aus.« Die Stimme des Mannes klang heiser. »Alles klar bei dir, Bruder?«

Seine Augen brannten wieder bei dem Wort. »Warum nennst du mich so?«

»Bruder?« Der Mann zuckte mit den Schultern. »Wir sind doch alle Kinder des Universums, oder nicht?« Er breitete die Arme aus. »Alle Menschen sind Brüder und Schwestern.«

»Ich bin kein Mensch. Ich bin ein Klon.«

Der Mann zuckte mit den Schultern. »Keiner ist vollkommen.«

Neben ihm öffnete sich eine Tür. 43 hatte sie nicht bemerkt, weil sie mit Papier beklebt und mit Schriftzeichen bemalt war, ebenso wie die Wände daneben. Überhaupt sah es hier ganz anders aus, als er es bisher gesehen hatte. Alles wirkte vernachlässigt und kaputt, aber auch irgendwie farbig. Bunter Stoff war um ein Regenrohr gewickelt, auf die Straße hatte jemand Figuren gemalt.

Eine Frau kam aus dem Haus. Ihr violettes Haar war auf der rechten Kopfseite sehr kurz geschnitten, links hing es ihr bis weit über die Schulter. Bunte Perlen waren hineingebunden.

Sie schmiegte sich an den Mann und betrachtete 43 neugierig.

Der Mann sagte: »Ich glaube, der Bruder braucht ne Tüte.«

43 zog die Brauen zusammen. »Eine Tüte?«

»Hasch. Weißt du, was das ist?«

Moira hatte es erwähnt. Im Hive, als sie auf die Patrouille gewartet hatten. »Ein Harz, das glücklich macht.«

Die Frau grinste und stieß dem Mann den Ellbogen in die Seite. »Er weiß Bescheid.« Dann fragte sie: »Wie heißt du?«

»43.«

»Dreiundvierzig? Steil! Ich bin Luv, er ist Nuts. Komm rein.« Sie wandte sich um und 43 folgte ihr zögernd.

***

»Mein Name ist 43«, äffte Moira ihn nach. Sie schüttelte den Kopf und stapfte die Straße entlang in die entgegengesetzte Richtung, in die er gegangen war. »Dann hättest du vielleicht nicht behaupten sollen, dass du Rho heißt.« Was für ein verdammter Idiot! Sie verstand ja, dass er aufgewühlt war. Den Sinn, oder vielmehr die Sinnlosigkeit des eigenen Lebens auf solche Weise zu erfahren, war sicher hart, aber dafür konnte er nicht ihr die Schuld geben. Überhaupt, wer hatte ihn zum Richter über die Menschheit erhoben?

Sie schüttelte den Kopf. Weiter hinten stand ein Scooter am Straßenrand, und sie hielt darauf zu.

Hoffentlich fand Rho wieder zum Institut zurück. Ob sie ihm nachfahren sollte? Ach was, er war ein großer Kerl. Er fand sich in der Wüste zurecht, er würde auch in der City klarkommen. Ansonsten würde er eben irgendjemanden um eine Scooterfahrt anbetteln müssen. Oder er fragte einfach nach dem Weg und marschierte die paar Meilen. Das half ihm vermutlich, sich abzuregen.

Sie erreichte den Scooter und legte die Hand an die Tür.

»*Willkommen Doktor Chakrabarti. Wohin darf ich Sie bringen?*«

Sie setzte sich. »Zum Tan...« Sie stockte mitten im Wort.

Verdammt, nun hatte sie doch ihren Chip statt der Karte benutzt. Macht der Gewohnheit. Sollte sie einen anderen Scooter suchen? Oder es einfach drauf ankommen lassen?

»*Ich habe Sie leider nicht verstanden. Wohin darf ich Sie bringen?*«

Sie hatte keine Lust, sich einen anderen Scooter zu suchen. Sie wollte zurück ins Institut, wollte in Ruhe nachdenken. Kendrick würde sich sicher nicht in die Firmendaten eines anderen Unternehmens einhacken können. S-Trans war auch nicht gerade eine Klitsche. Aber sollte sie ein solches Risiko aus reiner Bequemlichkeit eingehen? Sie sah Judiths tadelnden Blick geradezu vor sich. Vermutlich wäre das ziemlich unvorsichtig.

Die Türen öffneten sich. »*Wir bedauern, dass unsere Fahrzeuge nicht als Aufenthaltsräume zur Verfügung stehen. S-Trans wünscht Ihnen noch einen schönen Tag.*«

Sie musste lächeln. Das hatte sie zum letzten Mal mit Moongirl erlebt. Wenn sie länger sitzen blieb, würde ein unangenehmer Pfeifton ihr den Aufenthalt vergällen. Kein guter Ort zum Knutschen. Sie wollte gerade aufstehen, als der Screen vor ihr aufflammte.

»Ms. Chakrabarti?« Ein Mann mit nach hinten gegeltem Haar, Stiernacken, schwarzem Anzug. Wie die Schläger aus dem Krankenhaus.

»Wer sind Sie?«

»Mein Name ist Benito Lugov, und mein Auftraggeber würde gern mit Ihnen sprechen.«

Sie zögerte. Beide Scootertüren standen offen, sie würde also in jede Richtung fliehen können. »Und wer ist Ihr Auftraggeber?«

Das Bild wechselte zum breiten Lächeln von Keith Kendrick. »Das können Sie sich doch denken.«

Wieder sah sie sich um. Ob man sie auch orten konnte? Sie musste das Gespräch kurz halten. »Was wollen Sie?«

»Sie an Ihre Seite unseres Deals erinnern. Es ist noch nicht zu spät, wieder ein braves Mädchen zu sein. Obwohl ...« Er lächelte. »Das sind sie eigentlich nie gewesen, nicht wahr?« Er hob die Hand. Offenbar scrollte er durch Daten auf einem anderen Screen. »Mit dreizehn sind Sie zum ersten Mal von zu Hause weggelaufen, und danach immer wieder, auch nach der Trennung Ihrer Eltern. Diebstahl, Vandalismus, oh, und Drogen! Sie waren ein ganz schönes Früchtchen.«

Bluffte er? Oder hatte er tatsächlich ihre Bürgerakte? Der Scooter begann, einen leisen aber anhaltenden Pfeifton von sich zu geben. »Woher haben Sie diese Daten?«

»Spielt das eine Rolle? Was wichtig ist: Sie haben die Citys kennengelernt. Sie kennen den Sumpf, das Elend. Und Sie haben es raus geschafft. Während Ihre Freunde ...« Er wiegte bedauernd den Kopf. »Vivien Mahtaab ist gerade einmal vierundzwanzig geworden.«

Moongirl! Die Nachricht versetzte ihr einen Stich. »Sie Mistkerl!«

»Entschuldigen Sie, ich dachte, das sei Ihnen bekannt. Verstehen Sie mich nicht falsch. Ich teile Ihren Schmerz. Ich habe meinen Bruder an die Citys verloren.« Er beugte sich vor, bis sein Gesicht den Screen ausfüllte. »Sie und ich, wir sind gar nicht so verschieden. Wir haben die gleichen Ziele. Und die ... *Männer* auf Noshades, die sind der Schlüssel zu allem.«

Der Pfeifton wurde lauter.

»Sie meinen das MCM? Ich weiß inzwischen, wie die Dinge zusammenhängen.«

»Nicht das MCM. Das ist nur ein Mittel auf dem Weg. Mir geht es um anderes. Größeres. Mir geht es um die Citys. Die sind das letzte, große Problem auf Deuteragäa. Und mit Hilfe der Rhos und Sigmas werde ich es lösen.« Er lehnte sich wieder zurück. »Sie können mir dabei helfen, Ms. Chakrabarti. Wir müssen nicht gegeneinander arbeiten. Wir können eine bessere Welt für alle schaffen.«

Moira beugte sich vor, starrte Kendrick in die Augen. »Die Citys«, sagte sie, »sind das *Leben*. Man kann das Leben nicht *lösen*.« Sie griff nach ihrer Tasche und verließ den Scooter.

***

Der Geruch überschwemmte 43. Er war süß und schwer, und machte den Kopf leicht, ähnlich wie der Geruch von Goo.

Der Raum war ziemlich groß. Überall, besonders an den Wänden entlang, lagen Kissen und Matratzen am Boden, darauf Bios in kleinen Gruppen. Weiter hinten, wo sich der Raum um eine Ecke krümmte, waberte Rauch in einem Licht, das von vielfarbigen, kleinen Lampen ausging.

Nuts ließ sich auf eins der Polster am Fenster fallen und zog Luv zu sich herunter. »Komm schon, Bruder. Setz dich.« Dann reckte er den Hals und rief: »Lee, kannst du uns mal 'ne Shisha bringen? Hier braucht jemand dringend ein bisschen Happyness.«

43 setzte sich mit überkreuzten Beinen und war sich doch nicht sicher, ob es richtig war, hier zu sein. Er wusste gar nicht mehr, was richtig war. Es gab keinen Ort mehr für ihn, keine Aufgabe.

Jemand stand von den Polstern auf, eine Frau, die ein Tablett mit einer Flasche darauf hochhob. Als sie ins Licht gekommen war, starrte 43 sie ungläubig an. Sie sah aus wie Luv, nur dass ihre Haare auf der rechten Seite lang waren, nicht auf der linken.

»Ein bisschen was ist noch drin.« Sie stellte die Flasche zwischen sie, dann fiel ihr Blick auf 43. »Oh je«, sagte sie. »Ein Gaffer. Gibt's hier was, was du noch nie gesehen hast?«

»Ich … wusste nicht, dass es weibliche Klone gibt.«

»Klone? Hast se wohl nicht alle. Luv und ich sind Zwillinge.«

Nuts lächelte selbstgefällig »Biologisch gesehen seid ihr Klone.«

»Biologisch gesehen kannst du mich mal.«

»Mit Vergnügen, immer wieder.« Er grinste Rho an. »Frauen!«

Rho dachte an Boris und antwortete: »Man kann nicht mit ihnen, und nicht ohne sie.«

»Du sagst es, Bruder.«

Luv nahm einen der Schläuche auf, die von der Flasche ausgingen. »Wie kommst du denn auf Klone?«

»Er denkt selbst, er wär' einer.« Wieder reckte Nuts den Hals. »He Leute, wollt ihr mal 'n echten Klon sehen?«

Ein paar Leute standen auf und kamen heran, die meisten blieben sitzen. Lee betrachtete ihn spöttisch. »Ich glaube, er ist ein Soldat. Die sehen für mich eh alle gleich aus.«

»Hey!« Einer von denen, die dazugekommen waren, zeigte auf 43. »Dich kenn ich doch! Du bist der Typ, der auf der Baustelle auf die Mantis geballert hat!«

»Nein«, sagte 43.

»Doch, klar. Weißt du nicht mehr? Der Kran ist umgestürzt, und ich hab dir den Helm abgenommen, weil ich dich wiederbeleben wollte. Ich dachte, du bist tot, Mann! Du hast mir das Leben gerettet!«

»Das war ich nicht.«

»Aber …« Er sah sich ratlos um. »Detroit! Komm her! Sieh ihn dir an. Das ist doch der Typ!«

Von hinten, aus den bunten Nebeln kam noch jemand herangeschlurft. Er blinzelte, als er ins Licht trat, kam noch etwas näher, beugte sich vor, um 43 in Augenschein zu nehmen. »Nee«, sagte er schließlich. »Der Typ hatte ne Narbe. Hier.« Er zog den Zeigefinger vom Ohr zur Nase.

43 nickte. »Dann war es 57.« Zumindest hatte sein Tod ein anderes Leben gerettet. Es wäre schön, das den anderen sagen zu können.

»Habt ihr alle bloß Nummern?«, fragte Nuts.

»Wir sind Klone.«

Nuts starrte ihn mit offenem Mund an. Dann veränderte sich seine Haltung völlig. Sein Gesicht verlor den gelangweilten Ausdruck und er richtete sich auf. »Scheiße, der meint das ernst.«

»Echt?« Lee sah ihn nun ihrerseits interessiert an. »Wer hat euch, ich meine … wie nennt man das? Hergestellt?«

»MinerVa Inc.« Es war ihm gleichgültig, dass er Firmendaten preisgab. Er war niemandem mehr verpflichtet, weder Moira noch MinerVa, und schon gar nicht Executive Officer Keith L. Kendrick. Sollten sie ihn bestrafen, sollten sie ihn auswerten. Es war ihm egal.

Nuts fluchte ungehalten. »Das hab ich schon immer gesagt. Die wollen uns wegrationalisieren. Die ersetzen uns durch Klone!«

»Maschinen, hast du immer gesagt.«

»Maschinen, Klone, ist doch egal! Die wollen Untertanen, die schön brav tun, was man ihnen sagt, immer zur Arbeit gehen und ihre Scheißsteuern bezahlen.«

»Wenn er so brav ist«, sagte Luv, »warum ist er dann hier?«

»Ja genau.« Nuts wandte sich ihm wieder zu. »Warum bist du hier?«

Das wusste 43 auch nicht so genau. Er war weggelaufen. Wovor? Vor Moira. Er war so wütend gewesen, hatte sie so sehr gehasst. Nicht Moira, die Bios. Alle Bios. Und er hatte Moira darin einschließen wollen. Aber das konnte er nicht. Nicht nachdem er erkannt hatte, dass er selbst nicht besser war. Auch er hatte es sich leicht gemacht. Er hatte nur weniger Möglichkeiten dazu gehabt als sie.

»Was?«, fragte Nuts. »Redest du jetzt nicht mehr mit uns?«

»Ich kann nicht …«, begann 43, stockte, dann schüttelte er den Kopf. »Ich kann nicht zurück.«

»Das heißt, du bist weggelaufen?«

43 nickte.

»Bravo, Bruder! Du hast die Freiheit gewählt!«

»Aber meine Brüder sind noch dort.«

»Wie viele sind es denn?«, fragte Luv.

»Zweiundsiebzig sind noch übrig. In meiner Charge. Die Sigmas sind fast zweihundert.«

Die Bios sahen sich an. »Meine Fresse«, sagte Detroit. »Glauben wir ihm das?«

»Ich trau den Scheißkonzernen alles zu.« Nuts kaute auf seinem Daumennagel. Plötzlich trat ein Ausdruck der Entschlossenheit in seinen Blick. »Ich hab 'ne Idee. Quiver, bring doch mal die Kamera her.«

Lee, die hinter 43 stand, streichelte seine Schulter. »Du musst nicht zurück.« Sie klang fürsorglich, fast wie Moira. »Bleib einfach bei uns.«

Er sah zu ihr hoch. Es war verlockend. Bei diesen Bios, die alle so verschieden waren, und die sich dennoch Brüder nannten, fühlte er sich seltsam wohl. Doch dann schüttelte er den Kopf. »Nein. Das wäre zu leicht.« Er stand auf und sah durch das Fenster nach draußen. Von den großen Schriftzeichen, die außen angesprüht waren, sah er von hier aus nur einzelne Linien und Bögen. Wohin sollte er gehen? Zurück nach Noshades. Aber was konnte er dort tun? Wie konnte er seinen Brüdern helfen? Er war nur einer, und er hatte nicht mehr Möglichkeiten, als er sie zuvor gehabt hatte. Wenn nicht einmal 78 etwas hatte ändern können, wie sollte es dann ihm gelingen?

Etwas rutschte in seiner Tasche, und als er hineingriff, fühlte er den Gegenstand, den Moira für ihn gekauft hatte. Er zog ihn heraus, betrachtete das silberne Ding, ohne zu verstehen, worum es sich handelte. Moira. Er vermisste sie. Genauso sehr wie seine Brüder. Sogar noch mehr. Anders. Dabei kannte er sie erst seit ein paar Phasen. Doch der Gedanke an sie verursachte ein unfassbar schmerzliches Sehnen nach ihrer Stimme, ihrem Duft, ihrer Berührung. Und zugleich ein Gefühl der Scham.

Er war so wütend gewesen. Zu Unrecht. Moira war nicht wie die Bios auf dem Stützpunkt. Er hätte ihr das nicht vorwerfen dürfen. Nichts hätte sie anders machen müssen. Er wünschte, dass er ihr das sagen könnte, doch er würde sie nicht mehr wiedersehen. Nach allem, was er zu ihr gesagt hatte, war das unmöglich. Erst recht, wenn er daran dachte, auf welche Art er es gesagt hatte. Zu ihr, einer Bio! Auf Noshades wäre er dafür in der Tonne gelandet. Disziplin, Selbstbeherrschung. Man hätte meinen können, dass er das inzwischen gelernt hätte. Warum nur hatte er sich nicht gezügelt? Ebenso gut hätte er ihr ins Gesicht schlagen können.

Er war nicht wie sie, er war ein Klon. Moira hatte das anders gesehen, aber sie hatte Unrecht. Sie wusste nicht, wovon sie sprach. Er war nichts als ein Werkzeug. Die Bios hatten ihn zu einem Zweck erschaffen. Wie konnte er ihnen vorwerfen, wenn sie ihn genau dafür einsetzten?

»Glückwunsch.« Luv trat neben ihn und nickte zu seinen Händen. Ratlos blickte er auf den silbernen Gegenstand. Als er wieder hochsah, war ihr Lächeln weicher geworden. »Du hast keine Ahnung, was das bedeutet, oder?«

***

Im Institut ging Moira unruhig auf und ab. Sie ging zu Twiggys Käfig, wo Boris zugange war. Dann ging sie zurück auf die andere Seite des Raumes, wo noch die Stühle standen, auf denen sie gestern Abend gesessen hatten. Und dann an Rhos ordentlich gemachter Pritsche vorbei wieder zurück zu Boris.

Würde Rho wissen, wie er zurück zum Institut kam? Er war ein Freebie, aber anders als ein echter Freebie, hatte er keine Ahnung, wie man sich in dieser Welt durchmogelte. Sie war sein einziger Halt in dieser Welt, und sie hatte ihn im Stich gelassen. Andererseits war er kein Kind. Er wusste, wie man sich in der Wüste durchschlug, er würde schon zum Institut finden. Vielleicht war es das, was sie so an ihm faszinierte. Diese Mischung aus Hilflosigkeit und Stärke.

Sie blieb stehen, betrachtete Boris, ohne ihn wirklich wahrzunehmen. Judith musste bald hier sein. Sie würde eine Idee haben. Judith hatte ein riesiges Netzwerk, hatte überall Freunde und Geschäftspartner. Eine offizielle Suchmeldung konnten sie schlecht herausgeben.

»Nicht vergessen«, sagte Boris, »in zwanzig Minuten ist Ihr Termin bei Doktor Hashemi.«

Moira wollte jetzt nicht mit Hashemi sprechen. Sie wollte hier sein, falls Rho zurückkam.

Derweil hielt Boris Twiggy einen Screen hin, wartete kurz und dann fotografierte er sie. Moira blieb stehen.

»Was machen Sie da eigentlich?«

»Ich … ähm … dokumentiere die verschiedenen Muster auf ihrer Stirnplatte.«

»Sie lernen ihre Worte.«

Boris' Augen weiteten sich. »Ach, verdammt. Er sollte es doch niemandem erzählen.«

»Keine Angst. Ich nehme Ihnen die Veröffentlichung nicht weg. Wer weiß, vielleicht mache ich sogar einen H&S-Beitrag über Sie und Ihren Durchbruch.«

Seine Augen leuchteten. »Wirklich?« Dann dimmte sein Lächeln herunter. »Allerdings hat zuerst MinerVa Anrecht auf die Daten. Wissen Sie, wir sollen in drei Tagen unsere Ergebnisse in deren Niederlassung irgendwo in der Wüste vortragen.«

In der Wüste. Das konnte nur Noshades sein. Boris empfand das offenbar als eine Auszeichnung.

»Da sind noch zwei andere Institute eingeladen. Das mit der Photosynthese wird einschlagen wie eine Bombe.« Er lächelte siegessicher. »Ich würde ja auch was über die Sprache sagen, aber Doktor Hashemi … ich glaube, er hält mich für einen Spinner.«

Sie zeigte auf seinen Screen. »Sie haben doch Beweise.«

»Na ja, aber Vögel und Wale auf der Erde haben auch ein recht ausgefeiltes Kommunikationssystem. Ich habe noch keine Ahnung, wie abstrakt die Mantis tatsächlich denken können.«

»Sie haben eine Schrift. Ist Ihnen das abstrakt genug?«

Boris stand mal wieder der Mund offen.

»In den Bauten markieren sie die Gänge mit Einkerbungen in den Wänden. Die Bilder entsprechen denen auf den Stirnplatten.«

»Das …« Er hob den Screen. »Können Sie die zeichnen?«

»Rho könnte es sicher.«

Boris ließ den Screen sinken. »Rho«, sagte er und offenbar regte sich sein Gewissen. »Eigentlich ist es sein Durchbruch, wissen Sie? Er hat es herausgefunden.«

»Rho will nichts veröffentlichen.«

»Das stimmt wohl. Ich glaube, er begreift gar nicht, was das alles bedeutet. Genau wie die Sache mit der Photosynthese. Er nimmt alles einfach so hin. Als wäre es nichts Besonderes.«

»Sie täuschen sich. Er versteht sehr wohl, was es bedeutet.«

Es bedeutete, dass er ein Massenmörder war. Sie wusste, dass er diese Schuld empfand. Sie hatte es in seinen Augen gesehen, bei Leblanc, als ihm die Zusammenhänge klar geworden waren. Sie dachte an den Hive, in dem sie Zuflucht gefunden hatten, an die Reifungskammer, wo man die Larven aus ihren Brutröhren gerissen hatte, um das Goo abzupumpen, wo die Königin inmitten der vertrockneten, zusammengekrümmten Leichen ihrer Larven verzweifelt versucht hatte, eine neue Population aufzubauen. Und Moira hatte sie erschossen. Es machte auch sie zur Mörderin.

»Dabei ist er selbst unglaublich«, fuhr Boris fort. »Ein Hirn wie ein Computer. Er muss ein Bild nur einmal sehen, und merkt es sich.«

Das war ihr auch aufgefallen, zumindest was Worte betraf. Er lernte unglaublich schnell. Entweder waren sie so gezüchtet worden, oder es lag daran, dass er das Gehirn eines Dreizehnjährigen hatte. Ohne die einschränkende Wirkung der Pubertät, die schon lange hinter ihm lag. Aber in so vielen Dingen war er noch wie ein Kind. Unschuldig und vertrauensselig. Wenn man ihn körperlich angriff, konnte er sich verteidigen, aber Betrügern, die ihn benutzen und ausnutzen wollten, wäre er ausgeliefert. Genauso, wie er Kendrick ausgeliefert gewesen war. Oh Rho, wo bist du nur?

Boris blätterte derweil durch seinen Screen. »Schauen Sie sich all die Fotos an. Wir haben schon ein richtiges kleines Wörterbuch zusammen. Hier, sehen Sie.« Er schob ein Bild nach dem anderen über den Screen. »Wasser, Luft, Käfig, Schale. Wir haben sogar schon so was wie eine Grammatik. Das ist Sonne, und wenn man das anhängt, bedeutet es leuchten.« Er strahlte sie an. »Dann habe ich Twiggy Fotos von anderen Dingen gezeigt, und sie hat sofort verstanden, was ich wollte. Das hier ist Hive, das ist Mantis, das ist Wüste, und dieses Muster steht für die Königin.«

»Das tut es nicht«, sagte jemand.

Moira wirbelte herum. »Rho!« Sie lief zu ihm und umarmte ihn stürmisch. »Ich habe mir solche Sorgen gemacht!« Er wirkte überrumpelt. Verlegen löste sie sich von ihm. »Entschuldige. Ich meine natürlich 43.«

»Schon gut, Moira.« Moira, nicht Ma'am. »Du kannst mich ruhig Rho nennen.«

Ein kleines, kaum merkliches Lächeln umspielte seine Lippen. Sie hatte ihn noch nie lächeln sehen, und es berührte sie tief. Mit einem Mal sah er weich und freundlich aus. Menschlich. Er hatte sich verändert. Ihr Verhältnis hatte sich verändert. Woher kam das auf einmal? Sie hatten gemeinsam um ihr Leben gekämpft, hatten sogar miteinander geschlafen, aber immer war sie Ma'am geblieben, eine Bio, und er ein Klon.

Hatte etwa erst ein Streit sie auf eine Stufe gestellt?

Boris brannten seine neuen Erkenntnisse zu sehr unter den Nägeln. »Während du auf Städtetour warst, haben wir hier ganz schöne Fortschritte gemacht. Und ich kann dir versichern, das da bedeutet Königin.« Er hielt Rho den Screen hin.

»Nein«, sagte der ruhig. »Sie sind keine Menschen. Sie haben keine Königin. Das da«, er zeigte auf den Screen, »heißt Mutter.«

Boris drehte den Screen zu sich und betrachtete das Bild. »Oookay«, sagte er gedehnt.

Wie recht Rho hatte, und wie viel mehr er begriff. Es ging nicht darum, Vokabeln zu kennen. Es ging darum, zu *verstehen*.

»Ich denke«, sagte Moira, »Sie sollten sich schon mal überlegen, wie Sie das Ganze gleich Doktor Hashemi präsentieren wollen. Vielleicht ein paar besondere Bilder raussuchen und so.«

»Ja. Sie haben recht.« Boris nickte entschlossen und verließ den Raum. Endlich.

Moira sah Rho an. »Wo bist du bloß gewesen? Ich habe mir Sorgen gemacht.«

Statt einer Antwort griff er nach ihrer Hand und zog sie zu sich heran, in seinen Arm. Und dann küsste er sie. Küsste sie mit einem Verlangen, das sie atemlos machte. Aber es gab so viel zu tun, so viel zu planen und zu besprechen. Sie stemmte die Hand gegen seine Brust und er hob den Kopf, hielt sie aber weiter mit dem Arm umfangen. »Sind jetzt etwa neun Phasen um?«, fragte sie neckend.

»Das ist mir vollkommen gleichgültig.« Er griff mit der freien Hand in die Jackentasche und holte den Anhänger heraus, legte ihn in ihre Hand und umschloss sie mit der seinen. »Ich weiß jetzt, was das bedeutet.«

Verlegen wich sie seinem Blick aus. »Ich dachte, du solltest es wissen.«

»Wird es leben?«

»Ich weiß es nicht. Es ist tatsächlich ein Risiko. Wegen der beschleunigten Reifung.«

»Wenn es lebt, weißt du was das bedeutet? Dass du die ganze Zeit recht hattest. Dass wir so sind wie ihr. Dass wir Bios sind.«

Sie sah das Leuchten in seinen Augen, und begriff, dass es das war, was ihr Verhältnis verändert hatte, was *ihn* verändert hatte. Und mit einem Mal wollte sie dieses Kind austragen, wollte von ganzem Herzen und mit aller Kraft, dass es lebte. Für ihn.

***

Es wurde Zeit für das Gespräch mit Hashemi. Als Moira Twiggys Raum verließ, klopfte wieder jemand an die Eingangstür, vermutlich schon seit einiger Zeit. »Ich geh schon«, rief Moira Richtung Arbeitsraum, wo Lydia und Boris noch ihre Notizen zusammenstellten. Dann öffnete sie die Tür zum Treppenhaus.

Judith stand draußen. »Seid ihr wahnsinnig?«, fragte sie statt einer Begrüßung. »Ihr könnt doch nicht das ganze Netz mit seinem Bild fluten!«

»Haben wir nicht«, sagte Moira.

»Und wer war es dann?« Judith zog ihren Screen aus der Tasche, wischte darauf herum und hielt ihn Moira unter die Nase.

Tatsächlich. Rho. Oder zumindest ein Klon. Nur Gesicht und Hals. Darunter der Schriftzug: *»Kennen Sie diesen Mann?«*

Moira schaute sich um, trat dann sicherheitshalber zu Judith ins Treppenhaus hinaus. Sie schob das Bild nach oben und las den Text darunter.

Während des Angriffs der Mantis auf Green Sands, hat uns dieser Mann verteidigt. Er ist der Soldat. Jeder Soldat. Sie alle haben das gleiche Gesicht. Hast du ihn auch gesehen? Dann teile diese Nachricht. Lass es uns alle wissen.

Rho sah über ihre Schulter. »Das war Nuts.«

»Stimmt«, sagte Judith. »Tiefgreifend wahnsinnig.«

»Nein, ich meine, Nuts hat das Bild gemacht.«

»Wer ist Nuts?«, fragte Moira.

»Ich habe ihn in der Stadt getroffen. Ihn, Luv, Lee, Quiver, Detroit und ein paar andere. Sie haben mir den Scooter zurück hierher besorgt.«

Underground-Namen. So wie Light und Moongirl. Rho hatte offenbar die richtigen Leute getroffen. »Das muss aus dem Subnet kommen. Das kann MinerVa nicht zu uns zurückverfolgen.«

Judith schnaubte. »Das brauchen die auch gar nicht. Die wissen sofort, welcher ihrer Klone das bloß sein kann.«

»Wir können uns sowieso nicht ewig verstecken. Es geht nicht mehr darum, MinerVa zur Strecke zu bringen oder den Konzernrat zu informieren. Wir müssen die Klone befreien!«

»Das könnt ihr nicht«, sagte jemand.

Alle drehten sich um. Auf der Treppe stand schwer atmend ein würdiger, älterer Herr.

»Und Sie sind?«, fragte Judith.

Auch Moira brauchte einen Moment, bis sie ihn erkannte. Ohne Bart und im Anzug wirkte Leblanc, alias Doc Brown, um Jahre jünger. »Doktor Leblanc! Was tun Sie denn hier?«

»Ich werde«, er atmete schwer, »mit Ihnen nach Noshades gehen.«

Judith stutzte. »Sagten Sie nicht gerade, wir können die Klone nicht befreien?«

»Das können wir auch nicht.« Wieder ein tiefer Atemzug. »Man kann die Ketten eines Sklaven zerschlagen, aber wenn er sich nicht selbst erhebt, wird er immer ein Sklave bleiben.«

»Die Klone können sich nicht erheben«, sagte Moira. »Ihnen wurde eingetrichtert, dass sie nichts wert sind, minderwertig, keine Bios. Wie sollen sie sich gegen Bios auflehnen?«

»Denken Sie denn, es wäre das erste Mal in der menschlichen Geschichte, dass so was passiert?« Der Doc zog sich die letzten Stufen hinauf. Dann stand er vor ihnen und es dauerte einen Moment, bis er wieder völlig zu Atem gekommen war. »Das hat es immer gegeben. Schwarze, Juden, Arabs, erzähle nur lange genug, bestimmte Menschen seien weniger Wert, und man wird es glauben. Insbesondere diejenigen, die sich auf der höheren Stufe wähnen. Wenn es alle sagen, und niemand widerspricht, dann muss ja was dran sein, nicht wahr?«

»Dalits«, sagte Moira, und auf die fragenden Blicke der anderen hin: »So hießen sie in Indien. So weit unter allen stehend, dass sie nicht einmal eine eigene Kaste hatten.«

Leblanc nickte. »Mein Spitzname, Doc Brown, den hat mir ein Filmfreak verpasst. Er hatte keine Ahnung, dass der Name für mich eine viel tiefere Bedeutung hat.«

Irgendwo in einem anderen Stockwerk klappte eine Tür und Stimmen wurden laut. »Kommt lieber rein«, sagte Moira gedämpft. »Wir sollten das nicht in einem Treppenhaus besprechen.«

Doch drinnen war es nicht besser. Lydia trat gerade in den Gang hinaus, den Blick nachdenklich auf ihren Screen gerichtet. Dann schaute sie hoch und sah Rho.

»Sind das nicht Sie?« Sie hob den Screen. Offenbar hatte Judith mit dem Wort *fluten* nicht übertrieben.

»Wir sollten verschwinden«, sagte Judith und zog sich zur Tür zurück. Leblanc war noch gar nicht hereingekommen.

Moira drehte sich zu Lydia um. »Wenn Sie keinen Ärger mit den Konzernen bekommen wollen, behalten Sie für sich, dass er hier war.«

Boris stand in der Tür hinter Lydia, die Augen weit aufgerissen. »Steckt er in Schwierigkeiten? Können wir helfen?«

Kurz war sie versucht, den begeisterungsfähigen Doktoranden ins Vertrauen zu ziehen, doch dann schüttelte sie den Kopf. »Es ist besser für Sie, wenn Sie nichts darüber wissen.«

Damit drehte sie sich um. Vermutlich war die Warnung fruchtlos. Lydia würde die Verbindung zu MinerVa schnell ziehen, und dann waren sie ihnen wieder auf den Fersen. Hinter ihr diskutierten Boris und Lydia. An der Tür drehte Moira sich noch einmal um. Boris hatte die Hand auf Lydias Screen gelegt. »Vielleicht *bringst* du ihn damit erst in Schwierigkeiten!«

Sie ging. Wieder einmal flohen sie nur mit dem, was sie auf dem Leib trugen. Immerhin war es diesmal kein MediCare-Outfit.

Die anderen waren schon unten. Ein leerer Scooter stand neben der Auffahrt, vermutlich der, mit dem Leblanc gekommen war. Judith streckte die Hand nach dem Scanner an der Tür aus, aber Moira hielt sie zurück.

»Warte. Lydia sah aus, als ob sie im nächsten Moment MinerVa anruft, und die kennen dich im Institut. Du hängst jetzt mit drin.«

Judith fluchte sehr unfeminin. »Also, wohin?«

Leblanc berührte die Tür und der Scooter öffnete sich. »*Willkommen Doktor Leblanc. Wohin darf ich Sie bringen?*«

Während alle einstiegen, nannte Leblanc seine Adresse.

»Ein MinerVa-Village?«, sagte Judith. »Ist das nicht unklug?«

»Haben Sie eine bessere Idee?«

***

Leblanc hatte nicht nur sich selbst gesäubert. Das Wohnzimmer war aufgeräumt und gelüftet worden. Nur der Staub lag noch immer auf den Regalen.

Sie verteilten sich auf den Sitzgelegenheiten und Moira holte sich einen Stuhl aus der Küche. Auf der Fahrt hatten sie Judith in ihre neusten Erkenntnisse eingeweiht.

»Und welche Aktien haben Sie in dem Ganzen?«, wollte sie von Leblanc wissen.

Er starrte einen Moment vor sich hin. »Wissen Sie«, sagte er dann, »Meine Vorfahren sind größtenteils aus Mali und Portugal nach Deuteragäa ausgewandert, aber einige kamen auch vom nordamerikanischen Kontinent. Die Nachkommen schwarzer Sklaven.« Er sah sie einen nach dem anderen an, als müssten sie etwas verstehen, aber Moira verstand noch gar nichts. Also erklärte er es. »Die Sklaven hatten keine Familiennamen. Nach ihrer Befreiung nahmen einige den Namen Brown an.«

»Wegen ihrer Hautfarbe«, vermutete Judith.

»Und zu Ehren von John Brown, einem Abolitionisten.«

»Was ist ein Abolitionist?«, fragte Rho.

»Er hat für die Abschaffung der Sklaverei gekämpft. Er hat sogar sein Leben dafür gegeben. Er wurde hingerichtet.« Leblanc schüttelte den Kopf. »Und was habe ich getan?« Er stemmte sich hoch und ging zum Regal hinüber, wo die blauen Figuren ihre Parade abhielten. »Ich habe geholfen,

Sklaven zu erschaffen. Ich habe ihnen das Leben geschenkt, und gleichzeitig habe ich es ihnen vorenthalten.« Er nahm die Figur mit der Brille und dem Buch und fügte leise an: »Immer, wenn mich jemand Doc Brown nannte, musste ich daran denken.«

Stille senkte sich über den Raum. Er hatte von *ihnen* gesprochen, doch vermutlich dachte er im Wesentlichen an einen von ihnen. Und doch umschloss es sie alle.

Moira legte ihre Hand auf Rhos Arm. »Also müssen wir ihre Abolitionisten sein. Wir müssen sie befreien.«

»Wir können sie nicht befreien.« Leblanc stellte die Figur zurück. »Wir können ihnen nur helfen, sich selbst zu befreien.«

»Aber wie sollen sie nach etwas streben, das sie gar nicht kennen? Sie wissen nicht, was Freiheit bedeutet. Sie kennen das Leben außerhalb des Stützpunktes nicht, sie haben keine Jobs, keine Ausbildung, noch nicht mal Bürgernummern.«

»Ist es denn das, was Sie ihnen bringen wollen?« Leblanc zog die Brauen zusammen. »Die Citys? Die Corporate Villages?«

»Was denn sonst?«

»Ich weiß es nicht. Und das ist der Punkt. Wenn Sie für die Klone entscheiden, Ms. Chakrabarti, dann setzen Sie sich nur selbst an die Stelle von MinerVa. Alles, was wir ihnen schuldig sind, ist die Möglichkeit, selbst zu entscheiden.«

Moira ließ sich gegen die Lehne ihres Stuhles sinken. »Und wie machen wir das? Selbst wenn wir ihnen die Tore des Stützpunktes öffnen, würden sie nicht herauskommen.«

»Doch«, sagte Rho. »Wenn 78 sie anführt.«

»Warum hat er das dann nicht schon längst getan?«

»Weil es keinen Ort gab, an den er uns hätte führen können.«

Und das hatte sich im Grunde nicht geändert. Wohin konnten sie gehen? War die Zivilgesellschaft bereit für die Klone? Für Männer, die nichts anderes gelernt hatten, als

Mantis zu töten und Befehle zu befolgen? Und würden die Klone dorthin überhaupt gehen wollen? Moira konnte sie sich so einfach nicht vorstellen, jeden einzeln in seiner eigenen, kleinen Village-Wohnung, nicht mal gemeinsam in einem City-Wohnblock. Was waren diese Männer noch, ohne ihre Gemeinschaft?

»Vielleicht«, sagte Judith nachdenklich, »geht es gar nicht darum, dass sie den Stützpunkt verlassen.« Obwohl sie sich am Gespräch beteiligte, war ihr Blick auf den Monokel-Screen gerichtet und ihr Daumen in ständiger Bewegung. »Vielleicht sind es die Leute von MinerVa, die gehen sollten.«

»Ein guter Gedanke.« Leblanc nickte. »Und wenn sich die Klone entscheiden, das MCM zukünftig selbst auszubeuten und zu vertreiben ...«

»Nein!«, sagte Rho verärgert.

Auch Moira schüttelte den Kopf. »Das dürfen sie nicht.«

»Sie müssen sie ihre eigenen Entscheidungen treffen lassen. Auch solche, die in Ihren Augen falsch sind. Das ist das Wesen der Freiheit.«

Judith warf ein: »MinerVa wird sich nicht einfach vertreiben lassen. Und selbst wenn, werden sie zurückkommen mit doppelter Mannschaftsstärke. Es ist zu viel Geld im Spiel.« Der Widerschein auf ihrem Gesicht zeigte einen Bildwechsel im Monokel.

»Sagen Sie mal«, fragte Leblanc gereizt. »Müssen Sie dieses Ding eigentlich ständig tragen?«

»Berufserfordernis, ja. Aber im Moment auch ganz nützlich. MinerVa hat eine Stunde versucht, Rhos Bild aus dem Netz zu entfernen, aber das hat nicht funktioniert. Ich glaube, dieser Nuts ist mehr als nur ein kiffender Hippie. Der muss für die Bilder ein Resurrection-Programm geschrieben haben. Jetzt sind sie umgeschwenkt. Das Ganze wird als Verschwörungstheorie diskreditiert.« Sie lächelte dünn. »Das hilft der Verbreitung natürlich. Und es gibt immer mehr User-Bilder.

Einige davon sicher Fälschungen, aber vieles sieht authentisch aus.«

Moira stöhnte. »Das heißt, Rho ist ein Meme geworden. Er kann mit seinem Gesicht nicht mehr auf die Straße.«

»Wozu auch?«, sagte er. »Ich muss zurück nach Noshades.«

Moira erschrak bei dem Gedanken, ihn zurück zu schicken. »Und was willst du dort machen?«

»78 berichten, was ich erfahren habe. Dann soll er entscheiden.«

»Was wir auch tun«, sagte Leblanc, »78 sollte ein Teil davon sein.«

Moira gefiel die Idee überhaupt nicht. Kendrick, die Ernte, die Mantis, all das sollte nicht mehr Teil seines Lebens sein. »Wie willst du dort überhaupt reinkommen?«

»Das ist leicht. Ich kann eine Patrouille abpassen, und mit ihnen zusammen ins Camp zurückkehren.« Offenbar sah er, was in Moira vorging, denn er legte ihr die Hand auf den Arm. »Es ist mein Zuhause. Meine Brüder sind dort.«

Und die Auswertung, dachte Moira, aber sie sagte es nicht.

»Und MinerVa?«, fragte Judith. »Wir müssen sie dazu bringen, das Camp und die Klone aufzugeben. Endgültig. Und das geht nur durch den Druck der Öffentlichkeit.«

Moira brachte das Wort Firmendaten gar nicht erst auf. Darüber waren sie längst hinaus. Sie und Rho waren bereits auf der MinerVa-Abschussliste, und außerdem ging es hier um mehr als ihrer beider persönliches Glück. Trotzdem war es nicht so einfach.

»Das Schicksal gleichgeschalteter Soldaten erregt nicht gerade das Mitgefühl der Massen, und die Mantis haben schon gar keine Lobby.«

»Kinder schon«, sagte Leblanc.

Alle sahen ihn an.

»Sie wachsen in Nährlösung«, sagte er, »aber ihre Genese ist biologisch. Sie sind Säuglinge, Kinder, wachsen heran.«

Er sah Rho an. »Wie alt ist Charge Tau jetzt? Biologisches Alter?«

»Zwölf Jahre, Sir. Ypsilon ist sechs.«

»Sie sind schneller geworden.«

Rho nickte. »Es liegen nicht einmal mehr drei Jahre zwischen jeder Charge.«

»Dann dürfte Phi bald reif zum Abnabeln sein.«

»Vermutlich, Sir.«

»Moment«, sagte Judith. »Von wie vielen ... Individuen reden wir hier eigentlich?«

»Jede Charge«, sagte Leblanc, »beginnt mit einer einzelnen, befruchteten Eizelle mit kontrollierten Genen. Jede Zelle verdoppelt sich, wir haben also zwei, dann vier, dann acht Zellen. Jede dieser acht Zellen ist noch immer totipotent, man kann aus jeder einen ganzen Menschen entwickeln.«

»Aber die Chargen sind viel größer«, sagte Moira.

Leblanc nickte. »Durch das MCM konnten wir die Phase der Totipotenz verlängern bis zur siebten Teilung und darüber hinaus. In der Charge Rho wären 128 Klone möglich gewesen, aber die Ausbeute beträgt nie hundert Prozent.« Leblanc legte den Kopf zurück und blickte an die Decke, während er sich zu erinnern versuchte. »Bei Rho hatten wir einen Ausfall von vierundzwanzig Prozent, es wurden nur siebenundneunzig Individuen abgenabelt.«

Moira stutzte. »Wie kann es dann einen 105 geben?«

»Sie tragen die Nummern der Glaskolben, in denen sie heranwachsen. Man nummeriert sie bei der Abnabelung nicht neu.«

»Und wozu dann noch die Buchstaben? TX?«

»Das sind Serie und Reihe.«

»Aber die Klone unterscheiden sich nicht.«

»Doch. Wir haben nicht mehr mit den äußeren Merkmalen experimentiert, die waren ab Charge Theta soweit optimiert. Aber wir haben versucht, eine größere Variabilität bei anderen Faktoren herzustellen. Insbesondere bezüglich Leukozytenantigenen und MHC-Genen. Überhaupt alles, was die Histokompatibilität betraf.«

Judith hob die Brauen. »Und für die Nicht-Mediziner unter uns?«

»Das hat mit Organspenden zu tun.« Moira hatte sich in den letzten Wochen ausgiebig mit diesen Begriffen beschäftigt. »Vermutlich sollten die Organe für möglichst viele verschiedene Empfänger nutzbar sein.« Sie sah Leblanc an. »Die Auswertungen sind also von Anfang an mit eingeplant gewesen.«

Er nickte. »Es war nicht der eigentliche Zweck der Klone, es lief unter dem Begriff ›Abschlussnutzung‹. Aber wir hatten konkrete Vorgaben. Werte von verschiedenen potenziellen Empfängern.«

»Und wissen Sie, wer das war? Haben Sie Namen?«

»Natürlich nicht. Ich weiß nur, dass es im Fall PT explizit um Lungen ging.«

Moira sah zu Rho hinüber, in dessen versteinertem Gesicht nicht viel zu lesen war. Vermutlich war ihm das schon immer bewusst gewesen. MinerVa nahm nicht viel Rücksicht auf die Gefühle ihrer Produkte.

Sein Blick fand den ihren. »78 ist ein PT.«

Leblanc nickte, und Judith sagte grimmig: »Das kann nur ein hohes Tier bei MinerVa gewesen sein.«

»Darum geht es jetzt nicht.« Auch wenn Moira bei dem Gedanken an 78 in der Auswertung übel wurde, durften sie ihr Ziel nicht aus den Augen verlieren. »Wir müssen auf dem Stützpunkt mit etwa hundert Individuen pro Charge rechnen, habe ich das richtig verstanden?«

»Nein. Bei Sigma gelang noch eine weitere Teilung. Zweihundertsechsundfünfzig Individuen. Aber auch die Ausfallrate stieg. Wir dachten, das sei die absolute Höchstgrenze, aber bei Charge Tau soll noch einmal eine weitere Teilung gelungen sein.«

»Das wären über fünfhundert.«

»Fünfhundertzwölf, um genau zu sein. Aber die Ausfallrate kenne ich nicht. Ich schätze, wir müssen mit drei- bis vierhundert Tau-Kindern rechnen, und nochmal so viele für Ypsilon.«

»Wo sind die alle? Ich habe auf dem Stützpunkt keine Kinder gesehen.«

»Und wer erzieht die alle?«, fügte Judith an. »Ich meine, Füttern, Wickeln … schon *ein* Kind ist ein Fulltime-Job.«

»Bei Charge Rho«, Leblanc sah zu Rho hinüber, »haben wir das gemacht. Es war ja alles noch Neuland. Wortwörtlich jeder Pups wurde dokumentiert und wissenschaftlich ausgewertet. Das hat uns natürlich an unsere Grenzen gebracht. Ab Sigma wurden die älteren Jungs dafür eingesetzt.«

Moira stellte sich Rho vor, diesen durchtrainierten Mann, mit einem Baby auf dem Arm. Das Bild war überraschend sexy.

»Du kannst also ein Baby wickeln.«

Er nickte. »Es ist nicht schwierig, keine Angst.«

»Das ist beruhigend.«

Judith sah von ihrem Monokel weg auf ihn, dann auf Moira. »Habe ich irgendwas verpasst?«

Moira winkte ab. »Aber wo sind die Kinder?«

»Im Haupthaus«, sagte Rho. »Sobald Phi abgenabelt ist, wird Tau in die Baracken ziehen, die gerade gebaut werden.«

»Und dann beginnt für Tau wohl die Ausbildung zum Soldaten. Mit zwölf Jahren.«

Rho sah sie ernst an. »Ihre Ausbildung ist fast beendet. Spätestens in einem Jahr werden sie mit auf Mission gehen.«

»Mantis überfallen.« Eine schreckliche Vorstellung. »Und im Grunde sind sie erst sechs Jahre auf der Welt.« Sie sah Leblanc an. »Wie können sie in so einer kurzen Zeit ihre Ausbildung abgeschlossen haben?«

»Der Lernstoff ist sehr eingeschränkt, fokussiert auf das, was sie brauchen. Und außerdem lernen kleine Kinder schnell.« Er sah zu Rho hinüber. »Diese hohe Hirnplastizität hält bei ihnen an. Manche sprachen sogar von einem eidetischen Gedächtnis.«

Ein fotografisches Gedächtnis. Das würde vieles erklären. Moira sah zu Rho hinüber. »Das stimmt. Du lernst ziemlich schnell.«

»Ich dachte immer, Bios lernen langsam.«

Sie lächelte.

»Also gut«, sagte Judith. »Wir müssen also einerseits die Klone aufhetzen, und andererseits Bilder dieser Kinder bekommen. Aber wie kommen wir da rein?«

»Ich denke«, sagte Leblanc, »es ist an der Zeit, mal wieder die alten Kollegen zu besuchen. Ich war Teil des Programms, da werden sie keine Sicherheitsbedenken haben.«

»Dann brauchen wir eine Knopfkamera für Sie. Eine, die einen permanenten Livestream sendet, den ich dann subito im Netz vermarkte.«

Leblanc schüttelte den Kopf. »Der Stützpunkt ist abgeschirmt, einen Livestream werden Sie da nicht rausbekommen.«

»Dann muss ich mit rein und die Daten über das Intranet nach draußen schaffen.«

»Ein fremdes Gesicht fällt dort sofort auf. Auf Noshades gibt es nicht viel Publikumsverkehr.«

Moira hob die Hand. »Doch. In drei Tagen.« Sie berichtete über den Beauty-Contest der Wissenschaftler auf Noshades. »Es werden Mitarbeiter von mindestens drei Instituten da sein. Für Noshades sind das eine Menge fremde Gesichter.« Sie sah Judith an. »Trotzdem, du bist recht bekannt und ziemlich unverwechselbar. Wenn dich nur einer dort erkennt …«

»Dann werde ich mich eben verkleiden.«

Leblanc hob die Brauen und sein Blick ging über die blaue Perücke, die falschen Wimpern und das extravagante Kleid. »*Sie* wollen sich verkleiden?«

Judith lächelte. »Klar. Als Justin.« Dann fiel ihr mit einem Mal das Lächeln aus dem Gesicht. Ihr Daumen verharrte auf dem Touchpad, ihr Blick wurde starr.

»Was ist?«, fragte Moira.

»Sagten Sie nicht, bei PT ging es explizit um Lungen? Gerüchteweise war Kendrick Senior schon mehrfach Patient in einer pneumologischen Privatklinik. Und übermorgen wird er nur per Screen an der Aktionärsversammlung teilnehmen.«

Alle tauschten besorgte Blicke aus. Waren die PTs speziell für den CEO gezüchtet worden? War die Lunge von 78 für Kendrick Senior vorgesehen?

»Ein Grund mehr, nach Noshades zu gehen«, sagte Rho, »Ich muss 78 warnen.«

Wenn es dazu nicht schon zu spät war. Aber ihr Zeitplan war straff genug, sie konnten ihn nicht vorverlegen.

Plötzlich summte Judiths Armbandscreen. Für einen Moment blickten sich alle stumm an.

»Wahrscheinlich nur ein Kunde«, murmelte Judith, obwohl von denen jeder wusste, dass sie lieber schriftlich kommunizierte. Es sei denn, es handelte sich um einen Notfall. Wieder summte es. Judiths Daumen bewegte sich und schob den Anruf auf den Monokel-Screen. »Oh«, sagte sie. »Ms. Chakrabarti.« Sie warf Moira einen kurzen Blick zu und aktivierte den Lautsprecher. Tatsächlich, das war die Stimme von Moiras Mutter. Und sie zitterte.

»Es tut mir wirklich leid, Sie zu stören, Mister Kowalski, aber ich kann Moira nicht erreichen!«

Moira wollte aufstehen, aber Judith warf ihr einen warnenden Blick zu. »Ich kann es versuchen, worum geht es denn?«

»Ich … vielleicht … können Sie ihr …« Mammee verstummte, und dann begann sie zu schluchzen.

Nun stand Moira doch auf, aber Leblanc fasste ihren Arm, um sie zurückzuhalten, und Judith hob abwehrend die Hand.

»Ms. Chakrabarti, erzählen Sie mir bitte, was los ist. Ich sorge dafür, dass Moira es erfährt.«

»Sie haben … mir gekündigt.« Das letzte Wort endete in einem Schluchzen. »Und jetzt muss ich aus der Wohnung raus.«

Moira wurde schwindelig. Mammee war bei MediCare angestellt, nicht bei MinerVa, aber ganz sicher hatte Kendrick hier seine Hände im Spiel. Sie formte das Wort *Wann* mit den Lippen.

»Im Village«, sagte Judith, »beträgt die Kündigungsfrist doch mindestens einen Monat.«

»Und dann? Wo soll ich dann hin? Die sagen, ich hätte Medikamente gestohlen! Die wollen mir die Rente streichen!«

Moiras Knie wurden weich.

»Hören Sie«, sagte Judith. »Fangen Sie noch nicht an zu packen. Wir werden das aufklären.«

»Sie wissen, wo Moira ist?«

Judith sah zu Moira hoch. »Ich werde es herausfinden. Sie wird sich bei Ihnen melden. Versprochen.« Sie stockte, dann fügte sie an: »Bis dahin versuchen Sie es doch bei ihrer Mitbewohnerin. Oder bei ihrem Vater. Irgendwer wird wissen, wo sie ist.«

»Das habe ich schon. Ich danke Ihnen trotzdem.«

Das Gespräch endete und jetzt erst nahm Leblanc die Hand von Moiras Arm. »Sie vermuten, das Gespräch wurde abgehört?«

»Möglich.« Judith sah Moira an und in ihrem Blick lag Mitgefühl. »Schatz, Kendrick hat dir soeben den Krieg erklärt.«

»Und jetzt?« Tränen drückten Moiras Kehle zu. Mammee hatte so verzweifelt geklungen. »Wir müssen ihr helfen!«

»Im Moment können wir das nicht. Aber wenn wir Kendrick zur Strecke gebracht haben, werden wir jeden weiteren Schaden ausbügeln, den er angerichtet hat.«

»Und wenn wir das nicht schaffen?«

»Dann«, sagte Leblanc dumpf, »haben wir ganz andere Probleme.«

Und damit hatte er recht. Hilfesuchend sah sie von einem zum anderen, bis ihr Blick an Rho hängenblieb. In seinem Gesicht lag die gleiche Gelassenheit wie immer, und wie schon in der Wüste, gab ihr das Zuversicht. Ruhig sagte er: »Hol ihn dir.«

Das hatte Judith zu ihr gesagt, als sie aus dem Krankenhaus geflohen waren. Vor Schlägern, die Kendrick ihnen auf den Hals geschickt hatte. Und mit einem Mal brodelte eine unglaubliche Wut in Moira auf und erstickte die Angst und die Verzweiflung.

Kendrick spielte mit Menschen wie mit Figuren. Mit einem Fingerschnippen schickte er ihre Mutter in die Auswertung. Und er glaubte auch noch, das Recht dazu zu haben. Jemand musste ihn aufhalten. Jemand musste ihm zeigen, wo sein Platz in der Gemeinschaft der Menschen auf Deuteragäa war. Und es gab niemand anderen als sie, diesen kleinen, zusammengewürfelten Haufen, der das konnte.

»Also gut.« Sie setzte sich. »Wie gehen wir vor?«

Sie begannen, ernsthaft zu planen. Ideen wurden entwickelt, modifiziert oder verworfen, Zeiten abgeschätzt, Skizzen angefertigt, Listen geschrieben. Sie brauchten Technik, die es zum Teil nur auf dem Schwarzmarkt gab, und einen Mietwagen, denn die Scooter waren auf einen Umkreis von fünf Kilometern um Green Sands beschränkt.

Irgendwann wurde das Gespräch einsilbig, Erschöpfung machte sich breit. Sie waren alle müde, und sie hatten noch zwei Tage, um an den Details ihres Planes zu feilen.

Judith verschwand im Bad und legte ihr Selbst ab. Abgeschminkt und ohne Perücke, in einem von Leblancs Schlafanzügen, kam statt ihrer Justin aus dem Bad. Moira hatte ihn noch nie so ganz eigenständig gesehen, ohne das kleinste verbliebene Fitzelchen Judith. Für einen Mann wirkte er zart, aber trotzdem hätte ihn so, wie er jetzt aussah, sicher niemand für eine Drag gehalten.

Er strich sich über das Kinn. »In drei Tagen habe ich auch wieder ein bisschen Bart.«

»Du epilierst?«, fragte Moira.

»Normalerweise.«

Rho kannte das Wort nicht, und als Moira es ihm erklärte, sah er Justin erschrocken an. Der lachte, und in seinem Augenaufschlag blitzte kurz Judith auf. »Wer schön sein will, muss leiden.«

»Noch ein Grund«, sagte Leblanc trocken, »warum ich lieber ein Mann bin. Ich habe Ihnen eine Luftmatratze ins kleine Zimmer gelegt. Ich denke, wir überlassen der Dame die Couch, und 43 reicht vermutlich eine Decke auf dem Boden.« Er schloss die Jalousien, sah sich noch einmal prüfend um, dann verließen er und Justin das Zimmer. Moira blieb allein mit Rho.

Er stand am Regal, schaute über die Bücher und die Parade der blauen Figuren. Dann sah er zur Tür, und sie wusste, dass er das Gleiche dachte wie sie. Daran, wie er vor nicht einmal zwei Phasen hinausgestürmt war, und daran, was danach geschehen war.

Ein tiefer Atemzug hob seine Brust. »Ich bedaure was ich gesagt habe.«

»Ich nicht.«

Erstaunt drehte er sich zu ihr um.

Dachte er wirklich, ein solcher Streit könnte zerstören, was sie für ihn empfand?

Ja, sie empfand etwas für ihn. Der Gedanke überraschte sie selbst. Es war nicht wie bei Peter, dessen Charme und Status so ziemlich jeden für ihn eingenommen hatte. Rho war weder charmant noch sonderlich einnehmend. Aber er war gradlinig und verlässlich, er war durch und durch echt.

Rho gab ihr den Raum, stark zu sein. Und wo sie es nicht sein konnte, beschützte er sie. Er hatte keine vorgefassten Ansprüche an sie oder an ein gemeinsames Leben, keine festgefügten Vorstellungen, wie sie und die Welt zu sein hatten. Bei ihm fühlte sie sich frei und geborgen zugleich. Das hatte sie zuvor noch bei niemandem erlebt.

Sie trat zu ihm, nahm seine Hände und legte sie um ihre Hüften. »Du hast ein Recht darauf, wütend zu sein. Ein Recht darauf, eine Meinung zu haben, die ich nicht teile. Und außerdem«, sie zwinkerte ihm zu, »gehört Versöhnungssex zum besten Sex überhaupt.«

Dazu sagte er nichts. Er beugte sich einfach über sie, und sie kam seinem Kuss entgegen.

***

Die Gebäude von Dustbowl tauchten in der Ferne auf, und der Doc fuhr den Mietwagen an den Straßenrand. 43 stieg aus und öffnete den Kofferraum.

»Rho!« Moira sprang aus dem Wagen und kam zu ihm herum. »Sei vorsichtig, hörst du? Der Knochen ist stabil geschient, aber das Gewebe ist noch nicht zusammengewachsen. Bei zu großer Belastung könnte die Wunde aufreißen.«

»Ich werde daran denken.« Er hob sich den Rucksack auf die Schulter.

»Nimm ruhig das Vecantrin, wenn es nötig ist. Versuche nicht, den harten Mann zu markieren.«

»Werde ich nicht.«

»Trink viel. Du hast genug dabei. Und denk daran, dass du dich verändert hast. Wenn du dich nicht zurückhältst, wird es den Bios auffallen.«

Der Doc rief aus dem Auto: »Hören Sie auf, ihn zu verzärteln! Er kennt die Wüste, und er ist hart im Nehmen. Das sind die Burschen alle.«

Justin grinste ihn aus dem Beifahrerfenster an. »Und genau darum bin ich manchmal lieber eine Frau.«

Sie strich ihm noch einmal über den Arm. Dann stieg sie sichtlich widerstrebend ein. Justin salutierte – allerdings nicht vorschriftsmäßig –, der Doc fuhr an und der Wagen holperte zurück auf die Straße. Noch eine Weile schimmerte Moiras Gesicht in der Rückscheibe, bis der Staub es vernebelte.

43 setzte sich die Schirmmütze auf den Kopf und musterte das Gelände. Dann marschierte er los, direkt in die flirrende Wüste.

Hitze umfing ihn. Der Schweiß, der ihm über Nacken und Rücken lief, der Geruch nach Sandstaub und Wüstensalbei, das Gewicht des Rucksacks auf seinem Rücken, all das war vertraut, war Heimat. Es war gut, den Körper wieder zu gebrauchen, seine Kraft zu spüren und seine Grenzen. Schon nach ein paar hundert Schritten merkte er, dass die Geschmeidigkeit in die Gelenke zurückkehrte. Es war gut, die Stille um sich zu haben, die Weite und das Licht. Es war gut, endlich nicht mehr zu frieren.

Der Rucksack enthielt genug Wasser, dass er damit zwei Zyklen in der Wüste überleben konnte. So viel würde er aber kaum brauchen. Er kannte die Routen der Patrouillen, die Orte, von wo sie die Gegend überprüften, und die, wo sie bevorzugt pissten.

Doch all dies war ein gutes Stück von der Siedlung der Bios entfernt. Ein Marsch von zwei Phasen dürfte ihn ins Zielgebiet bringen, danach konnte er sich an den Staubfahnen orientieren, die die Wagen der Patrouillen aufwirbelten.

Er hielt sich an die bewährte Marschordnung, suchte sich schattenspendende Felsen für die Ruhepausen und maß die Wassermengen sorgfältig ab. Immer wieder hob er das Fernglas an die Augen, um verdächtige Schatten am Himmel zu überprüfen, doch die vereinzelt fliegenden Mantis bemerkten ihn entweder nicht, oder sie ignorierten ihn. Zu seiner

Verteidigung hatte er nur eine unzureichende Waffe dabei. *Sportwaffen!* Aber wichtiger waren die bemalten Pappkarten, die griffbereit in der Seitentasche des Rucksacks steckten. Diese Bilder sollten etwaige Mantis-Scouts davon überzeugen, dass er keine Gefahr war und ihre Sprache verstand. Rudimentär. Inzwischen hatte er regelrecht Spaß daran, neue Wörter zu entdecken und anzuwenden. Menschliche Wörter und Mantis-Wörter.

Nachdem er zwei Phasen marschiert war, fand er eine kleine Schlucht, in der er schlafen konnte. Nicht nur, dass sie Schatten bot, sie verbarg ihn auch vor Blicken, schützte ihn durch eine Felswand in seinem Rücken. Während dieser Zeit war er verwundbar. Bios schliefen zwar länger als Klone, aber ihm war aufgefallen, dass ihr Schlaf nicht so tief war. Sie konnten leichter geweckt werden.

Nach dem Erwachen erneuerte er den Verband, wie Moira es ihm gezeigt hatte. Danach marschierte er noch weitere fünf Stunden, bis er fand, wonach er Ausschau hielt: eine langgezogene Staubfahne. Sie bildete ein verwaschenes Dreieck in der Wüste, nur die vorderste Spitze war scharf abgegrenzt und durch einen dunklen Punkt markiert. Der Wagen, der den Staub aufwirbelte.

43 holte einen Spiegel aus dem Rucksack und richtete ihn gegen die Sonne. Das Blinken würde die Aufmerksamkeit der Patrouille wecken. Tatsächlich dauerte es nicht lange, und der Wagen änderte die Richtung. Er kam direkt auf ihn zu. 43 legte den Spiegel weg und ging ihnen entgegen. Den Rucksack ließ er zurück.

Er hatte Glück. Es waren Rhos, keine Sigmas. Um genau zu sein, waren es die Zehner. 12 saß am Steuer, 19 neben ihm, 16 und 17 zusammen auf der Rückbank. Es war immer schwierig, die beiden zu trennen.

Der Wüstensand knirschte unter den Rädern, als 12 den Wagen ausrollen ließ. Alle vier sahen 43 an.

»Ich muss 78 sprechen«, sagte er. »Könnt ihr mich reinbringen, ohne dass die Bios es merken?«

12 und 19 sahen sich an, schließlich nickte zuerst 12, dann 19. 12 zeigte mit dem Daumen nach hinten, 16 öffnete die Wagentür, rutschte zur Seite und 43 setzte sich neben ihn.

Doch sie fuhren nicht los. 12 hatte sich zu ihm umgedreht und den Arm auf die Rückenlehne gelegt. Auch 19 sah ihn an und senkte den Blick auf das gebrochene Bein.

»Sie hat es operiert«, sagte 43.

»Die Zivilistin?« Es waren die ersten Worte, die einer von ihnen sprach. Als Rho nickte, schweiften ihre Blicke über die Umgebung.

»Sie ist nicht hier. Aber sie wird kommen.«

12 drehte sich um, legte den Gang ein. Steine spritzten hinter ihnen in die Höhe, als er Gas gab.

19 schaute noch immer nach hinten. Während der Wagen sie alle durchschaukelte, betrachtete er 43. Lange. Schließlich fragte er: »Wie ist es bei den Bios?«

Einsam, war das erste Wort, das 43 in den Sinn kam. Kalt das zweite. »Später. Wenn alle da sind.« Er wollte nicht alles zweimal erzählen.

19 nickte und wandte sich um. Weniger Worte, das war ein Argument, das jeder Klon verstand. Außer vielleicht 78.

***

Moira hatte sich das Motel in Dustbowl schäbiger vorgestellt, aber es wurde offenbar von Geschäftsbesuchern für Noshades genutzt, und MinerVa hatte ein paar Standards durchgesetzt. Sie buchten sich ein, und während Leblanc Kontakt zu seinen ehemaligen Kollegen aufnahm, packten Judith und Moira die Elektronik aus, die sie mit Nuts' Unterstützung beschafft hatten. Dann verbrachten sie einige Stunden damit, die Bedienungsanleitungen der Geräte zu lesen und jede einzelne Funktion auszuprobieren.

Danach blieb für Moira nichts zu tun, außer sich zu sorgen. Sie saß allein in ihrem Zimmer, während Leblanc unten ein Wiedersehen mit alten Kollegen feierte, und ihnen seinen ›Neffen‹ Justin vorstellte.

Sie gaben Justin als Mitarbeiter von Bahi-A aus. Laut Leblanc produzierte auch Bahi-A Klone mit dem Goo, allerdings tierische, zur billigen Fleischproduktion. Im Rahmen eines Joint Ventures hatte Bahi-A die Grundlagenforschung für das Programm geleistet, und es gab noch immer gemeinsame Projekte.

Moira blieb nichts, als zu warten. Wieder und wieder trat sie ans Fenster und schaute hinaus über die endlose Wüstenfläche. Irgendwo dort marschierte Rho unter der glühenden Sonne. Ganz allein in der endlosen Weite, die den Mantis gehörte.

In der Auffahrt knirschte Schotter. Ein Transporter und ein Personenwagen fuhren auf den Parkplatz des Motels. Durch die Lamellen der Jalousien sah Moira den neuen Gästen nur mit halber Aufmerksamkeit zu, bis locker aufgesteckte, rote Locken ihren Blick anzogen. War das etwa Lydia? Sie stellte die Lamellen neu ein, aber von hier oben sah sie keine Gesichter. Der schlaksige Blonde könnte Boris sein. Als noch ein schwarzhaariger Mann aus dem Wagen stieg, war sie sicher. Sie luden eine riesige Kiste aus. Vermutlich Twiggys Käfig.

Verdammt! Natürlich stiegen sie auch in dem einzigen angemessenen Hotel in diesem Kaff ab. Sie hätten daran denken müssen. Wenn Justin erkannt wurde, konnte das ihren ganzen Plan gefährden!

Unruhig lief Moira im Zimmer auf und ab. Sie musste die beiden warnen, aber sie hatte keine Möglichkeit, sie zu kontaktieren. Noch immer hatte sie keinen Screen, und auch

Justin trug bloß eine Attrappe, eine reine Uhr, ohne Call- oder sonstige Funktionen.

Wenn sie jetzt runterginge, würden sie sofort auffliegen. Vielleicht bemerkte Justin die Neuankömmlinge rechtzeitig und zog sich zurück. Aber dann hätte er schon längst wieder hier sein müssen.

Moira saß wie auf glühenden Kohlen. Sie öffnete die Zimmertür und spähte in den Gang hinaus, doch weder Justin noch Leblanc waren zu sehen.

Erst eine halbe Stunde später kamen sie auf ihre Zimmer zurück.

Moira winkte sie herein. »Hashemi und die anderen sind hier! Im selben Hotel!«

Justin lächelte. »Ich weiß. Ich habe gesehen, wie sie eingecheckt haben.« Alle drei Zimmer waren über Zwischentüren verbunden, und er ging hinüber in seins.

»Haben die dich erkannt?«, rief Moira ihm hinterher.

»Ach, woher denn? Die waren viel zu sehr mit sich selbst beschäftigt.« Er kehrte zurück, den Monokel-Screen in der Hand. »Und außerdem ist meine Verkleidung einfach perfekt, Liebes.« Er kratzte sich über den dünnen Stoppelbart und grinste. Dann klemmte er sich den Bügel über das Ohr, zog das Control-Pad an den Finger und schon wischte der Daumen wieder. »Ich nehme an, sie machen eine Live-Präsentation. Sie haben Twiggy mit, glaube ich.«

»Darauf bin ich auch schon gekommen.« Moira setzte sich aufs Bett. »Wie ist es gelaufen?«

»Ganz wunderbar«, sagte Leblanc. »Meine Kollegen erwarten uns pünktlich um Gelb eins, und es werden zwei Besucherausweise für uns bereitliegen.«

»Und ihre Kollegen sind gar nicht misstrauisch geworden? Von wegen Firmendaten und so?«

»I wo.« Justin lachte. »Ich habe so wunderbar gefachsimpelt, dass sie mir ohne weiteres geglaubt haben, dass ich bei Bahi-A im Klonprogramm für Kälber arbeite.« Er hob die Hand wie ein Dirigent vor dem Einsatz. »Wir haben das MCM weiter mit Wachstumshormonen und Vitaminen angereichert, aber der Zugewinn an biologischer Masse hat die zusätzlichen Kosten einfach nicht gerechtfertigt.« Er grinste. »Das ist immerhin mein Job, die Informationen eines anderen so zu verkaufen, als wüsste ich, wovon ich rede.«

Er machte sich kleiner als er war. Judith war so erfolgreich, weil sie in ihrem Bereich über ein breites Erfahrungswissen verfügte und sich ständig auf dem Laufenden hielt.

Sie setzten sich noch einmal zusammen und gingen den Plan durch. Es gab viele Details zu beachten, so vieles, was schiefgehen konnte. Als sie endlich zu Bett gingen, konnte Moira lange nicht einschlafen, und als sie es endlich tat, träumte sie davon, dass Rho in der Wüste von Mantis in weißen Kitteln ausgewertet wurde. Erst ihr Screen-Wecker riss sie aus dem Alptraum, und sie fühlte sich wie gerädert.

***

Alle waren gekommen. Zumindest diejenigen, die gerade Ruhephase hatten. Sogar Sigmas hatten sich auf den Doppelstockpritschen verteilt, um zu hören, was 43 zu erzählen hatte.

Am stärksten interessierte sie Moira. Wenn er auf sie zu sprechen kam, rückten sie vor und reckten ihre Köpfe, um ja kein Wort zu verpassen. Seltsam, dass ihn das störte. Bisher hatte er alles mit seinen Brüdern geteilt, aber jede Erinnerung an Moira, jedes Erlebnis mit ihr, erschien ihm kostbar und schützenswert. Es war ein fremdes Gefühl, etwas für sich allein behalten zu wollen.

Aber auch was die Gesellschaft der Bios sonst bereithielt, interessierte sie. Zögerlich stellten sie Fragen, erst dieser dann ein anderer, dann immer mehr. Nur einen kleinen Teil davon konnte 43 beantworten.

Nur 78 blieb stumm. Er schwieg und hörte zu. Erst als alle erschöpft waren vom Reden und Zuhören, stellte er die eine, entscheidende Frage.

»Warum bist du zurückgekommen?«

43 blickte ihn ernst an. »Was hier geschieht ist unrecht. Was wir den Mantis antun ist unrecht, und was MinerVa uns antut ist auch unrecht.«

»Wir gehören MinerVa. Wir haben keine Rechte.«

43 ließ eine Pause entstehen und blickte in die Runde, um seinen nächsten Worten mehr Gewicht zu verleihen. »Die Zivilistin«, sagte er schließlich, »bekommt ein Kind von mir.«

Atemlose Stille. Jeder schien sofort zu begreifen, was das bedeutete. Sein Kind wäre ein Bio. Wie konnte er selbst dann etwas anderes sein?

Moira hatte es von Anfang an gesagt, aber damals hatte er es noch nicht verstanden, hatte es nicht glauben können. Doch sie hatte alle Grenzen gesprengt und ihm geholfen, über sich selbst hinaus zu wachsen. Durch ihren Glauben hatte er wirklich zu dem werden können, was sie in ihm sah. Ein Bio. Ein Mensch.

16 fand seine Sprache als erster wieder. »Bist du sicher?«

»Ganz sicher.« Und dann erzählte er ihnen, was er erfahren hatte. Vom Goo und wozu es gebraucht wurde, von Twiggy und ihrer Sprache, und davon, dass die Bios das alles verursacht hatten, um Credits zu bekommen.

»Was sind Credits?«, fragte 39.

»Etwas, um sich das Leben leichter zu machen. Sie tauschen sie ein gegen alles, was sie haben möchten. Gegen Kühle, wenn es ihnen zu warm ist, gegen Glücklichmacher, wenn sie unglücklich sind, gegen Erdbeerjoghurt und Sportwaffen.«

»Sportwaffen«, sagte jemand.

»Manche von ihnen töten aus Spaß.« Moira hatte ihm nichts davon erzählt, aber der Doc war weniger zurückhaltend gewesen. »Sie begeben sich dabei nicht in Gefahr. Darum müssen wir die Mantis für sie töten.«

»Wir sollten damit aufhören«, sagte ein Sigma.

»Das ist der Plan. Dass wir die Bios aus Noshades vertreiben. Wir sind mehr als sie, und ohne uns können sie nichts tun.« Erwartungsvoll sah er 78 an. »Wirst du unser Kommandant sein?«

78 sah nachdenklich aus. »Du vergisst, dass sie auch für Essen und Kleidung Credits brauchen. Uns geben sie es im Austausch gegen Gehorsam. Woher bekommen wir es, wenn sie nicht mehr hier sind?«

»Wir werden uns selbst darum kümmern müssen. Die Zivilistin wird uns dabei helfen. Sie und Doc Brown.«

Der Name machte etwas mit 78. Seine Augen begannen zu leuchten. »Der Doc? Kommt er auch auf den Stützpunkt?«

»In der nächsten Phase Gelb.« 43 blickte sich um. »Aber er kann nicht für uns kämpfen. Das müssen wir selbst tun. Das Signal dazu ist *Code Brown*.«

Flüsternd wurde das Wort weitergegeben.

»Wie geht es ihm?«, fragte 78. »Dem Doc? Wie sieht er aus?«

43 dachte kurz darüber nach. »Alt. Er fühlt sich schuldig.«

»Warum?«

»Weil er dich zurückgelassen hat, als er ging.« Und das war etwas, das 43 sehr gut nachempfinden konnte. »Haben sie dich in die Tonne gesteckt?«

78 schüttelte den Kopf. »Nein. Sie haben mich zu EO Kendrick gebracht.« Er zog die Brauen zusammen. »Es war seltsam.«

»Was hat er getan?«

»Zuerst wollte er, dass ich dusche. Dann, dass ich ihn zum Abspritzen bringe.«

Seltsam. Manche der Brüder taten diesen Dienst füreinander, so wie 16 und 17. Ihnen genügte der Film nicht. Sie brauchten die Nähe, die Berührung durch einen anderen, das Gefühl von Haut auf Haut. Seit er Moira kannte, konnte er das sogar verstehen.

»Aber das Seltsamste«, fuhr 78 fort, »geschah danach. Wir saßen auf seinem Bett und er wollte, dass ich die Arme um ihn lege. Und dann fing er an, von seinem Bruder zu erzählen. Phil. Es war, als würde er mir eine entzündete Wunde zeigen.«

»Aber er wusste doch, dass du kein Bio bist.«

»Ich glaube, genau deswegen konnte er es. Ich bin nicht ebenbürtig. Ich kann kein Feind werden.« 78 schüttelte sachte den Kopf. »Als ich ging, klang es, als ob er weint.«

Das war tatsächlich seltsamer als vieles, das er bei den Bios erlebt hatte. Er würde Moira danach fragen. »Ich bin froh, dass es nicht die Tonne war.«

78 lächelte. »Die Bios hielten es offenbar für eine schlimme Strafe. Die Offiziere lassen mich seitdem ziemlich in Ruhe.«

»Stillgestanden!«, brüllte jemand.

Wie Mantis aus ihrem Flugloch, sprangen alle zugleich auf ihre Füße und nahmen Haltung an.

Staff Sergeant Meier stand im Eingang. »Was soll denn das für eine Versammlung sein?« Er kam herein, die Gerte, die er so gern bei sich trug, hinter dem Rücken. Er schritt aufmerksam durch die Reihen.

Die Brüder standen stramm, aber wie sie standen machte deutlich, dass 43 und 78 eben noch der Mittelpunkt der Aufmerksamkeit gewesen waren. Vor ihnen blieb der Sergeant stehen, kniff die Augen zu Schlitzen zusammen und musterte 43.

»Was soll das? Sind wir hier in einem Mädchenpensionat?«

»Sir! Nein, Sir!«, brüllte 43 pflichtgemäß.

Zum ersten Mal in seinem Leben fiel ihm auf, wie albern das war.

»Na dann, jeder auf seinen Posten!«

»Sir!«

Im Laufschritt verließen die Sigmas die Baracke, und wer von den Rhos jetzt seine Schlafphase hatte, beeilte sich, zu seiner Pritsche zu kommen. 43 stellte sich zur Pritsche von 37, dessen Jacke er trug. So plötzlich, wie die Bewegung begonnen hatte, endete sie auch wieder. Der Sergeant ließ nochmal einen strengen Blick schweifen, dann zückte er einen Screen.

»Ist ρ-PT-78 hier?«

Bevor 78 vortreten konnte, brüllte 43: »Sir! Nein, Sir!«

78 sah zu ihm herüber und hob verwundert eine Braue, schwieg aber.

Der Sergeant musterte seinen Screen. »Er hat jetzt aber Ruhephase.«

»Schichtwechsel mit ρ-TS-51, Sir. Wegen seinem Arm.«

Der Sergeant wischte über den Screen, aber wie immer war es ihm zu viel Mühe, sich in die Dienstpläne zu vertiefen. »Na gut. 78 soll sich um Gelb zwei in der Zentrale melden.«

»Verstanden, Sir!«

Der Sergeant steckte den Screen ein. »Hinlegen! Und Ruhe halten! Sonst sorge ich morgen dafür, dass ihr vor dem Schlafengehen nicht mehr auf euren Füßen stehen könnt!« Damit ging er und schaltete von außen das Licht aus.

Natürlich kamen die Männer trotzdem wieder zusammen. Schmale Fenster direkt unter dem Dach ließen ein Halbdunkel entstehen, in dem ihre Gesichter fahl aussahen.

»Warum hast du gelogen?«, flüsterte einer.

»Du darfst dich dort morgen nicht melden«, sagte 43. »Sie wollen dich auswerten.«

Er erkannte 78 an der Art, wie er den Kopf senkte. »Ich weiß. Ich wusste schon lange, dass dieser Tag kommen würde.«

»Woher?«

»Wir waren sieben PTs. Zwei sind gefallen, die anderen wurden ausgewertet. Einer alle zwei Jahre. Ich bin der Letzte in der Charge Rho. Dann sind die Sigmas dran.«

»Wir können dich nicht gehen lassen. Du musst uns anführen.«

78 sah nicht glücklich aus. »Euch anführen? Wohin denn?«

»In die Freiheit.«

***

Die Hitze war erstickend, der Kofferraum heizte sich mehr und mehr auf, obwohl der Doc im Schatten geparkt hatte, und Justin die Rücksitze leicht nach vorn gekippt und die Fenster einen Spalt offengelassen hatte. Moira leerte die zweite Wasserflasche und schwitzte gefühlt die gleiche Menge Wasser im nächsten Moment schon wieder aus. Ob 78 sich so in der Tonne gefühlt hatte? Wie lange brauchten die, um sich bei MinerVa anzumelden?

Endlich näherten sich Schritte. Justin? Es klackte und der Kofferraumdeckel hob sich. Moira atmete auf. »Hat alles geklappt?«

»Wie geplant.« Justin hob die Stimme zu einem hellen Fisteln. »Einen Screen mit Kamerafunktion dürfen sie aber nicht mit auf das Gelände bringen. Wollen sie ihn bei mir lassen?« Und in seiner eigenen Stimme. »Danke, nein, ich bringe ihn schnell ins Auto zurück.« Er grinste und zückte den Duplicator, den sie mit der Hilfe von Nuts auf dem Schwarzmarkt erstanden hatten. Er war kaum größer als ein Armbandscreen und man konnte damit Daten von einem Chip auf einen anderen übertragen. Justin legte seine eigene Hand gegen das Display, bis ein hoher Ton die vollständige Datenextraktion anzeigte. Dann scrollte er durch die Daten, wählte aus und hielt Moira das Gerät hin. Einen Augenblick später hatte sie den Schlüssel auf ihren Chip geladen.

»Das bringt dich in die Stockwerke U3 und U4. Leider nicht nach U5, wo du eigentlich hinmusst.«

Moira nickte. Damit hatten sie gerechnet. »Ist die Luft rein?« Justin blickte sich um, und als er nickte, kletterte sie aus dem Kofferraum und zog die Anzughose glatt. Der Stoff klebte an ihrer verschwitzten Haut. »Die Leute vom Institut sind schon durch?«

»Yep. Ich habe ihnen immer schön den Rücken zugedreht, aber der Doc hat sie im Auge behalten. Sie sind inzwischen alle in ihrem Konferenzraum.«

Die erste Hürde war genommen. Jetzt war sie dran, ihre Rolle zu spielen. Hoffentlich kam sie überzeugend rüber.

Justin kehrte ins Gebäude zurück. Moira setzte sich in den Wagen und nutzte ein paar Frischetücher und den Rückspiegel, um Make-up aufzulegen und das hochgesteckte Haar zu überprüfen. Business-like genug. Sie zog die Kostümjacke an, ging noch einmal durch alle Utensilien in ihrer Aktentasche, und stöckelte dann zum Hauptgebäude hinüber.

Heute standen keine Paletten in der Eingangshalle, und der Empfang war besetzt. Eine Dame mittleren Alters sah ihr entgegen. Moira nickte grüßend und ging zielstrebig weiter. *Ich gehöre hierher. Das ist mein Arbeitsplatz.*

Der erste Weg führte sie in die Kaffeeküche. Dumpf klangen Stimmen aus dem Konferenzraum schräg gegenüber, aber die Küche war leer. Im Schrank fand sie, wie Leblanc es gesagt hatte, eine bunte Sammlung von Thermobechern, deren verblasste Aufdrucke die Geschichte des MinerVa-Logos widerspiegelten. Sie suchte für drei die passenden Deckel und packte sie in ihre übergroße Handtasche. Dann verließ sie die Küche, und marschierte, unter dem prüfenden Blick der Empfangsdame, zum Aufzug.

Hoffentlich hatte das Kopieren funktioniert, sonst würde sie den Aufzug nicht benutzen können. Zumindest leuchtete der Knopf, als sie ihn drückte, aber das musste noch nichts heißen. Moira fühlte den bohrenden Blick der Empfangsdame im Rücken und musste sich zwingen, sich nicht zu ihr umzudrehen.

Ping! Die Aufzugstüren öffneten sich und Moira trat erleichtert ein, drückte auf U4 und wurde von einem Aufleuchten des Knopfes belohnt. Der Duplicator hatte einwandfrei funktioniert. Im Spiegel sah sie, dass die Dame am Empfang sich wieder ihrem Screen zuwandte, offenbar beruhigt, dass Moira die Zugangsrechte hatte. Gut. Bisher hatte sie keine Aufmerksamkeit erregt.

Versuchsweise drückte sie auch auf U5, aber tatsächlich blieb dieser Knopf dunkel. Der Aufzug öffnete sich in U4, und es war genau so, wie Leblanc es beschrieben hatte. Ein Vorraum und eine Screen-gesicherte Tür. Moira stellte einen Fuß in die Aufzugstür und wartete einen Moment. Dann wählte sie U3 und zog den Fuß zurück. Laut Leblanc fuhr der Aufzug in Ruhestellung immer ins Erdgeschoss zurück und stand dann dort mit offenen Türen. Also musste sie ihn in Bewegung halten, bis irgendjemand mit der erforderlichen Berechtigung ihn nach U5 rief.

In U3 sah es nicht anders aus als im Stockwerk darunter. Wieder ließ sie den Aufzug warten, und fuhr dann zurück nach U4. Das tat sie drei Mal. Dann leuchtete der Knopf O2 auf. Jemand aus der Verwaltung hatte den Aufzug gerufen. Für einen Moment fürchtete sie, es könnte Wang gewesen sein, aber es war ein ältlicher Mann, der auf ihr knappes »Hallo« nur etwas Unverständliches brummte und den Aufzug in O3 wieder verließ. Sie pendelte wieder eine Weile zwischen den beiden einzigen Stockwerken, die sie mit ihrem Schlüssel erreichen konnte. Zwischendurch fuhr sie mit anderen Nutzern nach ganz oben, einmal bis hinunter nach U7. Die meisten erwiderten ihren Gruß, manche waren zu abwesend oder mürrisch dazu. Niemand wunderte sich über sie.

Was sich ändern würde, sobald jemand wieder zurückfuhr, und sie immer noch im Aufzug fand.

Endlich leuchtete U5 auf. Ja!

Ein junger Mann hatte den Aufzug gerufen. Er ließ sie aussteigen, bevor er einstieg. Sie stolperte absichtlich und nestelte an ihrer Strumpfhose herum, bis sich die Türen geschlossen hatten. Dann war sie allein in dem Vorraum und hatte die nächste Hürde vor sich. Den Türscreen.

Jetzt holte sie die drei Thermobecher aus der Tasche und einen Screen, den sie sich zwischen Ohr und Schulter klemmte. So wartete sie eine Weile und bereitete sich innerlich auf ihre Rolle vor.

Irgendwann ging tatsächlich die Tür auf.

»Natürlich, Mister Wang«, sagte Moira in den Screen und balancierte gleichzeitig die drei leeren Kaffeebecher, als wären sie voll. »Ich mache Ihnen die Zahlen heute noch fertig.«

Die Frau im blauen Kittel hielt ihr freundlich lächelnd die Tür auf und Moira formte ein stummes »Danke« mit den Lippen, bevor sie hindurch ging.

Direkt neben der Tür gab es eine Verwerterklappe. Moira ließ die Becher hineinfallen und steckte den Screen zurück in die Tasche. Ein Hochgefühl erfüllte sie. Sie war drin!

***

43 hatte seine üblichen Gewichte am Trizeps Zugband erhöht. Es war nötig, um die Wut abzuarbeiten, die in seinen Muskeln krampfte.

Immer wieder hatte er versucht, 78 zu überzeugen. Ohne Erfolg. »Sei du ihr Kommandant«, hatte 78 gesagt. »Ich bin nicht mehr wert als jeder andere Bruder.«

»Jeder von uns ist wertvoll, du auch. Wertvoller als ein Haufen Organe.«

»Und wenn ich mich nicht melde? Dann werden die Bios Verdacht schöpfen, und euer ganzer Plan ist gefährdet. Er ist zu wichtig, als dass ein einziges Leben ihn gefährden darf.« Er legte 43 die Hand auf die Schulter. »Führ du sie an. Du hast dort draußen mehr gelernt als ich aus all den Büchern.«

Aber das reichte nicht. 78 war immer ihr Anführer gewesen. 43 würde ihn nicht ersetzen können.

Die Uhr über der Tür zeigte noch zehn Minuten bis Gelb zwei, als 78 die Gewichte sinken ließ. Jeder Bruder im Raum bemerkte es. Plötzlich standen alle Hanteln, alle Griffe still, alle sahen 78 an.

Der stand auf. Einen langen Blick warf er in die Runde. Einen Blick des Abschieds. Ein letztes Nicken. Dann ging er zur Tür.

Doch dort stellte sich ihm jemand in den Weg. 26. »Gib mir deine Jacke.«

78 sah verwirrt aus. »Was hast du vor?«

»Damals, in der Tonne, wäre ich gestorben. Du hast mir mein Leben geschenkt. Jetzt gebe ich es dir zurück.«

78 zögerte, wankte, dann schüttelte er den Kopf. »Tu das nicht.«

»Es ist meine Entscheidung, so wie es damals deine war.« 26 streckte die Hand aus. »Gib mir deine Jacke.«

Die Brüder standen auf, kamen heran, bildeten einen Halbkreis um die beiden.

»Das funktioniert nicht«, sagte 78. »Sie werden es merken. Sie brauchen einen PT.«

»Korrekt«, sagte 19. »Aber es wird sie verwirren und uns Zeit verschaffen.«

16 hob die Hand. »Sie testen das Blut vorher. Dann telefonieren sie viel herum, bevor sie anfangen. Sie werden ihn nicht aufschneiden, wenn er nicht passt.«

43 nickte. »Und bis dahin könnte der Doc schon hier sein.« Er sah 78 an. »Er hat eine Figur in seinem Zimmer stehen,

die ihn immer an dich erinnert. Er hofft wirklich, dich zu sehen.«

78 blinzelte. »Ich würde ihn auch gern wiedersehen.«

»Dann bleib hier. Wir führen die Bios an der Nase herum, bis wir 26 rausholen können.«

Wieder blickte 78 in die Runde, sah einen nach dem anderen an. Und einer nach dem anderen nickten die Brüder. Schließlich seufzte er. »Also gut.« Er zog die Jacke aus. 26 griff danach, doch noch hielt 78 sie fest. »Aber wenn sie die Spritze zücken, sagst du ihnen, dass du nicht ich bist. Versprich es mir.« Erst als 26 es versprach, ließ 78 die Jacke los.

***

Die Rothaarige, dachte Kendrick, war nicht nur ein hübscher Anblick, sie schien da auch auf etwas gestoßen zu sein. Falls die Mantis die Kopfplatten tatsächlich zur Kommunikation verwendeten, war das vielleicht eine Achillesferse. Offenbar koordinierten sich die Mantis ja irgendwie, und die Kommunikation des Feindes zu stören war schon immer eine sinnvolle Strategie im Krieg gewesen.

Auch die anderen im Raum waren offensichtlich fasziniert. Sie hatten zusätzliche Stühle stellen müssen, um alle interessierten Mitarbeiter unterbringen zu können, Offiziere wie Forschungspersonal war da.

Selbst Trakev saß nach vorn gebeugt. »Was denken Sie, wie ausgefeilt ist ihre Kommunikation?«

Der Typ mit dem blonden Ziegenbart stand auf. »Wir denken, es ist auf dem Niveau einer Sprache.«

Ein Raunen erhob sich im Saal.

Keith schnaubte. »Kann es sein, dass Ihre Begeisterung Sie ein bisschen zu weit trägt?«

»Mister Kendrick.« Das war der Professor. »Ich habe zu Anfang ähnlich gedacht, aber meine Mitarbeiter haben Erstaunliches herausgefunden.« Er nickte dem Ziegenbart zu. »Bitte, Boris.«

Boris ging zu der abgehängten Kiste, die an der Wand stand, und zog das Tuch herunter. Wieder ein Raunen, als er einen Käfig mit einer Mantis enthüllte.

Das Exemplar war nicht nur lebendig, es wirkte sogar ziemlich gesund. Anders als das Tier, das Keith vor ein paar Stunden unten im Labor gesehen hatte. Was immer diese Leute herausgefunden hatten, wenn es half, eine Mantis am Leben zu erhalten, würde es auch dabei helfen, sie zu töten.

»Was füttern Sie?«, fragte jemand.

»Das ist ebenfalls ausgesprochen erstaunlich«, sagte Boris, der sich deutlich in der Aufmerksamkeit sonnte. Er breitete die Arme aus. »Twiggy, würdest du bitte deine Flügel aufspannen?«

Die Mantis gehorchte! Offensichtlich hatten sie das Tier in den paar Tagen abgerichtet. Wenn die Mantis so lernfähig waren, sprach das tatsächlich für eine höhere Intelligenz, als er bei den Insekten vermutet hatte.

Die Tür öffnete sich, ein Angestellter steckte den Kopf in den Raum und sah sich suchend um. Dann ging er zu Trakev hinüber, und während Boris sich über die Farbe der Flügel ausließ, flüsterten die beiden miteinander.

Keith beugte sich zu Trakev hinüber. »Was ist los?«

»Mantis, Sir. Ein ziemlich großer Schwarm.«

»In welche Richtung fliegen sie?«

»Unklar. Sie sammeln sich noch.«

***

In einem der ersten Räume tauschte Moira ihre Anzugjacke gegen einen der dort hängenden Kittel, und die Stöckelschuhe gegen flache Treter, die sie mitgebracht hatte. Die typischen Schuhe für Menschen, die ihren Arbeitstag auf den

Füßen verbrachten. Dann aktivierte sie die Mikrokamera im Kugelschreiber und steckte ihn so in die Brusttasche, dass die Linse freie Sicht hatte. Sie ließ die Tasche zurück und machte sich auf den Weg zur letzten Tür an der Stirnseite des kurzen Ganges.

Der Raum war riesig, taghell erleuchtet und durch regelmäßige Pfeiler und Trennwände unterteilt. Durch den Raum führte ein auf dem Boden markierter Weg und auf beiden Seiten davon waren Kinder. So viele hatte Moira seit ihrer Schulzeit nicht mehr auf einem Haufen gesehen. Und doch herrschte eine gespenstische Ruhe. Kein Kreischen und Herumrennen, wie sie es von Schulhöfen und Schwimmbädern her kannte, kein Weinen, kein Lachen. Die Jungen flüsterten nicht einmal miteinander.

Überwältigt blieb Moira stehen. Der aberwitzige Anblick von hunderten gleichen Kindergesichtern, alle mit soldatisch kurzem Haarschnitt, ließ sie wanken. Es lag so viel Härte in den kindlichen Zügen, ein so tiefer Ernst in den jungen Augen, dass es ihr das Atmen schwer machte.

Es mussten etwa vierhundert Kinder sein. Jeweils ein Drittel der Chargen war anscheinend gerade in der Ruhephase, also gab es wohl insgesamt je Charge dreihundert. Leblancs Schätzung war gut gewesen.

Auf der linken Seite waren die Sechsjährigen. Charge Ypsilon. Sie liefen, nein, sie marschierten im Gleichschritt auf überdimensionierten Laufbändern, während vor ihnen ein Film über irgendein Waffensystem lief.

Die rechte Seite des Raumes sah aus wie ein Fitnessstudio für Kleinwüchsige. Die Jungen der Charge Tau schwitzten an den Geräten. Zwölfjährige mit hart austrainierten Muskeln, die an den kindlichen Körpern geradezu grotesk wirkten. Weiter hinten waren andere damit beschäftigt, unter dem Kommando eines Bios Gewehre auseinanderzunehmen und wieder zusammenzusetzen.

In den kindlichen Gesichtern waren die Züge des späteren Mannes schon zu erahnen. Es war Rho, hundertfach, als Kind. Hier war auch er aufgewachsen, hier hatte er das marschieren gelernt, hier war er trainiert und ausgebildet worden.

Wieder kamen die Gedanken, die sie sich seit Tagen verbot. Rho, tot in der Wüste. Verschmachtend in einer Tonne. Auf dem kalten Tisch der Auswertung.

Mit energischen Schritten kam eine Frau auf Moira zu. Sie war klein, drahtig und hatte einen harten Zug um den Mund. »Was tun Sie hier?«

Moira zwang sich zu einem Lächeln. »Ich bin seit heute in der medizinischen Abteilung, und Doktor Franck meinte, ich solle mir das Ganze schon mal ansehen.«

Die Frau runzelte die Stirn. »Normalerweise kommt Franck mit herunter.«

»Heute ist irgendeine Veranstaltung da oben.«

»Ach ja, die Mantis-Forscher. Wir sind deshalb auch ein wenig knapp an Personal, also rumführen kann ich Sie nicht. Aber vielleicht können Sie sich schon mal eine kleine Blessur ansehen?«

»Gern.«

Die Frau streckte Moira die Hand hin. »Lisa Nguyen. Ich leite hier die Phase Gelb.«

»Moira Lee, erfreut.« Sie schloss sich Nguyen an. »Sie sind Erzieherin?«

»Psychologin. Und Sie? Welches Fachgebiet?«

»Chirurgin.«

Nguyen sah sie von der Seite an, Skepsis im Blick.

»Für die Auswertungen«, sagte Moira schnell.

»Ach so.«

»Aber ich helfe gern, wenn ich kann.«

Der Junge saß auf einem Stuhl, die Tätowierung über der rechten Brust lautete τ-DS-319. Die eckige Form seiner linken Schulter verriet, was geschehen war. Sein Arm war ausgekugelt. Er musste enorme Schmerzen haben, aber er saß ganz ruhig, die Hände im Schoß.

»Es ist erst vor ein paar Minuten passiert«, sagte Nguyen. »Ich wollte ihn nachher hochbringen lassen.«

»Es ist besser, wir machen es gleich, bevor die Schulter anschwillt. Darf ich?«

»Aber natürlich.«

Auch sein rechtes Auge war geschwollen, aber die Verletzung musste schon länger her sein.

Moira ging neben dem Jungen in die Hocke, betastete behutsam seinen Arm. »Wer bist du?«

Er schaute geradeaus. »3-19, Ma'am.«

»Dein Arm ist ausgekugelt, 3-19, aber der Knochen scheint okay zu sein. Kannst du den Unterarm noch beugen?«

»Ja, Ma'am.« Er tat es.

»Sehr gut. Ich werde die Schulter wieder einrenken. Das wird wehtun, aber danach ist es besser.«

»Verstanden, Ma'am.«

»Kannst du dich so hinsetzen, dass dein Arm über die Stuhllehne hängt?«

»Ja, Ma'am.«

Die Rückenlehne hatte genau die richtige Höhe und würde ihr den nötigen Widerstand bieten, aber sie würde mehr Kraft aufwenden müssen, als es bei einem Kind üblich war. Sie musste gegen diesen hochtrainierten Pectoralis anziehen. Hoffentlich verschätzte sie sich nicht.

»Versuch mal, locker zu lassen.«

Er gab sich Mühe. Im Krankenhaus hätten sie dem Jungen eine Lokalanästhesie verpasst. Mindestens. Hier musste es ohne gehen.

»Wie ist das denn passiert?«

Nguyen antwortete. »Es war eine Übung im Zweikampf. Er ist nach einem Schulterwurf unglücklich aufgekommen.«

Moira schaute kurz hoch. »Ich wollte es von ihm hören.«

»So?« Die gezupften Augenbrauen gingen nach oben.

Es war eine Möglichkeit, den Patienten abzulenken, ihn in einem unbedachten Moment zu überrumpeln.

»Schau mich mal an, 3-19.«

Er tat es. Widerstrebend, wie ihr schien. Sein Blick schnitt ihr ins Herz. Er war nicht einmal mehr verzweifelt.

»Und das mit deinem Auge? Wie ist das passiert?«

Er sah zu Nguyen hoch, und erst als die nickte, antwortete er. »Beim Boxen, Ma'am.«

»Wie genau? Erzähl es mir.« Sie wandte sich dem Arm zu.

»1-59 und ich wurden zum Zweikampf eingeteilt. Er hat mich …«

Sie zog, schnell aber kontrolliert. Ein Knacken war zu hören. Sein Mund blieb offen stehen, seine Augen weiteten sich. Aber kein Laut kam über seine Lippen. Er tat zwei, drei tiefe Atemzüge, dann schloss er den Mund und entspannte sich. Diesmal sah er sie an, ohne dass sie ihn dazu aufforderte.

»Danke, Ma'am.«

»Gern geschehen.« Sie unterdrückte den Impuls, ihm über den Kopf zu streichen. »Du wirst einen Bluterguss bekommen, aber das geht wieder weg.« Sie sah zu Nguyen hoch. »Er sollte die Schulter vier Wochen schonen. Außerdem sollte per MRT überprüft werden, ob Bänder oder Blutgefäße …« Sie fing Nguyens Blick auf. »Sie haben hier kein MRT.«

Nguyen schüttelte den Kopf.

»Ein Röntgengerät?«

»Das muss Doktor Franck entscheiden.« Sie sah 3-19 an. »Zurück auf deinen Posten, Rekrut.«

Er stand auf und nahm Haltung an. Ein zwölfjähriger Soldat. »Ma'am, ja, Ma'am.«

Auch Moira erhob sich und sah ihm nach. Viele der Jungen wiesen Verletzungen auf. Narben, genähte Platzwunden, frische und alte Blutergüsse. Sie wusste jetzt schon nicht mehr, wer von diesen Jungen 3-19 war.

»Das ist Ihr erster Tag hier«, sagte Nguyen. »Darf ich Ihnen einen Rat geben?«

Moira nickte.

»Das dort drüben«, sie sah zu den Jungen hin, »sind Fördereinheiten. Hüten Sie sich davor, in ihnen jemals etwas anderes zu sehen.«

***

Übelkeit saß tief in Moiras Magen, und ihre Hand zitterte, als sie den Knopf für den Aufzug drückte. Nguyens Worte, marschierende Kinder, der tapfere, kleine 3-19, all das war auf dem Chip in ihrem Stift gespeichert. Nun mussten sie es nur noch ins Netz bringen.

Das war Judiths Aufgabe. Doch dazu mussten sie die Netzblockierung des Stützpunktes aufheben. Die Kommunikationszentrale war unter der Kontrolle des Militärs, zwischen den Barracken, nicht im Haupthaus. Darum musste Rho alles erledigen, was damit zu tun hatte, und dazu wiederum brauchte er den Dongle, der sich mit freundlicher Unterstützung von Nuts in ihrer Handtasche befand. Außerdem benötigte er die Zugangsberechtigungen, die Justin und der Doc gerade zu beschaffen versuchten. Noch so vieles war zu tun. Bisher war alles glatt gegangen, doch würde es so weitergehen?

Die Dame am Empfangstresen blickte nur kurz auf, und Moira nickte ihr noch einmal zu. Zielstrebigkeit war das Zauberwort, um unauffällig zu bleiben. Sie steuerte auf die unbenutzte Kaffeeküche zu, die sie zu ihrem Stützpunkt erklärt hatten. Nicht ohne Risiko, denn anders als beim letzten Mal wurden die Konferenzräume heute benutzt. Doch Leblanc hatte zugestimmt, dass dies der beste Ort war, damit sie alle zusammenkommen konnten, insbesondere Rho, der ja draußen bei den Klonen war.

Inzwischen stand da ein Rollwagen mit schmutzigen Tellern und Platten mit Resten von Sushi und Pizzawraps. Ob die Besprechung schon zu Ende war? Oder hatte man bloß die abgegrasten Platten abräumen lassen? Es waren weder Personal noch Besucher anwesend. So weit, so gut, aber Justin und der Doc waren auch noch nicht hier. Eigentlich hatten sie das anders geplant.

Nun, verloren war noch nichts. Sie musste einfach weitermachen, bis sie kamen.

Moira drehte den Fenstergriff, ließ das Fenster aber geschlossen. Sie kramte das Klebeband aus der Handtasche und befestigte den mitgebrachten Zettel an der Scheibe. Darauf standen einige typische Hinweise. *Bitte gebrauchtes Geschirr in die Maschine räumen, Abfall trennen, Fenster geschlossen halten.* Was übereifrige Angestellte eben ihren Kollegen so aufs Auge drückten. Keinem würde dieser Zettel als ungewöhnlich auffallen. Für Rho allerdings war er das Zeichen, dass er dieses Fenster aufdrücken konnte.

Ob er schon draußen wartete und das Gebäude beobachtete? Sie spähte hinüber zu den Barracken, sah aber niemanden. Vermutlich hatte man den Klonen wegen der Konferenz befohlen, noch mehr Abstand vom Hauptgebäude zu halten als sonst. Hoffentlich wurde Rho nicht aufgehalten. Hoffentlich war er nicht aufgeflogen. Hoffentlich war er noch am Leben.

Sie musste aufhören, so zu denken! Was war jetzt wichtig? Er musste freie Bahn haben. Sie versuchte, den Bereich vor dem Gebäude zu überblicken. Keine Angestellten, soweit sie es beurteilen konnte. Nur ein Wagen mit einer offenen Ladefläche stand da, auf dem einige Stühle aus gebogenen Metallröhren gestapelt waren. Vermutlich hatte man die Ausstattung der Konferenzräume aufgestockt und würde sie später wieder abbauen.

Da, eine Bewegung, ein Schatten zwischen den Gebäuden. Rho! Offenbar hatte er bereits auf ihr Zeichen gewartet. Er sah sich um, dann lief er eilig über den deckungslosen Weg auf sie zu. Er hinkte. Nicht stark, aber doch so, dass es ihr auffiel.

Sie öffnete das Fenster, sodass er ohne zu Stocken aus dem Laufen heraus einsteigen konnte. Hinter ihm schloss sie es wieder, dann nahm sie ihn in den Arm. Es tat gut, ihn zu spüren, seine ruhige, souveräne Kraft. Sie fühlte sich schon viel zuversichtlicher.

Sie löste sich von ihm. »Was ist mit deinem Bein?«

Er schüttelte nur den Kopf.

»Du hast mit den anderen exerziert!«

»Es ließ sich nicht vermeiden.« Er sah zur Tür. »Der Doc?«

»Sie müssen jeden Moment kommen.«

Es war nicht gut, dass sie warten mussten. Ein fremdes Gesicht wie das ihre würde heute kaum auffallen, aber Rho hatte kein fremdes Gesicht. Jeder, der hier arbeitete, kannte es. Und Klone, erwachsene Klone, hatten im Haupthaus nichts verloren.

Sie nahm die Tasche und zog den Dongle aus dem Fach. Rho verstaute ihn in einer Seitentasche seiner Hose.

»Soll ich mir dein Bein nochmal ansehen?«

Wieder schüttelte er den Kopf.

»Brauchst du Vecantrin?«

Jetzt sah er sie nur an. Sie seufzte. »Tut mir leid. Warten ist mir noch nie leichtgefallen.«

»Vielleicht brauchen sie Verstärkung.«

Das war nicht abwegig. Nguyen hatte sie, nachdem sie 3-19 versorgt hatte, dann doch noch herumgeführt und ihr das eine oder andere gezeigt. Das hatte Zeit gekostet. Justin und Leblanc hätten schon längst fertig sein müssen. Immerhin war dies offiziell bloß ein Freundschaftsbesuch, mit dem Leblanc seine ehemaligen Kollegen von der Arbeit abhielt. Ihn und Justin würde man nicht herumführen, ihnen nichts zeigen, das als Firmendaten zu schützen war. Vielleicht war das das Problem. Es gelang Leblanc nicht, sich abzusetzen, und die Berechtigung zu kopieren, die sie brauchten. Die Berechtigung, die Rho in die Kommunikationszentrale bringen würde.

»Ich werde nach ihnen sehen.«

»Soll ich draußen warten?« Er sah zum Fenster hinüber.

Sie dachte kurz darüber nach und schüttelte dann den Kopf. »Vermutlich wird es mehr Aufmerksamkeit erregen, wenn du ständig rein und raus kletterst, als wenn du dich einfach hier in eine Ecke setzt.«

»Verstanden.«

Sie öffnete die Tür und sah sich um. Der Gang machte nach ein paar Türen einen Knick, wohl zu dem Ausgang, vor dem damals die beiden Raucher gestanden hatten. Niemand war zu sehen. Nur aus dem Konferenzraum drangen noch immer Stimmen. Sie straffte die Schultern und trat vor die Tür, da hörte sie schon das *Ping* des Aufzugs. Kurz darauf kam Justin auf sie zu, hinter ihm Leblanc mit einem Rucksack in den Armen. Der schien einigermaßen schwer zu sein. Eigentlich hatten sie bloß den Code für die Kommunikationszentrale besorgen sollen. Was also trug er da mit sich herum?

»… etwa in einem sieben-Stunden Rhythmus …«

Moira fuhr herum. Die Tür zum Konferenzraum war offen, einige Leute traten diskutierend in den Gang hinaus. Eine Pause? Sie zeigte auf die Küchentür. »Schnell!«, raunte sie.

»Moira?«, sagte jemand. Es klang nach Lydia. Moira drehte sich nicht zu ihr um, sondern folgte Justin und Leblanc und schloss die Küchentür. Verdammt, kein Schloss!

»Wir müssen uns beeilen. Lydia hat mich erkannt.«

Rho trat aus seiner Ecke und Justin zückte den Duplicator, um ihm den Zugangscode für die Kommunikationszentrale auf den Chip zu laden. Moira zog einen Stuhl heran und versuchte, ihn unter dem Türgriff zu verkanten, aber offenbar waren die Stühle nicht zu diesem Zweck geschaffen. Also stapelte sie drei, vier aufeinander. Viel Zeit würde ihnen das nicht erkaufen, aber vielleicht glaubte Lydia ja auch, sich getäuscht zu haben. Währenddessen stellte Leblanc behutsam den Rucksack auf einem der Tische ab.

»Was ist da drin?«, fragte Moira.

»Die Gelegenheit war günstig.« Leblanc öffnete die Schnürung. »Läuft Ihre Kamera?«

Erst als sie nickte, schob er den Stoff nach unten. Eine Röhre kam zum Vorschein, ein Glaskolben, der vielleicht vier Liter hellroter Flüssigkeit fasste.

»Ist das …?« Moira gab die Stühle auf und trat fasziniert von dem Anblick näher. Ein menschlicher Fötus schwebte in rosiger Gallertmasse. »Ich dachte, die Brutkolben sind in U7?«

»Der hier war zu Untersuchungszwecken in U3.«

»Und Sie haben ihn einfach mitgenommen?«

»Wie gesagt, die Gelegenheit war günstig, und wenn unser Plan gelingt, bricht hier ohnehin bald die Hölle los.«

Aus dem Bauchnabel des Fötus wuchs ein Wurzelgeflecht. Dünne Fäden streckten sich in das Goo hinaus, verzweigten sich und fächerten auf, sammelten die Nährstoffe für das entstehende Leben.

»Am Ende«, sagte Leblanc, »ist der Fötus ganz von seinem eigenen Nabelgeflecht eingesponnen, und das MCM so gut wie aufgezehrt.«

Andächtig betrachtete Moira dieses Wunder und wurde sich bewusst, dass sich etwas ganz Ähnliches gerade in ihrem eigenen Körper abspielte. Ein neuer Mensch entstand, ein Individuum, das einmal Träume, Wünsche und Sorgen haben würde. Das Wunder des Lebens.

Rho trat neben sie, legte die Finger an das Glasgefäß. Was mochte in ihm vorgehen? Dachte er daran, dass er selbst so entstanden war? Oder daran, dass hier ein neues Wesen heranwuchs, eins seiner eigenen Art, ein Bruder, ihm genetisch näher, als irgendein Mensch es Moira war?

Er sah auf und ihre Blicke trafen sich. »Jetzt verstehe ich es«, sagte er rätselhaft.

»Was verstehst du?«

»Etwas, das Twiggy gesagt hat. Larven sind … ich weiß kein Wort dafür. Sie sind etwas Besonderes. Keine Mantis würde sich an ihnen vergreifen. Auch nicht an denen eines anderen Volkes. Wo sie sind, muss Frieden herrschen. Alles andere wäre undenkbar.« Er betrachtete den Fötus mit einer Ergriffenheit, die sie noch nie an ihm gesehen hatte.

»Heilig«, sagte Moira leise. »Das ist das Wort, das du suchst. Larven sind heilig.«

Und die Menschen hatten das Heiligste der Mantis aus den Brutröhren gerissen und wie Abfall liegen lassen, um an das MCM zu kommen. Kein Wunder, dass die Mantis zurückschlugen.

»Vielleicht«, sagte Rho leise, »haben wir Klone es auch nicht verdient, zu überleben.«

Sie legte die Hand auf seinen Arm, und als er sie ansah, sagte sie: »Wir können nicht ändern, was wir getan haben. Nur die Zukunft lässt sich gestalten. Und dazu sind wir hier.«

Er legte seine Hand auf ihre und nickte.

Die Tür rempelte gegen die Stühle, und Moira fuhr herum. Jemand schob den Stühlestapel mit der Tür zur Seite. Rho ging zum Fenster.

»Warte«, sagte Moira. Aufmerksamkeit zu vermeiden war noch immer wichtig. Vielleicht wollte nur jemand einen Kaffee.

»Moira?« Lydia stand in der Tür. »Was tun *Sie* denn hier?«

Über ihrer Schulter erschien Boris' Gesicht. »Und was zur Hölle ist *das* da?« Sein Blick war auf den Glaskolben gerichtet.

Abwimmeln oder hereinholen? Moira entschied sich für Letzteres. Mit den beiden konnte sie reden.

»Kommt rein«, sagte sie munter, dann sah sie Rho an und nickte zum Fenster hinüber. Es würde Lydia und Boris zwar verwundern, Rho aus dem Fenster steigen zu sehen, aber mit ihnen würde sie reden können und ihr lief die Zeit davon. Sie ging auf die beiden zu und versuchte, die Nervosität aus ihrer Stimme zu verbannen. »Wie ist euer Vortrag gelaufen?«

»Ganz gut.« Boris schob Lydia in den Raum und kam selbst hinterher, den Blick noch immer auf den Glaskolben gerichtet, den Leblanc gerade wieder verhüllte. Moira wollte die Tür hinter ihm schließen, doch plötzlich wurde ihr die Klinke aus der Hand gerissen.

Kendrick!

»Was geht hier vor?« Er sah Moira an. »Sie!« Dann Rho am offenen Fenster. »Du! Stehenbleiben!«

Rho erstarrte. Moira sah geradezu, wie er gegen den Impuls zum Gehorsam ankämpfte.

»Geh!«, rief sie.

»Bleib!« Kendrick, rot vor Zorn, ging auf Rho zu. Sie stellte sich ihm in den Weg. Er schlug zu. Sie riss den Arm nach oben, trotzdem traf er ihr Gesicht. Ein brutaler Schmerz auf ihrem Wangenknochen, die Wucht riss sie von den Füßen. Sie fing sich an einem Tisch ab.

Rho war schon halb aus dem Fenster und zögerte, weil sie in Gefahr war. »Geh!«, rief sie noch einmal.

Kendrick packte einen Stuhl und Rho hob die Arme, um Kendricks Schlag abzuwehren, doch der schlug tiefer, auf das verwundete Bein, und Rhos Aufstöhnen verriet, dass er gut getroffen hatte. Dann war Rho draußen. An seinen Schritten hörte sie, dass er stark hinkte.

»Verdammt!« Kendrick stützte sich auf den Rahmen und schaute hinaus. »Trakev!« Dann hob er die Hand, betrachtete seine Finger, rieb Daumen und Zeigefinger aneinander und blickte zu Moira. »Das war Ihrer, nicht wahr?« Er zeigte ihr seine Hand, auf der Blut klebte. »Der kommt nicht weit.« Er ging zur Tür, riss sie auf und brüllte wieder: »Trakev!« Dann drehte er sich noch mal zu ihr um. »Diesmal werden Sie ihn nicht vor der Auswertung retten, und wenn ich ihn selbst aufschneide.«

Benommen sah Moira ihm nach. Dann wanderte ihr Blick zu den anderen hinüber, die eingeschüchtert an der Wand standen. Boris hatte den Arm um Lydia gelegt, Justins Augen waren weit aufgerissen. Leblanc stand schützend vor dem verhüllten Kolben.

Draußen brüllte Kendrick: »Der Wagen!«

Moira stürzte zum Fenster. »Leblanc! Wo ist die Kommandozentrale?«

»Der Turm links von Ihnen. Mit der Antenne.«

Hinter ihr fragte Justin: »Was hast du vor?«

Das wusste sie selbst nicht, aber sie kletterte hinaus. Kendrick stieg gerade in den Wagen, der die Stühle geladen hatte. Sie sprintete los und bekam die Seite der Ladefläche zu packen. Der Wagen zog sie mit, zwei, drei Schritte weit, dann gelang es ihr, ein Bein hinauf zu schwingen. Sie zog sich hoch, saß schließlich auf den Knien auf der Ladefläche. Was konnte sie damit erreichen? Was sollte sie tun? Sie wusste es nicht. Sie wusste nur, dass sie Rho nicht allein lassen würde.

Durch die kleine Rückscheibe des Fahrerhauses waren die Köpfe der beiden Männer zu erkennen, die nicht bemerkt hatten, dass sie einen weiteren Passagier hatten. Moira blieb auf den Knien, um nicht im Rückspiegel aufzutauchen. Trakev saß am Steuer. Er fuhr langsam, den Blick auf die Barracken rechts von ihnen gerichtet, zwischen denen Rho verschwunden war. Der Turm mit der Antenne lag links, auf der anderen Seite der Staubpiste. Rho würde sie überqueren müssen, um dorthin zu gelangen. Wie schwer war er wohl verwundet? Hatte Kendricks Schlag nur die genähte Wunde aufplatzen lassen, oder hatte er schlimmeres angerichtet?

»Da!«, rief Kendrick plötzlich und reckte den Arm aus dem Fenster. »Da ist er!«

Ein Klon lief über die Straße – und er hinkte. Unvermittelt gab Trakev Gas. Moira griff haltsuchend um sich, bekam eine Metallstrebe zu fassen und stürzte zusammen mit dem Stapel Stühle, den sie umgerissen hatte. Eine Armlehne rammte schmerzhaft in ihre Seite, doch das Poltern übertönte ihren Schrei. Zum Glück hatte nichts ihren Kopf getroffen, doch ihr Fuß war zwischen zwei Streben geraten und steckte fest.

Dann hielt der Wagen, beide Türen klappten, Schritte auf dem Sand.

»Dachtest du wirklich, du könntest vor mir weglaufen?« Kendricks Stimme.

Verzweifelt versuchte Moira, ihren Fuß zu befreien, aber die Stühle hatten sich ineinander verkeilt. Sie zog, stemmte den freien Fuß gegen eine Strebe, und endlich gelang es. Sie sprang auf und sah über die Fahrerkabine hinweg Rho, der einfach nur dastand, und Kendrick, der sich von Trakev eine Pistole geben ließ. Oh Gott, er wollte Rho erschießen!

Sie brauchte etwas, um ihn aufzuhalten. Irgendetwas. Sie hob einen der Stühle auf, und mit einem Schrei warf sie ihn über die Fahrerkabine hinweg auf Kendrick. Und traf. Ein Schuss löste sich, aber er wirbelte nur eine Staubfontäne auf.

Kendrick schrie wütend. »Trakev! Setzen Sie diese Irre fest!«

Der Offizier war schon da, sprang auf die Ladefläche. Moira hielt einen anderen Stuhl vor sich und hatte die Fahrerkabine im Rücken. »Fassen Sie mich nicht an!«

Er riss ihr den Stuhl aus der Hand, schlug ihr die Faust in den Bauch.

Ein unglaublicher Schmerz, der ihr linkes Bein einklicken ließ. Sie krümmte sich zusammen, merkte kaum, dass er sie packte und vom Wagen stieß. Sie landete im Sand. Schon war er wieder über ihr, drehte ihr die Arme auf den Rücken, zerrte sie hoch und schob sie am Wagen vorbei, bis sie Rho und Kendrick sah.

Kendrick hatte den Stuhl in den Händen, den sie nach ihm geworfen hatte, und ließ ihn auf Rhos Rücken niedergehen, hämmerte ihn damit zu Boden. Warum war Rho nicht ausgewichen? Warum verteidigte er sich nicht?

»Du bist ein Klon!«, brüllte Kendrick und trat ihm in den Bauch. »Du bist bloß ein Ding! Und du wirst tun, wozu du geschaffen wurdest!« Jedes der letzten Wörter war begleitet von einem brutalen Tritt.

»Hören Sie auf!«, schrie Moira.

Rho krümmte sich stöhnend. Er hatte sie verteidigt, am Krankenhaus, doch sich selbst verteidigte er nicht?

»Tut Ihnen Ihr Hündchen leid?«, fragte Kendrick. »Es gibt buchstäblich hunderte von ihm.« Er warf den Stuhl zur Seite, zog die Pistole und richtete sie auf Rho, ohne ihn dabei anzusehen. »Ich könnte ihn erschießen. Einfach so. Ich habe das Recht dazu, er ist mein Eigentum.«

»Bitte«, flüsterte sie, während Trakev noch immer ihre Arme auf den Rücken verdreht hielt.

»Sie verstehen es einfach nicht, was? Es geht um mehr als nur um einen. Es geht um Deuteragäa! Und wenn ich dafür ihn und Sie aus dem Weg räumen muss, dann werde ich es tun!«

Trakevs Griff um ihre Arme war noch immer wie ein Schraubstock, aber in seiner Stimme klang Unglauben. »Sir?«

»Das verstehen Sie nicht, Trakev! Dieser Klon ist defekt und muss aussortiert werden!«

Rho stemmte sich mühsam auf Hände und Knie hoch, Blut troff von seinen Lippen. Moira konnte nicht verhindern, dass ihr die Tränen über die Wangen liefen. »Bitte. Hören Sie auf!«

»Sir«, sagte Trakev noch einmal. »Diese Frau hat eine Bürgernummer.«

Moira ballte die Hände zu Fäusten. »Ganz richtig, und ich habe Freunde. Wenn ich nicht zurückkomme, haben Sie ganz schnell den Konzernrat am Hals. Inzwischen bin ich nicht mehr die Einzige, die Bescheid weiß über das MCM und die Klone!«

Kendrick zögerte. Offenbar wusste er, dass er nicht so mächtig war, wie er sich aufführte. »Ich sag Ihnen was.« Er ließ die Waffe sinken. »Es liegt mir nichts daran, ihn zu töten. Jede dieser Einheiten ist ein Investment, und wie ich Ihnen schon sagte, ich habe Pläne mit ihnen. Große Pläne. Aber ich kann nicht zulassen, dass Sie mir dabei im Weg stehen.«

Moira schluckte. »Lassen Sie … uns darüber reden.«

Er warf ihr einen vernichtenden Blick zu. »Diese Chance haben Sie verspielt, Ms. Chakrabarti. Sie werden über gar nichts mehr reden. Um das sicherzustellen, werde ich ihn hierbehalten, und wenn Sie brav sind, dürfen Sie ihn ab und zu besuchen. Sehen, dass es ihm gut geht.«

Meinte er das wirklich ernst? Konnte sie ihm glauben?

»Aber«, fuhr er fort, »wenn ich auch nur einen Subnet-Artikel über Klone lese, glauben Sie mir, dann wird er die Auswertung geradezu herbeisehnen.« Wieder richtete er die Waffe auf Rho.

Die Klone würden Sklaven bleiben. Aber zumindest würde Rho leben. Das war alles, was sie noch erreichen konnten. Ihr Plan war gescheitert. Nuts würde umsonst auf die Übertragung warten, die Klone würden kein Signal für den Aufstand erhalten.

»Sind Sie noch bei mir?« Kendrick drückte ab und Moira zuckte bei dem Knall zusammen. Vor Rho spritzte Sand auf. »Sickert nur ein Wort durch, wird es kein leichter Tod sein, das versichere ich Ihnen. Natürlich müssten Sie dafür sorgen, dass sich Ihre Freunde ebenfalls daran halten.«

Sie folgte seinem Blick. Justin und Leblanc, Boris und Lydia waren ihnen gefolgt, aber sie standen eingeschüchtert zwischen einigen grimmigen Offizieren in Wüstentarnanzügen. In Justins Augen lag pure Angst, doch in Leblancs Gesicht war Zorn zu lesen. Zorn, geboren aus jahrelangen Schuldgefühlen, die nun keine Vergebung mehr finden würden.

»Nun?«, sagte Kendrick. »Wie entscheiden Sie sich? Tick, tack, die Zeit läuft.«

Sie wagte es nicht, Rho anzusehen. Sie würde entweder seinen Tod verschulden, den Tod des Mannes, den sie liebte, oder seine Brüder ihrem Schicksal überlassen. Mit welcher Schuld würde es sich leichter leben lassen?

Aber er wird leben, flüsterte eine Stimme in ihr. *Du wirst dein Leben weiterleben, wie es immer war. Und ihm wird es gut gehen, zumindest dafür kannst du sorgen.*

Es geht nicht nur um uns. Das würde er jetzt sagen. Über sechshundert Kinder lebten in diesen Kellergeschossen, und sie alle hatten ein Recht auf ein glückliches Leben. Sie durfte nicht mehr nur an sich denken. Es wurde Zeit, Verantwortung zu übernehmen.

Moira hob den Kopf und straffte die Schultern. »Sie können ihn erschießen, aber wollen Sie für MinerVa wirklich zum Mörder werden? Denn glauben Sie mir, nach allem, was ich heute gesehen habe, wird mich nichts anderes davon abhalten, an die Öffentlichkeit zu gehen.«

Hass verzerrte sein Gesicht. »Du verdammte Fotze!«

Er würde Rho töten, nur um zu beweisen, dass er noch immer die Kontrolle hatte. Sie hatte Rho zum Tode verurteilt. Kendrick lud die Waffe durch, richtete sie auf Rho und … plötzlich ein lautes Knacken. Lautsprecher an Pfosten erwachten rauschend zum Leben. Irritiert hob Kendrick den Kopf. Wer hatte die Lautsprecher aktiviert, und wozu? Rho konnte es nicht gewesen sein, denn er lag vor ihr am Boden. Jetzt stand er auf, ruhig und geradezu gelassen. Sein Blick fand den ihren und dann … zwinkerte er ihr zu.

Es durchfuhr sie wie ein Schock. Sie senkte den Blick auf sein Hosenbein. Kein Blutfleck.

Das war gar nicht Rho! Nicht *ihr* Rho! 78 hatte Zeit geschunden, hatte Kendrick in Sicherheit gewiegt, während 43 in die Funkzentrale eindrang! *Darum* hatte er sich nicht verteidigt.

»Sie haben den falschen«, sagte Moira verächtlich. »Und Sie merken es nicht einmal.«

Rhos und Sigmas, tönte es aus den Lautsprechern. *Code Brown. Wiederhole: Code Brown.*

Kendrick fluchte, hob die Pistole, doch auch dieser Schuss ging ins Leere. 78 war jetzt kein williges Opfer mehr. Er hatte Kendricks Arm zur Seite gedrückt und schlug mit der Rechten zu. Kendrick taumelte und 78 setzte nach, schlug ihm die Waffe aus der Hand und dann prasselten noch drei Schläge auf Kendrick ein, schnell und präzise. Kendrick versuchte, sich zu verteidigen, aber er hatte der hochtrainierten Effizienz seines Soldaten nichts entgegenzusetzen und stürzte zu Boden.

Und dann kamen die Klone. Sie traten zwischen den Baracken hervor, kamen aus den Türen und vereinigten sich zu einer einzigen, zielstrebigen Masse. Sie marschierten ohne Eile, aber mit einer ruhigen Entschlossenheit, die Kendrick rückwärts kriechen ließ. Die Klone erreichten 78, nahmen ihn auf, wie sich Quecksilber mit einem verlorenen Tropfen vereint. Erst dann blieben sie stehen.

Trakevs Griff an ihren Armen löste sich. Offenbar gab es jetzt wichtigeres als sie. Er trat vor sie, den Klonen entgegen, als wollte er die Bios vor ihnen schützen.

»Was geht hier vor?«

»Wir übernehmen den Stützpunkt«, sagte 78 ruhig. Moira erkannte ihn an dem Blut, das über sein Kinn verwischt war. Eine kurze Pause, dann fügte er hinzu: »Bei allem Respekt, Sir.«

»Ihr übernehmt den Stützpunkt? Mit welchem Recht?«

Hinter ihr sagte Leblanc: »Wie wäre es mit Artikel eins der Verfassung von Deuteragäa: Jeder Mensch ist frei geboren, gleich an Würde und Rechten.«

Trakev warf nur einen kurzen Blick über die Schulter. »Das gilt für Menschen, nicht für Klone.«

»Und wer hat Sie zum Verfassungsrichter ernannt, Colonel?«

Jetzt sah Trakev genauer hin. »Doc Brown? Was haben Sie hier überhaupt verloren?« Er sah zu einem der anderen Offiziere hinüber. »Meier, entfernen Sie diesen Mann vom Gelände. Und die übrigen Zivilisten gleich mit.«

»Befehl widerrufen!«, sagte 78, noch bevor die Männer sich hatten rühren können. »Der Doc gehört zu uns!«

Die Offiziere wirkten verunsichert.

Trakev brüllte: »Verdammt, Meier! Seit wann nehmen Sie Befehle von einem Klon entgegen?«

Plötzlich wieder ein Knacken in den Lausprechern. Moira erwartete, erneut Rhos Stimme zu hören, doch stattdessen ertönte ein schriller Sirenenton, der sich in die Höhe schraubte. Zweimal erklang die Warnung, die Bestürzung in die Gesichter der Bios wie der Klone malte. Dann eine weibliche Stimme, in der Panik mitschwang: *Mantis-Angriff. Ermitteltes Ziel: Noshades. Wiederhole: Ziel: Noshades.*

»Sie kommen *hier* her?« Kendricks Stimme war schrill vor Panik. Er saß noch immer am Boden, wo die Fäuste von 78 ihn hingeschickt hatten.

Einschlag in voraussichtlich neunzig Minuten.

»Mein Jet! Sie müssen ihn startbereit machen!«

Trakev sah Kendrick kalt an. »Keine Flugfreigabe außer für unsere 'Kopter.« Und zu den Klonen. »Zu den Waffen!«

»Wozu?« Das war Leblanc. »Was wollt ihr hier verteidigen? Euer Gefängnis?« Er trat auf die Klone zu. »Überlasst das den Bios und bringt euch selbst in Sicherheit.«

Ein Knall ließ Moira zusammenzucken. Zuerst wusste sie nicht, was geschehen war, doch dann sah sie den Blutfleck, der sich auf Leblancs Brust ausbreitete. Die Waffe in Kendricks Hand erzählte den Rest.

»Zu den Waffen!«, schrie Kendrick, aber niemand rührte sich.

Leblanc wankte, hielt die Hand auf die Wunde. Suchend blickte er sich um. »78? Bist du hier, 78?« Dann verließen ihn die Kräfte und 78 sprang hinzu, um den alten Mann aufzufangen. Sachte legte er ihn auf den Boden. Stützte ihn.

Der Doc hob eine zittrige Hand, legte sie 78 an die Wange. »Du bist groß geworden, Junge.«

»Das bin ich, Doc.«

»Liest du noch?«

Ein wehmütiges Lächeln. »Ich finde nicht mehr so viele Bücher.«

»Such dir welche, mein Junge. Such sie dir.«

Seine blutige, zitternde Hand umfasste 78s Nacken. Er reckte sich, bewegte stumm die Lippen, als ob er noch etwas sagen wollte. 78 beugte sich tiefer, und Leblanc küsste ihn auf die Stirn. Dann fiel die Hand herab. Mit einem hohlen Keuchen entwich die letzte Luft, und der Körper sank in sich zusammen. Der Doc war tot.

Jeder Klon wusste, was dieser Mann für 78 bedeutet hatte. Was er für sie alle bedeutet hatte. Und aus über hundert Kehlen erhob sich ein wütender Schrei.

Die Klone kamen näher, aber Trakev hatte Kendricks Waffe in der Hand und brüllte: »Zurück!«

78 stand auf. »Wollen Sie uns alle erschießen, Sir?«

»Unsinn. Meier! Nehmen Sie Mister Kendrick in Gewahrsam. Sorgen Sie dafür, dass er den Behörden übergeben wird!«

»Den Behörden?«

Trakev hielt dem Blick des Klons stand. »Ihr wollt wie Menschen behandelt werden? Dann richtet euch nach ihren Gesetzen. Keine Selbstjustiz.«

»Und was war das?« 78 zeigte auf den toten Leblanc.

»Das war Mord.« Trakev stellte sich auf das Trittbrett des Wagens und richtete sich mit lauter Stimme an die Klone. »Was auch immer eure Forderungen sind, keine davon wird sich erfüllen, wenn die Mantis den Stützpunkt zerstören.«

Ein Klon drängte sich zwischen den anderen nach vorn. Moira ahnte, wer er war, aber sie warf trotzdem einen Blick auf sein blutiges Hosenbein, um sicher zu sein. Er nickte ihr verschwörerisch zu. Als wollte er ihr sagen, dass alles erledigt war. Aber was war erledigt?

Natürlich! Das Netz war offen! Wo war Justin? Sie blickte sich um, aber fand ihn erst, als sie ein Stück um den Wagen herum ging. Er kauerte tränenüberströmt an einem der Wagenräder.

»Justin!« Moira ging vor ihm in die Hocke.

Er hatte die Arme um die angezogenen Knie gelegt und wiegte sich vor und zurück. »Er hat ihn erschossen!«

»Ich weiß.«

»In den Rücken geschossen! Einfach so.«

»Wir brauchen dich jetzt. Das Netz ist zugänglich, du musst senden.«

»Ich kann nicht!« Schluchzend barg er den Kopf in den Armen. »Ich will meine Perücke! Mein Kleid! Ich will nach Hause!«

»Du musst dich zusammenreißen! Du musst senden! Darum bist du hier!«

»Ich kann nicht! Judith! Ich brauche Judith!«

Jemand tippe Moira auf die Schulter. Lydia hielt ihr einen silbernen Stift entgegen, einen Lippenstift. Moira nahm ihn.

»Hier. Das ist alles, was wir haben.«

Zögernd hob Justin den Kopf und lugte hinter der Schutzmauer seiner Arme hervor. Er starrte auf den Lippenstift wie auf einen Rettungsring. Dann nahm er ihn und drehte ihn auf. Orangerot. Nicht gerade Judiths Farbe. Mit zitternden

Fingern trug er den Lippenstift auf, biss die Lippen aufeinander, um ihn festzudrücken, nahm einen tiefen Atemzug und blickte entschlossen.

»Also gut«, sagte Judith. »Zeigen wir es diesen Mistkerlen!«

***

Noch war die gesamte Situation unklar. Trakev stritt noch immer mit den Klonen, die anderen Offiziere standen an seiner Seite. Um die Zivilisten kümmerte sich niemand mehr.

Das konnte ihnen nur recht sein. Judiths Headset war in Moiras Handtasche, die noch in der Küche lag. Sie marschierten also die etwa zweihundert Meter zurück zum Haupthaus, und Rho schloss sich ihnen an. Unterwegs trafen sie auf andere Klone, Sigmas, die sich 78 nicht angeschlossen hatten. Sie trugen Waffen und stellten sich ihnen in den Weg.

»Hast du nicht gehört?«, rief einer Rho zu. »Die Mantis greifen an! Schlechter Zeitpunkt für euren kleinen Aufstand!«

»Geh mir aus dem Weg!«

»Zu den Waffen lautet der Befehl!«

»Nicht für mich.«

»Für uns alle!«

Ein anderer sagte: »Sie haben eine Mantis im Haupthaus. 3-59 hat es gesehen. Wir sollten sie erschießen, solange wir noch können.«

Rho sah den Mann einen Moment an. Dann streckte er auffordernd die Hand aus. »Ich kümmere mich darum.«

Der Mann zögerte, blickte unsicher auf den ersten Sprecher, und erst als dieser nickte, zog er eine Pistole und gab sie Rho.

Moira schrie auf. »Was?« Sie hatte Mühe, mit Rhos ausgreifenden Schritten mitzuhalten, als er auf den Hintereingang der Zentrale zu marschierte. »Das kannst du nicht tun!«

Boris rannte an ihnen vorbei und stellte sich mit ausgebreiteten Armen vor die Tür. »Komm zu dir! Das ist Twiggy!«

»Aus dem Weg!« Als Boris nicht reagierte, stieß Rho ihn einfach zur Seite und riss die Tür auf. Twiggys Käfig stand im Gang. Im Gehen hob Rho die Pistole.

Moira rief: »Nicht! Rho!«

Zweimal zuckte die Waffe in seiner Hand, zwei Schüsse hämmerten. Dann trat er gegen das zerschossene Schloss und öffnete den Käfig. »Egal, ob wir uns verteidigen oder nicht, Twiggy soll auf der Seite ihrer Leute kämpfen können.«

»Oh, verdammt.« Boris stemmte die Hände auf die Knie und stöhnte erleichtert.

Zögernd verließ Twiggy ihr Gefängnis, die harten Fußkrallen klapperten auf dem Kunststoffboden. Moira öffnete die Tür zur Küche, wo noch immer das Fenster offenstand. Da war ihre Handtasche. Während alle anderen hereinkamen, wühlte sie Judiths Headset hervor, gab es ihr zusammen mit dem Stift, in dem alle Aufnahmen steckten.

Judith zog den Bügel über. »Es läuft. Aber ein größerer Screen wäre gut zum Schneiden.«

»Im Konferenzraum«, sagte Lydia. »Komm mit!«

Boris hingegen schaute auf Twiggy. »Warum fliegt sie nicht nach Hause?«

»Sie hat keins mehr«, sagte Rho. »Ihr Hive ist zerstört.« Er nickte ihr zu. »Aber dort draußen bist du immer noch sicherer als hier.«

Twiggy sah zum Fenster, aber sie machte keine Anstalten, zu fliehen. Stattdessen drehte sie sich um und stellte sich direkt vor Rho.

»Du solltest gehen«, sagte er und zeigte zum Fenster, »Bevor jemand kommt und dich wirklich erschießt.«

Doch Twiggy blieb. Demonstrativ wandte sie Körper und Stirnplatte Moira zu, dann wieder Rho, und klapperte mit den Deckflügeln. Es war klar, dass sie ihnen etwas Wichtiges mitteilen wollte.

»Was sagt sie?«

Rho schüttelte den Kopf. »Ich kenne die Symbole, aber ich verstehe nicht, was sie meint. Mantis. Larve. Mantis gibt Larve. Aber wem? Und warum?« Das Bild veränderte sich. »Frieden.«

Twiggy bewegte sich zum Tisch hinüber, auf dem noch immer die Brutröhre stand. Der Stoff des Rucksacks war wieder heruntergerutscht und ließ den Fötus in seinem Goo sehen. Sie stieß ihr Vorderbein mit leisem Klirren gegen das Glas. Wieder änderte sich das Bild.

»Mensch gibt Mantis Larve«, übersetzte Rho. »Frieden.«

Moira schnappte nach Luft. »Geiseln! Sie schlägt einen Austausch vor!«

»Larven gegen Föten?«

»Das haben alte Völker auf der Erde auch gemacht. Um Frieden zwischen Stämmen zu besiegeln, wurden Kinder ausgetauscht.«

»Es gibt keinen Frieden, den wir besiegeln könnten.«

»Aber vielleicht können wir auf diese Weise Frieden anbieten.«

Twiggy trampelte aufgeregt mit den Vorderbeinen. Rho wandte sich um und sah aus dem Fenster. »Ich glaube nicht, dass uns dazu die Zeit bleibt.«

Moira trat neben ihn. Ein dunkler Streifen lag über dem Horizont. »Wann sind sie hier?«

»In einer Stunde. Vielleicht früher.«

»Dann müssen wir ihnen mit den Embryonen entgegenfahren. Wir müssen sie abfangen.«

»Sie werden uns überrennen. Wenn wir Glück haben, machen sie sich nicht die Mühe, uns zu töten, und wenn sie es doch tun, wird es sie nicht einmal verlangsamen.«

»Welche andere Möglichkeit bleibt uns? Warten, dass sie uns hier umbringen? Dass sich alle gegenseitig töten?«

Ein, zwei Herzschläge lang sah Rho sie an. Dann nickte er. »Wir brauchen einen Zugwagen, Anhänger und Hover-Paletten. Und wir brauchen noch ein paar Hände.«

***

Draußen saßen und standen die Brüder in Gruppen beisammen, Offiziere brüllten herum, riefen die Männer zu den Waffen, doch nur wenige leisteten zögernd Folge.

43 packte einen Sigma am Arm. »Wo ist Rho 78?«

Der Mann zeigte vage in eine Richtung und 43 folgte ihr. Er fand 78 als Mittelpunkt des größten Pulks und drängte sich zu ihm durch. Jemand drehte sich zu ihm um. »Und? Hast du sie erschossen?«

43 würdigte ihn keiner Antwort.

»Etwa nach Green Sands?«, rief 78. »Dann locken wir den Schwarm genau dort hin!«

»Wäre das nicht gerecht? Das letzte Mal haben wir sie verteidigt, jetzt können sie uns verteidigen!«

43 erreichte 78 und legte ihm die Hand auf die Schulter. »Wir brauchen in paar Männer.«

78 wirkte erschöpft, fast schon resigniert. »Wozu?«

»Wir können ihnen ein Friedensangebot machen, indem wir ihnen einen Austausch anbieten. Laven gegen Embryonen.«

»Niemals!«, rief jemand. »Wir müssen die Gläser schützen! Und genau darum können wir auch nicht fliehen!«

Plötzlich ertönten zwei Schüsse ganz in der Nähe. Trakev hatte in die Luft gefeuert. »Ich erschieße jeden, der nicht sofort seinen Arsch in die Kampfmontur schwingt!«

43 sagte: »Es ist ein Weg der Mantis, um Frieden anzubieten. Es wäre eine Chance. Vielleicht die einzige.«

Ein Sigma trat zu ihm. »Ich bin dabei. Wir haben ihre Larven zu tausenden ermordet. Sie haben ein Recht auf unsere, selbst wenn sie sie töten sollten.«

Ein Faustschlag von rechts ließ den Mann taumeln und stürzen. »Du verrätst deine eigene Art!«

»Wir sind keine Art!«, brüllte ein anderer. »Die Mantis sind eine Art! Wir sind bloß verdammte Kopien!«

43 streckte dem gestürzten Sigma die Hand hin und half ihm auf. »Nummer?«

»2-29.«

43 sah 78 an, der die Schultern hob. »Heute trifft jeder seine eigenen Entscheidungen.«

Vier andere Männer schlossen sich ihnen an. Insgesamt waren sie jetzt zwei Rhos und vier Sigmas. Hinter ihnen erklang ein Aufschrei, und als 43 sich umdrehte, sah er einen Mann stürzen. Trakev hatte ihn niedergeschlagen. »In die 'Kopter! Vorwärts!«

43 biss die Kiefer aufeinander, aber er verlangsamte seinen Schritt nicht. Im Laufen instruierte er 2-29, einen Wagen mit Hänger zu organisieren.

»Verstanden.« 2-29 salutierte und bog ab.

Im Hauptgebäude warteten Moira und Boris auf sie. Ein sehr blasser Bio in einem blauen Kittel stand neben ihnen, schien zu schrumpfen unter dem Gewicht von Moiras Hand auf seiner Schulter.

»Er hat den Schlüssel zu U7.«

»Gut.« 43 marschierte an ihnen vorbei und sie schlossen sich ihm an. Doch vor dem Aufzug wimmerte der Bio: »Das ist gegen die Vorschriften!«

43 brachte sein Gesicht ganz nah an das des Bios heran, starrte ihm ins Gesicht, so wie Kendrick ihn angestarrt hatte, damals, als er mit gebrochenem Bein vor ihm in der Kiste gestanden hatte. »Entweder nehmen wir dich mit, oder deine Hand. Deine Entscheidung.«

Hover-Paletten waren in U7 ausreichend vorhanden. Mit eiliger Sorgfalt schichteten sie die Glaskolben auf die Paletten um, bemühten sich, die Erschütterungen für die Föten so gering wie möglich zu halten.

Was, wenn es nicht funktionierte? Wenn die Mantis sie töteten? 43 wurde diesen Gedanken nicht los. Vor seinem geistigen Auge vertrockneten die aus den Gläsern gekippten Föten im Wüstensand, zuckend und gekrümmt wie Mantis-Larven in ihren geleerten Brutröhren.

Sein Blick verschwamm, und er wischte sich mit dem Handrücken über die Augen. Er fühlte sich seltsam erschöpft, geradezu krank, als wollte sein Geist seinen Körper sabotieren. Jeder Kolben schien auf einmal das Gewicht eines Granatwerfers zu haben. Verbissen hob er trotzdem einen nach dem anderen auf die Palette.

Taten sie wirklich das Richtige? Durften sie das tun? Hatten sie das Recht dazu? Er fand keine Antwort darauf.

»Ich denke, das reicht«, sagte Moira irgendwann.

Er blickte auf, sah über den leergeräumten Tisch, auf dem nur die Ringe der Gläser zurückgeblieben waren. Fast die Hälfte der Charge Phi würden sie mitnehmen. Zweihundert hilflose, sich entwickelnde Klonföten in ihrer gestohlenen Nährlösung.

»Wir tun das Richtige.« Moira sah ihn ernst an. »Hier sind sie genauso gefährdet.«

Das war korrekt. Falls die Mantis den Stützpunkt völlig zerstörten, gäbe es niemanden, der die Föten abnabeln konnte. Sobald das Goo aufgebraucht war, würden sie in ihren Röhren verhungern. Vielleicht würde es tatsächlich so kommen.

Ihre Helfer hatten die meisten Paletten schon nach oben gebracht. Moira und 43 stellten sich zu der letzten in den Aufzug. Die Tür schloss sich, und Moira tastete nach seiner Hand. So hielten sie sich aneinander fest, während sie nach oben fuhren.

2-29 erwartete sie. »Hier entlang!« Er hatte einen offenen Laster mit Hänger vor den Haupteingang des Haupthauses gefahren. Die übrigen Paletten waren schon aufgeladen, nun folgte die letzte. Dann wurde alles mit einer Plane abgedeckt, die gleichzeitig stabilisierte. Boris stand neben dem Wagen und war sehr blass.

Moira trat auf ihn zu. »Suche Lydia und Judith und fahrt in die unteren Stockwerke. Da seid ihr am sichersten.«

»Und du?«

Sie schüttelte den Kopf.

Das Tor zum Klonbereich stand offen. Dort war nun endgültig das Chao ausgebrochen. Einige Klone hatten sich in einem Lagerhaus verbarrikadiert und lieferten sich einen Schusswechsel mit einigen Bios. Andere machten sich an den 'Koptern zu schaffen, und es war nicht klar, ob sie sie startklar machen oder sabotieren wollten.

»Schlüssel steckt!«, rief 2-29 und stieg auf die Ladefläche. Die anderen saßen schon dort oder auf dem Anhänger. Plötzlich ertönte ein Sirren, das 43 die Haare aufstellte. Mantis-Flügel!

Ein einzelnes Exemplar kam herangeflogen und landete mit einem Krachen auf dem Dach der Fahrerkabine. Ein Scout? Waren sie schon so nah?

Die Männer sprangen auf und einer richtete seine Pistole auf …

»Nicht!«, brüllte 43. »Das ist Twiggy!«

Sie sah zu ihm hinunter, rieb die Mandibeln aneinander und auf ihrer Stirn bildete sich die Bestätigungslinie.

»Geh lieber rein!« Er zeigte auf das Fahrerhaus. »Nicht, dass der Fahrtwind dich wegbläst.«

Zwar dürfte sie wohl nicht jedes Detail verstanden haben, doch sie kletterte durch das offene Fenster in die Fahrerkabine.

43 wandte sich an Moira. »Geh mit Boris in die …«

Sie ließ ihn nicht zu Ende sprechen, öffnete einfach die Beifahrertür und stieg ein.

43 zögerte kurz. Wie hatte 78 gesagt? Heute traf jeder seine eigenen Entscheidungen.

***

Es gab keine Straße, der sie hätten folgen können. Der Laster holperte über den harten Wüstenboden. Bei jedem Schlag, bei jedem Ächzen der Stoßdämpfer dachte Moira an die Föten, die in ihrer Nährlösung durchgerüttelt wurden. Hoffentlich war der Anhänger besser gefedert als der Laster.

Rho fuhr konzentriert und angespannt. Immer wieder warf er einen Blick auf die drohend näherkommende Wolke der Mantis. In dem breit auseinandergezogenen Gebilde waberten dunkle und hellere Schlieren, wie bei einem Vogelschwarm. Die Wolke war nicht kompakt, sondern hatte unzählige Ausläufer wie die Arme eines Kraken, und jeder von ihnen musste aus hunderten von Tieren bestehen. Der Anblick hätte durchaus etwas Faszinierendes gehabt, wäre die Bedrohung nicht so real.

Auch Twiggy zwischen ihnen war hörbar nervös. Immer wieder rieb sie ihre Hinterbeine aneinander, sodass das charakteristische Brummen ertönte. Das gleiche Brummen, das wenige Meilen vor ihnen hundert-, ja tausendfach erzeugt wurde. Offenbar eine Art Kriegsgesang. Zum zweiten Mal in ihrem Leben hörte Moira diesen tiefen Ton, der sie zu durchdringen schien, und dachte daran, wie sie mit Rho auf dem Motorrad durch Green Sands gefahren war. Sie sah zu ihm hinüber und war dankbar für die konzentrierte Ruhe, die er ausstrahlte. Wie damals in der Wüste.

Plötzlich ließ Twiggy eine Art Knistern hören. Moira drehte sich um und bemühte sich, das Muster auf Twiggys Kopfplatte zu entschlüsseln. »Ich glaube sie will, dass wir anhalten.«

Rho ging vom Gas und ließ den Lastwagen ausrollen. Dann drehte auch er sich zu Twiggy um und betrachtete aufmerksam die Muster auf ihrem Kopfschild, die nun in rascher Folge wechselten, viel zu schnell für Moiras noch kümmerliche Kenntnisse der Mantis-Sprache. »Was sagt sie?«

Rho antwortete nicht, blickte nur weiter auf Twiggys Mitteilung. Dann nickte er knapp und öffnete die Wagentür. »Komm!« In der vertrauten Situation des Kampfes fiel er zurück in alte Gewohnheiten. Handeln, nicht reden. Vermutlich konnte sie froh sein, dass er überhaupt etwas sagte.

Die anderen Männer sprangen von den Anhängern, als Rho und Moira ausstiegen. »Abdecken!«, befahl Rho.

Moira half ihm, die Plane von der Ladefläche zu rollen. Ihre Begleiter taten das Gleiche mit dem Hänger. Dann machten sie sich daran, die Plastikdeckel von den einzelnen Brutzylindern zu lösen. Sofort breitete sich der charakteristische, leicht zu Kopf steigende Geruch aus.

Moira bemerkte, dass die anderen Soldaten zögerten, es ihnen gleichzutun. Auch wenn sie in den Plan eingewilligt hatten, schien es ihnen doch zu widerstreben, ihre noch unentwickelten Brüder den angreifenden Mantis auszuliefern. War dieser Beschützerinstinkt bewusst in ihnen angelegt worden? Oder lag es einfach in der Natur jedes Wesens, die eigene Familie zu schützen?

Die Mantis waren inzwischen so nah gekommen, dass sich die Wolke deutlich in verschiedene Abteilungen auflöste, womöglich die Populationen verschiedener Staaten, die gegen die Menschen zu einer Koalition gefunden hatten. Der Hauptmacht voran flogen kleinere Trupps und einzelne Tiere.

»Scouts«, sagte Rho, der plötzlich neben ihr stand und ebenfalls in den Himmel blickte.

Moira sah zum Hänger. Nicht einmal die Hälfte der Zylinder hatten sie geöffnet.

Rho schien ihre Gedanken zu erraten. »Twiggy sagt, es müsste reichen. Der Geruch ist stark.«

Twiggy kletterte auf den Anhänger und stellte sich über die geöffneten Zylinder. Früher hätte Moira diesen Anblick wohl mit einer Spinne in ihrem Netz verglichen. Jetzt kam ihr Twiggy mehr wie eine brütende Glucke vor.

Es hieß also warten. Warten im Anblick einer übermächtigen, gnadenlosen Bedrohung. Moira dachte an ihre Flucht aus Green Sands, an den Klang der Tausenden von Insektenbeinen, an die Angst in ihrem Nacken und das Gefühl kalter Übelkeit in ihren Eingeweiden. Genau dieses Gefühl war jetzt wieder da. Sie trat noch einen Schritt näher an Rho heran, und er legte den Arm um sie.

»Du solltest im Auto warten.«

Sie schüttelte den Kopf. Sie hatte gesehen, was die Kieferwerkzeuge der Mantis mit einem Auto anstellen konnten. Es würde sie nicht lange schützen. Es würde nur die Todesangst verlängern.

Schon waren einzelne Tiere zu erkennen, die sich aus der Streitmacht lösten. Kleine Trupps fliegender Mantis-Soldaten. Sie hatten die Menschen entdeckt, hielten auf sie zu. Schließlich landete die erste Mantis krachend auf dem Autodach, mit solcher Wucht, dass sie das Blech eindrückte. Sie war riesig und hatte dicke, rote Deckflügel. Ihr bedrohliches Klackern wurde von Twiggy erwidert. Die Kopfplatte der Angreiferin zeigte wechselnde Muster, die von Twiggy jedoch nur eins, starr und unveränderlich. Moira fragte sich, was Twiggys Stirnmuster wohl bedeutete. Austausch? Friede? Kapitulation? Verhandlung? Vermutlich eine Mischung, für die es in der menschlichen Sprache nicht das eine, passende Wort gab.

Die nächste Mantis landete, diesmal auf dem Anhänger, und Twiggy wich einen Schritt zurück. Dann brummten immer mehr heran, landeten auf dem Anhänger oder im

Wüstensand und klackerten mit ihren Beißwerkzeugen, kamen näher. Ihnen, oder den Föten?

»Weg vom Wagen.«

Rho packte Moira am Handgelenk, schob sie zwischen die Männer, die jetzt einen Kreis um sie bildeten, drei Schritte entfernt vom Wagen und dem Hänger. Doch dass die Mantis sich mehr für den Hänger als für sie interessierten, war eine falsche Hoffnung. Eine Gruppe von zehn, zwanzig Tieren kam drohend näher. Rho zog seine Waffe, und die anderen folgten seinem Beispiel. Die Mantis schienen Waffen zu kennen, der Anblick ließ sie stocken. Aber sie wichen nicht zurück.

»Wenn ihr schießt«, sagte Moira, »wird es sie nur aufbringen.« Sie sah zum Wagen hinüber. Inzwischen saßen sechs oder sieben Mantis auf den Gläsern. Twiggy wirkte klein und eingekeilt zwischen den großen, roten Chitinpanzern. Gab es etwas, das sie tun konnten? Twiggy irgendwie unterstützen? Zeigen, dass sie es ernst meinten?

»Lasst mich durch.« Sie hatte erwartet, sich zwischen den Männern hindurchdrängen zu müssen, aber der Sigma vor ihr trat einfach zur Seite.

Sie näherte sich vorsichtig dem Wagen, behielt dabei eine riesige Mantis im Blick, die Moiras Bewegungen von oben folgte. Sie hob einen der Glaskolben von der Laderampe, drehte sich um, und ging mit weichen Knien an den Männern vorbei auf die Mantis zu, die im Wüstensand saßen, bereit, über sie herzufallen. Vor ihnen stellte sie das Gefäß auf den Boden und zog sich zurück. Die Klone nahmen sie wieder in ihre Mitte und zusammen beobachteten sie, was geschah.

Vier Mantis gingen auf den Glaskolben zu, ihre Fühler bewegten sich, ihre Kopfschilde waren in ständiger Bewegung.

»Was sagen sie?«, flüsterte Moira, aber Rho schüttelte den Kopf.

»Zu viele Worte.«

Dann, in einer plötzlichen Attacke, hob eine Mantis beide Vorderbeine und kippte das Glas um. Das Goo floss in den Sand, ließ den Embryo in seinen Nährfäden verklebt zurück. Moira glaubte noch, eine Bewegung der winzigen Arme zu sehen, dann zermalmte ein Mantisbein das beginnende Leben.

»Nein!« Einer der Sigmas hob die Waffe, aber Rho packte seinen Arm und verhinderte den Schuss.

»Wir haben uns entschieden.«

Die beiden Männer starrten einander an. Schließlich sagte einer der Rhos: »Leben für Leben. Ich habe so viele Larven getötet.«

Er drehte sich um und nahm den nächsten Glaskolben. Er trug ihn zu den Mantis, kam ihnen ganz nah, stellte den Glaskolben vor ihnen ab und blieb einfach stehen.

Die Tiere musterten ihn, besonders das eine, dessen Bein noch immer voller Goo und Blut war. Wieder hob die Mantis beide Vorderbeine – doch plötzlich war da ein tiefes, bedrohliches Brummen. Die Mantis neben ihr schien anderer Meinung zu sein. Die Stirnplatten gerieten in Aufruhr. Offenbar gab es Streit.

»Da«, sagte Rho.

Das Kopfschild einer Mantis war plötzlich wie eingefroren. Selbst Moira meinte, das Muster zu erkennen, aber sie war sich nicht sicher. »Ist das …?«

Rho nickte. »Twiggys Muster. Die Friedensbitte.«

Zwei andere Mantis übernahmen jetzt die Botschaft, spreizten die Deckflügel und erhoben sich in die Luft. Auch auf dem Wagen hatte Twiggy wohl einige überzeugen können, und so verbreitete sich die Nachricht mit zunehmender Geschwindigkeit.

Sie waren noch am Leben. Das war ein gutes Zeichen. Moira sah auf den feuchten Fleck im Sand, doch als sie darauf zugehen wollte, hielt Rho sie zurück.

»Nicht.«

Er sah sie ernst an. Es war der Sigma, der die winzigen, leblosen Überreste behutsam aus dem Sand hob. Der andere Rho nahm den noch gefüllten Glasbehälter auf und stellte ihn zurück auf den Hänger.

Die Wolke der Mantis war nähergekommen. Sie senkte sich mehr und mehr, wurde zum Schwarm, zu einer Art Schneetreiben, nur dass die Flocken rot waren und größer und größer wurden. Schließlich landeten die meisten Tiere. Massenweise saßen sie auf dem Boden. Immer wieder erhoben sich einzelne, sodass beständig eine Wolke über der Wüste lag, geformt aus riesigen Insektenleibern und dem Staub, den ihre Flügel aufgewirbelten.

»Sie beraten wohl.«

Mantis flogen heran, drängten sich um sie, schienen sie zu betrachten und zu bewerten, sie und die Föten in ihrer Nährlösung, und flogen wieder zurück in die Masse ihrer Geschwister. Wussten die Mantis, dass dies gestohlene Nährlösung war? Dass man ihre Larven dem Tod preisgegeben hatte, um die menschlichen Föten zu ernähren? Wenn sie es wussten, dann spielte es in ihren Diskussionen sicherlich eine Rolle.

Doch möglicherweise blieb ihnen nicht viel Zeit zum Beraten. Wieder erklang ein Brummen, aber diesmal klang es metallisch. Und es kam aus der entgegengesetzten Richtung.

Einer der anderen Soldaten trat auf Rho zu und hielt ihm ein Funkgerät hin. »Sir! Sie haben eine Gegenwehr formiert.«

Unwillkürlich packte Moira Rhos Arm. Das konnte nun alles zerstören.

Rho nahm dem Mann das Funkgerät ab. »Abbrechen«, sagte er in das Gerät. »Angriff abbrechen. Verhandlungen sind im Gange. Wiederhole: Verhandlungen sind im Gange.«

Nur ein Rauschen antwortete ihm. Der andere Soldat schüttelte den Kopf. »Sie werden nicht alle Frequenzen abdecken.«

Rho drehte an einem Knopf und sprach die gleiche Botschaft noch einmal. Und wieder. Schon waren die Helikopter so nah, dass Moira ihre Libellenform erkennen konnte. Erstes Waffenfeuer erklang, Detonationen ließen den Wüstensand in Fontänen aufspritzen. Die Mantis erhoben sich in Schwärmen, um dem feindlichen Beschuss auszuweichen und ihrerseits anzugreifen. Moira zweifelte nicht daran, dass sie selbst zu den ersten menschlichen Opfern gehören würde.

Plötzlich erklang unter den Mantis ein neuer Ton. Neben dem tiefen Brummen erhob sich eine Art Gesang, ein hohes Sirren, das Moira noch nie gehört hatte. Doch aus den bestürzten Gesichtern der Soldaten schloss sie, dass ihnen der Ton nur allzu vertraut war. Noch bevor sie fragen konnte, setzten sich die Mantis in Bewegung. Eine unübersehbare Masse rannte von allen Seiten auf sie und die Wagen zu. Moira schrie auf, flüchtete sich in Rhos Arme, und wusste doch, wie hilflos diese Geste war. Sie schloss die Augen, wollte es nicht sehen. Sie würde früh genug spüren, wie ihr die Mantis die Glieder vom Leib schnitten. Zitternd wartete sie auf den Schmerz, auf das Ende, hielt sich die Ohren zu, und konnte doch das prasselnde Geräusch der heranstürmenden Insektenbeine nicht ausblenden.

Doch der Tod ließ auf sich warten. Stattdessen spürte sie Rhos Griff an ihrer Schulter. Er drückte sie ein Stück von sich, forderte sie damit auf, um sich zu blicken, so, wie er es tat.

Die Mantis griffen nicht an. Sie hatten einen Kreis um den Wagen und die Anhänger gebildet. Andere Mantis kletterten oder flogen auf die Rücken der ersten, immer mehr von ihnen setzten sich übereinander, bildeten einen Hügel, eine Pyramide, einen Dom aus chitinbewehrten Leibern.

»Mein Gott«, sagte Moira. »Was tun sie bloß?«

»Sie schützen die Föten«, sagte Rho. Er blickte sich um, und dann fügte er leise an: »Larven sind heilig.«

War es der Instinkt, das hilflose, in Nährlösung schwimmende Leben zu schützen? Oder war es auch eine bewusste Entscheidung dieser Individuen? Was immer es war, sie schützten die Larven. Selbst die einer anderen Art. Selbst die ihrer Feinde. Jener Feinde, die die heiligen Larven der Mantis aus reiner Profitgier aus ihrer Nährlösung gerissen und auf den Müll geworfen hatten. Vielleicht hatte Rho doch recht. Vielleicht hatte die menschliche Gemeinschaft es nicht verdient, zu überleben.

Rho straffte sich. »Ausschwärmen und Meldung machen.«

Die Männer verteilten sich innerhalb des Domes aus lebendigen Leibern so, dass sie durch die verschiedenen Zwischenräume schauen und das Gelände überblicken konnten. Rho hob das Funkgerät erneut, schaltete von einem Kanal auf den anderen. Plötzlich erklang die verzerrte Stimme eines Soldaten.

»… Pyramide konzentrieren. Wir müssen sie von den Zylindern wegbomben.«

Rho hob das Gerät an die Lippen. »Negativ.« Moira wunderte sich über die Ruhe seiner Stimme. »Die Mantis schützen die Föten. Wiederhole: Die Mantis schützen die Föten.«

Er ließ die Taste los und sie lauschten auf das Rauschen. Dann erklang erneut die Stimme des Soldaten.

»Identifizieren Sie sich.«

»Rho-TX-43.«

Wieder das Rauschen. »Beweisen Sie das.«

Rho knurrte unwillig. »Seit wann lügt ein Klon einen anderen an? Die Mantis schützen uns. Uns zusammen mit den Föten. Wir befinden uns im Inneren der Kuppel.«

Moira beugte sich zu ihm und er hielt ihr das Gerät hin. »Hier spricht Moira Chakrabarti. Ich bestätige seine Aussage.«

Es dauerte nur noch einen Moment, dann hörte die Bombardierung auf. Die nachfolgenden Geräusche konnte Moira inzwischen identifizieren. Die Fluggeräte landeten. Zumindest einige von ihnen.

Einer der Männer, die die Umgebung überwachten, wandte sich um. »Bestätige Landung, Sir.«

Einer auf der anderen Seite ergänzte: »Die Mantis halten die Stellung. Sie greifen nicht an.« Er spähte weiter zwischen den Insektenleibern nach draußen und nach einer Weile fügte er hinzu: »Auch von ihnen sind einige gelandet. Sieht nach einer Delegation aus.«

Rho blickte sich um. »Twiggy?«

Es dauerte einen Moment, bis die Mantis unter dem Anhänger hervorgekrochen kam.

Rho deutete auf seinen Mund, dann auf sie. »Du wirst übersetzen müssen.« Und auf Twiggys Stirn erschien eine Linie.

***

Fast zwei Phasen dauerten die Verhandlungen nun schon an.

»Ich denke, das liegt an der Struktur ihrer Gesellschaft«, sagte Boris, der neben Moira stand und mit ihr über die flirrende Wüste blickte.

Dort draußen saßen die Mantis. Der Wüstenboden schien bis zum Horizont bedeckt von ihnen, und Moira konnte das Gefühl der Bedrohung bei diesem Anblick noch immer nicht ganz abschütteln. »Eigentlich«, sagte sie, »könnten sie doch in ihre Bauten zurückfliegen und bloß eine Delegation hierlassen. Aber vermutlich trauen sie uns nicht.«

»Das ist es nicht.« Boris schüttelte den Kopf. »Weißt du, wie Bienen auf der Erde den Ort für ein neues Nest bestimmen?«

Moira hatte nicht die leiseste Ahnung.

»Einzelne Bienen fliegen los und … ach egal. Jedenfalls, wenn die Kultur der Mantis sich aus ähnlichen Anfängen entwickelt hat – und einiges spricht dafür – dann sind sie eine Konsensgesellschaft. Sie müssen alle mitnehmen, bevor sie handeln. Es gibt keine Regierung oder das eine Individuum, das die Entscheidungen trifft.«

»Keine Königin.« Moira grinste ihn an und Boris grinste zurück.

Ständig flogen einzelne Mantis von der Beratung in die Wüste, wo sich die Tiere zu Pulks um sie sammelten. Dafür kamen andere zu der Wagenburg geflogen, in der Rho, Twiggy und 78 unermüdlich am Verhandeln waren.

Moira seufzte. »Eine ziemlich langwierige Art, Entscheidungen zu treffen.«

»Und ab einer bestimmten Gruppengröße kaum noch umsetzbar.«

Vermutlich hatte es deshalb so lange gedauert, bis die Mantis zu einem gemeinsamen Gegenschlag zusammengefunden hatten. Moira hob ihre Wasserflasche, trank und kippte ein wenig über ihren Nacken. An diese Hitze würde sie sich nie gewöhnen.

»Tja«, sagte Boris versonnen, »meine angefangene Doktorarbeit kann ich jedenfalls in die Tonne kloppen.«

»Wieso das?«

»Man muss keine wissenschaftlichen Vermutungen anstellen, wenn man jede Mantis einfach fragen kann.«

»Tut mir leid.«

Wieder grinste er. »Macht nichts. So viele neue Themen, so viele aufregende Erkenntnisse. Und außerdem Möglichkeiten zur Feldforschung!«

»Du würdest in einen Mantis-Bau gehen?«

»Warum nicht? Wir könnten ein Studenten-Austauschprogramm starten.« Er lachte und wandte sich ihr zu. »Für dich ergeben sich doch jetzt auch ganz neue Möglichkeiten.«

Das war richtig. Ein riesiges, neues Arbeitsfeld für eine Journalistin. Doch mit einem Mantis-Bau verband Moira nicht nur angenehme Erinnerungen.

Sie seufzte und wandte sich zu dem um, was inzwischen das Lager genannt wurde. Mitten in der Wüste hatten die Soldaten Zelte aufgestellt, deren Pritschen im Turnus belegt wurden. Überall standen die Übertragungswagen verschiedener News-Kanäle, Vertreter der Regierungskonzerne waren vor Ort, im Fall von Bahi-A sogar der CEO. Nur von MinerVa hatte sich noch kein Vertreter der Zentrale blicken lassen.

Und zwischen all den Menschen und Geräten liefen hier und dort einzelne Mantis herum, Scouts, wie Moira inzwischen an der Farbe erkannte. Sie betrachteten die Fahrzeuge, Zelte und Menschen, selbst ängstlich beäugt, aber unbehelligt. Ein surrealer Anblick.

Moira sah auf ihren Screen. »Es ist gleich Gelb.« Sie war jetzt seit über vierundzwanzig Stunden wach. »Ich brauche so langsam ein Bett.«

»Dito«, sagte Boris »Lass uns schauen, ob was frei ist.«

Sie wandten sich dem Zelt zu, in dem die Pritschen aufgebaut worden waren. Auf dem Weg dorthin passierten sie Korrespondenten und Interview-Paare, und mit einiger Genugtuung stellte Moira fest, dass das meiste gefilmt wurde. Sie würden also vermutlich als Video gesendet werden, nicht als fortlaufende Nachrichtenzeile unter Grecos Traumhochzeiten oder Felis Modevlog.

Es gab auch Diskussions-Interviews. Vor einer Kamera-Drohne sagte gerade ein Mann in einem Bahi-A roten Anzug zu einer Frau mit dem Emblem der Bürgergewerkschaft: »Wir dürfen die Förderung des MCM keinesfalls verbieten. Eine solche Einschränkung des Marktes und der Konzerne wäre ungesetzlich. Das stünde der Zivilgesellschaft auch gar nicht zu.«

Zorn wallte in Moira auf und sie trat neben die Kameradrohne. »Wenn die Konzerne nicht selbst in der Lage sind, moralisch und zum Wohle der Gesellschaft zu handeln, dann muss die Gesellschaft ihnen eben Grenzen setzen.«

Der Bahi-A Mann lächelte herablassend. »Ich weiß nicht, wer Sie sind, junge Frau, aber ohne MCM wird der Preis Ihres Schnitzels um mehr als das Doppelte steigen.«

Moira zeigte ihm die Zähne. »Oder Ihre Profite werden sinken. Das wird dann der Markt richten, nicht wahr?«

»Komm«, sagte Boris und zog sie weiter.

Aus Richtung Noshades näherten sich immer noch mehr Staubfahnen. Eine davon brachte einen Jeep mit Wang und einer hochgewachsenen Blondine, die in ihrem Business-Kostüm erstaunlich behände ausstieg und über den Wüstenboden stöckelte. Sie blieb stehen und starrte einen Trupp Sigmas an, der vorbeimarschierte. Die Männer trugen keine Helme, und die völlige Gleichförmigkeit von Bewegung, Körpern und Gesichtern war tatsächlich irritierend. Sie passierten Moira, und jeder grüßte sie mit einem Nicken und einem »Ma'am!« Etwas überrumpelt grüßte Moira zurück. Jeder Klon auf Noshades schien sie zu kennen.

Die Blondine kam auf sie zu und streckte ihr die Hand entgegen. »Hellen Nakamura, CFO von MinerVa. Wang sagte mir, Sie sind die Journalistin, die all das hier ins Rollen gebracht hat.«

»Das bin ich. Und Sie sind als Vertreterin des CEO hier?«

»Des Boards. Mister Kendrick ist leider unpässlich, und da, wie ich erfahren habe, die erwartete Spenderlunge nun doch nicht zur Verfügung steht, wird sich sein Zustand wohl auch nicht mehr bessern.«

Eine verlegene Stille breitete sich aus. Vielleicht hatte das zumindest den Vorteil, dass Kendrick Senior nicht mehr miterleben musste, wie sein Sohn wegen Mordes ins Gefängnis ging.

Wang deutete auf Boris. »Das ist der Mann, der die Sprache der Mantis entdeckt hat.«

Boris lächelte verlegen. »Nicht ganz. Diese Ehre gebührt tatsächlich einem Ihrer Klone. Rho ... äh ...« Er sah unsicher zu Moira hinüber.

»Rho–TX-43.«

Nakamura nickte. »Sie sollten wissen, dass das Board keinerlei Kenntnisse über die Vorgänge hier hatte. CEO Kendrick hat dieses Projekt geheim gehalten. Offenbar war ihm die Fragwürdigkeit seiner Praktiken durchaus bewusst.«

Moira zückte ihren Kamerastift und steckte ihn sich in die Brusttasche. »Wollen Sie sagen, dieser Krieg und die Klonarmee ist auf dem Mist eines einzigen Mannes gewachsen?«

Nakamura lächelte. »Ich verspreche, Sie bekommen das erste Interview. Aber jetzt muss ich erst einmal mit dem Verantwortlichen hier sprechen.«

»78 ist noch in den Verhandlungen.«

»Wer?« Nakamura sah irritiert zu Wang hinüber.

»Ähm, Colonel Trakev ist dort drüben. Ich bringe Sie zu ihm.«

Sie gingen und Moira warf Boris einen Blick zu. »Das war dann wohl ein Missverständnis.«

»Ich denke, die Klone werden noch viel Öffentlichkeitsarbeit brauchen.«

Das würde wohl ihr Part werden, und sie war verdammt nochmal bereit dazu.

Über den staubigen Platz kamen Rho und 78 auf sie zu. Sie wusste nicht, woran sie die beiden erkannte, aber sie war sich sicher, dass sie es waren. Beide sahen müde aus, so erschöpft, wie sie sich fühlte. Als Rho sie erreichte, legte er den Arm um sie und zog sie zu sich heran. Sie lehnte sich an seine Brust und schloss mit einem Seufzen die Augen. »Sind die Verhandlungen beendet?«

»Nein. Das wird noch dauern. Aber die anderen kennen inzwischen genug Worte, um ohne mich klarzukommen. Es ist nicht gut, wenn Wissen in nur einem Kopf steckt.«

Sie lächelte. »Diese Erkenntnis hätte MinerVa auch gutgetan.« Sie sah zu 78 hinüber. »Und du? Ich dachte, du führst die Verhandlung?«

»Inzwischen geht es fast nur noch darum, Dinge immer wieder zu wiederholen und zu begründen. Außerdem ist 19 ein viel besserer Diplomat als ich. Er versucht immer, beide Seiten zu verstehen.«

Sie sah zu Rho hoch. Sein Kinn war stoppelig geworden im Laufe der letzten Phasen, und sie strich mit den Fingerspitzen darüber. »Ich weiß immer noch nicht, was *deine* besondere Eigenschaft ist.«

78 sagte ohne Zögern: »Beharrlichkeit.«

Das schien selbst Rho zu verwundern. »Denkst du?«

»Wir haben 26 für tot gehalten, als er verschüttet wurde. Du hast darauf bestanden, dass wir ihn ausgraben.« 78 lächelte, sah Moira an. »43 gibt niemanden auf, den er mag.«

Wie zur Bestätigung verstärkte Rho kurz den Griff um ihre Taille.

»Und die Verhandlung?«, fragte Boris. »Wonach sieht es bisher aus?«

»Die Mantis übernehmen die Phi-Föten. Alle. Sie werden sie auf verschiedene Hives verteilen.«

Schlau. Auf diese Weise würden die Menschen nicht wissen, ob sie mit einem Angriff ihre eigenen Föten gefährdeten. Aber trotzdem ergaben sich Probleme.

»Das geht gut, solange sie in ihren Röhren stecken. Aber was passiert, nachdem sie abgenabelt wurden? Die Mantis können unmöglich menschliche Kinder großziehen.«

78 seufzte. »Wir haben noch vier Monate, um darüber zu entscheiden, und vermutlich wird es darauf hinauslaufen, dass wir Klone in der Wüste bleiben. Offenbar können die

Königinnen einen Überschuss an Goo produzieren, sodass sie Handel treiben könnten. Wir wären die Vermittler, und würden zugleich die Phis aufziehen.«

»Und was können die Menschen den Mantis bieten?«

»Frieden. Und Wasser.«

Rho drückte sie sanft an sich. »Du hattest recht. Das Grundwasser ist zurückgegangen, in allen Bauten entlang der Dämmerungszone.«

Moira nickte entschlossen. »Dann werde ich herausfinden, woran das liegt.« Offenbar hatte ihre Arbeit gerade erst begonnen.

»Lasst euch nicht aufhalten.« 78 tippte in einer lässigen Variante des militärischen Grußes an seine Stirn und ging.

Moira seufzte. »Heute mache ich gar nichts mehr.«

»Twiggy!«, rief Boris plötzlich. Er winkte einer Mantis zu, die quer durch das Lager lief, und die aussah wie jede andere Mantis auch.

»Sicher?«, fragte Moira. »Woran erkennst du sie?«

Boris grinste. »Hattest du nie einen Hund?«

»Nein.«

»Ich schon. Einen Collie. Und ich konnte ihn von jedem anderen Collie unterscheiden.« Er ging zu der Mantis hinüber.

»Soso«, murmelte Moira. »Einen Collie.« Sie beobachtete, wie die beiden voreinander stehen blieben. »Was wird jetzt aus ihr?«

»Ich weiß es nicht«, sagte Rho. »Ihr Staat, ihre Familie wurden ausgelöscht.«

»Sie könnte in einen anderen Bau wechseln. Immer noch besser als ein Käfig im Institut.«

Eine andere Mantis trat auf Twiggy zu. »Was sagt sie?«, wollte Moira wissen.

Rho spähte hinüber. »Ich glaube, sie fragt, woher Twiggy stammt.«

»Und was antwortet Twiggy?«

»Detroit.«

Auf Moiras fassungslosen Blick hin zuckte er mit den Schultern. »Woher soll ich wissen, wie die Mantis ihre Staaten bezeichnen?«

»Das war ein Witz.« Sie konnte es kaum fassen. »Du hast deinen ersten Witz gemacht.« Dann nahm sie sein Gesicht in beide Hände und küsste ihn.

Twiggy und Boris kamen zu ihnen herüber. Twiggys Deckflügel vibrierten aufgeregt und ihre Kopfplatte zeigte zwei Muster in beständigem Wechsel. Angesteckt von Twiggys Aufregung packte Moira Rhos Arm. »Was sagt sie?«

»Mutter lebt«, übersetzte er. »Und: Heimkehr.«

Moira ließ sich auf ein Knie nieder, um mit Twiggy auf Augenhöhe zu sein. Sie breitete die Arme aus und Twiggy näherte sich, ließ es zu, dass Moira sie umarmte, schien es sogar zu mögen. Ihre Fühler strichen über Moiras Schultern und sie sirrte leise.

»Gute Reise«, sagte Moira. »Hilf ihr, deine neuen Geschwister aufzuziehen.« Sie löste sich und stand auf.

Boris sagte: »Besuch uns mal«, und Rho nickte der Mantis zu.

Türkis zeigte sich unter den Deckflügeln, dann breitete Twiggy die Flügel aus, schillernd und glitzernd im Sonnenlicht. Mit einem hellen Sirren begannen die Flügel zu vibrieren, verwischten in der schnellen Bewegung. Twiggy stieg auf, kreiste einmal brummend über ihren Köpfen und flog dann in Richtung Sonne davon. Rho und Moira sahen ihr nach, wie sie kleiner und kleiner wurde, schließlich nur noch ein Punkt in der Weite des Wüstenhimmels war.

Moira seufzte. »Ich will jetzt sofort eine Pritsche, auf der ich zusammenbrechen kann.«

»Verstanden, Ma'am.«

Sie knuffte ihn in die Seite, und er lächelte. Arm in Arm wandten sie sich dem Zelt zu.

»Schlaf dich gut aus«, sagte er. »Wenn wir aufwachen, liegt viel Arbeit vor uns.«

Und seltsam, es machte ihr gar nichts aus, wie er *wir* und *uns* sagte. Im Gegenteil. Es versursachte ein ganz warmes, zufriedenes Gefühl in ihrer Brust.

ENDE

Danksagungen

Wie schon bei anderen Büchern hat mir Eva Bergschneider von phantastisch-lesen.com auch für „Rho“ wertvolle Korrekturen und Anmerkungen gegeben. Barbara Brüning hat als Autorin und Therapeutin wertvolle Hinweise zum Figurenbau beigesteuert. Dem immer sehr gründlichen und geistreichen Jonas Ohland verdanke ich das Schachspiel zwischen Keith und Phil und damit die Symbolik des „weißen Königs“, und Ulrike Andrich war auch wieder mit von der Partie, die mir gekonnt die emotionale Leserreise gespiegelt hat.

Perry Rhodan SEIT 60 JAHREN
DAS GRÖSSTE SCIENCE-FICTION-ABENTEUER
ALLER ZEITEN
60 Perry Rhodan
1961-2021
Perry Rhodan
Perry Rhodan
Kai Hirdt
Der unsichtbare Dritte
Als Romanheft jede Woche
neu am Kiosk. Auch erhältlich
als Hörbuch und E-Book.
Kostenloses Infopaket* anfordern bei:
PERRY RHODAN-Kommunikation | Stichwort »Plan9 Verlag«
Postfach 2352 | D-76413 Rastatt
Oder per E-Mail: info@perry-rhodan.net
* Datenschutzhinweis: Ihre Daten werden von uns lediglich zur Zusendung des Infopakets verarbeitet.
Eine weitergehende Nutzung zu Marketingzwecken bzw. eine Weitergabe an Dritte erfolgt nicht.
Perry Rhodan
www.perry-rhodan.net